大师经典

MUSHIYING

穆时英
精品选

穆时英 著

中国书籍出版社
China Book Press

图书在版编目（CIP）数据

穆时英精品选 / 穆时英著. —北京：中国书籍出版社，2015.12（2024.1重印）
ISBN 978-7-5068-5263-0

Ⅰ.①穆… Ⅱ.①穆… Ⅲ.①中国文学—现代文学—作品综合集 Ⅳ.①I216.2

中国版本图书馆CIP数据核字（2015）第265293号

穆时英精品选

穆时英　著

图书策划	武　斌　崔付建
责任编辑	牛　超
责任印制	孙马飞　马　芝
出版发行	中国书籍出版社
地　　址	北京市丰台区三路居路97号（邮编：100073）
电　　话	（010）52257143（总编室）　　（010）52257140（发行部）
电子邮箱	chinabp@vip.sina.com
经　　销	全国新华书店
印　　刷	三河市华东印刷有限公司
开　　本	710毫米×960毫米　1/16
字　　数	300千字
印　　张	23
版　　次	2016年3月第1版　　2024年1月第4次印刷
书　　号	ISBN 978-7-5068-5263-0
定　　价	68.00元

版权所有　翻印必究

出版前言

我国现代文学是指用现代文学语言与文学形式，表达现代中国人思想、情感、心理的文学，是在20世纪初"五四"新文化运动的影响下，广泛接受外国文学影响而形成的新兴文学。其不仅用现代语言表现现代科学民主思想，而且在艺术形式和表现手法上都对传统文学进行了革新，建立了新的文学体裁，在叙述角度、抒情方式、描写手段以及结构组成等方面，都有新的创造。

我国现代文学的主流是人民的文学，集中表现为大大加强了文学与人民群众的结合，文学与进步社会思潮及民族解放、革命运动的自觉联系，构成了我国现代文学的基本历史特点与传统。此时的文学，以表现普通人民生活、改造民族性格和社会人生为根本任务。

在创作实践上，我国现代文学中出现了从未有过的彻底反封建的新主题和新人物，普通农民与下层人民，以及具有民主倾向的新式知识分子，成为了文学主人公，充分展示了批判封建旧道德、旧传统、旧制度以及表现下层人民不幸、改造国民性与争取个性解放等全新主题。也是通过这些内涵和元素，现代文学对推动历史进步起到了独特作用。

我们已经跨入21世纪，今天的历史状况和时代主题与现代文学的成长背景存在巨大差异，但文学表现人物、反映社会、推动进步的主旨并没有改变，在此背景下，我们非常有必要重温现代文学的经验，吸取其有益的因素，开创我们新世纪的文学春天。我们编选《中国书籍文学馆·大师经典》丛书，精选柔石、胡适、叶紫、穆时英、王统照、缪崇群、陆蠡、靳以、李劼人、张资平等我国现代著名作家的文学作品，正是为了向今天的读者展示现代文学的成就，让当代文学在与现代文学的对话中开拓创新，生机盎然。因为这些著名作家都是我国现代文学的开拓者和各种文学形式的集大成者，他们的作品来源于他们生活的时代，包含了作家本人对社会、生活的体验与思考，影响着社会的发展进程，具有永恒的魅力。

中国书籍出版社
2015年10月

穆时英简介

穆时英（1912~1940），笔名有伐扬、匿名子等，原籍浙江慈溪庄桥镇，我国现代小说家，新感觉派代表人物之一。他在上中学时就表现出文学天赋。1929年，他开始小说创作，1930年2月发表第一篇小说《咱们的世界》。从此穆时英在文坛崭露头角。

1930年10月，穆时英的中篇小说《被当作消遣品的男子》出版后引起轰动。这篇以他本人大学时的一段恋爱经历为原型的小说富有意识流风格，与他过去发表的底层题材小说风格很不一样。

1932年1月，穆时英第一部短篇小说集《南北极》出版，其内容反映了上流社会和下层社会的两极对立。一年以后，此书改订增补本重新推出，引起很大反响。当时的文学评论家们对穆时英描写阶级对立视角的独特、形式的新颖和艺术手腕的巧妙，纷纷给予肯定，并把穆时英视作当年我国文坛的重要收获。

1933年，穆时英出版了第二本小说集《公墓》，转而描写光怪陆离的都市生活，其描写对象，都是在充满诱惑的都市背景下，迷恋于声色之间的都市客。在技巧上，他着意学习和运用日本新感觉派的现代派手法，还尝试去写作弗洛伊德式的心理小说，其内容和风格都迥然有别于《南北极》。此后，穆时英出版了小说集《白金的女体塑像》《圣处女的感情》《夜总会里的五个人》《上海的狐步舞》等代表性作品。

在这些小说中，穆时英聚焦上海夜总会、咖啡馆、酒吧、电影院、跑马厅等娱乐场所，追踪狐步舞、爵士乐、模特儿、霓虹灯的节奏和色彩，捕捉都市人敏感、纤细、复杂的心理感觉。他以圆熟的蒙太奇、意识流、象征主义、印象主义等表现手法，反映20世纪30年代大上海广阔的社会生活场景，开掘都市生活的现代性和都市人灵魂的喧哗和骚动，特别是把沉溺于都市享乐的摩登男女的情欲世界描绘得有声有色，刻画得栩栩如生。同时，在这些小说中，也流露出明显的颓废感伤气息。

此时穆时英小说非常流行，他本人也因年少而多产又风格独特，被称为"鬼才"作家。自此，他与刘呐鸥、施蛰存等人共同形成了我国文坛上的新感觉派，他也被后人誉为"新感觉派圣手"、现代派健将等。

穆时英后期涉猎电影工业。1935年，他加入了刘呐鸥、黄嘉谟与左翼电影界展开的"软性电影"与"硬性电影"之争。1935年8月，他发表文章针对左翼电影系统地阐明了自己的观点及理论。后来又发表了许多文章阐述有关电影艺术问题。

穆时英通过小说和理论表述，在电影艺术和小说艺术之间建立了沟通的桥梁。他曾自编自导了一部描写东北抗日游击队英勇事迹的影片《十五义士》，虽然电影没有完成，但也引起了不小轰动。

穆时英在现代文学史上被誉为"中国新感觉派圣手"，将新感觉派小说推向了成熟，具有独特的个人风格。他把日本新感觉派小说艺术与中国古典诗歌艺术表现手法相融合，使其小说具有一种既同于又异于诗歌意境的新意境。他的小说常常采取快速的节奏、跳跃的结构，在客观描写的同时，非常重视主观感觉描写。在表现形式和技巧上又刻意求新，综合运用通感、叠句、意识流乃至电影镜头组切等手法，从而使其作品具有浓郁的抒情特质。

香港中文大学教授、国际知名学者李欧梵认为：穆时英与刘呐鸥、施蛰存等才是中国文学史上"现代主义"的始作俑者，功不可没。因为堂堂数十年中国现代文学，真正具有"现代"气质的文学家有几人呢？

目录

南北极

黑旋风	2
咱们的世界	15
南北极	28
生活在海上的人们	57
偷面包的面包师	89
断了条胳膊的人	101

公墓

被当作消遣品的男子	124
莲花落	149
夜总会里的五个人	154
公墓	177
夜	197
黑牡丹	205

— 白金的女体塑像 —

白金的女体塑像	216
父　亲	226
旧　宅	241
百　日	255
本埠新闻栏编辑室里 　一札废稿上的故事	263
街　景	277

— 圣处女的感情 —

圣处女的感情	286
某夫人	292
玲　子	299
墨绿衫的小姐	304
骆驼·尼采主义者与女人	311
烟	316
贫士日记（节选）	324
五　月（节选）	335

大师经典

南北极
穆时英精品选

黑旋风

汪国勋！这姓名多漂亮，多响！

他是我们的老大哥。《水浒传》里一百零八个英雄好汉，他都说得出；据他自己说，小时候曾给父亲逼着读完《四书》《五经》，但他的父亲一死，他所读的也给他一起带进棺材去了。他把武松钦佩到了极点，常对我们说："真是个男儿汉！不爱钱，不贪色，又有义气！"

他孝极了他的母亲，真听她的话。他到处学武松，专打不平。我们中谁不爱护他？他真够朋友！赵家渡里那一个不知道汪大哥？但他也有坏处，他就爱女人，爱极了那个牛奶棚老板的女儿，她是在丝厂里当摇车的。汪大哥和她是从小在一块儿玩大的。那牛奶西施真是美人儿，你知道，我是不贪色的，但我也觉得她可爱。

我们厂里的放工时候比她的厂早半个钟头。我们放了工，总坐在五角场那儿茶馆里喝着茶等她。五角场可真够玩儿的。人家把我们的镇叫做小上海，五角场就是小上海的南京路。中间是一片草地，那儿的玩意儿多着哪，有卖解的，瞧西洋镜的；菜馆的对面是影戏院；电车，公共汽车绕着草地驶；到处挤满了人力车，偷空还来两辆汽车，脚踏车；到了三点钟，简直是挤不开的人了，工厂里的工人，走的，坐小车的，成群结队的来，镇末那大学校里的学生们也出来溜圈儿，瞧热闹。大学校里的学生，和我们真有点儿两样。他们里边穿中装的也有，穿西装的也有，但脚上都是一式的黑皮鞋，走起路来，又威武，又神气，可真有意思；他们的眼光真好，我就佩服他们这一件本领，成千成百的女工里边，那个俏，那个村，他们一眼就瞧出来，一点儿也不会错。

话说得太远了。我们抽着烟，喝着茶，凑着热闹，听着旁人嘴里的新闻，可真够乐儿哪。镇上的新闻真多，这月里顶哄动人的是黄家阿英嫁给学生的事。阿英，也是镇上的美人儿哪。谁不想吃天鹅肉？后来她和学生勾搭上了，谁不议论她？谁不说她不要脸的？你知道，我们镇上的人，除了几爿烟纸店，谁不恨学生？学生真是不讲理的，跑出来时，横行直冲，谁也不让。你要冒犯了他，高兴时就瞪你一眼，不高兴时，那还了得，非把你逼到河边去不成。你知道，我们的镇一边是店家，一边是河，河里小船上的江北妇人可真下流，把双臭小脚冲着你，那可要不得。

话又说岔了！我们在茶馆里等着，牛奶西施远远的来了，我们就对汪大哥说牛奶西施来了。他就一个箭步穿出去，凭他这一副好身材，跳跳纵纵的冲开人丛去接她。嗳，那可妙着哩。你知道他们俩怎么样，一辈子也不会给你猜着的！牛奶西施对汪大哥一笑，汪大哥一声不响，接过了饭篮，拔步就走。你想，这可不是妙极了！可是，你别当他们不讲话，背了人就说不完哩。当下，我们就悄悄跟着。一路上，沿河那边儿都是做买卖的货摊儿；靠右手那边是店家。在顺泰那儿拐了弯，走过戴春林就冷落了，他们就讲起话来。那可有意思啦。你只不声不响地听着他们，晚上准得做梦的。等他们到了芥克番菜馆。你知道芥克，我们镇上只有这么一家番菜馆，他们到了那儿，牛奶西施就拐进对面那个小胡同里，汪大哥直挺挺地站着，瞧她进了家门。你别以为汪大哥单爱女人，不爱兄弟们哪。汪大哥爱极了牛奶西施，也爱极了我们。等牛奶西施走进了家门，就跟我们有说有笑的一块儿回家。嗳，我要是没底下那家伙的，我也愿意嫁给汪大哥，可真有意思，他比学生们强得多啦。你别瞧他挺着脖子，腆着胸脯，见了女人，头也不歪，眼也不斜，他要一见牛奶西施，就金刚化佛，软了下来。他老盘算着几时挽人去说亲，几时下定，几时担盘，几时过门。他老对我们说"我娶了小玉儿，（他老叫牛奶西施小玉儿的，你知道，她的名字是方雅玉），我们一块儿到山东梁山泊去乐我们的，谁要坐了汽车来我们那儿，他妈的，给他个透明窟窿！"他顶恨汽车。五角场茶馆那儿不是有个摆摊儿卖水果的王老儿吗？那天，也是放工时，我们在喝茶，蓦地来了辆汽车把王老儿的水果摊给撞翻了——喝，越来越没理数儿了！你猜巡警怎么样？他不叫坐汽车的赔钱，反而过来把王老儿骂了一顿，说不该挡汽车的路。你说，这不气死人吗？还有一天，恰巧下雨，满街的泥水，汪大哥和牛奶西施在拣着没积水的地方走，后面一辆汽车赶来了，你想，这么滑的路，一不留神，也得来个元宝翻身，还能慌手慌脚吗？他妈的，他那里管得你这么多，飞似的冲过来，牛奶西施慌了，往旁一躲，一交跌在水里。把汪大哥气的什么似的。可是什么用？汽车一溜烟似的擦了过去，溅了汪大哥一衣服的泥水。妈的，汽车里那个花花公子，还看着笑！你说，叫汪大哥怎不恨极了汽车？

话又说回来了，大学校对面不是有座大花园吗？你化十个铜子到那儿去坐一下午，包你十二分的舒服。朋友，你要有空时，我劝你，那儿得去逛回儿，反正一步就到，又化不了多少钱。汪大哥每礼拜六总去的，陪着牛奶西施。喝，那时候汪大哥可漂亮啦，黑哗叽的大褂子，黄皮鞋，白袜，小玉儿也打扮得女学生似的，就是没穿高跟鞋。他俩只差一个头，活像两口儿，真要羡慕杀你呢。走罢了出来，在芥克里边吃点儿东西，就到影戏院瞧电影去。嗳？你别以为他们在黑暗里干不正的勾当啊！汪大哥可不是像你那么油头滑脑的小白脸儿，你见了他，就知道他是规矩人。咱们每天过活，坐茶馆，抽纸烟，瞧热闹，听新闻，只一心盼望汪大哥娶了小玉儿，好到山东去上梁山泊，招兵买马，造起"忠义堂"来，多结交几个赤胆忠心的好男儿汉，替天行道，杀尽贪官污吏，赶走洋鬼子——他妈的，洋鬼子，在中国耀武扬威，不干了他们，也枉为英雄好汉了！

我不是说过学生们真瞧不上眼吗？他们就放不过好看些的女人，他妈的，牛奶西施竟给他们看上了。嗳，朋友，你耐心点儿听呵？下文多着哪，让我慢慢儿地讲。是这么一回事。

有一天，我们在茶馆里喝茶，不知是谁提起了上梁山，说还少一个公孙胜。智多星，你知道的，那个矮子老陈，你别瞧他人矮，心却细着呢，看他，小小的蛤蟆眼儿，满肚子良计奇谋，谁赛得过他——他说，那个卖卦的峨嵋山人，真灵，简直灵极了，说不定还会呼风唤雨，移山倒海，全套儿神仙的本领都有的，这公孙胜是请定的了。我们刚说着，汪大哥霍地站了起来，原来小玉儿来了；妈的，四个学生跟着她。嗳？我说起学生就气愤；那里是学生，叫畜生倒配着多呢！靠老子有几个臭钱，不好好儿念书，倒来作他妈的孽。小玉儿真不错，头也不回，尽自走她的。到了我们面前，我看她脸也白了，气也急了。妈的，四个男子赶一个女孩儿家，好不要脸。我狠狠地瞪他们，换了别人，我就给他个锅贴；他们却给我个不理睬，像犯不上跟我较量似的。妈的，瞧不起我？你有钱，神气不到我的身上。狗眼瞧人低！等着，看老子的，总有这么一天，汪大哥带了兄弟们给逼上了梁山，坐起虎皮椅，点我带十万大兵来打上海，老子不宰了你的。汪大哥倒没理会。第二天，我留着神，他们没来，这颗心才放下了。我想，饶是牛奶西施有数儿，心里明白，这么捱下去，总不是道儿：我催汪大哥早些娶了压寨夫人，咱们也好动身了，现在是四月，到了山东整顿一番，该是七月了，秋高气爽，正好办我们的大事，汪大哥也说好，就挽人说媒，那边也答应了。真的，我们那天晚上，整夜的睡不着呢。可是，妈的，学生又来了。还是那四个。那天恰巧厂里发工钱，我们正在茶馆里抽"美丽牌"。我说，"美丽牌"真不够味儿，两支抵不上"金鼠牌"一支；听说学生们抽"白锡包"，要四毛钱一包，那天他们没抽，在外边吃水果，我们等着，他们也等着，就站在茶馆外的阶沿上。妈的，那样儿还不是在等小玉儿。你瞧，他们老看着影戏院顶上那个大钟。里边有一个说："我知道，她准是六点半来，现在只是六点二十分呢。"还有一个——妈的，你知道他怎么说？他说："她那小模样儿真可爱！虽则不十分好看，可真有意思，知道有人跟着，急急忙忙，又害怕，又害羞，——阿，真不错，你说对吗？可是伴她回家的梢长大汉，那个又粗又陋的，不知道是她的谁。"妈的，我讨厌极了。汪大哥又粗又陋？谁像你那么涂雪花膏，司丹康，相公似的？别臭美了！别瞧我一脸大麻子，要也像你那么打扮起来，还不是个小白脸儿？我故意过去，咳的一声，像要吐痰似的，叫他们让开些儿别惹我嫌。他眼珠儿一翻，正眼也不觑你一下。我真气极了，但也没法，只得把口痰缩了回去。我走回去，闷闷地坐着，心里想，回头老子打到上海，看你再大爷气。

那天汪大哥给小玉儿在戴春林买了双丝袜，小玉儿喜欢得什么似的，跑出来时，那几个相公还等在门口，妈的，还想勾搭女孩儿家，给我当兔子倒不错哩。汪大哥和小玉儿拐进了小胡同，转几个弯溜了，他们也跟进去，哈，那可痛快啦，他们摸不着出路，在里边儿绕圈儿，妈的，我理他呢，走我的。到了家里，觉得有点儿冷，也没在意，谁知道到了明天早晨，竟起不来了，火天火地的发烧。古话真不错，英雄难过美人关，好汉单怕病魔缠；接连几天，昏天黑地的躺在床上，穿山虎似的汉子，竟给生生的磨倒了。过了几天——大概是四天吧，拚命三郎来望我，我也没让他坐。他说："哈，黑旋风，饶你这一副铜皮铁骨，也只剩得一双乌溜溜的眼儿，不怪小玉儿会跟学生们眉来眼去哩。"

"什么话，"我跳了起来。"汪大哥瞎了眼吗？"妈的，我支持不住，又倒了下去。

"好个急性儿，话没完就跳了起来！——"

"你说，你说！"我当时愤火中烧，要没有病在身上，早窜出去，宰了那阎婆惜。他妈的小玉儿，汪大哥待她这么好，她敢这么起来。

"汪大哥没知道这回事，他到邹家桥去了，有点儿小事得过几天才回——"

"嗳，你了当点儿讲，行吗？这么件大事，支支吾吾的没结没完，他妈的。你再这么说下去，我没病也得闷出来。"

"这几天，学生们每天来等着小玉儿，昨天，汪大哥走了，学生们拿桔子皮扔她。你知道她怎么样？嘻，他妈的！她回头对他们一笑；一个穿西装，瘦长条儿的，眯着眼儿，哈着背儿赶上去和她并肩走。她只低着头，好像很高兴似的。我想上去，还有三个挡住了我，我往左，他们也往左，往右，也跟着往右，又不能冲上去，谁知道小玉儿跟那学生讲什么呢——"

"反了！这还了得！"我挣扎着起来，走不上两步，妈的，腿一软，就坐在地上，真气人，两条腿不是我的了！谁不知道我旋风似的两条腿，妈的，竟这么不中用。

"别性急，汪大哥还蒙在鼓里，我们要是杀了小玉儿，你知道，她是他的性命，万一他不信我们的话，反起脸来，大家没意思。我说，还是等他回了再讲。"

我想这话也不错，但小玉儿那狐精可太不识抬举了，不给她尝点味儿，还成世界吗！那天我们商量了一下午，还是没法儿，非得等汪大哥回来才成。这可把我闷死了。汪大哥，他老不来；我的病也好了，又是三碗一餐的吃得牛似的。可是，妈的，还是生病，没病又得受气。我第一天高高兴兴的放工回来，走过王老儿那儿，他拦住了我，劈头就是混帐话，他说："黑旋风，你汪大哥给人家沾了光了，你不知道吗，牛奶西施给一个瘦长条子的学生勾上手哩，你还没事人似的。我老了不中用，要还像你那么水牛似的时，早就一脚踢倒那学生，一拳干了牛奶西施啦……"

他话没说完，我已火冒头顶，虽则明知道他没撒谎，可是不该当着众人出汪大哥的丑。谁没听见这话？我手起一掌，给他个锅贴，叫他半天喘不上气，一面骂道：

"你妈的王八羔子！汪大哥响巴巴的脚色，会着了人家的道儿吗！小玉儿不是你的娘，一把子年纪，不去躺棺材，倒打扮的老妖怪似的出来迷人。咱黑旋风看你没多久活了，才给你瞧个脸儿，你妈的老蚰蜒，小船不宜重载，吃了饭没事做，来替汪大哥造故事吗？痨病鬼似的，也禁不得咱一拳，竟敢不知自量，来太岁头上动土！老忘八——"我转过身向劝打架的人们道："诸位老乡，不是我欺他，这老蚰蜒，今天无事生非，本该要他老命的，看诸位面上，饶他一次，下回——"

"我好意对你说，你怎开口就骂，动手就打，我老头儿拚不过你，是男儿汉别挑没用的欺。"

"你妈的老蚰蜒，活得不耐烦了吗——"

"谁没瞧见，牛奶西施今天跟一个学生坐十路公共汽车到上海去？有本领的等他回来揍他——"

"你妈的老王八羔子，咱今天不揍断你的老骨，也枉为黑旋风了！瞧我的！"我跳上去提起拳就捶，却给劝打架的拦住了。

"好，好！鸡不与狗斗，咱不与你斗。我走！我让你！"老头儿嘴虽强，心里却怯，回身就走。

我回头一想，有点儿后悔起来，我这么年青力强的汉子，不该欺老

头儿。可是,管他呢,打也打了,有什么法子。走我的。恰巧兄弟们也来了,智多星把我扯进了茶馆,我就对他们说:

"真是的!知人知面不知心,谁知道小玉儿这么没良心。竟上了那瘦长条子的学生的手了!你们说,这事怎么办?石秀说,等汪大哥回来再说——嗳,还有哪,王老儿说今天小玉儿跟学生一同到上海去了……妈的,依我的性儿,早就宰了她,那不要脸的小淫妇,阎婆惜。学生不过干了几个臭钱,有什么希罕的;谁知道他的来路是不是清白的,他妈的,也许他老子是贪官污吏,打百姓那儿刮来的呢……什么?阿?小玉儿不做工了吗?念书去了?哼!他妈的,还有王法吗?咱黑旋风不宰了她,也不再活在世上了!"

"早没事,晚没事,偏偏小玉儿出了岔子,汪大哥有事下乡去了,叫咱们睁着眼替他受气。他还蒙在鼓里,嗳!"拚命三郎说。

"你刚才不是说小玉儿跟学生到上海去了吗?我们且坐在这儿等她,看她有什么脸见我们。"智多星说。

对啦!究竟是智多星,他的法子别人是想不到的。等她妈的阎婆惜来了,我就上去拦住她。跟她评评理,看她怎么样。她要明白理数儿的,我黑旋风就饶了她;她要不知好歹,先给她顿下马威,等汪大哥回了,再叫她知道咱们是不是好欺的。当下,我两只眼瞪得圆圆的单留神着公共汽车站那儿。

那时,真热闹极了,人从四面八方的涌来,到了五角场的中央,简直瞧得头晕——一堆一堆,一排一排,一个一个的你捱着我,我挤着你。你瞧,长个儿的中间夹着小个儿的,小个儿的后边儿钉着女工,他妈的,这么多的人,百忙里还钻出个江北小孩儿来。好像要挤在一块儿成个饽饽儿似的,也不知怎么股劲儿没挤上。我正看得眼花,公共汽车吧吧的从角上钻了出来,吱的在草场前停下。我赶紧留着神看,可是他妈的,黄包车排阵似的攒在公共汽车的后边儿,江北人把跳下来的坐客挡得一个也看不见。他妈的,江北人真下流,不要脸的。五角场里,有的往东,有的往西,有的往南,有的往北,穿龙灯似的,擦过来,挨过去,一不留神,你踹了我的足尖,我踏了你的后跟,你碰坏了她的髻儿,她撞了他一个满怀。你知道,在那儿找人是不容易的,我又没生就的神眼,怎么找得着。公共汽车里的人也空了,我找来找去找不着小玉儿。我不由气起来,他妈的,智多星说,也许她不是这辆车来的。我只得等着。你猜她什么时候才来?嗳!他妈的,在上海看影戏!我知道上海的影戏院得五点半才散;她到六点半才来,我整整地等了她一个钟头。已上了灯,她来了。哼,妈的,我不认识哩。穿着高跟鞋,我也不知道她怎么穿上的,叫我穿了就得一步三交。还有呢,雪白的真丝袜,我认识,这还是汪大哥的,妈的,她有了丝袜就爱汪大哥,见了高跟鞋就跟学生——女人真不成东西,简直可以买的。我一见了她,就跳出去,迎上去拦住她,气虎虎的骂她:——

"你?不要脸的——阎婆惜!迷上了一个学生,也值得这么神气吗?别臭美了!老子就瞧不起你!汪大哥有什么亏待你的?你——妈的,你竟敢给畜生骗了去?啊?"

"喂?说话放清楚点儿。"那个畜生神气十足的——呸,老子怕你?

"你生眼儿吗?老子要跟你讲话,那真辱没了我哩。……嗳,小玉儿,咱今天非得和你评评理。你当汪大哥没在这儿,就能让你无法无天吗?还有我黑旋风啦;给我少做点儿梦吧。今天你不还我个理数儿——哼,瞧我的!"

"嗳,你这人真是!我干你什么事,要你这么气虎虎的。你的汪大哥又不是我的爹,他管得了我?咿,算了吧。"哈,他妈的,装得那娇模样儿。

"嘻!回家找你爹卖俏去,咱可用不着你。咱顶天立地的男儿汉,不是畜生,不会看上你这狐媚子的。"

"放屁,什么话!你今天挑着了我来欺,是吗?我没空儿来跟你争理数儿。让我走!"

"喂,你这家伙,拦住了一个女孩儿家打算怎么样?Ladyfirst!你知道吗?让快开。"

"妈的,假洋鬼子,别打你的鬼话了,老子没理你。我就不让,不让定了,看你怎么样。"

不要脸的,叫巡警了。我不怕他,我也不怕巡警,可是我怕坐牢监,你知道,坐了牢监是不准到外边儿来玩的,这可不闷死我。英雄不吃眼前亏,我只得走开,看他们俩这个傍着那个,蹬蹬督督的走去,嘻,我竟会哭了。汪大哥一世英雄,却叫小玉儿给算计了去哩!喝!可是,咱是男儿汉;等着瞧吧,瞧黑旋风的。当下我抹干了眼泪,到茶馆里叫了弟兄们回去。只等汪大哥回来了。汪大哥直到礼拜六才回来,咱差点儿要上邹家桥找他去了。我瞧见了他,开心的什么似的,我黑旋风得出闷气了,我也不等他开口,立刻把小玉儿的事全说给他听,一心盘算着他听了,一跳三丈高,就和我去宰了她,叫了兄弟们一起走他妈的,把峨嵋山人也请了去。谁知道,他反说:

"你们别合伙儿的骗我,你们以为小玉儿碍了上梁山的日期,想骗我扔了她吗?嘻,我没那么傻!我顶知道小玉儿的,她决不会负我,我信得过她。你瞧,我这么的,还会给人家占了便宜去吗?嘻!"

我给他气得一个字也说不出。你说,这不气人吗?拼命三郎说的真对,我们要早点儿干了小玉儿,汪大哥这脸是反定了的。我也不跟他争,我知道今天小玉儿又要到上海去的。我捉住了奸夫淫妇给他看,瞧他还有什么话说。

那天五点钟我和兄弟们伴着他在茶馆等。有许多人见汪大哥回来了,知道这事闹大了;学生不是好惹,汪大哥也不是好欺的,都赶来瞧把戏。这回,五角场可热闹啦!大家都等着想瞧宋江杀阎婆惜,在角儿

上站着等。我也捋上了袖管儿,预备帮场。可是,妈的,智多星那矮子又说伤气话了,他说

"他们打算宰小玉儿吗?嘻,你想,天下事没这么容易哪。你知道,学生们是不讲理的,他们有汽车,撞翻了水果摊,巡警还骂王老儿活该。他们有钱,可以造洋房。风火墙,大铁门,不是现成的山海关吗?你有力气,有血性,只能造草棚,一把火,值什么的?他们买得起高跟鞋儿,汪大哥只能买丝袜;他们抽白锡包,汪大哥只能抽金鼠牌;他们穿绸的缎的,我们穿蓝布大褂;他们的脸涂白玉霜,我们的脸涂煤灰;他们的头发擦司丹康,我们擦轧司林;他们读书,我们做工……你是男儿汉,小玉儿可希罕你的?你知道,这年头儿,小白脸儿是希罕的,大洋钿儿是希罕的。汪大哥是小白脸儿吗?汪大哥是有钱的吗?嗳!你想!"

他的话倒不错,真是智多星。我方才知道女人是要穿丝袜,高跟鞋儿,住洋房,坐汽车,看电影,逛公园,吃大餐的。这一来,谁也没的说了。可是小玉儿就这么放她过去了不成?

"不,不成!我黑旋风不甘心!你们怕学生,放得过小玉儿;我可不怕,我就放不过她。"我捶了下桌子,嚷着。

话没说完,公共汽车来了;我们九个人,十八支眼儿定定的瞧着。果然,她妈的来了!不要脸的,这么多的人,她竟挽着那学生的臂儿,装得那浪模样。

"汪大哥,你瞧!还有什么说的。"

"啊!"他怔住了,只一个箭步跳了出去,拦住了他们。"小玉儿!"

日里没做亏心事,夜半敲门不吃惊:这话倒不错的。小玉儿见横觑里来了汪大哥,给吓得一呆。瞧热闹的全围上来瞧热闹。我分开了密密的人走进去,兄弟们也跟了进来;我乐极了,我说:

"小玉儿你今天怎么说，汪大哥回来了。"

"小玉儿！我那儿亏待了你？他不过有几个臭钱！我怎么供养着你来的？你竟——啊，不要脸的！"

她妈的正眼也不瞧一下汪大哥，拔脚想走了。

"不成！"我拦住他们。"汪大哥，你是男儿汉，这脸儿撕得下吗？你不打，我要打啦！我黑旋风是天不怕，地不怕的，给巡警抓了去，顶多脑袋上吃一枪，反正再过一十八年又是一条好汉。"

好！汪大哥真是好汉！他提起了斗大的拳头，向小玉儿喝道："小玉儿，咱汪国勋活了二十多年，没吃过人家的亏，今天也饶不了你！"

那畜生挺身出来，想拦住汪大哥。

"来得好！"我碰的一拳，正打在他的鼻梁上，他痛的蹲了下去。我提起又是一腿，把他踢倒了，回过头来看汪大哥，只见他提着拳怔住了。小玉儿站在他面前，哭着，妈的，迷住了汪大哥。我赶过去，一把扯开了汪大哥，只一拳，小玉儿倒了下去。看的人都嚷闹出人命来了。巡警也来了，一把抓住我的胸襟。

"妈的，无法无天的囚徒！你打人？"他给我两个耳刮子。我只一挣，挣脱了，提起手想打，背上着一下；又来了一个巡警，捉住我的两条胳膊。

"妈的，走！"

这牢监坐定了！我就再提起一脚踢在小玉儿的腰眼上，只见汪大哥怔在一旁。妈的，英雄难过美人关：真是的！

"汪大哥，我没要紧的，你们快去，到了山东，再来——"我话没说完，巡警把我推走了，我只听得汪大哥在后边喊："老牛……老牛……"

我给捉到局里，差点儿给打个半死，整整地坐了三月牢，到今天才给放出来。一打听,知道汪大哥已带了兄弟们走了,到这儿来一看,果然,峨嵋山人也不在了。可是奸夫淫妇没死,还活着呢。我本想再去找他们的,后来一想,英雄不吃眼前亏,到了山东再说——你说,是吗?你别瞧我杀人不眨眼,我也有点儿小精细哩。好,我要走了,回头我带兵来打上海时,说不定……哼……

一九二九,九,二四

咱们的世界

先生,既然你这么关心咱们穷人,我就跟你说开了吧。咱们的事你不用管,咱们自己能管,咱们自有咱们自家儿的世界。

不说别的就拿我来讲吧。哈哈,先生,咱们谈了半天,你还没知道我的姓名呢!打开窗子说亮话,不瞒你,我坐不改名行不隐姓,就是有名的海盗李二爷。自幼儿我也念过几年书,在学校里拿稳的头三名,谁不说我有出息,是个好孩子。可是念书只有富人才念得起,木匠的儿子只会做木匠——先生,你知道,穷人一辈子是穷人,怎么也不能多钱的,钱都给富人拿去啦!我的祖父是打铁度日的,父亲是木匠,传到我,也只是个穷人。念书也要钱,你功课好吗,学校里可管不了你这许多,没钱就不能让你白念。那年我拿不出钱,就叫学校给撵出来啦。祸不单行,老天就爱磨折咱们穷人:就是那年,我还只十三岁,我的爸和妈全害急病死啦。啊!死得真冤枉!没钱,请不起医生,只得睁着眼瞧他老人家躺在床上,肚子痛的只打滚。不上两天,我的妈死了,我的爸也活不成了。他跟我说,好孩子,别哭;男儿汉不能哭的。我以后就从没哭过,从没要别人可怜过——可怜,我那样的男儿汉能要别人可怜吗?他又叫我记着,我们一家都是害在钱的手里的,我大了得替他老人家报仇。他话还没完,人可不中用啦。喔,先生,你瞧,我的妈和爸就是这么死的!医生就替有钱人看病,喝,咱们没钱的是牛马,死了不算一回事,多死一个也好少点儿麻烦!先生,我从那时起就恨极了钱,恨极了有钱人。

　　以后我就跟着舅父卖报过活。每天早上跟着他在街上一劲儿嚷:"申报,新闻报,民国日报,时事新报,晶报,金刚钻报……"一边喊一边偷闲瞧画报里的美人儿;有人来跟我买报,我一手递报给他,心里边儿就骂他。下午就在街上溜圈儿,舅父也不管我。啊,那时我可真爱街上铺子里摆着的糖呀,小手枪呀,小汽车呀,蛋糕呀,可是,想买,没钱,想偷,又怕那高个儿的大巡捕;没法儿,只得在外边站着瞧。看人家穿得花蝴蝶似的跑来,大把儿的抓来吃,大把儿的拿出钱来买,可真气不过。我就和别的穷孩子们合群打伙的跟他寻错缝子,故意过去拦住他,不让走,趁势儿顺手牵羊抓摸点儿东西吃。直等他拦不住受冤屈,真的急了,撒了酥儿啦,才放他走——啊,真快意哪!有时咱们躲在胡同里边儿拿石子扔汽车。咱们恨极了汽车!妈的,好好儿的在街上走,汽车就猛孤丁的赶来也不问你来不来得及让,反正撞死了穷孩子,就算辗死条狗!就是让得快,也得挨一声,"狗入的没娘崽!"

　　我就这么这儿跑到那儿,那儿跑到这儿,野马似的逛到了二十岁,结识了老蒋,就是他带我去跑海走黑道儿的。他是我们的"二当家"——你不明白了哇,"二当家"就是二头领;你猜我怎么认识他的?嘻,真够乐的!那天我在那儿等电车,有一位拉车的拉着空车跑过,见我在站着等,就对我说:"朋友,坐我的车哇,我不要你给钱。"

　　"怎么可以白坐你的车?"

"空车不能穿南京路；要绕远道儿走，准赶不上交班，咱们都是穷人，彼此沾点儿光，你帮我交班，我帮你回去，不好吗？"

"成！"我就坐了上去。

他把我拉了一程，就放下来。我跳下来刚想拔步走，他却扯住我要钱。他妈的，讹老李的钱，那小子可真活得不耐烦哩！我刚想打他，老蒋来了，他劝住了我们，给了那小子几个钱，说：

"都是自家兄弟，有话好说，别伤了情面，叫有钱的笑话。"

我看这小子慷慨，就跟他谈开了，越谈越投机，就此做了好朋友。那时，我已长成这么条好汉啦。两条铁也似的胳膊，一身好骨架！认识我的谁不夸一声："好家伙，成的。"可是，不知怎么的，像我那么的顶天立地男儿汉也会爱起女人来啦，见了女人就像蚊子见血似的。我不十分爱像我们那么穷的女人，妈的，一双手又粗又大，一张大嘴，两条粗眉，一对鲇鱼脚，走起道儿来一撇一撇的，再搭着生得干巴巴，丑巴怪似的——我真不明白她们会不是男人假装的！我顶爱那种穿着小高跟儿皮鞋的；铄亮的丝袜子，怪合式的旗袍，那么红润的嘴，那么蓬松的发，嫩脸蛋子像挤得出水来似的，是那种娘儿。那才是女人哇！我老跟在她们后边走，尽跟着，瞧着她们的背影——啊，我真想咬她们一口呢！可是，那种娘儿就爱穿西装的小子。他妈的，老是两口儿在一起！我真想捏死他呢！他不过多几个钱，有什么强似我的？

有一天我跟老蒋在先施公司门口溜，我一不留神，践在一个小子脚上。我一眼瞧见他穿了西装就不高兴，再搭着还有个小狐媚子站在他身旁，臂儿挽着臂儿的，我就存心跟他闹一下，冲着他一瞪眼。妈的，那小子也冲着我一瞪眼，开口就没好话："走路生不生眼儿吗？"他要客气点儿，说一声对不起，我倒也罢了，谁知他还那么说。

"你这小兔崽子，大爷生不生眼没你的事！"

妈的，他身旁那个小娟妇真气人！她妈的！你知道她怎么样？她从眼犄角儿上溜了我一下,跟那小子说:"理他呢,那种不讲理的粗人!"那小子从鼻孔里笑一下,提起腿,在皮鞋上拿手帕那么拍这么拍的拍了半天,才站直了,走了。我正没好气,他还对那个小狐媚子说:"那种人牛似的,没钱还那么凶横!有了钱不知要怎么个样儿哩……"妈的,透着你有钱!可神气不到老子身上!有钱又怎么啦?我火冒三丈跳上去想给他这么一拳,碰巧他一脚跨上汽车,飞似的走了。喝,他乘着汽车走了!妈的那汽车!总有这么一天,老子不打完了你的?我捏着拳头,瞪着眼怔在那儿,气极了,就想杀几个人。恰巧有一个商人模样的凸着大肚皮过来,啊,那脖梗儿上的肥肉!我真想咬一块下来呢!要不是老蒋把我拉走了,真的,我什么也干出来啦。

"老蒋,你瞧,咱们穷人简直的不是人!有钱的住洋房,坐汽车,吃大餐,穿西装,咱们要想分口饭吃也不能!洋房,汽车,大餐,西装,那一样不是咱们的手造的,做的?他妈的,咱们的血汗却白让他们享受!还瞧不起咱们!咱们就不是人?老天他妈的真偏心!"我那时真气,一气儿说了这么多。

"走哇。这儿不是说话的地方儿。"他拉着我转弯抹角的到了一家小茶馆才猛孤丁地站住,进去坐下了,跟跑堂儿的要壶淡的,就拿烟来抽,一边跟我说道:"兄弟,你还没明白事儿哩!这世界吗,本是没理儿的,有钱才能活,可是有力气的也能活——他们有钱,咱们凭这一身儿铜皮铁骨就不能抢他们的吗?你没钱还想做好百姓可没你活的!他们凭财神,咱们凭本领,还不成吗?有住的大家住,有吃的大家吃,有穿的大家穿,有玩的大家玩,谁是长三只眼,两张嘴的——都是一样的,谁也不能叫谁垫踹窝儿。"

"对啦!"老蒋的话真中听。都是一样的,谁又强似谁,有钱的要活,咱们没钱的也要活。先生,你说这话可对?那天我跟他直谈到上灯才散。回来一想,他这话越想越不错。卖报的一辈子没出息。做好百姓就不能活——妈的，做强盗去！人家抢咱们的，咱们也抢人家的！难道我就这么一辈子听人家宰割不成。可是这么空口说白话的，还不是白饶吗？第二天我就到老蒋那儿去，跟他商量还上青龙山去，还是到太湖去。他听了我的话，想了一回道："得，你入了咱们这一伙吧。"

"什么？你们这一伙？你几时说过你是做强盗的来着？"我真猜不到他是走黑道儿的，还是那有名的黑太爷。当下他跟我说明了他就是黑太爷，我还是半信半疑的，恰巧那时有个人来找他，见我在那儿，就问："'二当家'，他可是'行家'？"他说："不相干，你'卖个明的'吧。"他才说："我探听得后天那条'进阎罗口'的'大元宝船儿'有徐委员的夫人在内，咱们可以发一笔大财，乐这么一二个月啦。"

"那么，你快去通知'小兄弟们'，叫明儿来领'伙计'。咱们后天准'起盘儿'；给'大当家'透个消息，叫他在'死人洋'接'财神'。"

他说完，那人立刻就走。我瞧老蒋两条眉好浓，黑脸袋上全不见一点肉，下巴颏儿上满生着挺硬的小胡髭儿，是有点儿英雄气概，越看越信他是黑太爷了。我正愣磕磕地在端详他，他蓦地一把抓住我，说道："你愿不愿意加入咱们这一伙？"我说："自然哇！"他浓眉一挺，两只眼儿盯住我的脸道："既然你愿意加入咱们这一伙，有句话你得记着。咱们跑海走黑道儿的，有福同享，有祸同当；靠的是义气，凭的是良心，你现在闯了进来，以后就不能飞出去。你要违犯一点儿的话，就得值价点儿，自己往肚子上撅几个窟窿再来相见！还有，咱们跑海走黑道儿的平时都是兄弟，有事时，我就是'二当家'，你就是'小兄弟'，我要你怎么你就得怎么。这几条你能依不能依？"

我一劲儿的说能。

"大丈夫话只一句，以后不准反悔。"（你瞧，咱们的法律多严，可是多公平！）"后天有条船出口去，到那天你一早就来，现在走吧，我还要干正经的。"

那天回去，我可真乐的百吗儿似的啦。舅父问我有什么乐的，我瞒了个风雨不透，一点儿也不让他知道；我存心扔下他，反正他老人家自己能过活，用不到我养老。啊，第二天下午，老李可威风哪！腆着胸脯儿，挺着脖梗儿，凸着肚皮儿，怒眉横目的在街上直愣愣地东撞西撞。见了穿西装的小子就瞪他一眼。妈的，回头叫他认识姓李的！听见汽车的喇叭在后边儿一劲儿的催，就故意不让。妈的，神气什么的，你？道儿是大家的，大家能走，干吗要让你？有本领的来碰倒老李！见了小狐媚子就故意挤她一下。哼，你敢出大气儿冲撞咱，回头不捣穿了你的也不算好汉！见了洋房就想烧，见了巡捕就想打，见了鬼子就想宰！可是，这一下午也够我受的。那太阳像故意跟我别扭似的，要它早点下去，它偏不下去。好容易耐到第三天，一清早，舅父他老人家还睡得挺有味儿的；我铺盖卷儿什么的一样也不带，光身走我的。到了老蒋那儿，他才起身。我坐下了，等他洗完了脸。他吩咐我说："初上船的时候，只装作谁也不认识谁，留神点儿，别露盘儿哪。"我满口答应。他又从铺盖卷儿里拿出两张船票来，招呼我走了。到街上山东馆子里吃了几个饽饽，就坐小汽船到了大船上。好大的船哇！就像大洋房似的，小山似的站在水上。那么多的窗，像蜜蜂窝儿似的挤着，也不知怎么股劲儿会没挤在一块儿。和我们同船来的都往大船上舱里跑，我也想跟着跑，老蒋却把我扯走了，往下面走，到了四等舱里。妈的，原来船上也是这么的，有钱的才能住好地方儿！

到了舱里，老蒋只装作没认识我。我只能独自个儿东张西望。晌午时，我听得外边一阵大铁链响，没多久，船就动啦。哈，走了，到咱们的世界去了！我心里边儿那小鹿儿尽欢蹦乱跳，想和老蒋讲，回头一想，我没认识他，知道他是生张熟李，只得故意过去问他借个火，就尊姓大名的谈开了。我才知道这船上有五十多个"行家"：头等舱十五个；二等舱十六个；五个是管机器的；三等舱有十三个；四等舱八个。嘻，我乐开啦。

在四等舱里的全是没钱的，像货似的堆在一起，也没窗，只两个圆洞，晚上就七横八竖的躺在地上，往左挪挪手，说不定会给人家个嘴巴，往右搬搬腿，说不定就会踹在人家肚皮上。外面那波浪好凶，轰！轰的把身子一会儿给抬起来，一会儿又掉下去。妈的，我怎么也睡不着。喝，咱们没钱的到处受冤屈，船上也是这么的！难道我们不是人吗？我真不信。在船上住了没多久，那气人的事儿越来越多啦。二等舱咱们不准去。咱们上甲板在溜时，随他们高兴可以拿咱们打哈哈。据说他们吃的是大餐，另外有吃饭的地方儿；睡的是钢丝床，两个人住一间房。你看，多舒服！和咱们一比，真差得远哪。

有一天，我正靠着船栏，在甲板上看海水。先生，那海水真够玩儿哇！那么大的波浪一劲儿的往船上撞，哗喇哗喇的再往后涌，那浪尖儿上就开上数不清的珠花儿。那远处就像小金蛇似的，一条条在那儿打游飞。可是，妈的，这世界真是专靠气力的。你瞧，那大浪花欺小浪花不中用，就一劲儿赶着它，往它身上压。那太阳还站在上面笑！我想找件东西扔那大浪花，一回身却见一对男女正向我走来，也是中国人。那个男的是高挑身儿的，也穿着西装，瞧着就不对眼。那个女的只穿着这么薄的一件衣服，下面只这么长，刚压住磕膝盖儿，上面那胸脯儿露着点儿，那双小高跟鞋儿在地上这么一跺一跺的，身子这么一扭一扭地走来。我也不想扔那大浪花儿了，只冲着她愣磕磕地尽瞧。那个男的见了我，上下打量了一会儿，跟那个女的说了一阵，就走到我的身边来啦。那个女的好像不愿意似的，从眼犄角儿上溜了我一下，就小眼皮儿一搭拉，小嘴儿一撇，那小脸儿绷的就比贴紧了的笛膜儿还紧，仰着头儿往旁边看。我想她到我跟前来干什么，喝，来露露她的高贵！妈的，不要脸的，一吊钱睡一夜的，小娼妇！到老子跟前来摆你的臭架子？多咱老子叫你跪在跟前喊爹！你那么的小娼妇子，只要有钱，要多少就多少，要怎样的就怎样的。高贵什么的！多咱叫你瞧老李不出钱抢你过来，不捣得你半死？看你妈的还高贵不高贵？我才想走开，那个男的却上来跟我说话了。他问我叫什么。我瞧这小子倒透着有点儿怪，就回他我叫李二。

"李二！"他也学一声，拿出烟来也不请我抽，自己含了一支，妈的瞧他多大爷气！像问口供似的先抽了一口，问道："朋友，你是做工的吧？"

"不做工！"我也不给他好嘴脸瞧。

"那么，朋友，你是干什么的？"

"不干什么！"我看着他那样儿更没好气。

"朋友，那么你靠什么过活？"

"不靠天地，不靠爹娘，就靠自家儿这一身铜皮铁骨！"

他瞧了我一眼，又说："朋友，既然你生得一身铜皮铁骨，干吗不做工呢？"咱们牛马似的做，给你们享现成的，是吗？"不用你管！"我瞪他一眼。

"朋友！"那小子真不知趣，他妈的冬瓜茄子，陈谷子烂芝麻的闹了这一噜串儿，还不够，还朋友朋友的累赘。有钱的压根儿就没一个够朋友的，我还不明白你？我就拦住他的话，大气儿的道："滚你妈的，老子没空儿跟你打哈哈解闷儿。朋友朋友的，谁又跟你讲交情！"他给我喝得怔在那边儿。妈的，女人就没一个好的，尖酸刻毒，比有钱的男人更坏上百倍。那个小娼妇含着半截笑劲儿道："好哇，才拿起大蒲扇来，就轮圆里碰了个大钉子！你爱和那种粗人讲话，现在可得了报应哩，嘻！"

"走吧，算我倒霉。那种人真是又可怜又可惜，不识好歹的。我满怀好心变恶意。"

妈的，还不是那一套？又可怜又可惜！那份好意我可不敢领！我希罕你的慈悲？笑话！我看着他们两口咯噔咯噔的走去，心里边儿像热油在飞溅，那股子火简直要冒穿脑盖，要不怕坏了大事，我早就抓住他，提到栏外去扔那大浪花儿了。喝，有我的，到了"死人洋"总有我的！那天晚上，我想到了"死人洋"怎么摆布那小子，可是，不知怎么的，想着想着竟想到那小娼妇啦。瞧人家全躺得挺酣的，就是我老睁着眼。那小狐媚子尽在跟前缠，怎么也扔不开。嗳，幸亏这四等舱里没女人，要不然，我什么也干了出来啦。胡乱睡了一会儿，蓦地醒来，见那边圆筒里有点白光透进来了，就一翻身跳起来，跑到甲板上去，太阳才露了半个脸袋呢。没一个人，只几个水手在那儿，还有"无常"——你不明白了哇！我跟你"卖个明的"吧，"无常"就是护船的洋兵。我也不明白怎么的，独自个儿在甲板上溜着，望着那楼梯，像在等着什么似的。直等了好久，才见三等舱有人出来散步。我正在不耐烦，那楼梯上来了小高跟鞋儿的声儿，我赶忙一回头——妈的，你猜是谁？是个又干又皱的小老婆儿！我一气就往舱里奔，老蒋刚起来。他问我怎么了，我全说给他听。"别忙，"他就说，"到了'死人洋'有你乐的。"我问，还有多久，再要十天八天，我可等不住啦。他说，后天这早晚就到。我可又高兴起来啦，跳起来就往外跑，到了船头那儿，那小狐媚子和那高挑身儿的小子正在那儿指着海水说笑。啊，古话说："英雄爱美人，美人爱英雄！"这句话不知是那个王八羔子瞎编的！压根儿就没那么回事。我老李这么条英雄好汉就没人爱！小狐媚子就爱小白脸儿，爱大洋钱儿，就不爱我这么的男儿汉！喝，到了"死人洋"可不由你不爱我哩。当下，我心里说："走，过了明儿可有你乐的！"可是一瞧见她的胖小腿儿，可生了根哩，怎么也走不开。我瞧着，瞧着，不知怎么股劲儿竟想冲上去跟她妈的小狐媚子耍个嘴儿哩。我正在发疯似的恶向胆边生，一听见后边那枪托在大皮鞋跟儿上碰。知道是"无常"来啦，只得把心头火按下去。那"无常"还狠狠地盯了我几眼，嘴里咕囔着，我也不懂他讲的什么。妈的，那"无常"！就替有钱人做看门狗！到了后天不先宰了你的。我心里老想过了明儿就是后天啦，后天可老不来。好容易挨到了！我一早起就到外边去看"死人洋"是怎么个样儿的——"耳闻不如目见"，这话真不错的。我起初以为"死人洋"不知是怎么的凶险，那浪花儿起码一涌三丈高，谁知道也不过是那么一眼望去，望不到边的大海洋。可是，管他呢，反正今天有我乐的。"无常"老盯着我看，我就瞪他一眼，嘴唇儿一撇。认识老子吗？看什么的？看清楚了今天要送你回老家去的就是老子！我可真高兴。老赶着老蒋问："可以'放盘儿'了吗？"他总说："留神点儿，别'露了盘儿'哪！到时候我自会通知你，你别忙。"没法儿！等！左等右等，越等越没动静了。吃了晚饭，老蒋索性睡了；看看别的"行家"，早在那儿打呼噜哩，嘻，那可把老李闹得攒了迷儿啦！睡！老李不是不会睡！老李睡起来能睡这么一两天！天塌下来也不与我相干！我一纳头闷闷地躺下，不一会儿就睡熟了。我正睡得够味儿，有人把我这么一推。我连忙醒过来，先坐起来，再眍眼一瞧，正是老蒋，"行家"也全起来啦。我一怔，老蒋却拉着我悄悄地说：

"老李，今儿是你'开山'的日子，咱们跑海走黑道儿的规矩，要入伙先得杀一个有钱的贵人，这把'伙计'你拿去，到头等舱去找一个'肥羊'宰了就成。"他说着给了我一把勃郎林。啊，那时我真乐得一跳三丈高啦！老蒋当先，咱们合伙儿的到了外面，留个人守在门口！老蒋跑到船头上打了个唿哨，只听得上面也是这么个唿哨。接着碰的一声枪响，喔，楼梯上一个"无常"倒栽了下来。舱那边有大皮鞋的声音来了！啊，我的眼睁得大多，发儿也竖了起来啦！老蒋猫儿似的偷偷地过去躲在一旁。一个"无常"从那边来了，还不知道出了什么岔子。老蒋只一声喝："去你的！"就一个箭步穿过去，给他这么一拳，正打在下巴颏儿上，他退，退，尽退，退到船栏那儿。老蒋赶上去就是一下，碰，他跌下水去啦。咱们在底下的就一哄闯进三等舱里，老蒋喝一声走，就往楼梯那儿跑，我也跟了上去，不知怎么抹个弯，就到了机器房门口。那机器轰雷似的响，守门的"无常"还在那儿一劲儿的点头，直到下巴颏儿碰着胸脯儿才抬了起来睁一睁眼——原来在瞌睡呢。我把手里的"伙计"一扔，虎的扑上去，滚在地下，鼻根上就一拳。那时，二等舱里抢出来几个"行家"，跟老蒋只说得一声："得手了。"就一起冲进机器房去了。我扑在那"无常"身上，往他胁上尽打，打了半天，一眼瞧见身旁放着把长枪，一把抢过来，在腰上只这么一下全刺了进去，——啊，先生，杀人真有点儿可怜，可是杀那种人真痛快。他拼命地喊了一声，托地跳起二尺高，又跌下去，刺刀锋从肚皮那儿倒撅了出来，淌了一地的血，眼见得不活了。我给他这掀，跌得多远。我听得舱里娘儿们拼命地喊，还有兄弟们的笑声，吆喝声，就想起那小狐媚子啦。我跳起来就往舱里跑。"今儿可是咱们的世界啦"！我乐极了，只会直着嗓子这么喊。先生，我活了二十年，天天受有钱的欺压，今天可是咱报仇的日子哩！我找遍了二等舱，总不见那小狐媚子。弟兄们都在乐他们的。喔，先生，你没瞧见哩。咱们都像疯了似的，把那桌子什么的都推翻了，见了西装就拿来放在地上当毡子践，那些有钱的拉出来在走廊里当靶子打，你也来个嘴巴，我也来一腿——真痛快！我见一个打一个，从那边打到这边，打完了才两步并一步的到了头等舱里。弟兄们正拉着那洋鬼子船长在地上拖，还有三个人坐在他的大肚皮儿上。我找到了小狐媚子住的那间房，那个高挑身儿的小子正在跟她说："别忙，有我在这儿。"妈的有你在这儿！我跳了进去，把门碰上了。那小狐媚子见了我直哆嗦，连忙把那披在身上的绸大衫儿扯紧了；那小子他妈的还充好汉。我一把扯住他，拉过来。他就是一拳，我一把捉住了，他再不能动弹。

"哼，你那么的王八羔子也敢来动老子一根毫毛！"我把他平提起来，往地上只一扔，他来了个嘴碰地，躺着干哼唧！我回头一看，那狐媚子躲在壁角那儿。哈哈！我一脚踹翻了桌子，过去一把扯开了她的绸衫儿。她只穿了件兜儿似的东西，肩呀，腿呀全露在外边儿——啊，好白的皮肉！我真不知道人肉有那么白的。先生，没钱的女人真可怜呢，皮肉给太阳晒得紫不溜儿的。那来这么白！我疯了似的，抱住那小娼妇子往床上只一倒……底下可不用说啦，反正你肚里明白。哈，现在可是咱们的世界啦！女人，咱们也能看啦！头等舱，咱们也能来啦！从前人家欺咱们，今儿咱们可也能欺人家啦！啊；哈哈！第二天老蒋撞了进来说："老李，你到自在！'肥羊'走了呢。"他一眼瞥见了那小狐媚子，就乐的跳起来，道："远在天边，近在眼前，原来在这儿！"嘻，原来她就是委员夫人。咱们就把她关起来。那个小子就是和她一块儿走的什么秘书长。老蒋把他拖到甲板上，叫我把他一拳打下海去，算是行个"进山门"。我却不这么着。我把他捉起来，瞧准了一个大浪花，碰的一声扔下去，正扔在那大浪花儿上。我可笑开啦！

那天我整天的在船上乱冲乱撞，爱怎么干就怎么干。到处都是咱们的人，到处都是咱们的世界。白兰地什么的洋酒只当茶喝。那些鬼子啦，穿西装的啦，我高兴就给他几个锅贴。船上六个"无常"打死了一半。那船长的大肚皮可行运啦：谁都爱光顾他给他几拳！哈，真受不了！平日他那大肚皮儿多神气，不见人先见它，这当儿可够它受用哩！抄总儿说句话，那才是做人呢！我活了二十年，直到今儿才算是做人。晌午时，咱们接"财神"的船来了，是帆船。弟兄们都乘着划子来搬东西，把那小狐媚子，她妈的委员夫人也搬过去了，咱们才一块儿也过去了，唿喇喇一声，那帆扯上了半空，咱们的船就忽悠忽悠地走哩！我见过了"大当家"，见过了众兄弟们，就也算是个"行家"了。我以后就这么的东流西荡地在海面上过了五年，也得了点小名儿。这回有点儿小勾当，又到这儿来啦。舅父已经死了，世界可越来越没理儿了，却巧碰见你，瞧你怪可怜的，才跟你讲这番话。先生，我告诉你这世界是没理数儿的：有钱的是人，没钱的是牛马！可是咱们可也不能听人家欺，不是你死就是我活。咱们不靠天地，不靠爹娘，也不要人家说可怜——那还不是猫哭耗子假慈悲吗？先生，说老实话，咱们穷人不是可怜的，有钱的，也不是可怜的，只有像你先生那么没多少钱又没有多少力气的才真可怜呢！顺着杆儿往那边儿爬怕得罪了这边儿，往这边儿爬又怕得罪了那边儿！我劝你，先生，这世界多早晚总是咱们穷人的。我可没粗功夫再谈哩。等我干完了正经的再来带你往咱们的世界去。得！我走啦！回头见！

南北极

那时我还只十三岁。

我的老子是洪门弟兄，我自幼儿就练把式的。他每天一清早就逼着我站桩，溜腿。我这一身本领就是他教的。

离我家不远儿是王大叔的家，他的姑娘小我一岁，咱们俩就是一对小两口儿。我到今儿还忘不了她。一个在东，一个在西，太阳和月亮会了面，咱姓于的就不该自幼儿就认识她。他妈的姓于的命根子里孤鸾星高照，一生就毁在狐媚子手里。我还记得那时我老叫她过玉姐儿。

玉姐儿生得黑糁糁儿的脸蛋子，黑里透俏，谁不喜欢她。我每天赶着羊儿打她家门前过时，就唱：

　　白羊儿，
　　玉姐儿
　　咱们上山去玩儿！

她就唱着跑出来啦——那根粗辫儿就在后边儿荡秋千。

玉姐儿，
小狮子（我的名儿是于尚义，可是她就爱叫我小狮子！）
咱们赶着羊儿上山去吃草茨子！

咱们到山根那儿放了羊；我爬上树给她采鲜果儿，她给我唱山歌儿。等到别家的孩子们来了，咱们不是摔交就摸老瞎。摔交是我的拿手戏，摔伤了玉姐儿会替我医。是夏天，咱们小子就跳下河去洗澡，在水里耍子，她们姑娘就赶着瞧咱们的小鸡巴。我的水性，不是我吹嘴，够得上一个好字。我能钻在水里从这边儿游到那边儿，不让水面起花，我老从水里跳上来吓玉姐儿。傍晚儿时咱们俩就躺在草上编故事。箭头菜结了老头儿，婆婆顶开了一地，蝴蝶儿到处飞，太阳往山后躲，山呀人呀树呀全紫不溜儿的。

"从前有个姑娘，……"我总是这么起头的。

"从前有个小子，叫小狮子……"她老抢着说。

编着编着一瞧下面村里的烟囱冒烟了，我跳起来赶着羊儿就跑，她就追，叫我给丢在后边儿真丢远了，索性赖在地上嚷："小狮子！小狮子！"

"跑哇！"

"小狮子，老虎来抓玉姐儿了！"

"给老虎抓去做老婆吧！"

"小狮子！老虎要吃玉姐呢！"

"小狮子在这儿，还怕老虎不成。"我跑回去伴着她，她准撒娇，不是说小狮子，我可走不动啦，就是说，小狮子，玉姐儿肚子痛，我总是故意跟她别扭，直到搁不住再叫她央求了才背着她回家。

这几个年头儿可真够我玩儿乐哪!

可是在她十四岁那年,王大叔带她往城里走了一遭儿,我的好日子算是完了。她一回来就说城里多么好,城里的姑娘小子全穿得花蝴蝶似的,全在学堂里念书会唱洋歌。

"咱们明年一块儿上城里去念书吧。"

我那天做了一晚上的梦,梦着和玉姐儿穿着新大褂儿在学堂里念书,那学堂就像是天堂,墙会发光。

隔了几天,她又说,她到城里是去望姑母的,她的大表哥生得挺漂亮,大她三岁,抓了许多果子给她吃,叫她过了年到他家去住。她又说她的大表哥比我漂亮,脸挺白的,行动儿不像我那么粗。我一听这话就不高兴;我说:"玉姐儿。你不能爱上他,王大叔说过的等我长得像他那么高,把你嫁给我做媳妇……"

"别拉扯!咱们上山根儿去玩儿。"她拉了我就走。

往后她时常跟王大叔闹着要到城里去念书。我也跟老子说,他一瞪眼把我瞪回来了。过了年,她来跟我说要上城里去给姑母拜年,得住几天。我叫她别丢了我独自个儿去。她不答应。我说:"好,去你的!小狮子不希罕你的。你去了就别回来!"谁知道她真的去了,一去就是十多天。后来王大叔回来了。到我们家来坐地时,我就问他:"玉姐儿呢?"我心里发愁。你别瞧我一股子傻劲儿,我是粗中有细,我的心可像针眼儿。我知道玉姐儿没回来准是爱上那囚攮的了。

"玉姐儿吗?给她大表哥留下哩;得过半年才回,在城里念书哪!那小两口儿好的什么似的……"他和我老子谈开啦。我一纳头跑出来,一气儿跑到山根儿,闷咄地坐着。果然,她爱上那囚攮的啦。好家伙!我真有股傻劲儿,那天直坐到满天星星,妈提着灯笼来找,才踏着鬼火回去。过几天王大叔又到我们家来时,我就说:"王大叔,你说过等我长得像你那么高把玉姐儿嫁给我,干吗又让她上城里去?你瞧,她不回来了。"王大叔笑开了,说道:"好小子,毛还没长全,就闹媳妇了!"

"好小子!"老子在我脖子上拍了一掌。你说我怎么能明白他们说的话儿?那时我还只那么高哪。从那天起,我几次三番想上城里去,可是不知道怎么走。那当儿世界也变了,往黑道儿上去的越来越多,动不动就绑人,官兵又是一大嘟噜串儿的捐,咱们当庄稼人的每年不打一遭儿大阵仗儿就算你白辛苦了一年。大家往城里跑——谁都说城里好赚钱哇!咱们那一溜儿没几手儿的简直连走道儿都别想。老子教我练枪,不练就得吃亏。我是自幼儿练把式的,胳膊有劲,打这么百儿八十下,没半寸酸。好容易混过了半年。我才明白我可少不了玉姐儿。这半年可真够我受的!玉姐儿回来时我已打得一手好枪,只要眼力够得到,打那儿管中那儿。她回来那天,我正躺在草上纳闷,远远儿的来了一声儿:"小狮子!"我一听那声儿像玉姐儿,一挺身跳了起来。"玉姐儿!"我一跳三丈的迎了上去。她脸白多了,走道儿装小姐了!越长越俏啦!咱们坐在地上,我满想她还像从前那么的唱呀笑的跟我玩儿。她却变了,说话儿又文气又慢。那神儿,句儿,声儿,还有字眼儿全和咱们说的不同。

"好个城里来的小姐!"

"别胡说八道的。"

"玉姐儿,你俏多啦!"

"去你的吧!"她也学会了装模做样,嘴里这么说,心里可不这么想——我知道她心里在笑呢!

她说来说去总是说城里的事,说念书怎么有趣儿,说她姑母给她做了多少新衣服,她表哥怎么好,他妈的左归右归总离不了她的表哥。我早就知道她爱上了那囚攮的。

"玉姐儿,我知道你爱上他了。"

"嘻！"她还笑呢！我提起手来就给一个锅贴——这一掌可打重了。你知道的，我这手多有劲。可是，管她呢！"滚你的，亏你有这脸笑？老子不要你做媳妇了。小狮子从今儿起再叫你一声儿就算是王八羔子。"我跳起身就走，没走多远儿，听得她在后边儿抽抽噎噎地哭，心又软啦。我跑了回去。

"妈的别再哭了，哭得老子难受。"

"走开，别理我！"

"成！咱小狮子受你的气？"我刚想走，她哭得更伤心了。妈的，我真叫她哭软了心，本来像铁，现在可变成了棉花，"叫我走？老子偏不走！不走定了。我早就知道你爱上了那狗养的野杂种，忘八羔子，囚攮的。……"

"我就算爱上了他！有你管的份儿？不要脸的！"

妈的，还说我不要脸呢！"别累赘！老子没理你。"

"谁跟我说一句儿就是忘八羔子！"她不哭了，鼓着腮帮儿，泪眼睁得活赛龙睛鱼。

"老子再跟你说一句儿就算是忘八羔子。"

她撑起身就走，你走你的，不与我相干！打算叫我赔不是吗？太阳还在头上呢，倒做起梦来了。她在前一滑，滑倒了，我赶忙过去扶她，她一撒手，又走了。我不知怎么的，连我自己也不明白，又会赶上去拦住她道："玉姐儿——"

"忘八羔子！"

"对！"

她噗哧地笑啦。

"笑啦，不要脸的！"

"谁才不要脸呢，打女孩儿家！"

咱们算是和了。

她在家里住了二十多天。她走的那天我送了她五里路，她走远了，拐个弯躲在树林那边了，我再愣磕磕地站了半天才回来。我也跟老子闹着要上城里去念书。可是只挨了一顿骂，玉姐儿这一去就没回来！我天天念着她。到第二年我已长得王大叔那么高啦，肩膀就比他阔一半，胳膊上跑马，拳头站人，谁不夸我一声儿："好小子。"可是她还没回来。王大叔也不提起她。

　　那天傍晚儿我从田里回来，王大叔和老子在门口喝白干儿，娘也在那儿，我瞧见了他们，他们可没瞧见我。远远儿的我听得王大叔大声儿笑道，"这门子亲算对的不错，有我这翁爹下半世喝白干儿的日子啦！"他见我走近了就嚷："好小子！三不知的跑了来。玉姐儿巴巴地叫我来请你喝喜酒儿呢！"

　　"嫁给谁？"

　　"嫁到她姑母家里。"

　　"什么？啊！"我回头就跑。

　　"小狮子！"

　　"牛性眼儿的小囚攮，还不回来！"

　　我知道是老子和妈在喊，也不管他。一气儿跑到山根儿怔在那儿，半晌，才倒在地上哭起来啦。才归巢的鸟儿也给我吓得忒愣愣地飞了。我简直哭疯了，跳起身满山乱跑，衣服也扎破了，脑袋也碰破了，脸子胳臂全淌血，我什么也不想，就是一阵风似的跑。到半晚上老子找了来一把扯住我，说道："没出息的小子！咱们洪家的脸算给你毁了！大丈夫男儿汉，扎一刀子冒紫血，好容易为了个姑娘就哭的这么了？——"我一挣又跑，他追上来一拳把我打倒了抬回去。我只叫得一声："妈啊！"就昏昏沉沉地睡去了。

　　整整害了一个多月大病，爬起床来刚赶着那玉姐儿的喜酒儿。那时正是五月，王大叔在城里赁了座屋子，玉姐儿先回来，到月底再过去。

咱们全住在那儿。

玉姐儿我简直不认识啦,穿得多漂亮。我穿着新竹布大褂儿站在她前面就像是癞蛤蟆。她一见我就嚷:"小狮子!"我一见她就气往上冲,恨不得先剐她百儿八十刀再跟她说话儿。我还记得是十八那天,王大叔,老子和妈全出去办嫁妆了,单剩下我和玉姐儿,她搭讪着和我有一句没一句的说闲话儿。我放横了心,一把扯她过来:"玉姐儿,咱们今儿打开窗子说亮话,究竟是你爱上了那囚攮的,还是王大叔爱上了那囚攮的?"

"你疯了不是?抓得我胳膊怪疼的。"

"好娇嫩的贵小姐!"我冷笑一声。"说!究竟是谁爱上了那野杂种?"

她吓得往后躲,我赶前一步,冲着她的脸喝道:"说呀!"

"爱上了谁?"

"你的表哥。"

她捱了一回儿才说:"是……"

"别累赘!咱不爱说话儿哼哼唧唧的。黑是黑,白是白,你今儿还我个牙清口白。你要半句假,喝,咱们今儿是白刀子进红刀子出!"

你猜她怎么着?她一绷脸道:"是我爱上了他!你要杀就杀,要剐就剐!……"她索性拿了把洋刀递给我,一仰脖子,闭着眼儿道:"剁呀!"啊,出眼泪啦!小狐媚子,还是这么一套儿!我这股子气不知跑到那儿去了,心又软了。他妈的!她还说道:"好个男儿汉,英雄!拿了刀剁姑娘!剁呀!"我又爱她又恨她。我把刀一扔,到房里搜着了妈的钱荷包就往外跑。她在院子里喊:"小狮子!小狮子!"

"滚你妈的!"我一气儿跑到火车站。就是那天,我丢了家跑到上海来。我算是一个跟斗十万八千里从那一个世界,跳到这一个世界啦。

我从没跑过码头,到了上海,他妈的,真应了句古话儿:"土老儿进城。"笑话儿可闹多了,一下车跑进站台就闹笑话儿。站台里有卖烟卷儿的,有卖报纸的,有卖水果的,人真多,比咱们家那儿赶集还热闹,我不知往那儿跑才合适。只见尽那边儿有许多人,七长八短,球球蛋蛋的,哗啦哗啦尽嚷,手里还拿了块木牌子。我正在纳罕这伙小子在闹他妈的什么新鲜玩意儿,冷不防跑上个小子来,拱着肩儿,嘴唇外头,露着半拉包牙,还含着支纸烟,叫我声儿:"先生!"

"怎么啦?"我听老子说过上海就多扒儿手骗子,那小子和我非亲非故,跑上来就叫先生,我又不知道他是干什么营生的,怎么能不吓呢?我打量他管是挑上了我这土老儿了,拿胳臂护住心口,瞧住他的腿儿,拳儿提防着他猛的来一下。冷不防后面又来了这么个小子,捉住我的胳膊。好哇!你这因攮的,欺老子?我把右胳膊往后一顿,那小子就摔了个毛儿跟头。这么一来,笑话儿可闹大啦。后来讲了半天才弄明白是旅馆里兜生意的。那时我可真想不到在上海住一晚要这么多钱,就跟着去了。我荷包里还有六元多钱,幸亏住的是小旅馆,每天连吃的化不到四毛钱。

头一天晚上就想起家。孤鬼儿似的独自个儿躺在床上,往左挪挪手,往右搬搬腿,怎么也睡不着,又想起了玉姐儿。我心里说,别想这小娼妇,可是怎么也丢不开。第二天我东西南北的溜了一整天。上海这地方儿吗,和咱们家那儿一比,可真有点儿两样的。我瞧着什么都新奇。电车汽车不用人拉,也不用人推,自家儿会跑,像火车,可又不冒烟;人啦车啦有那么多,跑不完;汽车就像蚂蚁似的一长串儿,也没个早晚儿尽在地上爬;屋子像小山,简直要碰坏了天似的。啊,上海真是天堂!这儿的东西我全没见过,就是这儿的人也有点儿两样。全又矮又小,哈着背儿,眼珠儿骨碌骨碌的成天在算计别人,腿像蜘蛛腿。出窝儿老!这儿的娘儿们也怪:穿着衣服就像没穿,走道儿飞快,只见那寸多高的高跟皮鞋儿一跺一跺的,好像是一对小白鸽儿在地上踩，怎么也不摔一交。那印度鬼子，他妈的，顶叫我纳罕，都是一模一样黑太岁似的，就像是一娘养的哥儿们。

我一住就是十五天，太阳和月亮跑开了，你追着我，我追着你，才露脸又不见啦。钱早就没了，竹布大褂儿当了六毛半钱只化了两天。旅馆老板只认识钱，他讲什么面子情儿；我没了钱，他还认识我？只白住了一天，就给攮出来啦。地生人不熟，我能到那儿去？我整天的满处里打游飞，幸亏是夏天，晚上找个小胡同，在口儿上打个盹；一天没吃东西，肚皮儿咕咚咕咚的叫屈，见路旁有施茶的，拼命地喝一阵子，收紧了裤带，算睡去了。第二天早上醒回来饿极了，只得把短褂儿也脱下来当了。这么的直熬煎了三天，我真搁不住再受了。我先以为像我那么的男儿汉还怕饿死不成。谁知道赤手空拳打江山这句话是骗人的。你有本领吗，不认识财神爷，谁希罕你？偌大的上海，可就没我小狮子这么条英雄好汉活的地方儿——我可真想不到咱小狮子会落魄到这步田地！回家吧，没钱，再说咱也没这脸子再去见人，抢吧，人家也是心血换来的钱。向人家化几个吧，咱究竟是小伙子。左思右想，除了死就没第二条路。咱小狮子就这么完了不成？我望着天，老天爷又是瞎了眼的！

那天我真饿慌了，可是救星来啦。拐角那儿有四五个穷小子围住了一个担饭的在大把儿抓着吃，那个担饭的站在一傍干咕眼。我也跑过去。一个大一点儿的小子拦住我喝道："干吗？"

"不干吗儿。我饿的慌！"

"请问：'老哥喝的那一路水？'"

我不明白这话什么意思，一瞪眼道："谁问你要水喝？"

"好家伙，原来你不是'老兄弟'！你也不打听打听这一溜儿是谁买的胡琴儿，你倒拉起来啦！趁早儿滚你的！"那小子横眉立目的冲着我的脸就啐。哈，老子还怕你？我一想，先下手为强，他刚一抬腿，我的腿已扫在他腿弯上，他狗嘴啃地倒了下去。还有几个小子喝一声就扑上来，我一瞧就知道不是行家，身子直撅撅地只死命的扑。我站稳了马步，轻轻儿地给这个一腿，给那个一掌，全给我打得东倒西歪的，大伙儿全围了上来看热闹。我一瞧那个担饭的汉子正挑着担子想跑，赶上一步，抢了饭桶抓饭吃。刚才那个小子爬了起来说道："你强！是好汉就别跑！"他说着自己先跑了。剩下的几个小子守着我，干瞪着眼瞧我吃。有一个瞧热闹的劝我道："你占了面子还不走？——"那个守着我的小子瞪他一眼，他就悄悄地跑开了。我不管他，老子这几天正苦一身劲没处使哪！

有饭吃的时候儿不知道饭的味儿，没吃的了才知道饭可多么香甜。这一顿我把担着的两半桶饭全吃完了。看的人全笑开啦。我正舐舌咂嘴地想跑，看的人哄的全散了开去，只见那边来了二三十个小子，提着铁棍马刀。我抓了扁担靠墙站着等。他们围住了我，刀棍乱来，我提起扁担撒个花，一个小子的棍给绞飞了。我拿平了扁担一送，他们往后一躲。我瞧准那个丢了棍子的小子，阴手换阳手一点他的胸脯儿，他往后就倒，我趁势儿托地跳了出去，想回头再打几个显显咱于家少林棍有多么霸道，冷不防斜刺里又跳出个程咬金来，一下打在我胳膊上，我急了，忍着疼，把扁担横扫过去，给了他一个耳刮子，那小子一脸的血，蹲在地上。我一撒腿跑我的。

往后我就懂得怎么能不化钱吃饭，不化钱找地方儿睡觉。成天在街上逛，朋友也有啦。我就这么赤条条来去无牵挂的活下来了。他妈的，咱小狮子巴巴地丢了家跑到上海来当个"老兄弟"！你知道什么叫"老兄弟"？"老兄弟"就是没住的，没吃的，没穿的痞子，你们上海人叫蹩三。"老兄弟"可不是容易当的，那一大唝噜串儿的"条子"就够你麻烦的。热天还好，苏州河是现成的澡堂，水门汀算是旅馆。可是那印度鬼子他妈的真别扭，他的脾胃真怪，爱相公。我的脸蛋也满漂亮的，鼻直口方，眉毛儿像两把剑，又浓又挺，就透着太黑了点儿，可就在这上面吃了亏了。有一天晚上我正在河沿子睡觉，咕咚咕咚大皮鞋儿声音走近来了，一股子臭味儿，我一机灵，睁开眼，一只黑毛手正往我肚皮儿上按来，一个印度鬼子正冲着我咧着大嘴笑呢。我一瞧那模样儿不对眼，一把抓住了那只大毛手，使劲往里一扯，抬起腿一顶他的肚皮儿，我在家里学摔交的时候儿，谁都怕我这一着儿，那鬼子叉手叉脚地翻个跟头，直撅撅的从我脑袋那儿倒摔了出去，我跳起身就跑。那印度鬼子真讨厌，给他抓住了，你要扭手扭脚的，他就说："行里去！"我打了好几个。转眼到了腊月，西北子风直刮，有钱的全坐在汽车里边儿，至不济也穿着大氅儿，把脖子缩在领圈子里边儿，活像一只大王八。可是我只有三只麻袋，没热的吃，没热的喝，直哆嗦，虎牙也酸了。我不是不会说几句儿："好心眼儿的老爷太太，大度大量，多福多寿，明中去暗中来哇——救救命哪！"咱小狮子是打不死冻不坏的硬汉！我能哈着背儿问人家要一个铜子吗？咱姓于的宁愿饿死，可不希罕这一个铜子！有钱的他们情愿买花炮，就不肯白舍给穷人。店铺子全装饰得多花哨，大吹大擂的减价，橱窗里满放着皮的呢的，我却只能站在外面瞧。接连下了几天雪，那雪片儿就像鹅毛，地上堆得膝盖儿那么高。我的头发也白了，眉毛上也是雪，鼻子给盖得风雨不透，光腿插在雪里，麻袋湿透了，冰结得铁那么硬，搁在脊梁盖儿上，悉索悉索的像盔甲，那胳膊腿全不是我的了，手上的皮肉一条条的开了红花。这才叫牛不喝水强按头，没法儿，小狮子也只得跟在人家后边儿向人家化一个铜子儿啦。到傍晚儿我还只化了十五个铜子，可是肚皮儿差一点子倒气破了。我等在永安公司的门口儿。两个小媳妇子跑出来啦，全是白狐皮的大儿，可露着两条胖小腿，他妈的，真怪，两条腿就不怕冷。我跟上去，说道："好小姐，给个铜子儿吧！"你猜她怎么着？啊，我现在说起来还有气。

"别！好腌！"一个瓜子脸的小媳妇子好像怕我的穷气沾了她似

的，赶忙跳上车去。还有一个说道："可怜儿的小鳖三！"她从荷包里边儿摸出个铜子儿来："别挨近来！拿去！"把铜子儿往地上一扔。在汽车里边儿的还说："你别婆婆妈妈的，穷人是天生的贱种，那里就这么娇嫩，一下雪就冻死了？你给他干吗儿？有钱给鳖三，情愿回去买牛肉喂华盛顿！"我一听这话，这股子气可大啦。好不要脸的小娼妇！透着你有钱喂狗——老子就有钱喂你！我把手里的十五个铜子儿一把扔过去："你？不要脸的小娼妇！什么小姐，太太，不是给老头儿臊的姨太太就是四马路野鸡！神气什么的，你？你算是贵种？你才是天生地造的淫种，娼妇种！老子希罕你的钱！"

在里边儿的那个跳了出来。我说："哒！你来？你来老子就臊你！你来？"还有一个把她拦回去了，说道："理他呢？别弄脏了衣服！"她还不肯罢休，嚷道："阿根：快叫巡捕来，简直反了……不治治他还了得！"

"得了吧，你理他呢。阿根，开呀！"

汽车嘟的飞去了，溅了我一身雪。我气得愣磕磕地怔在雪边儿。咱小狮子天不怕地不怕的铁汉子受娘儿们的气！饶我志气高强，不认识财神爷，就没谁瞧得起我！

往后我情愿挨饥受冻，不愿向有钱的化一个铜子儿，见了娘儿们我没结没完的在心里咒骂。

大除夕那晚上，十一点多了，街上还是挤不开的人，南货店，香烛店什么的全围上三圈人，东西就像是白舍的，脸上都挂着一层喜气——可是我呢？我是孤鬼儿似的站在胡同里躲北风。人家院子里全在祭祖宗，有这许多没娘崽子在嚷着闹。百子炮劈拍劈拍的——你瞧，他们多欢势。有一家后门开着，热嘟嘟的肉香鸡鸭香直往外冒，一个女孩子跑过来拍的一声儿把一块肥肉扔给只大花猫吃。那当儿恰巧有个胖子在外边走过，我也不知是那来的一股子气，就恨上他了。他慢慢的在前面蹀，我跟在后边儿，他脖子上的肉真肥，堆了起来，走道儿时一涌一涌的直哆嗦。他见我盯着自家儿，有钉点慌，掏出个铜子儿来往地上一扔。他妈的，老子希罕你的钱？我真想拿刀子往他脖子上砍，叫他紫血直冒。我眼睛里头要冒火啦，睁得像铜铃，红筋蹦得多高。他一回头，见我还跟着，给吓了一跳，胳臂一按兜儿就往人堆里边儿挤，我一攒劲依旧跟了上去。北风刮在脸上也不觉得了，我自己也不明白是怎么股劲儿。那晚上不是十二点也有一班戏的吗？咱们忙着躲债，他们有钱的正忙怎么乐这一晚！那时奥迪安大戏院刚散场，人像蚂蚁似的往外涌，那囚攮的一钻就不见啦。我急往街心找，猛的和人家撞了个满怀。我抬头一瞧，哈，我可乐开啦。他妈妈的白里透红的腮帮儿上开了朵墨不溜湫的黑花儿！你猜怎么着？原来我的肩膀撞着了一个姑娘的腮帮儿；她给我撞得歪在车门上。幸亏车门刚开着，不然，还不是个元宝翻身？好哇！谁叫你穿高跟儿鞋来着？谁叫你把脸弄得这么白？不提防旁边儿还有个姑娘，又清又脆的给了我一锅贴："你作死呢！"

"你才作死呢！"这一下把我的笑劲儿打了回去，把我的火打得冒穿脑盖了。我一张嘴冲着她的脸就啐，我高过她一个脑袋，一口臭涎子把她半只脸瓜子全啐到啦。前面开车的跳了下来。先下手为强，我拿着麻袋套住了他的脑袋，连人带袋往下一按，他咕咚倒在地上，这一麻袋虱子可够他受用哩。哈，他妈的！我往人堆里一钻。大伙儿全笑开啦。那晚上，我从梦里笑回来好几次。我从家里跑了出来还没乐过一遭儿呢！

第二天大年初一，满街上花炮哧哧的乱窜，小孩子们全穿着新大褂儿，就我独自个儿闷咄的，到了晚上，店铺子全关了门，那鬼鬼啾啾的街灯也透着怪冷清清的，我想起幼时在家里骑着马灯到王大叔家去找玉姐儿的情景，那时我给她拜年，她也给我拜年，还说是拜了征西大元帅回来拜堂呢。现在我可孤鬼儿似的在这儿受凄凉。我正在难受，远远儿的来了一对拉胡琴卖唱儿的夫妻。那男的咿呀呜的拉得我受不了，那女的还唱《孟姜女寻夫》呢。

"家家户户团圆转……"

拐个弯儿滚你的吧，别到老子这儿来。可是他们偏往我这儿走来，一个没结没完的拉，一个没结没完的唱，那声儿就像鬼哭。男的女的全瘦得不像样儿，拱着肩儿，只瞧得见两只眼，绷着一副死人脸，眼珠子没一丁点神，愣磕磕的望着前头，也不知在望什么，他妈的，老子今儿半夜三更碰了鬼！

"家家户户团圆转……"

她唱一句，我心抽一下。我越难受，她越唱得起劲，她越唱得高兴，我越难过。这当儿一阵北风刮过来，那个男的抖擞了一下，弦线断了。

"唉，老了，不中用了！"那个女的也唉声叹气的不唱了。他们都怔在那儿，街灯的青光正照在脸上——你说这模样儿我怎么瞧得下去。不愁死人吗？我跑了，我跑到拐角上烟纸店那儿买了包烟卷儿抽。从那天起，我算爱上了烟卷儿啦。我少不得鼻子眼儿就少不得烟卷儿。

"老子？滚你妈的！妈！也滚！玉姐儿？滚你妈的小娼妇！老子爱你？滚你的！滚远些！女人？哈，哈，哈！"

我一口烟把他们全吹跑了——吹上天，吹落地，不与老子相干。

话可说回来了。咱小狮子就这么没出息不成！瞧我的！我天天把铜子儿攒了下来，攒满了一元钱，有本钱啦，就租车拉。我这人吗，拉车倒合适。拉车的得跑得快，拿得稳，收得住，放得开，别一颠一拐的，我就有这套儿本领。头一天就拉四元多钱。往后我就拉车啦。

拉车可也不是积拎差使。咱们也是血肉做的人，就是牛马也有乏的时候儿，一天拉下来能不累吗？有时拉狠了，简直累得腿都提不起。巡警的棍子老搁在脊梁盖儿上，再说，成天的在汽车缝里钻——说着玩儿的呢！拉来的钱只够我自家儿用。现在什么都贵呀！又不能每天拉，顶强也只隔一天拉一天，要不然，咱们又不是铁铸的怎么能不拉死哇。我在狄思威路河沿子那儿租了间亭子间，每月要六元钱，那屋子才铺得下一张床一只桌子。你说贵也不贵？

房东太太姓张，倒是个好心眼儿的小老婆儿，老夫妻俩全五十多了，男的在公馆里拉包车，也没儿女，真勤苦，还带着老花眼镜儿干活哪。她就有点儿悖晦，缝一针念一句儿佛，把我当儿子，老跑到我屋子里来一边缝着破丁，一边唠叨；乏了，索性拿眼镜往脑门上一搁，颠来倒去闹那么些老话儿："可怜儿的没娘崽子，自幼儿就得受苦。你没娘，我没孩子，头发也白了，还得老眼昏花的干活儿……阿弥陀佛！前生没修呵！孩子，我瞧你怎么心里边儿老拴着疙瘩，从不痛快的笑一阵子？闷吃糊睡好上膘哪。多咱娶个媳妇，生了孩子，也省得老来受艰穷……阿弥陀佛！"她说着说着说到自家儿身上去了。"我归了西天不知谁给买棺材呢。前生没修，今生受苦呵！阿弥陀佛，……阿弥陀佛……"她抹鼻涕揩眼泪的念起佛来啦。这份儿好意我可不敢领！可是她待我真好，我一回来就把茶水备下了。我见了她，老想起妈。

张老头儿也有趣儿，他时常回来，也叫我孩子。我要叫他一声大叔，他一高兴，管保多喝三盅白干儿。他爱吹嘴，白干儿一下肚，这牛皮可就扯大啦。那当儿已是三月了，咱们坐在河沿子那儿，抽着烟卷听他吹。他说有个刘老爷时常到他主子家里去，那个刘老爷有三家丝厂，二家火柴厂，家产少说些也是几千万，家里的园子比紫禁城还要大，奴才男的女的合起来一个个数不清，住半年也不能全认清，扶梯、台阶都是大理石的，叉巴子也是金的，连小姐太太们穿的高跟儿鞋也是银打的呢。他妈的，再说下去，他真许说玉皇大帝是他的外甥呢！谁信他，天下有穿银鞋儿的？反正是当《山海经》听着玩儿罢了。

咱们那一溜儿住的多半是拉车的，做工的，码头上搬东西的，推小车的，和我合得上。咱们都赚不多钱，娶不起媳妇，一回家，人是累极了，又没什么乐的，全聚到茶馆里去。茶馆里有酒喝，有热闹瞧，押宝牌九全套儿都有，不远儿还有块空地，走江湖的全来那儿卖钱。有一伙唱花鼓的，里边儿有个小媳妇子，咱们老去听她的《荡湖船》。

  哎哎呀，伸手摸到姐儿那东西呀！
  姐儿的东西好像三角田——
  唶咯龙咚呛……
  哎哎呀！哎哎呀！哎呀，哎呀，哎哎呀！
  一梭两头尖，
  胡子两边分……

  哈！够味儿哪！我听了她就得回到茶馆里去喝酒，抓了老板娘串荡湖船。喝的楞子眼了，就一窝风赶到钉棚里去。钉棚里的娼妇可真是活受罪哪！全活不上三十岁。又没好的客来，左右总是咱们没媳妇的穷光蛋。咱们身子生得结实，一股子狠劲儿胡顶乱来，也不管人家死活，这么着可苦了她们啦。眼睛挤箍着真想睡了，还抽着烟卷让人家爬在身上，脸搽得像猴子屁股，可又瘦得像鬼，有气没力地哼着浪语，明明泪珠儿挂在腮帮儿上，可还得含着笑劲儿，不敢嚷疼。啊，惨哪！有一遭儿，咱们四个人全挑上了一个小娼妇。她是新来的，还像人，腿是腿，胳膊是胳膊，身上的皮肉也丰泽。那天才是第一天接客呢！好一块肥肉！咱们四个全挑上了。他妈的，轮着来！咱们都醉了，轮到我时，我一跳上去，她一闭眼儿，手抓住了床柱子，咬着牙儿，泪珠儿直掉，脸也青啦。我酒也醒了，兴致也给打回去了。往后我足有十多天不上那儿去。张老婆儿唠叨唠叨，成天的唠叨，叫我省着些儿，逛钉棚，不如娶个媳妇子。可是，咱们一天拉下来，第二天憩着，兜儿里有的是钱，是春天，猫儿还要叫春呢，咱们不乐一下子，这活儿还过得下去吗？咱们也是人哪！过了不久，我真的耐不住了，又去喝酒逛钉棚啦。一到茶馆里，一天的累也忘了，什么都忘了，乐咱们的！

天渐渐儿地又热了。娘儿们的衣服一天薄似一天，胳臂腿全露出来哩；冰淇淋铺子越来越多，嚷老虎黄西瓜的也来了。苦了咱们拉车的，也乐了咱们拉车的。坐车的多了，一天能多拉一元多钱——有钱的不拿一元钱当一回事儿，咱们可得拿命去换，得跑死人哪！老头儿没底气，跑着的时候儿还不怎么，跑到了，乍一放，一口气喘不过来就完啦。狗儿也只有躺在胡同里喘气的份儿，咱们还拉着车跑，坐车的还嚷大热毒日头里，不快点儿拉。柏油路全化了，践上去一脚一个印就像践在滚油上面，直疼到心里边儿——你说呀，咱们就像在热锅子里爬的蟹呢！有一次我拉着一个学生模样的从江湾路往外滩花园跑。才跑到持志大学那儿，咱已跑得一嘴的粘涎子，心口上像烤着一堆干劈柴，把嗓子烧得一点点往外裂。脑袋上盖着块湿毛巾，里边儿还哄哄的不知在闹什么新鲜玩意儿，太阳直烘在背上，烤火似的，汗珠子就像雨点儿似的直冒，从脑门往下挂，盖住了眉毛，流进了嘴犄角儿，全身像浸在盐水里边儿。我是硬汉子；我一声不言语，咬紧牙拼条命拉。八毛钱哪！今天不用再拉了。坐车的那小子真他妈的大爷气，我知道他赶着往公园里去管没正经的干，他在车上一个劲儿顿着足催。我先不理他。往后他索性说："再不快拉，大爷不给钱！"成！老子瞧你的！不给？老子不揍你这囚攮的？我把车杠子往地下猛的一扔，往旁一逃，躲开了，他往前一扑，从车里掀出来，跌多远。那小子跳起身来——你猜他怎么着？他先瞧衣服！

"老子不拉了。给钱！"我先说。

他一瞪眼——这小子多机灵，他四围一望半个巡警也没，只有几个穿短褂儿的站在一旁咧着嘴笑，那神儿可不对眼儿，会错了我的意思，以为我是打闷棍的,说道:"跌了大爷还要钱?"回身就走。我能让他跑了吗?我赶上去一把扯住他。他没法儿,恶狠狠的瞪着我从裤兜儿里掏出钱来往地上一扔,我才放他走了。那天我真高兴,像封了大元帅,一肚皮的气也没了。摔那小子一交,哈哈!

我回到家里,洗了澡,就手儿把衣服也洗净搓干了,搁在窗外。张老婆儿又进来了,我知道她管保累赘,逃了出来。张老头儿正坐在河沿子那儿吹嘴,我捡一块小石子往他秃脑袋上扔。他呀了一声儿回过头来一瞧是我,就笑开啦。笑得多得味儿!"扔大叔的脑袋?淘气!孩子,这一石子倒打得有准儿!"

"我的一手儿枪打得还要有准儿呢!他妈的,多咱找几个有钱的娘儿们当靶子。"

"好小子,你是说当那个靶子,还是说当这个靶子?哈哈!"这老家伙又喝的楞子眼了。"你这小子当保镖的倒合适。"

"你大叔提拔我才行哪。要不然,我就老把你这脑袋当靶子。"

他一听叫他大叔,就是一盅。"成!你大叔给你荐个生意比打死个人还不费力呢!多咱我荐你到刘公馆去当保镖的——啊,想起来了,刘公馆那个五姨太太顶爱结实的小伙子……"他又吹开了。

那天真热!要住在屋子里边儿,人就算是蒸笼里边儿的饽饽哩。河沿子那儿有风吹着凉快。张老头儿吃了饭再谈一回儿才走,我也不想回到屋子里去,抽着烟坐在铁栏栅上面说闲话儿。坐到十二点多,风吹着脊梁盖儿麻麻酥酥怪好受的,索性躺在水门汀上睡了。我正睡得香甜,朦朦糊糊的像到了家,妈在哭,抽抽噎噎怪伤心的。哭声越来越清楚,咚的一声,我一睁眼,大月亮正和高烟囱贴了个好烧饼,一个巡警站在桥下打盹儿。原来做了个梦。他妈的半夜三更鬼哭!脑袋一沉,迷迷糊糊地又睡去了。

第二天傍晚儿咱们在乘凉时,啊,他妈的,一只稻草船的伙计一篙下去,铁钩扯上个人来!我死人见多了,咱们家那儿一句话说岔了,就得拔出刀子杀人,可没见过跳河死的。怕人哪!那儿还像十个月生下来的人?肚皮儿有水缸那么大,鼻子平了,胳膊像小提桶,扎一刀能淌一面盆水似的。我细细儿一瞧,原来就是钉棚里那个新来的小娼妇。她死了还睁着眼呢!天下还有比咱们拉车的更苦的!我回到屋子里去时,张老婆儿说道:"阿弥陀佛,前生没修呵!今生做娼妇。"我接着做了几晚上的梦,老见着这么个头肿脑胀的尸身。这么一来我真有三个多礼拜不去看花鼓戏——看了又得往钉棚跑呀!往后渐渐儿的到了冬天,兴致也没了,才不去了。

　　冬天可又是要咱们拉车的性命的时候儿。我先以为冬天成天的跑不会受冷,至不济也比热天强。他妈的,咱们拉车的一年三百六十五天没一天是舒泰的。北风直吹着脸,冷且别说它,坐车的爱把篷扯上来,顺着风儿还好,逆着风儿,那腿上的青筋全得绷在皮肉上面,小疙瘩似的。上桥可真得拼命哪!风儿刮得呼呼的打唿哨,店铺的招牌也给吹得打架,吹飞顶帽子像吹灰,可是咱们得兜着一篷风往桥上拉,身子差一钉点贴着地,那车轮子还像生了根。一不留神把风咽了口下去,像是吞了把刀子,从嗓子到肠子给一劈两半。下雪片儿,咱们的命一半算是在阎王老子手里!下小雪也不好受,夹着雨丝儿直往脖子里钻,碰着皮肉就热化成条小河,顺着脊梁往下流;下大雪吗,你得把车轮子在那儿划上两条沟,一步儿刻两朵花才拉得动。就算是响晴的蓝天吧,道儿上一溜儿冰,一步一个毛儿跟头,不摔死,也折腿。可是咱们还得拉——不拉活不了呀!咱们的活儿就像举千斤石卖钱,放下活不了,不放下多咱总得给压扁。今儿说不了明儿的事!我拉了两年车,穷人的苦我全尝遍了,老天爷又叫我瞧瞧富人的活儿啦。张老头儿跑来说道:"孩子,快给大叔叩头。可不是?我早就说荐个人不费什么力!刘老爷上礼拜接着收到四封信要五十万,急着雇保镖。我给你说了,一说就成!你瞧,大叔没吹嘴不是？明儿别去拉车，大叔来带你去。孩子！哈哈，大叔没吹嘴不是？"他说着又乐开了。我一把扯着他到同福园去。

第二天我扎紧了裤脚，穿了对襟短褂儿，心里想着刘老爷不知是怎么个英雄好汉，会有这么多家产。吃了饭张老头儿来了，我把裤脚再扎一扎，才跟他走。刘公馆在静安寺路，离大华饭店不远儿。他妈的，可真是大模大样的大公馆，那铁门就有城门那么高，那么大。张老头儿一进门就谈开啦。他指着那个营门的巡警跟我说："这是韩大哥。"我一听他的口音是老乡，咱们就谈上了。号房先去回了管家的，才带着我进去。里边是一大片草地，那边儿还有条河，再望过去是密密的一片树林，后边有座假山，左手那边是座小洋房，只瞧得见半个红屋顶，这边是座大洋房。这模样儿要没了那两座屋子，倒像咱们家那儿山根。我走进一看那屋子前面四支大柱子，还有那一人高的阔阶沿，云堆的似的，他妈的，张老头儿没吹，站在上面像在冰上面溜，真是大理石的！左拐右弯的到了管家的那儿，管家的带了我去见老爷，他妈的，真麻烦！他叫我站在门外，先进去了。再出来叫我进去。真是王宫哪！地上铺着一寸多厚的毡子，践在上面像踩棉花。屋子里边放着的，除了桌子、椅子我一件也认不得。那个老爷穿着黑西装，大概有五十左右，光脑门，脑杓稀稀拉拉的有几根发，梳得挺光滑的，那脑袋吗，说句笑话儿，是汽油灯；大肚皮，大鼻子，大嘴，大眼儿，大咧咧的塑在那儿，抽雪茄烟。我可瞧不出他那一根骨头比我贵。我打量他，他也打量我，还问我许多话，跟管家的点一点脑袋，管家的带我出来了。

到了号房，张老头儿伴着我到处去瞧瞧。车棚里一顺儿大的小的放着五辆汽车。我瞧着就吓了一跳。穿过树林，是座园子，远远儿的有个姑娘和一个小子在那儿。那个姑娘穿着件袍儿不像袍儿、褂儿不像褂儿的绒衣服，上面露着胸脯儿，下面磕膝盖儿，胳膊却藏在紧袖子里，手也藏在白手套里，穿着菲薄的丝袜子，可又连脚背带小腿扎着裹腿似的套子。头发像夜叉,眉毛是两条线,中国人不能算,洋鬼子又没黄头发。张老头儿忙跑上去陪笑道:"小姐少爷回来了?这小子是我荐来的保镖,今天才来,我带他来瞧瞧,"他说着跟我挤挤眼。他是叫我上去招呼一声。我有什么不明白的?我可不愿意赶着有钱的拍!咱小狮子是那种人?瞧着那个小子的模样儿我就不高兴,脸擦得和姑娘一样白,发儿像镜子,怯生生的身子——兔儿爷似的,他妈的!他们只瞧了我一眼,也没说什么。咱们兜了个圈子也就回来了。那天晚上我睡在号房里,铺盖卷儿也是现成的。

除了我,还有个保镖的,是湖南人,叫彭祖勋,倒也是条汉子。咱们两个,替换着跟主子出去。我还记得是第三天,我跟着五姨太太出去了一遭儿回来。才算雇定了。那五姨太太吗,是个娼妇模样儿的小媳妇子,那脸瓜子望上去红黄蓝白黑都全,领子挺高挺硬,脖子不能转,脑袋也不能随意歪。瞧着顶多不过二十五岁,却嫁个秃脑袋的——古话儿说嫦娥爱少年,现在可是嫦娥爱财神爷!有钱能使鬼推磨!他妈的!那天我跟着她从先施公司回来,离家还有半里来地儿,轧斯林完了。五姨太太想坐黄包车回去。我说:"别!我来把车推回家。"

"你独自个儿推得动吗?"那小娼妇门缝里瞧人,把人都瞧扁了。开车的也说还多叫几个人。我喝一声儿:"别!"收紧裤带,两条胳膊推住车,让他们上了车,我浑身一攒劲,两条腿往地上一点,腰板一挺,全身粗筋和栗子肉都蹦了起来,拍的一来,胸前的扣儿涨飞了两颗,一抬腿往前迈了一步,那车可动啦。一动就不费力了!我一路吆喝着,推着飞跑,来往的人都站住了瞧,跟了一伙儿瞧热闹的,还有人扯长怪嗓子叫好。到了家,我一站直,那小娼妇正在汽车后面那块玻璃里边瞧着我,老乡和两个号房,还有老彭都站在那儿看。老彭喝了声:"好小子!"

"你索性给推到车棚里去吧!"小姐原来刚从学校里回来,也跟在咱们后边儿，我倒没瞧见她。

"这小子两条胳膊简直是铁打的！"五姨太太跳下车来瞧着我。妈的，浪货！

"成！"我真的又想推了。咱老乡笑着说道："好小子，姑娘跟你说着玩儿的！"

"说着玩儿的？"他妈的，咱小狮子是给你打哈哈的？小姐问我叫什么，我也不理她，回到号房里去了。

"还是弯巴子哪！五姨，咱们跟爹说去，好歹留下这小子。"

这么着，我就在那儿当保镖的了；成天的没什么事做，单跟着主子坐汽车，光是工钱每个月也有五十元。只在第八天傍晚儿出了一遭儿岔子。我把老爷从厂里接回来，才到白利南路，你知道那条路够多冷僻，巡警也没一个，已是上灯的时候儿，路旁只见一株株涂了白漆的树根，猛的窜出来四五个穿短裤儿的想拦车，开车的一急就往前冲，砰的一枪，车轮炸了。车往左一歪，我一机灵，掏出手枪，开了车门，跳了下来，蹲在车轮后面，车前两支灯多亮，我瞧得见他们，他们瞧不见我。我打了一枪，没中。他们往后一躲，嚷了声："有狗，"砰的回了一枪，打碎了车门上的厚玻璃，碎片儿溅在我的脸上，血淌下来，我也不管，这回我把枪架在胳膊上，瞧准了就是一枪。一个小子往后一扑，别的扶着跑了，嘴里还大声儿的嚷："好狗！打大爷！"第二天赏了我二百元钱，我拿着钱不知怎么的想起了那个小子的话："有狗！"他妈的，老子真是狗吗！可是绑票的还没死了这条心，隔了不上一礼拜，五姨太太给绑去了。老彭忘了带枪——是他跟着去的，赤手空拳和人家揪，给打了三枪。五姨太太算出了八万钱赎了回来。那娼妇真不要脸，回来时还打扮的挺花哨的，谁知道她在强盗窝里吃了亏不曾？可是老爷，他情愿出这么多钱的忘八！老彭在医院里跑出来，只剩了一条胳膊，老爷一声儿不言语，给了五十元钱叫走，就算养老彭一辈子，吃一口儿白饭，也化不了他多少钱，他却情愿每年十万百万的让姨太太化，不愿养个男儿汉。我真不知道他安的什么心眼儿！还有那个老太太，我也不知还比张老太婆儿多了些什么，成天在家里坐着，还天天吃人参什么的，三个老妈子伏侍她一个；张老太婆儿可还得挤箍着老花眼缝破丁。都是生鼻子眼儿的，就差得这么远！

他们和咱们穷人真是两样的，心眼儿也不同。咱们成天忙吃的穿的，他们可活得不耐烦了，没正经的干，成天的忙着闹新鲜玩意儿还忙不过来。看电影哪，拍照哪，上大华饭店哪，交朋友哪，开会哪，听书哪——玩意儿多着哪。那小姐吗，她一张脸一个身子就够忙。脸上的一颗痣我就弄不清楚，天天搬场，今儿在鼻子旁，明儿到下巴去了，后儿又跑到酒涡儿里边儿去了，一会儿，嘴犄角那儿又多了一颗了。衣服真多，一回儿穿这件，一回儿穿那件，那式样全是千奇百怪的，张老头儿真的没扯牛，有一次她上大华饭店去，真的穿了双银的高跟儿皮鞋。老乡说她的袜子全得二十五元一双呢。咱们拉车的得拉十天哪！少爷也是这么的，今儿长褂儿，明儿西装——还做诗呢！

咱们见下雪了就害怕，他们见下雪了就乐。拿着雪扔人。我走过去，冷不防的一下扔了我一脸。我回头一看，那小姐穿得雪人似的，白绒衫，白绒帽，还在抓雪想扔我。拿老子取乐儿？我也抓了一团雪一幌，她一躲，我瞧准了扔过去，正打中脖子。少爷和五姨太太全在一旁拍手笑开了。他们三个战我一个，我真气。我使劲地扔，少爷给赶跑了。五姨太太跌在地上，瞧着笑软了，兀自爬不起来。我抓了雪就赶小姐，她往假山那边儿跑，我打这边儿兜过去。在拐角上我等着，她跑过来撞在我怀里，倒在我胳膊上笑。我的心猛的一跳。她老拿男子开玩笑，今儿爱这个，明儿爱那个，没准儿，现在可挑上了我。少爷也是那么的，他爱着的姑娘多着哪，荷包里有的是钱，谁不依他。玩儿的呀！可是咱小狮子是给你开玩笑的？我一绷脸，一缩胳膊，让她直撅撅地倒在地上。走我的！她自己爬了起来，讨了没趣儿，干瞪眼。

这还不新奇。有天晚上我在园子里蹓。月亮像圆镜子，星星——像什么？猛的想起来了，玉姐儿的眼珠子！我的心像给鳔胶蒙住了，在小河那边猛孤丁地站住了，愣磕磕地发怔。山兜儿的那边儿有谁在说话。我一听是少爷的声气：

"青色的月光的水流着，

啊啊山兜是水族馆……"

那小子独自个儿在闹什么？我刚在纳罕，又来了一阵笑声，还夹着句："去你的吧！"是五姨太太！好家伙！猛的天罗地网似的来了一大嘟噜，架也架不开，是那小娼妇的纱袍儿，接着不知什么劳什子冲着我飞来，我一伸手接住了，冲着脸又飞来一只青蝴蝶似的东西，我才一抬手，已搭拉在脸上了，蒙着眼，月亮也透着黑不溜秋的，扯下来一看，妈的，一只高跟皮鞋，一双丝袜子！拿小娼妇的袜子往人家脸上扔，好小子！

"祖裸的你是人鱼，

啊啊你的游泳……"

什么都扔过来了！

"嘻——呀！……"

在喘气啦！睡姨娘，真有他的！可是不相干，反正是玩儿的！他们什么都是玩儿的：吃饭是玩儿的，穿衣服是玩儿的，睡觉是玩儿的……有钱，不玩儿乐又怎么着？又不用担愁。一家子谁不是玩儿乐的？小姐，少爷，姨太太，老太太都是玩儿过活的。不单玩玩就算了，还玩出新鲜的来呢！没早晚，也没春夏秋冬。夏天屋子里不用开风扇，一股冷气，晚上到花园去，冬天吗，生炉子，那炉子也怪，不用生火，自家儿会暖。他们的冷暖是跟市上的东西走的，卖西瓜冰淇淋了，坐篷车，卖柿子，卖栗子了，坐跑车，卖鸡呀鸭的吃暖锅了坐轿车。咱们成年的忙活儿，他们成年的忙玩儿。那老爷吗，他赚钱的法儿我真猜不透。厂里一礼拜只去一遭儿，我也不见他干什么别人不会干的事，抽抽雪茄，钱就来了。他忙什么？忙着看戏，玩姑娘哪！他这么个老头儿自有女人会爱他，全是天仙似的，又年青，又漂亮，却情情愿愿地伴着他。家里有五个姨太太，外面不知有多少，全偷野老儿，自家儿绿头巾戴的多高，可满不在乎的。有个拍电影的段小姐真是狐精。他顶爱她。一礼拜总有两次从天通庵路拍电影的地方接到旅馆里去。她身上的衣服，珠项圈……什么不是他给的呀！说穿了她还不是娼妇？钉棚里的娼妇可多么苦？还有这么乐的，我真想不到。少爷也看上了她了。那天我跟了他到段小姐家里，他掏出个钻戒叫我进去给她，说老爷在外面等着。那小娼妇——你没瞧见呢！露着白胳臂，白腿，领子直开到腰下，别提胸脯儿，连奶子也露了点儿。她进了汽车，一见是少爷，也没说什么话。车直开到虹桥路，他们在一块草地上坐下了，我给他们望风。那草软软儿的像毛巾，什么事不能干哪！他们爷儿俩真是一对儿，大家满不在乎的，你玩你的，我玩我的，谁也不管谁。别说管儿子，那小娼妇看上我身子结实，要他吩咐我去伴她一晚上，他也答应哩。那小娼妇拿身子卖钱，倒玩起我来啦。可是牛不喝水强按头，他叫我去我不能不去。我存心给她没趣儿，谁知道，妈的，她真是狐精！那时正是热天。她穿的衣服，浑身发银光，水红的高跟儿缎鞋，鞋口上一朵大白绸花儿，紫眼皮儿一溜，含着笑劲儿，跟我说话儿。我口渴，喝了一杯洋酒。这一来可糟了！她往我身上一坐，一股子热嘟嘟的香味儿直冒。我满想不理她，可是那酒就怪，喝了下去，热劲儿从我腿那儿直冒上来，她回过头来说道："别装正经，要个嘴儿呀！"她攒着嘴唇迎上来。好个骚狐精，那娇模样儿就像要吞了天，吞了地，妈的吞了我！她的奶子尖儿硬啦，像要刺破薄绸袍儿挺出来似的，我一撕，把她的袍子从领子直撕下去——什么看不见呀！妈的，浪上人的火来了。冷不防地她跳起来，逃开了，咬着牙儿笑。我一追,她就绕着桌子跑。死促狭的小娼妇,浪上人的火来,又逃着逗人?我跑又不能跑,她还在那儿笑着说道:"一般急得这个样儿,还装正经!"我急了托地一蹦,从桌子这边儿跳到那边儿,……他们连这件事也能闹这许多玩意儿。那小媳妇子胸脯儿多厚,我一条胳膊还搂不过来,皮肉又滑又白,像白缎子,腿有劲,够味儿的!我闹得浑身没劲,麻麻酥酥怪好受的睡去了。

半晚上我猛的醒回来,一挪手正碰着她。月光正照在床上,床也青了,她像躺在草上的白羊,正睡得香甜。不知怎么的我想起了跳河死的那个小娼妇,就像睡在我旁边似的。我赶忙跳起来,往外跑,猛想起没穿衣服,赶回来找衣服,一脚踩在高跟鞋上面,险些儿摔了个毛儿跟头。他妈的,真有鬼!衣服什么的全扔在地上,我检了自家穿的,刚穿好,她一翻身,像怕鬼赶来似的,我一气儿跑了回来。往后我见了她,她一笑,我就害怕。咱小狮子怕她!我自家儿也不明白是怎么一回儿事。

我在那儿当了一年半保镖的,他们的活儿我真瞧不上眼。我有时到张老头儿家里去,瞧瞧他们,回来再瞧瞧老爷少爷,晚上别想睡觉。不能比!瞧了那边儿不瞧这边儿,不知道那边儿多么苦,这边儿多么乐。瞧了可得气炸了肚子!谁是天生的贵种?谁是贱种?谁也不强似谁!干吗儿咱们得受这么些苦?有钱的全是昧天良的囚攮。张老头儿,他在主子家里拉了十多年,小心勤苦,又没短儿给他们捉住了,现在他主子发财了,就不用他了。这半年他嘴也不吹了,我去瞧他时,他总是垂头丧气地坐在家里。他这么老了,还能做什么事?我去一遭儿总把几个钱给他。他收了钱,就掉泪:"多谢你,孩子!"他们两老夫妻就靠这点子钱过活,张老婆儿晚上还干活儿呢,一只眼瞎了!可怜哪。有一次我到那儿去,张老头儿病在床上,张老婆儿一边儿念佛,一边儿干活。她跟我说道:"孩子哇!大米一年比一年贵,咱们穷人一年比一年苦。又不能吃土。现在日子可不容易过哪！前儿住在前楼的一家子夫妻俩带着三个孩子，男的给工厂里开除了，闲在家里。孩子们饿急了，哭着嚷，那男的一刀子捅了那个大孩子的肚子，阿弥陀佛，肠子漏了，血直冒。女的赶上去抢刀，他一回手道：'你也去了吧，'劈了她半只脑袋。等他抹回头往自家儿肚子撩，阿弥陀佛，那女的眼睁着还没死透，瞧着孩子在哭，丈夫拿刀子扎自家，一急就拼着血身往刀口一扑，阿弥陀佛，半只脑袋正冲着刀锋，快着哪，像批萝卜似的批下半个脑盖来！阿弥陀佛！他一瞧这模样儿痛偏了心，拿着刀子疯嚷嚷的往外跑，见了穿长褂儿的先生们就剁，末了，阿弥陀佛，把自家儿的心也摘出来了！留下两个孩子，大的还不到八岁，小的还在地上爬呢。等人家跑进去，那个小的正爬在地，解开了他妈的扣儿，抓着他妈的奶子，嚷着哭哪！阿弥陀佛……"她那只瞎眼也淌泪。我怎么听得下去？脑袋也要炸了！以后我真怕到那儿去。

　　咱们简直不如小姐的那只狗哪！妈的，我提起那条白西洋狗就有气。真是狗眼瞧人低，瞧见小姐会人似的站直了，垂着两条前腿摆尾巴，见了咱们吗，对你咕咕眼，吆唤了两声夹着尾巴跑了。每天得给它洗澡，吃牛肉，吃洋糖，吃冰淇淋，小姐吃的都有它的份——妈的，咱们饭也没吃的呢！我也不管小姐在不在，见了它就踹。

　　我做到第二年夏天真做不下去了。小姐老缠着我。我知道她恨我，可又不愿意叫我走。她时常逗我，猛的跑来躲在我怀里，不是说给我赶那只狗，别让走近来，就说你挟着我回去吧，我脚尖儿跑疼了。我故意不把她放在眼里。爱女人？我没那么傻！压根儿爱女人就是爱××××××现在要是玉姐儿来逗我，也许会爱她。除了玉姐儿，我眼里有谁？你知道她要玩个男子，谁肯不依她？生得俏，老子有钱，谁不愿意顺着杆儿爬上去？我可是傻心眼儿。咱小狮子顶天立地的男儿汉，给你玩儿乐的？你生得俏，得让老子玩你，不能让你玩我。我给你解闷儿吗？我偏给她个没趣儿。她恨得我什么似的。那狗入的小娼妇时常当着大伙儿故意放出主子的架子来呕我。我可受不了这份罪！这几个钱我可不希罕。

那天我到张老头儿那儿去，离吉元当不远儿，聚着一大堆人，我挤进去看时，只见一个巡警站在那儿，地上躺着个老婆儿，脸全蒙着血，分不清鼻子眼儿，白头发也染红了，那模样儿瞧着像张老太婆儿。旁边有两件破棉袄儿也浸在血里。我一问知是汽车碰的，当下也没理会，挤了出来，到张老头儿家里。他正躺在床上。又病了！这回可病得利害，说话儿也气喘。我问张老太婆儿那儿去了。

"啊，孩子！"他先淌泪。"我病了，她拿着两件破袄儿去当几个钱请大夫。去了半天啦，怎么还不见回？天保佑，瞎了一只眼，摸老瞎似的东碰西磕别碰了汽车……"

我一想刚才那个别是她吧，也不再等他说下去，赶出来，一气儿跑到那儿，大伙儿还没散，我细细儿的一瞧，可不正是她！我也不敢回去跟张老头儿说。我怎么跟他说呢？

我掩着脸跑到家里。老乡一把扯住我说："你到那儿去来着？那儿没找到？老爷等着使唤你，快去！"我赶忙走进去，半路上碰着了老爷，五姨太太和小姐。我一瞧那模样儿知道又要出去兜风了。妈的，没事儿就出去兜风，咱们穷人在汽车缝子里钻着忙活儿呢！老爷见了我就大咧咧的道："你近来越加不懂规矩了，也不问问要使唤你不，觑空儿就跑出去。"滚你妈的；老子不干了。我刚要发作，小姐又说："呀！我的鞋尖儿践了这么些尘土！你给我拂一拂净。"

"滚你妈的！"

老爷喝道："狗奴才，越来越像样了。我没了你就得叫绑票给绑去不成？你马上给我滚！"

我也喝道："你骂谁呀？老子……"我上去，一把叉住他，平提起来,一旋身,直扔出去。小姐吓得腿也软了,站在那儿挪不动一步儿。我左右开弓给了她两个耳刮子:"你?狗入的娼妇根!想拿我打哈哈?你等着瞧,有你玩儿乐的日子!咱小狮子扎一刀子不嚷疼,扔下脑袋赌钱的男儿汉到你家来做奴才?你有什么强似我的?就配做主子?你等着瞧……"

谁的胳膊粗,拳头大,谁是主子。等着瞧,有你们玩儿乐的日子!我连夜走了。

一九三〇,八月,一日

生活在海上的人们

出去的三十多对船只回来了五只。

> 嗳啊,嗳啊,嗳……呀!
> 咱们全是穷光蛋哪!
> 酒店窑子是我家,
> 大海小洋是我妈,
> 赊米赊酒,赊布,柴,
> 溜来溜去骗姑娘——
> 管他妈的!滚他妈的!
> 咱们全是穷光蛋哪!
> 嗳啊,嗳啊,嗳……呀!

三百多人这么唱着去的;唱着回家的只我们三十多个啦。凭空添了几百没丈夫的小媳妇没儿子的老头儿,老婆儿,没爹的小兔崽子——天天晚上听得到哭声！恩爱夫妻不到冬，他妈的，翠凤儿好一朵鲜花儿，青青的年纪就变了寡妇咧！她没嫁给老蒋的时候儿，本来和我顶亲热的，我也顶爱她的；可是，女人这东西吗，压根儿就靠不住，三不知的嫁了老蒋了。两小口儿一条线儿拴俩蚂蚱，好得什么似的，倒把我生疏了——天知道，我可那里忘得了她！咱们动身的那天，老蒋还和她没结没完的谈了半天。她妈的，谁知道呀，老蒋这回儿却见了海龙王啦。

出岔子的三十多对船全是大脑袋蔡金生的；咱们这儿的船多半是他的。咱们这儿只这么大一块地方儿，四面全是海，来回不到八十里地儿。他简直在这儿封了王。谁敢冲着他出一口大气儿？公仓是他的，当铺子全是他开的，十八家米店他独自个儿开了十五家，酒店又多半是他的。咱们三万多人，晒盐的，捉鱼的，那一个不吃他的，喝他的。他要咱们死，咱们就得死！巡官，缉私营，谁不奉承他？他家里还养着二十多个保镖的，有几十枝枪呢！那狗入的乡绅，冯筱珊，村长邵晓村他们也是和他一鼻孔出气的。他们家里不说别的，就女人，大的小的，也弄不清楚究竟有多少。咱们的姑娘，只要他们看上了，就得让他们摆布。谁敢哼一声儿，回头就别想做人！妈的冯筱珊那老不死的就是刁钻古怪的鬼灵精儿，专替他们打主意。妈的这伙儿囚攘的咱们三万多人没一个不想吃他的肉！

我回来了五天，没一天没人哭到大脑袋家里去，向他要钱养老。你猜那狗入的怎么着呀？干脆把人家摔出来！李福全的妈就给摔伤了腰，躺在家里，瞪着眼儿干哼唧。咱们半条性命在自家儿身上，半条性命在海龙王手里边儿的替他捉鱼，让他发财，翻了船死了，扔下一大堆老的，小的，他一个子儿也不给，叫咱们心里边儿能不把他恨到了极点吗？咱们还算是好的，还有他们烧盐的咧。你们知道盐是怎么来的呀？有的是烧的，有的是晒的。一只芦席编的搭了湿土的大锅子放在那儿烧，锅子里边儿是海水，烧盐的光着身子，一个心儿瞧着锅底，一漏就得让人家抬着往火里送,把手里边儿的湿土按在那儿了才能出来。你说呀,干这营生的谁又说得定什么时候死哪!晒盐的也要命,一天天的海水,一天天的太阳,不知道流了多少汗,才晒成了这么二百多斤盐。他妈的公仓不开——公仓已经好久不开了!这几天米店不赊账了,说是没米啦。他妈的,没米?那伙儿狗入的吃什么的呀?左归右归还不是要咱们的命罢咧。再这么过一个月,谁也别想活得了!

可是,也有说他好的人。我的哥子就是一个。咱们俩虽说是一娘养的哥儿,可是我就和他合不上来。他是在大脑袋家里当听差的,早就娶了媳妇;我不和他在一块儿住。那天我跑到他家去,他跟我说道:"老二,你说呀,他妈的那伙儿家伙,平日吃老爷的,喝老爷的,就不替老爷着想。这回老爷翻了这许多船,还哭到他家里去要养老钱。死了不就结了?还要什么抚恤?今儿石榴皮的媳妇来过了。我说老爷的心眼儿太好,压根儿就别用理她。"

这话你说我怎么听得进去,又要跟他抬杠儿啦。我的嫂子还说道:"那小媳妇子,人不像人,也守寡咧!那天我向她借条裙到前村喝喜酒去,她左推右推,归根儿还是不肯。今儿做了寡妇,我才痛快呢!"我瞧着她那副高兴的模样儿,那张势利脸,就一股子气劲儿往上冒,想给她个锅贴。人家死了丈夫,她心里边儿才痛快呢!我刚要发作,她又说道:"干脆给我当婊子去就得啦!没钱守什么寡?"她冷笑了一声儿。"死了倒干净呢!她也像守寡的吗?谁希罕她活着?谁又把她当人呀……"

我一股子气劲儿直冒到脑门,再也耐不住了。

"滚你妈的!谁是人谁又不是人?大脑袋算是人吗?你这娼妇根也像是人吗?"我一拍桌子,站了起来,喝道。

她先怔住了,我气虎虎地往外走。她跳起来就骂,赶了上来,给老大拦回去了。

"别撒你妈的泼!老大怕你这一套儿;我也怕你吗?我怕得了谁?"她一推老大,还想赶上来。

"你来?"我亮出刀子来;我杀人杀多了。"你来,老子不宰了你!"

那泼辣货还是拍手顿脚的一个劲儿骂。我也不理她,揣上刀子走我的。那天晚上好月亮,不用摸着黑儿走。我跑到小白菜那儿喝酒去。黄泥螺也在那儿。咱们真的没地方儿去,不是逛窑子,就是上酒店,总得喝得愣子眼儿的,打架淌了血才回来。有钱斗纸花,没钱的时候儿就干瞧着人家乐;除了这,叫咱们怎么过活?钱又不会从天上掉下来的;眙着眼干发愁,还不如灌饱了黄汤子,打一阵子,扎一刀子,淌点儿紫血就完咧。

过一回儿,陈海蜇也来了。

小白菜生得白奶白胸膛,
十字街上开酒坊;
老头儿现钱现买没酒吃,
我后生家没钱喊来尝。

小老儿肚子里边气冲火,
酒壶摔碎酒缸边;
我年青的时候儿没钱喝白酒,
如今人老珠黄鸡巴不值钱!

他这么唱着进来,大伙儿全叫引笑了。他也咧着嘴傻笑。"喂,小白菜,给拿酒来!"他在我们的桌上坐下了。

"嘻,你这人,欠了三千六,今年还没见过你半个子儿咧。"小白菜来了,卖俏不像卖俏,半真半假的白着眼儿。"咱们这儿不赊酒给穷小子！"

"老子今儿不单要赊你的酒，还要赊你的窟窿咧！"他乐开了，跟左手那边儿那个小老儿说道："王老头儿，你说，这话对不对？"

"嗳……嗳……"王老儿乐得合不上嘴来，一个劲儿嗳。

"嗳你妈的！还嗳呢！谁跟你咸呀淡的！小白菜，快拿酒来！"

"蔡老板说的，你的盐板早就完了，不能再赊给你。"小白菜回身走了。

"滚他妈的老板！真的行不行？"

"不行。"

"成！瞧老子的！"他亮出刀来，嚓的声儿插在桌上。"行不行？"

"你瞧，跟你说着玩儿的，就急得这个模样儿了！"小白菜赶忙拿出烧酒来，把笑劲儿也拿出来。

陈海蜇一条腿践在凳上，一口气儿喝了半杯，往桌上噔的一拳。"蔡老板！他妈的，多咱老子不割下他的大脑袋来当酒杯！谁搁得住受那份儿罪！半年不开仓了，米店不赊账了，连小白菜也扭扭捏捏的了。臊他妈的，简直要咱们的命咧。老马，你说呀，谁又活得了？咱们烧盐的，晒盐的先不提，你们捉鱼的活得了吗？你瞧，你瞧这遭儿死了二三百人，扔下一大嘟噜小媳妇子，小兔崽子，老婆子，老头子，大脑袋他妈的出过半个子儿没有？"他一回头在王老儿肩上打了一下；王老儿往后一坐，差点儿往后跌了个毛儿跟斗。"就说你们庄稼人吧。你们活得了吗？那妈的邵晓村，闹什么沙田捐呀，鸡巴捐呀，就差睡姑娘，生儿子没要捐——他妈的，反正是要咱们的命罢咧。"

"可不是？咱们小百姓准得饿死咧。这年头儿！我也活了六十多年了，就没碰见过这种年头儿！狗急跳墙，人急造反，我老头儿也想造反咧。"王老儿也拍了下桌子，气虎虎的，那神儿怪可笑的。

谁又不想造反呀？真是的。

"再这么过一个月，大伙儿再不造反，他妈的，我就独自个儿干！老子不希罕这条命！"你瞧那神儿！说着玩儿的呢！真会一下子造起反来的？

"别说废话啦，明儿晚上的事儿怎么了？"黄泥螺问他道。

"成！有四十多人——喂，老马，你干不干？"

我明白准是运私盐到县里去。

"是带'私窝儿'上县里去吗？"

"对！"

"干！杀人放火我都干！我有什么不干的！"我把酒杯往桌上一砸，说道："明儿要再碰着'灰叶子'，他妈的，咱们就拚个白刀子进，红刀子出，反正是活不了！"

你明白的，灰叶子就是缉私营。他妈的，大脑袋那狗入的，这儿故意按着公仓不开，又不许人家运"私窝儿"，怪不得县里的盐卖这么贵。那因攘的只知道独自个儿发财，就不管人家。

我喝得舌头硬撅撅的才跑出来；陈海蜇还在那儿跟小白菜胡闹，一定要赊她的窟窿。

  山歌要唱偷私情，
  喝酒要喝绍兴陈，
  摸奶要摸十八九岁牡丹奶，
  亲嘴要亲弯眉细睛红嘴唇。

  红嘴唇来白芧腮，
  又贪花色又贪财；
  贪财那有贪花好？
  野花香来夜夜开！

我嘴里边儿这么哼着往窑子那儿跑。刚拐弯跑进那条太平胡同，只见前面有个穿西装的小子。我是想到小金花家去的，他妈的，谁知道那小子也在那儿停住了，侧过身来敲门。他妈的，果然是邵晓村——我早知道除了邵晓村那家伙，就没人穿西装的。他敲开了门进去了。一回儿门呀的又开啦，出来了大饼张。他嘴里咕囔往胡同的那边儿走去，也没瞧见我。好小子，给撵出来了！我不高兴到别家去，一回身就走。我可真有点儿喝多了酒，眼珠子也有点儿蒙蒙糊糊地瞧着前面一棵树，还当是邵晓村了——妈的，你瞧，那家伙嘴上养着一朵小胡髭，架着眼镜儿，一张瘦脸瓜子，两只乌眼珠子在眼镜儿后边儿直冲着我骨碌骨碌的转。滚你妈的！我一刀子扎去，正扎在他脸上。他嚷也不嚷一声儿。我的刀子雪亮的在黑儿里边儿哆嗦，那里有什么邵晓村呀！

我拔了刀子沿着海滩往家走。大月亮正在脑袋上面，照在海上直照几里远。远远儿的有几只刁船在那儿，桅杆就像是个高个儿的瘦子，瘦影子在水面一晃一晃的像蛇。浪花儿尽往沙上冒，哗哗的吐白沫儿。月亮在我的后边儿，影子在我的前面；月亮跟着我，我跟着影子——嘻，妈的，你瞧她老比我快一步儿！一拐弯，我转到山根那边儿，只见一个影子一闪，咚的一声儿。是谁跳了海啦！多半是死了儿子的老婆儿。我一扔褂子，一耸身往漩涡那儿钻去。我抓住了那家伙的发儿，扯了上来。是翠凤儿！我让她平躺在沙滩上面；她的衣服全湿透了，平躺在那儿，一动不动的。我往她身上一阵按，她那软软儿的身子——我按着按着，她给我按得胸脯儿一高一低的，气越喘越急，腮帮儿也红啦，我自家儿可按得心里边儿有点儿糊糊涂涂的啦。还好没喝多水，她哇的一声儿醒过来了。她坐起身来，望了望我，哭起来啦，哭得抽抽咽咽的。他妈的，你哭你的，可教我怎么着呀？陪着你哭不成？我站在一旁愣磕磕地瞧她哭。他妈的，一个湿身子，衣服全贴在身上——我有点儿爱她呢！我本来是爱她的，嫁了老蒋，才不好意思再爱她了。老蒋，那家伙，把个花朵儿似的媳妇扔在家里，自家儿到龙王宫里去乐他的！我真舍不得让她哭，可是也没法儿。她哭了一回儿，站起来，一边哭，一边走，把我扔在那儿。我跟了上去。

"翠凤儿，我送你回家吧？"

她不做声，我也不言语，陪着她往回里走。那道儿真远，走了半天还没走了一半。她哭着哭着也不哭了。我傍着她走，越走越爱她，越走心里边儿越糊涂。

月子弯弯照九州，
我陪着你在山道儿上走；
看到你胸前奶子兀兀抖，
我马儿不由心难收……

我瞧了瞧她。她低下脑袋笑。

"谁教你救我的呀？我自家愿意死，干你吗事！"

"鲜花儿掉在水里，我怎么舍得……"

"呸！"她忍着半截哭劲儿啐我道。

"翠凤儿，你的衫子全湿透了，你瞧！"我往她胸脯儿上按。

"呸，别缺德了……"

我抱住了她……滚他妈的老蒋，我可管不了这么多！你瞧，我捉住了一条美人鱼！

我回家的时候儿日头刚冒嘴，一觉直睡到晚上，好香甜。醒来时已经不早了。我揣着刀子，先到船上去守着。我躲在舱里边，探出半个脑袋来瞧着。今儿晚上有风，海在发气啦。雾也够大的。好天气！运"私窝儿"，就要这么的天气。好一回他们才悄没声地挑着盐包来了。陈海蜇脑门上绑了条布,碰了"灰叶子",给打破的。

咱们一伙儿十多只小船开了出去。陈海蜇,麻子和我在一条船上。我是划船的。浪多高,大山小山。咱们一回儿上山,一回儿下山。我划船的本事就大,只一桨,就到山顶上去啦。海里边只听见浪声;浪花儿一个接着一个,黑压压的尽扫过来。

猛的麻子悄悄儿地说道:"缉私船来啦!留神!"

那边儿雾里边儿有一只桅灯正在向这边儿驶来。他们多半是听见了咱们的打桨声。有人在那儿喝道:"谁呀!停下来!"接着就是碰的一声枪!幸亏今儿晚上雾大,他们还瞧不见我们的船。

"别做声!"陈海蜇悄悄儿喝道,亮出了刀子,望着那只鬼鬼啾啾的桅灯。

我攒一股子劲,身子往后一倒,又往前一扑,打了两桨,往斜里蹿出了三丈多远,又往前驶去。浪花儿哗啦哗啦的溅到船里来;我们在缉私船的前面了,还有十多只船全跟在我们后边儿。

我们走了半里路,只听得后面碰碰的两枪,有谁喝了声儿:"停住!"我们往后一看,只见隔一丈路有一只船,顶后面的几只看不清了,不知谁给拦住啦。到了县里,我们从后山上岸,排小道儿走到石桥镇去,悄没声地走。离石桥镇没多远,一边是田,一边是河,田里边儿猛的蹿出一张狗脑袋来,叫了一声儿。黄泥螺扑上去,一把抓住那狗嘴,只见刀光一闪,连人带狗滚在田里边,也没听见一声儿叫。黄泥螺再跑出来时,浑身是泥。我们从田里抄过去,悄悄儿的各走各的,摸着黑儿跑到黑胡同里,敲开人家的门做买卖。

只一晚上,我们带去的"私窝儿"全完了。

早上,天没亮透,我们分着几伙儿回到船里,摇着船往家里走。钱在咱们荷包里边儿当啷当啷的响,《打牙牌》,《十八摸》也从咱们的嘴里边儿往外飞。得乐他妈的几天哩!到了家,一纳头便睡。晚上我买

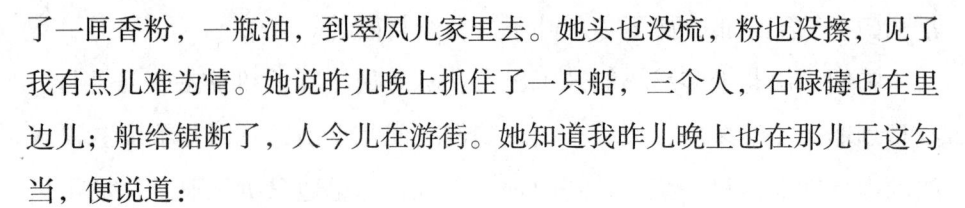

了一匣香粉，一瓶油，到翠凤儿家里去。她头也没梳，粉也没擦，见了我有点儿难为情。她说昨儿晚上抓住了一只船，三个人，石碌碡也在里边儿；船给锯断了，人今儿在游街。她知道我昨儿晚上也在那儿干这勾当，便说道：

"你也得小心哪！"

"管他呢！我怕谁？"

"你累不累？"

"我不累，可是厌了……"

"厌了什么呀？"

"摇船摇厌了，想换个新鲜的。我想推车。"

…………

他妈的，我推车的本领真大，从地上直推到床上。她说我像牛。我真像牛，像牛在推车，车在铺子上，牛也在铺子上。你说怪不怪？末了，车一个劲儿的哼唧，牛也只会喘气。累也忘了，愁也忘了！

接着五六天，白天睡觉，晚上当牛。钱又完啦！我到老大那儿去借钱。刚走到上庄，还没到大脑袋家，远远儿地瞧见一大伙人在那儿笑着闹。老大还站在门口那儿，指手画脚地骂道："滚你妈的，没天良的狗子们！老爷没向你们要船，你们倒向老爷要起人来啦！还有王法吗？前儿抢了米店，今儿索性闹到这里来了！"

我一瞧就知道是那伙儿死了丈夫，没了儿子的。他妈的，你瞧，咱们老大那神儿！狗奴才！还向他借钱吗？我可不干！

大伙儿闹起来了。

有人拿石子往老大身上扔。

"冲进去！"有人这么嚷道。

门开啦，抢出二十多个小子来，拿着枪就赶。大伙儿往外退，挤倒了好几个孩子，给践在脚下。一片哭声！我拿起脚下的一块大石头扔过去，正扔在老大脑杓上。他往前面倒。他妈的，老子回头不搠你百儿八十个透明窟窿！狗入的！我管你是谁？

我可不能再往下瞧，再瞧下去脑门也得气炸啦。我跑到小白菜那儿喝酒去。麻子，黄泥螺都在那儿。咱们好几天没碰着了。你一杯，我一杯的尽灌。

"老马，昨儿大支山又抢了一家米店，真的要反哩。"麻子说道。

"不造反怎么呀？我赶明儿把家里的马刀拿出来杀人去。他妈的，蔡金生，冯筱珊，邵晓村这伙儿狗入的家伙一个也别想活！"我真气。

过了一回儿，咱们三个人，一边喝酒，一边斗起纸花来啦。他妈的，我简直喝的不像样儿了，手里的牌，一张变了二张，全在那儿摇头晃脑的。这么着还能赢钱吗？我的钱，没多久就完啦。可是不知怎么的给我拿到了一副大牌，已经听张了，只要来只娥牌就可以和出五千一百二十道。我拚命的等着，他妈的拉也拉不上，打也没人打。黄泥螺坐在我下手，也是副大牌，也在那儿听张。我们俩全等急了，拉一张骂一张，睁着四只眼，一个心儿想和。好容易麻子拿着张娥牌往外一扬手，他就把牌往桌上一扔，喝道："和啦！"

"慢着！"我也把牌放了下来，把娥牌从他手里抢了过来。他先一怔，回头看了一回儿我的牌，就说道："为什么不早说？不给钱！"

"怎么能不给？"

"不给就不给！"

我一股气往上冲，酒性发作了，直往上冒。不知怎么的，我一瞧，他的脑袋也大了，像蔡金生。我拔出刀子来，噌的一声儿，连桌子带手掌儿，把他给钉住在那儿。

"拿出来，我说！"我直着眼儿，扯长了嗓子就嚷。他杀猪似的叫了一声儿。

"好家伙！"他大着眼把刀子拔了出来，就往我身上扎。我一躲闪，的一下，一阵凉气，刀子扎在我左胳膊上面，在那儿哆嗦。我不嚷一声儿疼，拔出刀子来，紫血直冒。黄泥螺也亮出刀子来。咱们俩眼珠子都直啦！大伙儿围了上来瞧热闹，也没人劝。扎一刀子冒紫血，谁嚷疼就丢脸，谁胜了就谁有理，咱们这儿死几个人算不了一回事儿。反正巡警管不了。麻子给我们把桌子什么的一腿踹开了，腾出片空地来。我往后退了一步，黄泥螺也往后退了一步，刚要往前一冲，死拚在一起啦，陈海蜇跑来了，分开了看热闹的，一把扯住我就往外跑。"别！让我治治这小子！"

"你也来！"他又拖住了黄泥螺。

"滚你妈的，谁来劝架就打谁！"我们俩都这么说。

"别打你妈的！我高兴来劝打架吗？别累赘，跟我来！"

准是出了什么事咧。我们跟着他，跑到外边，麻子也跟了出来。我问他什么事，他一个劲儿嚷："造反。"成！要造反，我有什么不干的！我们直跑到山顶东岳宫前面那块坪子上面，跑得气都喘不上来。四面都有人在望风。黑压压的在那儿有十多个人。他妈妈的呀！我喜欢得要跳起来。大饼张，陆耿奎，带鱼李，他妈的，从前咱们这儿的渔×××长，盐×××长，农×××长，一古脑儿全在这儿了。我胳膊上还淌血，从土褂儿上割下一条布来，绑在那儿，忙着嚷道：

"怎么个闹法呀！"

"悄悄儿的，别做声！听唐先生说！"带鱼李说道。

唐先生也在这儿呢！还是从前打县里来的，教我们组织渔×××什么的那个唐先生！他年纪还轻哩，心眼儿顶好的，生得挺大方的。我满心欢喜的，那里能听得他们的话呀。他们你一句，我一句的还没说完呢。

往底下望去，上庄大小支岔那儿一片灯火，海面有雾，数不清的桅灯，萤火虫似的在那儿闪呀闪的，远远儿的能看到在黑儿里往上冒的浪，听得见唏哩哗啦的浪声。

"明儿非杀了大脑袋不成！"

"他妈的，一刀子结了他，倒便宜了那狗入的，老子就想咬他一口儿呢！"

"听着，呃！我已经把条件想好了，我们明儿别杀他，要他答应我们的条件。杀了他，一则没什么用；二则要闹出大事来的。"这是唐先生在说话，不用看，听也听得出。

"管他妈的！杀了他又怎么样？造反就造反！我们管不了这么多！"

"不杀那家伙吗？不成！"

"冯筱珊，邵晓村那伙儿狗入的全要杀！"

大家又你一句我一句的争起来了。

"听着，呃！我把条件念一念。杀了他是不中用的，我们只要他答应就好了。"

大家慢慢地静了下来，一个心儿听着。唐先生念了一遍，大家又争了好久，才议定了。他妈的，陈海蜇又来了，他嚷道："还有蔡金生的媳妇女儿全拿出来让大伙儿戳！"你瞧他多得神儿！还以为自家儿说得真有理呢。

唐先生只望着他笑了笑。

我问带鱼李明儿怎么个闹法。他说道："明儿不是三十吗？大伙儿全到东岳宫来拜菩萨，咱们就趁势儿闹起来，不就成吗？谁又不想闹？明儿咱们派人分道儿去缴缉私营的枪，……啊，闹法多着咧，说也说不尽，全是唐先生想的。你单听他吩咐就得了。"

"我干什么呢？"

"你到大脑袋家去捉人。"

嘻，他妈的，真想得不差。赶明儿不闹他个天翻地覆？咱们有三万多人哪！人在家中坐，祸从天上来，大脑袋那知道明儿有人要捉他！我瞧着上庄大脑袋的家心里边儿乐得什么似的，顶好天立刻就亮，咱们马上就跑到大脑袋家去把他捉了来。

咱们散的时候儿，月亮已经在西边了，上庄那儿灯火也全熄了。陈海蜇跳起来抱着我，就腮帮儿上喷的一声儿亲了一下，咧着嘴笑开啦。黄泥螺跑过来拍了一下我的肩膀道："老马，咱们别再打他妈的架咧。"我们一路跳着回去。月亮也在笑哪！我本来想到翠凤家去的，回头一想，别去吧，去了明儿没劲。

我那天晚上直做了一晚上梦。那把马刀不知怎么的长了脑袋，摇摇摆摆地跑来叫我和他一块儿上大脑袋家去。迷迷忽忽的我好像在大脑袋家里拿着马刀和他对打，翠凤儿在一旁呐喊。我一刀砍去。他的脑袋飞在半空中，骨碌骨碌的转了半天，往我脑袋上一撞，就长在那儿了。他的脖子又长出颗脑袋来，我再一刀砍去，脑袋又飞了上来，长在我的脑袋上面啦。我跟他打了半天，脑袋上长了一大嘟噜的大脑袋，有屋子那么高。末了，索性连翠凤儿的脑袋也长在他的脖子上啦，怎么也砍不掉，那脑袋笑着嚷道："你砍呀！"我真急了，陈海蜇却站在一旁傻笑。我叫他帮场。他回身走他的！我一急，往前赶，一脚踏空，跌了下去，咚的一声儿，我一睁眼，却落在地上。我爬上床去再睡，怎么也睡不着啦。我就像小时候，明儿要去喝喜酒了，晚上躺在床上似的，一肚子的不知什么东西在那儿闹，顶好跳起来喊几声儿。我干躺在铺上想明儿咱们怎么冲进去，怎么跟他的保镖打架，怎么把大脑袋捉出来……

天慢慢儿的亮了起来。我跳了起来，脸也不洗，先磨刀。他妈的，谁知道，那条胳膊昨儿给黄泥螺扎伤了筋，抬不起来。没法儿，只得扔了那把马刀，洗了脸，揣上尖刀，跑到陈海蜇家里去。妈的，你瞧，他光着身子，正睡得香甜，胸脯儿一起一落的，雷似的在那儿打呼噜。我噌的给他一腿，他翻了个身，眼皮也不抬一下。好小子！我拿纸头搓成了纸捻儿往他鼻孔里一阵搅。他鼻翅儿扇了一扇，哈哧！醒了过来。一支黑毛手尽搓自家儿的鼻翅儿，腮帮儿上睡得一片口涎子。

"早着呢！下午做戏的时候儿……"他一合上眼又打起呼噜来啦。

我推了推他："喂，别睡你妈的了。"

"滚你妈的，留神老子揍你！"粘涎子又从嘴犄角儿那儿挂下来啦。

我跑了出来，没地方儿去——到翠凤家去吧。我还没到她家，她远远儿的来了，打扮得花朵儿似的。嘻，滚他妈的老蒋，她早就忘了他咧！

"喂，这么早上那儿去，呃？"

"啊，你吗？这几天不知给那个臭婊子留住了，怎么不来？"

"妈的婊子留住我！好朵鲜花儿，这么早就跑出来了，道儿上冷清清的鬼也不见一个，留神碰着采花贼！"

"人家还要上东岳宫烧香去，你就胡说八道的。留神你娘打你这狗嘴！"

"对了！你老在我嘴上打红印子！又香又甜的……"我跑上去，啧的跟她要了个嘴儿。

"嘻，缺德的，一嘴的酒味儿！我瞧你酒还没醒呢！"

"酒味儿香不香？咱们再来……"我啧的声儿，趁她不提防，又来了一个。

拍！她又清又脆的给了我一个锅贴。"你这……"她笑弯了腰。

"成！打的好！瞧我的！"我捉住了她。她绷着脸，含着半截劲儿道："别胡闹了，规规矩矩的让我烧香去是正经。"

"我陪你去！"

"你去干吗儿呀？你的眼睛里头还有菩萨吗？别给我——"

"对啦！我眼睛里头就只你这么尊活观音！"

我就这么胡说八道伴着她上山去。

道儿上人已经很多了：卖水果的，卖香的全赶着往那儿跑。还有挂了黄香袋的小老婆儿，脚鸭儿小得像蚂蝗，一步一句儿佛。你瞧她合着手掌儿，低着脑袋，那阿弥陀佛的模样儿！

我们走到山上，天早已亮了。太阳从海底下冒上来，海面铺了一层金。庙前那片空土坪子早已摆满了摊儿。咱们今儿就在这土坪子上面闹。你瞧，够多大，疏疏的有点儿草，中间一片空地，放着几个仙人担，四面全是柏树。从山门外往东岳宫里望，只见一片烟雾。翠凤儿拜了弥勒佛，又拜观音，再拜五百罗汉。她一尊尊的拜下来，我可给拜得命也掉了半条了。他妈的，好累赘！她又跑到大雄宝殿拜如来，还求签，还唠唠叨叨地问那个看签的和尚。你猜那秃脑袋的怎么说？

"此签主早生贵子……大姑娘还没嫁人吧，十月之内必有如意郎……"他妈的，笑话啦！也不瞧瞧翠凤身上穿的素衣就这么信口胡说的。翠凤儿差点儿笑开了，也不恼，含着笑劲儿望了望我。旁边听着的人可全笑开啦。我可等腻烦咧。那秃脑袋的又讲了好一会儿，我也不去听他。这当儿人越来越多了，全是小老婆儿跟小媳妇子。还有个傻瓜，从山门那儿叩着头跪进来，直叩到大殿。好家伙，真有她的！

猛的有人喝了声儿："让开！"来了一顶小轿。轿一停，就有两个小媳妇子跑上来揭开了轿帘，走出一个油头粉面的小媳妇子来。他妈的，正是大脑袋的姨太太，人家叫三太太的。一个小子跑上来把香烛点上了，往旁一站。那小媳妇子慢慢儿的跑上来，慢慢儿的跪下去，慢慢儿的拜了四拜慢慢儿的站了起来。妈的大家气！摆给谁看呀？可是瞧她的人却多着咧！问签的也不问了，拜的也不拜了，全悄没声的瞧着她。翠凤儿简直瞧出神了！我故意大声儿的问道："这是那来娼妇根呀？还坐轿来！他妈的，出那家的风头！"翠凤儿挤了挤我，叫我别胡说。那小娼妇听我这么说，倒也不生气，只望了望我，眼圈儿墨不溜湫的，准是抽大烟的。她一上轿大伙儿全谈开啦。

"你瞧，她多么抖！"翠凤儿叹了口气说道。

"抖？抖他妈的！做姨太太，守活寡！"

"有做姨太太的份儿倒也得啦。你瞧她头上那件不是金的！"

翠凤儿就爱阔。我赌气不做声，先跑了，扔下她，让她去拜这么半天吧。我给香烟薰了半天，打不起精神来，迷迷忽忽的想睡咧。那片大土坪子上早已零零落落的站了许多人，有的是来赶买卖的，有的是来瞧热闹的，还有来瞧小媳妇子们的。旗杆石那儿站着个"黄叶子"，手里拿着藤条。别神气你妈的了！等着瞧！那条山道儿上多热闹，挤满了人呀，轿呀，从上面望下去就像是蚂蝗排阵儿。我跑回家，上眼皮儿赶着我下眼皮儿，倒在床上就睡。

到了下午，我猛的醒过来，一瞧日头已经不早啦，赶忙泡了点儿冷饭，塞饱了肚子，赶着就往山上跑。胳膊不淌血了，可还是疼，不能拿马刀。

远远儿的我就听见东岳宫那儿一片声嚷。他妈的，谁教你睡到现在的？人家已经在那儿闹咧。我三步并一步的往上窜，前面撞来一个小子，后边儿陈海蜇当头，有四五个人在这边儿赶来。那小子急急忙忙的抢来，那神儿可不对眼。我一瞧，不是别的，正是大脑袋那个保镖的野猫张三笑。陈海蜇在后面嚷："拦住那小子！"他一听就往旁边儿树林子里边儿逃。我兜过去。好小子，尽在树林子里边儿东钻西蹿的。眼看着左拐右弯的要逃在我前头啦。我赶过去，一个毛儿跟斗摔在他跟前，一把拖住了他的腿，扭在一块儿了。陈海蜇跑上来按住了他，先给他腿上来一刀子，才反剪着他的胳膊推上山去。

"你在干吗呀？妈的多半还是在翠凤儿的裤下不成？到现在才来！"陈海蜇向我道。

"睡觉！"

"你晚上干什么呀？一清早就跑来，白天睡觉！"

"闹起来了吗？"

"唐先生已经在那儿念妈的条件咧。他妈的大脑袋家里的保镖的跑来五个，也来看戏，叫咱们全给抓住了，就逃了这小子。跑得快，好小子！"他噜的给他一腿。

我跑到上面一看，只见那么大的一片土坪子站满了人，够一万多；脑袋像浪花儿那么的一冒一冒的。几百条马刀在大伙中间闪呀闪的像镜子。还有几个家伙拿着长枪，枪头上有红缨子，他妈的戏班子里边的十八套武器全给拿来啦。翠凤儿也在那儿，她身傍站着个大花脸，串戏的也跑到这儿来啦。旗杆石上靠着旗杆站着唐先生，正在那儿演说。

"……你们明白的，这回事全靠咱们大伙儿来干，咱们有三万多人，他们连缉私营在里边儿也不满三百。不用怕……"

"不怕！咱们怕什么的！"大伙儿里边拿着马刀的全嚷起来啦。

"很好！咱们用不到怕！你们明白的，咱们不能再这么活下去！咱们快饿死了，瞧，米店放着米不卖，情愿烂；死了三百人，大脑袋不肯给钱！每天晚上，咱们不是听得到寡妇们的哭声吗？你瞧，他们全住大屋子，抽大烟，娶姨太太，咱们可饭都没吃的了！咱们要不要饭吃？咱们愿意这么过下去吗？愿意没饭吃吗？愿意死吗？咱们是应该死的吗？咱们还耐得下去吗？"

"咱们等够了！等够了！"大伙儿全叫了起来。王老儿正在我前面，回过头来问我道："马二，唐先生在讲什么呀？咱们不愿意死，不愿意再等了；这话还用他问吗？"我掩住了他的嘴。

"那末，起来！不愿意死的人，没饭吃的人，起来！起来！"

大伙儿嚷了起来，海浪似的；胳膊全举起来了，马刀在头上，一片刀光！我也听不清大伙儿在嚷些什么，自家儿也胡乱的跟着嚷。

"干哇！"王老儿也在那儿拖长着嗓子尽嚷。

我的心儿在里边儿碰碰的尽跳，差点子跳到嘴里来了。

"我们把条件提出去:

第一,立刻开放公仓!

第二,立刻开放米仓,陈米平粜!

第三,这回死难的每人抚恤三十元!

…………"

他在上面说一条,大伙儿就在下面嚷一阵子。我简直的高兴得想飞上天去。唐先生喊着的时候儿,他一说:"反对沙田捐,沙田登记!反对土地陈报!打倒邵晓村,贺苇堤,劣绅冯筱珊,土豪蔡金生……"大伙儿就闹了起来,也不跟着他喊,只一个劲儿的嚷:

"打死那伙儿家伙!"

"放火烧他们的屋子!"

大伙儿你一句我一句的争先说,眼儿全红了,像发了疯,像疯狗,那里还像人哪。这就像是能传人的病,慢慢儿的从前面直嚷到后面,我也直着眼嚷起来啦。我头昏脑晕的像在发热。唐先生站在上面也没话说了。

"把那伙儿狗入的抓来!"

先是有一个在前面这么嚷,回头大家全这么嚷起来啦。拿马刀的火杂杂的先抢了出来:"走哇!"大伙儿也跟来了。

这么小一条山道儿那里容得这么多人?大家也不挑着道儿走,打阵仗儿似的,漫山遍野的跑下去,有拿扁担的,有拿枪的,也有拿着粗柴棍的。带鱼李在后边吆喝道:"用不着这么多人,让他们有家伙的去,大伙儿别散,等在这儿!"大伙儿才停住了。咱们带家伙的九百多人分了两股,有的往缉私营去,有的往上庄去。大伙儿往回走,在后边儿嚷道:"别让这伙儿狗入的家伙逃了哪!"

一路上又跟来了许多人;咱们到了上庄,后边已经跟满了人,够一里多长。到了警察局的门口儿,他们在前面的全拥了进去,打起来啦。

咱们在后边的有的往大脑袋家里走,有的去抓别人。大脑袋家院子里二十多个保镖的拿着枪逼住咱们,不让进去,喝道:"干吗儿?"

"叫蔡金生出来说话儿!"陆耿奎跑上去说道。

大伙儿也逼近去了。

"别上来!"保镖的把枪一逼。

我的哥子出来啦,他叫我们跑几个人进去跟大脑袋说话儿。我,大饼张,和陆耿奎进去了。半路上我的哥子跟我说道:"老爷没亏待你,你怎么也跟着他们胡闹?"

"滚你妈的狗奴才!"他给我骂得回不出一声儿,只瞪了我一眼。他脑袋上多了块疤——嘻,他妈的,是我那天给治的!

大脑袋那家伙,你瞧他多舒服,躺在上房抽大烟,铺上还放了两盘水果,一壶浓茶,我们进去的当儿,恰巧那三太太装好了烟递给他。他抽了一口,喝了口茶,咕的声咽下了。他还没事人似的!我们一进去,他慢慢儿地坐起来问道:"诸位有什么事?"

"什么事?还什么事?东岳宫讲话去!"我见了他,简直的像猫见耗子,顶好一口吞了他。

"有话在这儿说不是一样吗?"好家伙!他还不肯去呢!你瞧他,一肚子的疙瘩,故意不动气,一只手放在口袋里摸手枪。

"你存心去不去?今儿你愿意去也得去,不去也得去!"

他一拍桌子,瞪着眼道:"我蔡金生受你们的吩咐,天下还有王法吗?什么话!"

这当儿外边儿大伙儿在嚷:"叫大脑袋出来!"

有人扔石子到院子里来。

"什么话!简直造反了!"他还那么说。

"去不去?"

"滚你们的!"他拿出手枪来对着我们,手往外一指。

碰！外面一声枪，接着一片声嚷，哄的大门倒了，大伙儿冲进来啦。大脑袋一怔。我趁势儿蹿上去，一下抓住他拿着枪的那只手。大饼张跑上来一把夺下他的枪。"走不走！"陆耿奎先给他一个耳刮子，扭住他的胸脯儿。铺上的那个娼妇根叫了起来。我的哥子抱了她就往里边儿走。

院子里倒了三个保镖的，一个家伙胸脯儿那儿扎着把刀子，还有个给马刀劈了半个脑瓜子，旁边躺着个叫人家撅通了肚子的，肠子漏了；满地是血。别的全叫绑了起来，枪都在咱们手里了。

大伙儿见了大脑袋，哄的声围了上来。

"打死那狗入的！"

大脑袋脸也青啦。大伙儿，简直是疯子，拳脚不生眼儿，一个劲儿往这边儿送来，我也带着挨了几下。大脑袋眼皮打裂了，直淌血，肿着半只脸瓜子。还有个家伙一伸手抓住了他的鼻子就扯。那囚攮的疼的直叫。再过一回儿管保叫大伙儿打死了，我们三个护着他想往外跑，叫大伙儿给挤得动也不能动。大伙儿打起人来真可怕，比海还可怕！比什么都可怕！

"别打他哪！"

大伙儿好像听不见似的，他们的耳朵也没了，眼儿也没了，只剩了打人的胳膊腿。

"别打死他！押到东岳宫去！"

我们拦了半天，才算把他扯到外边。我们往前面走，大伙儿跟在后面骂，扔石子，不专往大脑袋身上扔，连我也受了几下。到警察局里去的迎着来了，缴了二十多枝枪拿在手里。我们合在一块儿往东岳宫去。警察局门口儿那个站岗的扑在地上早就没气儿咧。里边儿窗呀，桌子呀什么的全给打坏了。"黄叶子"是吃饭不管事的，巡长给我们抓了来，他们全在门口儿瞧热闹，我们走过的时候儿，他们也跟了上来。

在半路上，去捉别人的也来了，邵晓村逃了没捉到，王耿奎，王全邦，和贺苇堤给反剪着胳膊。只有他们把我们反剪着送到县里去的，现在他们也给我们反剪着送到东岳宫去啦！那五个狗入的家伙，一路上尽哆嗦。平日的大爷气那去啦？哈哈！还没到东岳宫，全叫大伙儿把脑袋给摔破了。大脑袋一脸的血，不像人咧。

太阳早已躲在山后啦。大土坪子那儿大伙儿等急了，我们一跑上去，大伙儿就冲上来。

"打死那伙儿狗入的家伙！"

早有人一马刀砍来，正中在王耿奎胳膊上面，扑的倒了下去。

"别杀他，打死他！"

"吊起来！"

"吊起来大家打！"

"吊到柏树上去！"

"来哇！"

我也听不清是谁在嚷，像刮大风；站也站不住，一回儿给涌到这儿，一回儿给涌到那儿。

"绑起来！吊到宫前柏树上去！"

我腿也没移，哄的声给直挤到宫前那溜儿大柏树底下，早有人拿了麻索来。我们把那五个狗养的五花大绑的绑了起来，还没绑了，已经给打个半死；那腿呀，拳呀也不知那来的。有一个小媳妇子跑上来，一口咬了大脑袋的半只耳朵，一嘴的血。

天黑了下来。他们像肉店里挂着的死猪似的一个个吊上去啦！

我挤上前去，一伸手，两只手指儿插在大脑袋的眼眶子里边儿，指儿一弯，往外一拉，血淋淋的钩出鸽蛋么的两颗眼珠子来。真痛快哪！我还想捶他几下，大伙儿一涌，我给挤开啦。

"他妈的，别给打死了，我还没打到一拳呢。"

"我挤到里边儿准得咬他一口肉才痛快！"

"好小子，便宜了他，眼珠子也给他摘去啦！"

我挤到外边，挤不进去的人全在外边儿这么说。陈海蜇来啦，光着上半身，褡健儿插着把刀子，手里提着把枪，领了二百多人。我问他："灰叶子全完了吗？"

"全给咱们杀尽了！"

他一瞧见大伙儿围在那儿，树上吊着五个人，拔脚就跑，嘴里嚷道："晚了！晚了！别叫人家把肉吃完咧！"

月亮上来了？

上庄那儿一片火光。我跑到东岳宫里边儿，唐先生，带鱼李在那儿。

"你瞧！我拿来了一对眼珠子！"

"糟了！打死了他们有什么用呢？"唐先生说道。"糟很了！糟得没底儿了！群众简直是盲目的。"

"瞧我的！"陈海蜇背着枪，左手拿着把刀子，血还在往下掉，嚷着跑了进来。"你瞧！"他一扬右手，拿出一颗心来，还在那儿碰碰的跳，满手是血。"他妈的，那家伙的心也是红的！怎么说他心黑呀！"他把那颗心往地上一扔，四五条狗子蹿上来就抢，我也把眼珠子一扔。

"他妈的扔给狗子吃！"

我瞧狗子们抢着吃。

唐先生急得什么似的，忙着派人去守岔头。管他妈的，杀就杀了，怕谁呀？县里派兵来，打他妈的，咱们就拚个你死我活。可不是，只要合伙儿干，怕得了谁。那伙儿捉来的保镖的全绑在廊下，老子性子一起，索性全宰了那伙儿喂狗的。

外边儿又闹了起来，我只听得大伙儿在嚷："吊起来！"陈海蜇早已抢出去啦。捉到了谁呀？我也跟着跑了出去。土坪子那儿，许多人围在那儿，像在抢什么东西似的，你不让我，我也不愿意让你。我拼命往里边儿挤,挤上一步,退下两步,怎么也挤不进去。等我挤到里边儿,只见大马刀一起一落的,那家伙那里还有人模样儿,早给砍成肉浆啦。他的脑壳子给人家剁了下来,不见了,不知给谁拿去了。我问是谁呀,也没人回我。闹了半天,那家伙连骨架也没了,墨不溜湫的一堆,也不知成了什么!血渗到泥土里边儿,泥土也红啦。我可还没知道那家伙是谁。后来黄泥螺才告诉我说是邵晓村,在翠凤儿家里捉到的。我忙问翠凤儿在那儿。他说屋子也烧了,谁知道那小狐媚子躲到那儿去了。他妈的邵晓村那家伙怎么会躲到她家里去?怪事了!翠凤儿别靠不住哪!我赶忙跑到她家那儿,只见屋也倒了,剩下一大堆砖瓦,里边儿还有火星儿。我碰着人就问,谁都回没瞧见。别躲到我家里去了?我跑到自家儿家里,她也没在。我找了半天没找到,回头碰着了小白菜,说看见她往小支岔走的。我直找到岔头那儿,海在那儿哗啦哗啦的响,没人,只麻子拿着枪守在那儿。

"瞧见翠凤儿没有?"

"翠凤儿吗?坐着船走咧!"

"跟谁一块儿走的?"

"跟你家老大。"

"多久了?"

"好久了!"

"混蛋,怎么放他们走呀?"

"唔……"妈的一个劲儿的唔。唔什么的!"她说屋子给烧了,上县里找熟人去;你哥说是伴她去的。"

"你怎么能信她的话?"

"唔……翠凤儿那小狐媚子……"我肚子里明白准是给翠凤儿两句话一说,就痰迷了心窝咧。他也明白了,跳起来叫道:"好家伙,我受了他们诓啦!狗入的娼妇根,准是到县里去告官咧!"

狗入的娼妇根,不受抬举的,她准是一个心儿想做姨太太,戴满金钏!我想划了船赶上去,麻子说她已经走了两个钟头了。我叫麻子守在那儿,别再让人家跑了,自家儿跑到东岳宫去。他妈的,你就别回来!要再让我碰见了,不把你这窟窿,从前面直搠到后面!老子索性把你那窟窿搠穿了,不让你再叫别人往里钻,看你还做得成姨太太!你就一辈子别再见我!

土坪子那儿还有几千人,有站着的,有躺着的,也有打了地滩儿坐着的。你望着我,我望着你,你不散,我也不散。柏树上那五个狗入的,肉早给咬完了,鸡巴全根儿割去啦,别提脑袋咧。

我告诉唐先生说有人逃到县里报官去了。带鱼李听了这话先慌了;唐先生低着脑袋想了一回儿,说道:"不用怕!咱们干下去!"他两只眼儿在黑儿里放光。好家伙!成的!他只说了一句儿:"叫拿家伙的别散,"又低着脑袋想他的。

我和带鱼李跑出去一说是谁到县里去报官了,叫大伙儿别散;他们本来好好儿的,这么一来,哄的又发起疯来啦,合伙儿往上庄跑去。大脑袋家正在哗哗碌碌的烧,前面聚着许多瞧热闹的。我的嫂子正在那儿哭着骂:"天杀的囚徒哪!烧你妈的,把我的东西也全烧了,天哪,我的金钏儿也没有拿出来哪!天哪!天哪!……"大伙儿望着她笑。

"撒你妈的泼!喂,她的丈夫上县里报官去了!推她到火里去!"我一赶到就这么喝道。

她呀的一声儿,三条枪扎进她的身子,往火里边儿一挑,她飞进去啦。只一回儿,她的衫子烧起来了,发儿上也爆火星了,丢在火里边儿不见了!只看得见红的火!

我们往回里走,街上,大伙儿全像发了疯,这儿跑到那儿,那儿跑到这儿。米店,当铺全给抢了!到处有人放火;走道儿老踹着死尸。

陈海蜇躺在土坪子那儿,死了似的,一只狗子在舐他的脸。

直到下半夜，才慢慢儿地静了下来。大伙儿散了，回家的回家，没回家的全躺在土坪子上面睡熟了，枪呀，刀呀什么的全扔在一旁。有几个是到岔头换班去的。麻子抱着枪扑在那儿，也睡熟啦，嘴里还唠唠叨叨地不知在累赘什么——准是梦着翠凤儿咧。嘻，他妈的！我走到里边儿，唐先生还低着脑袋，一只手托着下巴颏儿也坐在那儿。那个串大花脸的戏子正在那儿洗脸。我又跑出来，外边儿静悄悄的，山根那儿也静悄悄的，到处有狗子在闹。海浪唏哗啦的在响。白茫茫的大月亮快沉在海里啦。一阵风吹来，我打了个呵欠，倒在地上睡了。

第二天一早，咱们还没醒，守小支岔的跑上来说，吴县长来啦。大饼张冲出来把我一脚踢醒，我一翻身跳起来，那条左胳膊又酸又疼。大家一个个醒过来啦。陈海蜇一拍胸脯儿，说道："吴县长有妈劲！老子不用刀，不用腿，只用一只手这么一来就把他打翻咧。"我们也没空儿理他。

海那儿停着一只大轮船。一伙儿"黄叶子"，中间夹着两顶轿，蚂蝗似的爬上山来啦，后边儿跟着一大伙儿咱们这儿的人。唐先生盼咐我们道："你们先别闹，把他们围住了；我去跟县长讲话，他不答应我们的条件，别放他走。"这当儿宫儿里边儿猛的有人嚷救命，还有拚命叫着的。一个秃脑袋的跑出来嚷道："陈海蜇在杀人哪！绑着的人全叫他给杀尽了！"那傻瓜，杀他们干吗儿呀？我们刚想进去拦他，他早已飞似的抢了出来，光着上半身，皮肉全红了，脸上也全是血。

"他妈的，我跑进去瞧瞧那伙儿小子饿坏了没有，恰巧听见那两个狗入的在说道：'吴县长一到，咱们就嚷救命，跑了出去，非告诉吴县长杀了陈海蜇那小子不成；就说昨儿死的他杀了一半……'他妈的，这伙儿狗入的想算计老子呢！我跑进去问道：'想杀老子是不是？'好家伙，他说是的，我倒也不杀他了；他还赖。好小子，要算计人，放在肚子里边儿不明说！那还要得？他妈的，我一刀子一个，杀了三十二个，一个也不留下！"

好个傻小子，你听呀！人家要算计你，还明说给你听咧。真有他的，一口气杀了这么多！这当儿吴县长也跑来啦。他一下轿，就跳上旗杆石，带来的"黄叶子"在两边一站——我的哥子也在那儿。还有顶轿子里下来的不是别人，正是翠凤儿！成！像个姨太太咧！咱们等着瞧！有你的！我可不管谁是谁。杀老子我也干，别说你！

咱们哄的围了上去。

"你们眼睛里头还有我——还有王法吗？杀人放火，动刀动枪，比强盗还凶！你们以为人多了我就怕吗？别想左了，要知道本县长执法无私，决不容情的。青天白日之下，那里容得你们这伙儿目无法纪的暴徒……"吴县长一上台就这么说。

他话还没说完咱们早就闹了起来。

"滚下来！"

他怔了一回儿喝道："你们要干吗？在本县长前面尚且这么放肆，这还了得！大伙儿不准说话，推代表上来！"

唐先生跑了上去，还没开口，他就喝一声儿："拿下！"早走上两个小子来，抓住了他的胳膊。我瞧见翠凤儿指着陈海蜇像在说什么话。他又喝了声儿："把那个囚徒也给我带住！"

"带你老子！"陈海蜇朝天碰的一枪，跳了出去。"谁敢来碰一碰老子！"

咱们往前一涌，合伙儿嚷了起来，马刀全举起来了。那伙儿"黄叶子"赶忙护住他，拿枪尖对着咱们。咱们越往前逼，他们的圈子越来越小，眼看着要打起来啦。他们放了唐先生。唐先生跳在旗杆石上叫咱们慢着来，咱们才往后退了一步。

唐先生在那儿跟县长争——你瞧他那股子神儿！县长！官！袖管，笔套管，你妈的官！

咱们在底下嚷，闹，开枪，扔石子上去。你瞧，他吓慌了！

咱们的人越来越多啦，全来啦，他们在后边的尽往前涌，咱们在前面的站不住脚，一步步的往前逼。咱们有三万多人哪！我站在顶前面，瞧得见翠凤儿，她脸也青了。你可不知道大伙儿有多么怕人哪！咱们是风，咱们是海！咱们不是好好儿的风，好好儿的海，咱们是发了疯的风，发了疯的海！她也见了我，望着我笑了一笑。笑你妈的，别乐！留神落在咱手里！

唐先生拿出张纸来，要县长画押。

"不能！你持众要挟吗？这条件本县长断了头也不能接收！"

"你不接收，群众乱动起来，我可不能负责。"

我们听得见他的话，我们明白他的话。

"杀！"咱们在前面的先嚷，在后边的就跟着嚷；咱们又往前逼，一片刀光直射过去。

"你瞧，再过一分钟，群众要乱动了！"

那家伙软了下来，说道："让我回去想一想，明儿回覆你们。"

"县长，你这分钟内不肯答覆的话，我们可不能让你回去。"

他真有点气，可是想了一想，望了望咱们，末了，还是答应了。咱们全跳了起来，自家儿也不明白是为了高兴还是为了什么。那家伙跳了下来，"黄叶子"四面护着他，从咱们里边儿穿了出去。咱们跟在他们后边儿送下山去，直送到岔头——咱们是海，他们是船，船是拗不过海的，除非顺着海走。那只大轮船开出去啦。咱们碰碰的尽放爆竹，直闹到看不见那只船了才回。

咱们又抓了许多人，王绍霖，刘芝先，徐介寿什么的全给咱们抓了来，挪在土坪子那儿，四面堆着干劈柴，烧。咱们在四面跳，他们在里边儿挣扎，叫。那火势好凶，逼得人不能跑近去，只一回儿就把那伙狗子们烧焦了。烧焦了的人和烧焦了的干劈柴一个模样儿！

下半天咱们把那冯筱珊用轿子骗了来。那老不死的顶坏，妈的瞎了眼还作威作福的。他的小儿子冯炳也跟着，伺候他爹。他俩一上轿，咱们就把他的屋子烧了，一家子全给烧在里边啦。他到了东岳宫，下了轿，还摆他妈的乡绅架子，叫他的儿子扶着下轿，一面骂道："抬轿的怎么连规矩也不懂呀，也不知道把轿子轻轻儿地放下来。炳儿，明儿拿了我的片子送他到县里去！"抬轿的就是我和麻子。我扯住他一根白胡须一摘。他一伸手，打了个空。大伙儿全笑开啦。冯炳那狗养的不知跟他老子说了些什么。冯筱珊听了他的话就跟咱们说道："我冯筱珊读书明理，在这儿住了七十五年，自问没亏待诸位乡邻的地方儿……"他话没说完，陈海蜇早就捡起石子扔上去，正打在脑门上面。脑门破了，血往下掉，挂到白胡须上面，白胡须染了红血，可是那老不死的还不死！他说道："你们既然和我过不去，我也活够了。让我死在家里吧！"滚你妈的！咱们跑上去，把他的马褂什么的全剥下来。陈海蜇早就抢着穿在身上了——你瞧，他光着身穿缎马褂那副得神的模样儿！冯炳拚命护着他的老子，给咱们一把扯开了。冯筱珊动也不动，尽咱们摆布，瞎眼眶里掉下泪来。别哭你妈的，你想法摆布咱们的时候儿，曾可怜过咱们吗？咱们不会可怜你的！他的儿子哇的声哭啦，跪下来求道："请诸位放了家父，我冯炳来生做牛做马报答大恩……我冯炳情愿替家父受难……"滚你妈的，别装得那模样儿！到今儿来求咱们，晚着了！我一脚踹开他。大伙儿赶上来，一顿粗柴棍，学了邵晓村咧。

　　咱们绑定了那老不死的，把他倒吊在树上，底下架着干劈柴。他那张满是皱纹的脸上绷起一条条的青筋来，嘴里，鼻子孔里，眼眶子里全淌出血来啦。往后，舌子，眼珠子全挂了下来，越挂越长，直挂到地上，咱们才烧起柴来。火焰直往他的眼珠子，舌子那儿卷，眼珠子和舌子慢慢儿地卷了起来。烘了半天，他的脸发黑啦。咱们绕着他，跳着兜圈儿。好家伙，他也有这么一天的吗！树下的叶子也全焦了，一片片嗖嗖的掉到火里边儿去。

天黑了。

火是红的，咱们的脸也是红的，马刀在黑儿里边儿闪烁。

碰！碰！一排枪！在外边儿的人先闹了起来：

"灰叶子来啦！"

"什么？那狗入的县长不是答应咱们不抓人的吗？"

"杀！杀出去！"

碰！碰！又是一排枪！

唐先生跳在旗杆石上嚷道："别怕！别逃！咱们有三万多人哪！"

在外边儿的尽往里边儿挤，咱们慢慢儿的退到东岳宫那儿啦。

"杀！"

咱们刚这么一嚷，他们又是一排枪。大伙儿不动了，静了下来。

唐先生给抓去了！

"只拿头儿脑儿，别的人不用怕！站着别动！"我听得出那是他妈的县长的声音。

我挤到外边，只见咱们的人一个个给抓去了二十多个。唐先生给绑着跪在那儿，他喊道："干下去！别怕！咱们是杀不完的！"碰！他倒下去了！

我眼眶子里热热地掉下两颗眼泪来。我想杀上去，可是妈的刺刀锋在黑儿里边发光！他们有一千多拿枪的哪！

"谁动一动就枪毙！"

地上横的直的躺着许多人，黑儿里边看不清楚，只望得见一堆堆的红血。咱们全气很了，可是没一个敢动的。

"这个是的，那个也是的……"翠凤儿和我的哥子在那儿指出人来，指一个，抓一个。我的哥子看到我，望了一回儿，又找别人去了。翠凤儿望着我笑了笑。滚你妈的，我可不愿意领你这份儿情！

我们抓去了八十多个人。我算没给抓去。

咱们这儿又静下来了。每天晚上又听得见寡妇们的哭声儿！在酒店里边儿咱们总是气虎虎的把刀子扎在桌上面。咱们是杀得完的吗？还要来一次的！

过了一个月，我胳膊上和腿上的伤痕全好了，可是我心里的气没平——我心里的气是一辈子不会平的！也不单是我一个，咱们全是这么的。

那天，翠凤儿回来了，和我的哥子一块儿回来的。我的哥子在县长那儿当了门房，翠凤儿戴了副金坠子，他们俩是特地来看我的。他们一进来，我先把门闩了。翠凤儿一侧脑袋，让金坠子冲着我，望着我笑道："美不美？"我一声儿不言语，扯住她的胳膊，亮出刀子来，划破了她的衫子。她吓得乜的声撇了酥儿，睁着泪眼求我道："马二哥……"我瞄准了她的心眼儿一刀子扎下去，白的肉里边儿冒出红的血来，血直冒到我脸上，她倒了下去。我的哥子刚拔开了门闩，跨了出去，我一刀子扎在他背梁盖儿上面，他靠着门说道："老二，瞧爹的脸……"我不作声，又是一刀子下去——他死了！我杀了我的亲哥子，杀了我的翠凤儿，可是我笑开啦。那副金坠子还在那儿闪呀闪的。

现在，桃花又开了，咱们这儿多了许多新坟，清明那天我看到许多小媳妇子在坟上哭。咱们活着的又要往海上去啦。

  嗳啊，嗳啊，嗳——呀！
  咱们都是穷光蛋哪！
  酒店窑子是我家，
  大海小洋是我妈，
  赊米，赊酒，赊布，柴，
  溜来溜去骗姑娘——

管他妈的！滚他妈的！
咱们全是穷光蛋哪！
嗳哟，嗳哟，嗳——呀！

咱们又这么喝着了。
可是咱们还要来一次的！

一九三一，一，二

作者附志：

春天是快乐的，可是春天是某阶级的特有物，它是不会跑到生活在海上的人们的生活中去的。他们是老在海上过着冬天的生活的；可是，冬天来了，春天还会不来吗？总有这么一天的，春天会给他们和他们的朋友抢了去。我希望这一天的来临。伙计，等着瞧，快了！

偷面包的面包师

奶奶带了孩子逛大街去,走过儿子的铺子那儿,总得站住了,在橱窗前面瞧这么半天。大玻璃里边站了个纸洋人,满脸的笑劲儿,笑得下巴和脖子的肉挤到一块儿,分不清那是脖子那是下巴。穿了白布裙,歪戴了白布帽,手里捧了个盘子,盘子上搁着一大堆洋饽饽儿,一杯洋酒,像在那儿说:"来呀!大家都来!这儿有的是酒,汽水,面包,蛋糕!"那洋人脚下放了真的洋饽饽儿,什么颜色,什么花式的全有,就像绣出来的,绸缎扎出来的。说不上有多好看!

奶奶和孩子全往橱窗里瞧,仔仔细细的,大的小的全瞧到。瞧这么半天,奶奶就告诉孩子:"你爹就在这铺子里当烘面包的。这许多洋饽饽儿全是他做的。你瞧,多好看。"

"那模样儿瞧着就中吃!奶奶,咱们多咱叫爹挑大的带几个回来,可好?奶奶说的爹都依。"

"馋嘴!"奶奶说孩子馋嘴,其实自家儿也馋嘴。可不是,瞧那模样儿就中吃!放在嘴里可真说不上够多香甜,多松脆呢!只要吃一个也不算白活一辈子咧。"你不知道多贵。咱们没这福份吃洋饽饽儿的。有饭吃就算好的了。"

孩子就拐弯抹角地说开去："奶奶,你瞧,那纸洋人不活像爹!"

"可不真像!"

"爹没那么胖,可是也穿白裙子,戴白帽子的。"

"你爹回来时还一头发的面粉屑。"

"奶奶,我说哪,洋饽饽儿就像洋人那么胖得发油,搁在嘴里一定怪舒服的。"

"馋嘴!"

孩子瞧奶奶还是那么说,不发气,就拐弯抹角的讲回来了:"奶奶,你说那大的挺贵不是?"

"洋人吃的呵!"

"咱们挑小的跟爹要,可好?"

"你这馋嘴诓起我老骗子来了!咱们回去吧。"

老的小的走了。小的有点儿舍不得离开,把手指塞在嘴里回过脑袋去瞧,老的也有点儿舍不得走,可是不好意思回过脑袋去瞧,心里边骂自家儿:"老馋嘴,越来越馋了!"

老的小的回到家里,媳妇瞧见他们脸上那股子喜欢劲儿,就明白多半又是到铺子前去逛了来咧。问:"奶奶上大街逛去了吗?"

"可不是吗?铺子里又多了新花式了。"

奶奶坐到竹椅子上,讲洋饽饽儿上奶油塑的花朵儿,讲洋饽饽儿的小模样儿可爱,一边用手比着,一点零碎儿也不给漏掉。漏掉了孩子就给补上,媳妇望着奶奶的嘴听出了神,心里想:"成天的讲那些讲得人心里痒!简直的比念佛还得劲!"孩子爱上了那张嘴,掉了门牙的嘴——奶奶的嘴念起佛来快得听不清,讲起故事来叫人不想睡觉,谈到洋饽饽儿简直的听了就是吃饱了肚子也会觉得饿咧!

"只要能在嘴里搁一会儿才不算白养了这么个好儿子！"奶奶说完了总在心里边儿这么嘀咕一下。

奶奶二十多岁死了丈夫，粗纸也舍不得多花一张的，省吃省用养大了这么个好儿子，一个月倒也挣得二三十块钱种家养眷，奶奶这份儿老福真也不差什么咧——就差没尝过洋饽饽儿的味儿！就是念佛的时候儿也在想着的。

那一家子那一个不想哪？孩子老梦着爹带了挺大的洋饽饽儿回来，抢着就往嘴里塞，可是还没到嘴，一下子就醒了。一醒来就心里恨，怎么不再捱一会儿呢！到了嘴里再醒来也总算知道洋饽饽儿是什么味儿咧。想着想着又梦着爹带了洋饽饽儿回来啦。

媳妇闲着没事，就在心里边烘洋饽饽儿，烘新的，比什么都好看的。她烘面包的法子全知道，她知道什么叫面包，什么叫蛋糕，什么叫西点，她还知道吉庆蛋糕要多少钱一个。面包的气味是很熟悉的，吃蛋糕的方法是背也背得出了。第一天嫁过来，晚上在丈夫的身上就闻到面包香，第二天起来奶奶就告诉她吃面包的法子。有这么一天能尝一尝新，真是做梦也得笑醒来咧。

一家子谁都想疯了，可是谁也不说。奶奶是长辈，那里好意思在媳妇孙子前面问儿子要东西吃呢？再说，她不是老骂孙子小馋嘴的吗？媳妇见奶奶尚且不说，我那里能说，说了不给奶奶骂又装小狐媚子迷丈夫，也得受她唠叨，现在什么都贵，不当家花拉的，怎么股劲儿想起吃洋饽饽儿来了。孩子跟奶奶说，奶奶老骂馋嘴，跟妈说，妈就回："怎么不跟你爹说去？只会死缠我，见了老子就耗子见了猫，生怕吃了你似的。"跟爹说去吗？脑杓上的一巴掌还没忘呢！

儿子也知道一家子全馋死了。他有什么不明白的？可是学了三年生意，泡水扫地板，成天的闹得腰也直不起，好容易才争到做个烘面包的，吃了千辛万苦，今儿才赚得二十八块钱一月，那里买得起西点孝敬她老人家。有白米饭给一家子四口儿喂饱肚子也算可以了。这年头儿大米贵呀！除了偷，这辈子就没法儿医这一家子的馋嘴咧。偷？好家伙！老板瞧见了，运气好的停生意撵出去。运气不好还得坐西牢哪！算了吧。反正大家又不明提，开一眼闭一眼的含糊过去就得啦。彼此心里明白。多咱发了财，请请你们吧。

他一早起来，就跑到铺子里，围上白竹裙，坐到长桌子跟前搓面粉，弄得眉毛也白得老寿星似的。人家一边搓就一边儿谈姑娘，谈赌钱，谈上了劲儿，就一把鼻涎子抹到面粉里去了。他是老实人，嫖也不来，赌也不懂，跟人家什么也谈不上，独自个儿唱小曲儿，唱不出字眼儿的地方儿就哼哼着。把面粉搓成长的圆的，又坐到炉子前烘，碰到六月大伏天，那西点就算透鲜汗渍的时新货咧。直到下半天五点钟才弄完，人可就像雪堆的啦。抽上一支烟，解下竹裙在身上拂了一阵子，从后门跑出去，到铺子前橱窗那儿站住了瞧。瞧这么半天，他心里乐。他想告诉人家这些全是他烘的。那花似的洋饽饽儿就是他自家儿的手做出来的。客人们从玻璃门里跑出来，一说到今儿的西点做得不错，他就冲着人家笑。这一乐直乐得心里边也糊涂起来啦。站在电车的拖车上，身子摇摇摆摆的，像上任做知县去似的，像前面有什么好运气在等着他似的。到了家，一家子的馋眼巴巴的望着他头发上的面粉屑，真叫他把一双空手也没地方儿搁了。把空手搁在外面叫人家瞧是自家儿也怪惭愧的。

可不是吗？奶奶老了，没多久人做了，可是她虎牙还没掉，一个心儿的想吃洋饽饽儿呢。做儿子的总该孝敬她一下呵。媳妇过来了也没好的吃，没好的穿，上面要伏侍婆婆，下面要看顾孩子，外带着得伺候自家儿，成天忙得没点儿空回娘家去望望姊妹兄弟的，做丈夫的连一个洋饽饽儿也不能给她，真有点儿不好意思咧。孩子——那小混蛋顶坏，串掇着奶奶来弹压我！吃洋饽饽儿他想得顶高兴，奶奶忘了，他就去提醒她。这小混蛋真有他的！可是也给他点儿吃吧，生在我家，我穷爹成年的也没糖儿果儿的买给他吃，也怪可怜儿的。再说吧。初五是奶奶生日，买不起偷也偷一个来。偷一遭不相干的，不见得就会停生意；大不了扣几个工钱。我做了八九年，老老实实的又没干什么坏事，就这一点错缝子也不能叫我坐西牢，总得给点脸不是。

每天坐到桌子前面就想开了。

奶奶坐上面，媳妇坐左手那边儿，自家儿坐右手那边儿，孩子坐在底下，桌上放了个——放了个什么呢？面包！不像样！西点？算什么呢！咱们穷虽穷，究竟也是奶奶做生日，也得弄个吉庆蛋糕来才是。他们只想吃西点，我给他们个想不到，带吉庆蛋糕回来。不乐得他们百吗儿似的？奶奶准是一个劲儿念佛，笑得挤箍着老花眼。媳妇小家子气，准舍不得一气儿吃完，料定她得闹着藏起半只来。那小混蛋嘴就别想合得上来。他准会去捏一下，摸一下，弄得稀脏的。我就捉住他这错缝子给他一巴掌，奶奶也不能偏护他。也好出口气。奶奶真是有了孙子就把儿子忘掉了。

我给他们一块块的剁开来，分给他们，教他们怎么吃。奶奶还咬得动。那小混蛋怕猪八戒吃人参果似的一口就吞了。媳妇是——我知道她的，咬一口得搁在嘴里嚼半天咧。她就舍不得这好东西一下子便跑到肚子里去。

可是吉庆蛋糕顶好的得几十块钱，简直的不用提。就化五元钱买个顶小的吧？五元钱也拿不出呢！房钱没付，米店已经欠了不少了，多下来的做车钱零用钱还不够，那挪得出这笔钱。借吧？谁都想问人家借钱呢。当又没当得五元钱的东西，再说去年当了的那套棉大褂还没赎回来。妈妈的，偷吧！

望着放在前面的洋饽饽儿，心跳着。四面一望，谁也不说话，不谈姑娘，不谈赌钱，就一个心儿在望着他似的。这老实人连脖子也涨红了。回到家里,吃了晚饭,奶奶咕囔着:"日子过得真快,五十八年咧!初五又是生日了!"叹息了一下。她底下一句话"只要尝一尝洋饽饽儿死也甘心的呵,"没说出来,可是她一叹气,儿子就听懂了。

第二天他一起来就记起了是初三了。就是后天啦!怎么办哪。搓面粉的时候儿心里边嘀咕着:"偷一个回去吧?"脸马上红了起来。糟糕!好容易腮帮儿上才不热了。烘面包的时候儿又这么嘀咕了一下。喝!一点不含糊的,脸马上又热辣辣的不像样了。这老实人心里恨,怪自家儿没用。怎么一来就红了!妈妈的,赶明儿拿剃刀刮破你,刮出茧来,瞧你再红不红。

可是后天就是初五了,偷一个吧!偷一个吧!只要小心点儿鬼才知道。把那劳什子往桌子下一塞,装作热,卸下褂子来,扔到桌子下,盖在上面,到五点钟,把褂子搭拉在胳膊肘上,连那劳什子一同带了出去,谁也瞧不出的。就留神别让脸红!想着想着,便想去抓那大蛋糕啦。不知怎么股子劲儿,胳膊一伸出去就拐弯,摸了个面包往桌子下一扔,搭讪着:"天好热!"

一瞧谁也没留心,便卸下褂子来想往蛋糕上面盖去,不知怎么的心一动,就说道:"好家伙,怎么就跑到桌子底下去啦。"一伸手又拿到桌上来了。这一嚷,大伙儿倒望起他来咧。好像谁都在跟他装鬼脸似的。

"你怎么热得直淌汗?"

"可不是。天可真热。秋老虎,到了九月却又热起来了。"

一边这么说着,一边懊悔起来咧。不是谁也没瞧见吗?把褂子往桌子下一扔就成,怎么又缩回来了。真是的!望着那面包心痛。妈妈的胳膊也不听话,一伸出去就拐弯,抓了这么个劳什子还闹得自家儿受虚惊。太不值得咧。

初四那天,他心里也七上八下的闹了一整天,失魂落魄的。末了还是没动手。晚上睡在床上，媳妇跟他说："明儿是奶奶生日，咱们弄些面吃吧。"

"也好。"

就是明天咧！奶奶在隔壁房里翻了个身，咳嗽着。

"奶奶想吃洋饽饽儿想得什么似的。"往奶奶身上推。

"小狐媚子，你难道不想吃？推给奶奶！"

她笑。他想："真是非给他们带个回来不行了。"

奶奶在隔壁听见了，又乐又恨。媳妇把她的心事全说了出来，明儿倒不好意思见面了。孩子正在那儿做梦，听到洋饽饽儿这几个字，赶忙从梦里醒回来。醒回来却只听得爹睡的那张床响得厉害，妈笑得气都喘不过来。只得又睡去啦。刚睡熟，只听得爹又在讲：

"这饽饽比洋饽饽儿好多着啦。"

别老是饽饽儿饽饽儿的尽在嘴里讲，多咱真的带一个回来才不愧做爹咧。索性打起呼噜来了。

一觉睡回来是初五啦。这老实人这一天可苦透了。一个心儿的想偷一个吉庆蛋糕回去。东张西望的等了半天，只见人家都在望着他。这伙儿小子的心眼儿他有什么不明白的？就等着机会想排挤他！等他动手，一动手就抓住他。他一边做着吉庆蛋糕上面的花朵儿，一边手发抖，浑身发抖，人也糊糊涂涂的。心里只：

"偷一个吧！偷一个吧！"这么的嘟念着。

从炉子上拿下一个烘好了的大蛋糕来，手里沉甸甸的，面香直往鼻翅儿里钻，热腾腾的。得卖十多块钱哪！什么都瞧不见了，头昏得厉害，不知怎么一下子就搁到桌子底下去了。一望，没人在瞧他。一不做，二不休，索性一卸裰子盖在上面。叹了一口气，满想舒坦一下，可是兀的放不下心。眼皮跳得厉害。别给瞧见了吧！汗珠儿从脑门那儿直挂下来，挂在眉毛上面。两条腿软得像棉花，提不起，挪不开。太阳穴那儿青筋直蹦。眼也有点儿花了。

到了散工的时候儿，心才放下了一半。等人家都走开了，他才站起来，解了竹裙，马上就想低下身子去拿那劳什子。真的是上场晕，衣服也忘了咧。一身的白面粉，急急忙忙的不明显着偷了什么去吗？便像平日那么的抽上一支烟，劈劈啪啪的拍衣服。可是饶他一个心儿想慢慢儿地来，越是手慌脚忙的一回儿就完了，连带着脊梁盖儿上的粉屑也没拍掉。连蛋糕带裰子拿了起来，就往外跑，又怕人家多心，便慢慢的踱着出去，抽着烟，哼哼着。

猛的大伙儿在后边儿笑了起来。他的心砰的一跳三丈高，只觉得浑身发冷。完了！赶忙回过脑袋一瞧，不相干，不是笑他。便连为什么笑也没知道的，跟着也哈哈地笑了起来，只想急着往外走，却见监工的正在对面走来。笑也笑不成了，脸上的肉发硬，笑也不是，不笑也不是。只得拼命的笑着，大声儿的。那声儿真有点儿像在吆唤。还好，监工的也没查问他，只望了他一眼，就从身边过去了。走出了门，便一百个没事啦。不相干咧！不料啪的一声儿，那劳什子溜了下来，跌在脚上，一脚踹了出去，直滚到门外。也不敢回过脑袋去瞧，赶上去捡了起来，刚想揣在怀里放开腿跑，后面监工的喊道："慢走！"

回过身子他已经跑了过来。"看你人倒很老实的，原来还有这一着儿，啊？这是你的吗？"

"不是……是我买的。钱我明天带来。"

"你买的？！钱明天带来？！成，去你的吧。明天也不用你来了，钱也不要你的。跌脏了的东西那里还能卖你钱。"说着便对看热闹的说道："诸位老哥说一声，这话可对？"便在鼻子里连笑带哼的来了一下，便进去了。

糟很咧！愣磕磕地往前走。大伙儿在后边说他的话，他全听得，说不上有多难受。老不死，吃了白米饭还不够，还想吃洋饽饽儿！那小混蛋回去不打死他！媳妇也不好，她不说，我不会动手的。行，吃你们的洋饽饽儿吧！我是生意也停了，白米饭也吃不成了，瞧你们再吃洋饽饽儿去！

一肚子没好气的跑回去，到了胡同里就瞧见孩子野马似的在那儿跑，弄得两手稀脏的，便一瞪眼，伸手一巴掌，喝道："又死跑！乐什么的？还不替我死到家里去！"

孩子抬起脑袋来一瞧是老子，一肚子的冤屈，两只手一抱脑袋，刚想哭，便瞧见了他手里那好洋饽饽儿，就忍住了哭往屋子里跑，嘴里嚷："奶奶瞧！爹带了洋饽饽儿回来咧！"

爹在后边儿跟进去骂："嚷？嚷什么的！偏没你吃的份儿。"

"今儿奶奶生日，孩子不好，明天再骂他吧，"媳妇过来，把蛋糕接了过去，嘻嘻地。奶奶一个劲儿的阿弥陀佛，那来的这好儿子。孩子给爹一骂，骂得堵着嘴去坐到门槛上望日头。这日头今儿就怪，你瞧它，五点多了，还那么高高的站在上面。儿子懒懒地洗了脸，心里想："这回我可完了！"媳妇在那儿烧面，锅子里吱吱的响。奶奶尽端相那洋饽饽儿——嗳，这宝贝可真的到咱们家来啦！他闷咄的坐着抽烟。

"不当家花拉的，那里就化许多钱买了这个来了！"奶奶瞧儿子，越瞧越觉得这儿子孝顺。

"十多块钱呢！"

"呀！吓死我咧！生日又不是今年一年有，年年可以做的，何必弄这宝贝来。孝敬就孝敬在心里边，吃一顿寿面也罢了，那弄这些。"奶奶不舍得这许多钱，可是也不愿意儿子不买回来。她巴巴地望了几年咧。"真的买的吗？"

"不买又那来？"

买的！买的！生意也掉了！你们乐！看你们以后怎么过？可是奶奶尽望着他念佛。可不是，奶奶也老了，今年不孝顺，往后也没日子了。

孩子闹肚子饿，一个劲儿嚷吃饭。

"那里就饿得这么了？偏饿死你！"

"是也不早了，面熟了就吃。乖，去坐在那儿别闹。"

孩子赌气不作声。我不吃了，偏不吃。谁要吃你的东西！我大了赚了钱天天买一个当饭吃——稀罕什么的！可是赌了半天气，偷偷地望了望桌上的洋饽饽儿，心又软了下来。罢咧！有吃总是好的。有好东西不吃，才是傻子。我可不这么傻。又望望日头，那家伙还不下去。真有点儿等急了。末了，还是奶奶作的主，叫搬开桌子来吃。孩子顶高兴，一搬开桌子就抢了条凳去坐在下面。奶奶坐上面。儿子怔在那儿。孩子喊道："爹，吃饭咧。"跟老子表示好感似的。

"忙死了！今天偏不给你吃。"

孩子真想哇的撒酥儿了。奶奶连忙说道："难得的，大家都吃，我奶奶作主。爹骗你的。"

做爹的瞧奶奶的脸，就瞪了他一眼，也不坐下，站在那儿切蛋糕。奶奶招呼媳妇来吃，媳妇一面答应着，一面忙着捞面，一不留神，面挂在胳臂上，烫得叫了一声儿。孩子正在那儿瞧爹手里的刀，猛的爹喝道：

"这么大的人了，也不知道过去帮着张罗，只知道吃。呆在这儿干吗？等鸟！"

爹今儿不知怎的，存心找他晦气。便跳下来从妈手里接过面碗来。碗底热得烫手，又不敢作声，拿到桌上，一碗放在爹前面，一碗放在自家儿前面。放重了，汤溅在桌子上，把爹也烫着了。

"你顶要紧？今儿是奶奶生日，先给奶奶！这点儿也不明白，十多年大米饭全塞在狗肚子里！"

奶奶忙护在前头，自家儿把面拿了过来："得啦，你今儿怎么老找着他。手也烫了，还骂他。大家欢欢喜喜的岂不好？定要磨折得他耗子似的!"

"全是你护坏了。我做爹的说几句你就岔进来。还大家欢欢喜喜的,我就欢喜不起来咧。做爹的一边这么想,一边就剁下一片蛋糕来。孩子一伸手想拿,给爹一瞪眼就瞪回去了。奶奶就拿了一片给他:"再饿要饿坏了。先吃吧。"

媳妇也坐了下来。大家吃着蛋糕。孩子弄得一嘴子花花绿的奶油,拿袖子一擦,擦得腮帮儿上也是的。媳妇把蛋糕搁在嘴里舍不得嚼。奶奶吃得那张扁嘴动呀动的,好不有味。只有儿子独自个儿不舒服,又不能说出来。这生意是歇定的了,明儿再去求求看,也许只扣我几个工钱。那一天,在奶奶的眼睛里头,他是顶孝顺的儿子;在媳妇的心里边,他是顶懂事的丈夫;在孩子看来,只要不再给他巴掌,就能算天下顶好的父亲了。

可是那晚上,一家子全乐得梦也不做,他却睡不着。刮西北杠子风的日子,满地大雪,奶奶害病,孩子嚷饿,媳妇哭……他可不能再往下想。

第二天,他去了不久就回来了,脸色阴沉的怕人。一跑进屋子就躺在床上,一声儿不言语的,闷抽烟。奶奶问他:"今儿怎么这么早回来?放假吗?"

他不回,把烟蒂儿狠狠的扔了。

"怎么啦?"妻说。

"怎么啦,还有怎么啦?停了生意!"

一家子全怔住了。

"为什么停生意?你做错了什么?"

"做错了什么!偷洋饽饽儿给你们吃!"

媳妇马上哭了起来。奶奶骂自家儿:"老不死,想吃洋饽饽儿!现在可吃出的来了?"气得把佛珠一扔。菩萨不生眼珠子,我辛辛苦苦过了半辈子，香也烧了不少，从没得罪你老人家，怎么还叫我老来苦。

孩子悄悄的问奶奶："奶奶，为什么爹不能把洋饽饽拿回来？不是爹做的吗？"

奶奶骂："你孩子不懂的。"可是她这一代人不懂，孩子的一代是会懂得的。

儿子心里想："真的，为什么我自家儿烘洋饽饽儿我就不能吃呢？"

一九三二，四，二十四日

断了条胳膊的人

第一节

这些声音，这些脸，这些错杂的街头风景，全是熟极了的。

跳下了电车，卖票的把门喀的关上，叮叮两声，电车就开去了。走到人行道上，便把咬在嘴里的车票扔了，笑着。拐角那儿那家绸缎铺子上面的西乐队把大喇叭冲着他吹：

"正月里来是新春……"

鼓，有气没力的咯咯地敲着；便顺着那拍子走。没走上多远，当的一声儿，铁杓敲在锅沿上，一笼饽饽腾着热气在他前面搬了过去——到饽饽铺子了。过去就是老虎灶带茶馆，水在大锅子里尽沸，一个穿了围裙的胖子把铜杓子竖在灶上，一只手撑着腰，站在那儿。那边桌子上是把脚跷到长凳上在喝茶的人。老虎灶的隔壁是条肮脏的小胡同。

到家了！更走得快。

那条小胡同,一眼望进去,只见挤满了屋子。屋瓦褪了色,没有砖墙只有板壁的平房。屋檐下全挂满了晾着的衣服,大门前摆满了竹椅子;自来水哗哗地开着溅得满地的水,一个小姑娘蹲在前面绞湿裈子。这边儿是一大堆人聚在那儿说闲话儿,那边儿又是一大堆人在那儿抹骨牌,还有许多人站在后边儿瞧。过去点儿是一伙孩子在地上滚铜子;一条竹竿,从这边屋上横到那边屋上,上面挂着条裤子,裤管恰巧碰着他们的脑袋。

这许多全是他的老朋友;那些屋子,那些铺地的青石板,在地上滚的铜子,横在屋上的竹竿,他认识了他们有十多年了。他也不站住了瞧抹牌,也不站住了跟人家说几句话儿,只跟这个,跟那个,点了点头,招呼了一下,急着跨大步向里边儿走去。他知道翠娟和孩子在家里等他。第一家,第二家……他知道第八家的门上贴着个斗大的财字,第九家的格子窗的糊窗纸破了一个窟窿,到了第十家,他就一脚迈了进去,马上满心欢喜地嚷着:

"宝贝儿来!爹抱。"

孩子正抱着桌子的腿,望着那扇往后进屋去的门,听见了他的声音,就叉巴着两条小胖腿,撒开了胳膊跑了过来,嘻开了嘴。他一把抱起了孩子,发疯似的,亲着他的脸,手,脖子,嘴里含含糊糊的哼着:

"宝贝!乖孩子!爹疼你!"

"爹——妈……嗯——"

指着门,用没有虎牙的嘴告他爹,说妈在里边。妈却端着面盆跑出来了,把面盆放在桌上,拚着命把孩子抢过去了。孩子拿手比着:

"爹!"宝贝拿着碗,指着碗,"碗——碰!"把手一放,是说把碗扔在地上碎了。"妈——!"绷着脸,撇着嘴,说妈骂他。

爹和妈全笑了起来。等爹把脸沉到面盆里边,他又结结巴巴的跟妈说话儿。他摸着妈的下巴:"爹有胡髭。宝贝——"亲着妈的脸,手,脖子,"宝贝——疼!"告诉妈说爹的胡髭把他刺痛了。在水里的爹的脸也笑着。

洗了脸,尽逗着孩子玩。翠娟在里边烧饭,烟冒到前面来了。他闻着那刺鼻的烟味,也闻着在锅子里爆的鱼香。瞧着挂在壁上的月份牌上面的人模糊下去,慢慢儿地只瞧得见孩子的眼珠子在那儿发光啦。天是晚了。就开了电灯。黯淡的灯光照到褪了色的板壁上,板壁上的漆已经掉了几块。他望着那旧桌子,在这上面他已经吃过十多年饭了;孩子望着壁上的大影子。翠娟端了菜出来,瞧见孩子在瞧影子,就说:

"阿炳,别瞧影子,回头半晚上又拉尿。"

孩子瞧见了妈,就从爹那儿挣扎了出来,跟着妈跑到里边,捧着只小饭碗出来,爬在桌边上跪着,嗯嗯的闹。孩子吃了进去又吐出来,吐了出来再吃进去,还箝菜给爹吃,一送送到他鼻子那儿,吃了半碗就不吃了,跪在凳上瞧爹和妈吃饭。

吃了饭,翠娟去收拾碗筷,他就坐着抽烟,一面哄孩子睡到床上去。孩子睁大着眼不想睡,尽和他闹,把被窝全跌开了,乐得眼泪直淌。他吓他,说老虎精在门外等着呢,再不睡就要来吃人了。他索性要他讲起老虎精的故事来啦。他给他缠得没法,就叫翠娟。

"你瞧,宝贝不肯睡。"

翠娟在里边儿洗碗,洗盘子。收拾完了便走出来:

"宝贝,还不睡?"

坐到床沿上,拍着他,嘴里哼着:"妈妈疼宝贝……宝贝睡啦宝贝睡——爹爹疼宝贝……"

孩子慢慢儿的不作声了。翠娟替他把被窝扯扯好,轻轻的站了起来,踮着脚走到桌子边坐了,两口儿谈谈白菜的价钱,厂里的新闻,和胡同里那一家生了儿子,谁和谁斗了嘴。

不一回儿,外面全静下啦。马路上只听得电车叮叮地驶了过去。猛的汽车喇叭呜的嚷了声儿，接着便是督督地敲着竹筒卖馄饨的来咧。看了看手表，是九点多了，马上就打起呵欠来，想睡了。

"睡吧。"

翠娟笑了笑，去叠被窝，他就去把门关上，喝了口茶，又打个呵欠，就躺到床上。一翻身，把胳膊搁到翠娟胸脯儿上，翠娟轻轻地打了他一下。他笑着；一回儿他便睡熟了。

第二节

第二天醒来，匆匆地洗了脸，在睡着的孩子的脸上亲了一下，就往门外跑。街上站岗的巡捕还没来，冷清清的没一辆汽车，只有拉车的揉着眼，拉着空车在懒懒地走，穿红马夹的清道夫却已经在那儿扫马路了，一群群穿蓝大褂的，手里拿着团饭站在电车站在那儿等车。

坐在拖车里，打呵欠的人，打盹的人，揉着眼的人他全没瞧见，他只想着他的掉了漆的板壁，没虎牙的孩子和翠娟。望着窗外，街上慢慢儿地热闹了起来。还是时候不早了呢？还是车从冷静的地方儿驶到热闹的地方儿来了呢？他全不管。他有一个家，一个媳妇和一个孩子！

进了机器间他不敢再想了。他留神着那大轮子，他瞧见过许多人给它的牙齿咬断了腿，咬断了胳膊，咬断了脖子的。他不能叫它沾到他的身子。要是他给它咬断了什么的话？——他不会忘记他有一个孩子和一个媳妇。可是真的他断了一条胳膊呢？大轮子隆隆地闹着，雪亮的牙齿露着，望着他。他瞧见它喀的一声儿，他倒了下去，血直冒，胳膊掉在一边……他喘了口气，不能往下想。断了条胳膊的人是怎么的？不能做工，不能赚钱，可是肚子还是要吃饭的，孩子还是要生下来的，房钱还是要出的，天还是要下雪的——

"要是有这么一天给大轮子咬断了什么呢！"——见到大轮子就这

么地想着，跑到家里，见到那掉了漆的墙，见到那低低的天花板，也会这么地想起了的。想着想着，往后自家儿也慢慢儿的相信总有一天会闹出什么来了。老梦着自家儿断了条腿，成天的傻在家里，梦着媳妇跟他哭着闹，梦着孩子饿坏了，死啦，梦着……梦着许多事。在梦里他也知道是梦，急得一身冷汗，巴不得马上醒回来，一醒回来又心寒。可是心寒有吗用呢？他是成天的和大轮子在一块儿混的。

吃了晚饭，他们坐着说话。他尽瞧着翠娟。

"要是我给机器轧坏了，不能养家了，那你怎么办？"

"别放屁！开口就没好话，那有的事——"

"譬如有这么一回事。"

"没有的事！"

"我是说譬如有这回事——说说不相干的。"

他盯住了她的眼珠子瞧，想瞧出什么来似的。

"譬如吗？"停了一回儿。"那你说我该怎么呢？"

"你说呀！我要问你怎么办。"

"我吗？我还有怎么呢？去帮人，去做工来养活你们。"

他不作声。想。过了回儿说："真的吗？"

"难道骗你？"

他不说话，笑了笑，摇了摇头。

"那么，你说怎么呢？"

"我说，你去嫁人——"

"屁！"

"我抱了孩子要饭去。"

"为什么说我去嫁人呢？你要我去嫁人吗？"

"你受不了艰穷。"

"屁！别再瞎说霸道，我不爱听。"

他不说话，又笑了笑，摇了摇头。

晚上他睡不着。他瞧见自家儿撑着拐杖，抱着孩子，从这条街拐到那条街。

孩子哭了。翠娟含含糊糊的哼着，"宝贝睡啦宝贝睡……妈妈疼宝贝——"轻轻儿的拍着他；不一回儿娘儿俩都没声了。

他瞧见自家儿撑着拐杖，抱着孩子，从这条街拐到那条街。他听见孩子哭。他瞧见孩子死在他怀里。他瞧见自家儿坐在街沿上，捧着脑袋揪头发，拐杖靠在墙上。

猛的，他醒了回来。天亮了。他笑自家儿："怯什么呀？"

他天天壮着胆笑自家儿："怯什么呀？"逗着孩子过日子，日子很快的过去了。

是六月，闷热得厉害。晚上没好好的睡，叫蚊子咬狠了，有点儿头昏脑涨的。他瞧着大轮子一动，那雪亮的钢刀，喀的砍下来，一下子就把那挺厚的砖切成两半。皮带隆隆的在半空中转，要转出火来似的。他瞧见一个金苍蝇尽在眼前飞。拿袖子抹抹汗。他听见许多的苍蝇在他脑袋里边直闹。眼前一阵花。身子往前一冲，瞧见那把刀直砍下来，他叫了一声儿，倒啦。

迷迷忽忽地想："我抱了孩子要饭去。"便醒了回来。有人哭，那是翠娟，红肿着眼皮儿望他。他笑了一笑。

"哭什么？还没死呢！"

"全是你平日里胡说霸道，现在可应了。"

"你怎么跑来了？孩子扔在家里没人管！"

"你睡了两天，不会说话。你说，怎不急死我！"

"我说，你怎么跑来了，把孩子扔在家里——"

"我说呀，你怎么一下子会把胳膊伸到那里边去了？"

"真累赘，你怎么专跟我抢说话，不回我的话呀？我问你，孩子交给谁管着。"

"大姑在家里管着他。"

"姐姐吗？"

"对。姑丈和大伯伯上厂里要钱去了，这里医院要钱呢。"

"家里零用还有吧，我记得还有二十多块钱在那儿。"

她低下了脑袋去抹泪。

"可是，往后的日子长着呢。"

"再说吧，还有一条胳膊咧。"

他望着她，心里想："我抱着孩子要饭去吧。"一面就催她回去看孩子。她又坐了好久，也没话说，尽抹泪，一条手帕全湿了。他又催她，她才走。她走了，他就想起了拐角那儿的西乐队，饽饽铺子的铁杓敲在锅沿上的声音……老虎灶里的那个胖子还是把铜杓子竖在灶上站在那儿吧！接着便是那条小胡同，熟悉的小胡同，斗大的财字……他是躺在这儿，右胳膊剩了半段，从胳膊肘那儿齐齐地切断了，像砖那么平，那么光滑。

第二天，姐姐，哥，和姐夫全来了。他们先问他怎么会闹出那么的事来的，往后又讲孩子在家里要爹，他们给缠得没法，又讲到昨儿上厂里去要钱的事，说好容易才见着厂长，求了半天，才承他赏了五十元钱，说厂里没这规矩，是他瞧你平日做人勤谨，他份外赏的，还叫工头给抽去了五元，多的全交给翠娟了。

"往后怎么过呢？"

听了这话，他闭着嘴望他们。他们全叫他瞧得把脑袋移了开去。他说："我也不知道，可是活总是要过的。"过了回儿又说："我想稍微好了些，搬到家里养去，医院里住不起。"

"究竟身子要紧，钱是有限的，我们总能替你想法。"

"不。现在是一个铜子要当一个铜子用了。"

在医院里住了两个礼拜。头几天翠娟天天来,坐在一旁抹泪,一条手帕全湿了才回去。往后倒也不哭了,只跟他谈谈孩子,谈谈以后的日子。她也从不说起钱,可是他从她的话里边听得出钱是快完了。那天她走进来时,还喘着气,满头的细汗珠子,脊梁盖儿全湿啦。

"怎么热得这个模样儿?"

"好远的路呢!"

"走来的吗?"

"不——是的,我嫌电车里挤得闷,又没多少路,反正没事,所以就走来了。"

"别哄我。是钱不够了,是不是?"

她不说话。

"是不是?"

猛的两颗泪珠掉下来啦,拿手帕掩着鼻子点了点头。

"还剩多少?"

"十五。可是往后的日子长着呢。"

"厂里拿来的五十元钱呢?全用在医院里了吗?"

她哭得抽抽咽咽的。

"怎么啦?你用了吗?"

"大伯伯骗你的,怕你着急。厂里只争到三十元,这里用的全是他和姑丈去借来的。我们的二十多,我没让他们知道。"

"哦!"想了想。"我明天搬回家去吧。"

"可是你伤口还没全好哪。"

"还是搬回去吧。"

他催着她回去了。明天早上,他哥来接他,坐了黄包车回去。他走过那家绸缎铺子,那家饽饽铺子,胡同还是和从前一样。走到胡同里边,邻舍们全望着他,望着他那条断了的胳膊。门那儿翠娟抱着孩子在那儿等着。孩子伸着胳膊叫爹。他把孩子抱了过来，才觉得自家儿是真的少了一条胳膊了。亲着孩子的脸，走到屋子里边，还是那掉了漆的墙壁，什么都没动，只是地板脏了些，天花板那儿挂着蛛网。他懂得翠娟没心思收拾屋子。孩子挣下地来，睁大着眼瞧他的胳膊。

"爹！"指着自家儿的胳膊给爹看。

"乖孩子！"

孩子的脑门下长满了痱子。只要孩子在，就是断了条胳膊还是要活下去的！这时候有些人跑进来问候他，他向他们道了谢。等他们走了，身子也觉得有点乏，便躺在床上。哥走的时候儿，还跟他说："你要钱用，尽管跟我要。"他只想等伤再稍微好了些，就到厂里去看看。他还是可以做工的，只是不能再像别人那么又快又好罢咧。翠娟忽然叹了口气道：

"你真瘦狠咧。"

"拿面镜子我照一下。"

镜子里是一张长满了胡髭的瘦脸，他不认识了。扔了镜子——"我还是要活下去的！"

"现在我可真得去帮人了。"

"真的吗？"

"要不然，怎么着呢？咱们又不能一辈子靠别人，大伯伯和姑丈也不是有钱的，咱们不能牵累他们。"

"真的吗？"

"你等着瞧。"

他笑了笑，摇了摇头，瞧见自家儿用一条胳膊抱着孩子从这条街跑到那条街。

第三节

每天在家里,总是算计着往后怎么过活。他可以到厂里去瞧一下,工是还可以做,厂里也许还要他。就是厂里不用他,也可以做些小本生意,卖糖果,卖报纸。翠娟出去帮人也赚得几个钱一月。可是孩子呵!孩子不能让翠娟走的。法子总不会没有,只要身子复了元就行咧。

过了几天,饭比从前吃得下些了,就到哥和姐夫那儿去走了一遭,谢了他们,托他们瞧瞧有什么事做没有。回到家里,媳妇笑着跟他商量。

"我真的帮人去了,你说可好?"

"真的吗?"

"自然真的。有个小姐妹在西摩路王公馆里做房里的,荐我到那边儿去,你说怎么着?"

"也好。"

"六元钱一月,服侍他们的二少爷,带着洗衣服,旁的就没什么事……"

她唠唠叨叨地说了一大串儿。他没听,望着坐在地上玩的孩子。他听见过许多人说,娘儿一到公馆里去做,就不愿意再回家受穷。也瞧见过他伙伴的媳妇帮了半年人就跟着那家的汽车夫跑了。有一个朋友的媳妇也在大公馆帮人,他要她回来,天天跑去跟她闹,末了,叫她的主人给撵了出来。那么的事多极了,他听见过许多,他也瞧见过。翠娟又生得端整。

"真的去帮人吗?"

"你怎么啦!人家高高兴兴地跟你讲……"

"不怎么。"

"你这人变了。掉了条胳膊，怎么弄得成天的丧魂落魄的，跟你讲话也不听见。"

"阿炳怎么呢，你去帮人？"

"有什么'怎么呢'，又不是去了就不回来了。你在家里不能照顾他不成？"

"他离不了你哪。"

"要不然，你说怎么着呀？坐吃山空，你又不能赚钱。"

他又望着孩子。

"说呀！你怎么啦，人家跟你说话，老不存心听。"

"唔？"

"你说怎么着？"

"也好。那天去呢？"

"那天都可以去。我想等你再健壮些才去。"

"等几天也好。"

伤口是早就好了，就为了流多了血，身子虚，成天傻在家里，没事，有时候抱着孩子到门口去逛逛，站在人家后面瞧抹牌，到胡同外面带着孩子去瞧猴子玩把戏，孩子乐了，他也乐。姐姐也时常来瞧他。跟翠娟谈谈，倒也不烦闷。日子很容易混了过去。脸上也慢慢儿地有了血色了。翠娟想下礼拜到王公馆去，他也想到厂里去一回。那天吃了中饭，他便坐了电车往厂里走。

到了厂里，他先上机器间去。已经有一个小子代了他的位子了。那大轮子还是转着，钢刀还是一刀刀的砍下来。从前的伙伴们乐得直吆唤，叫他过去。他站在机器前面笑着。真快，一个多月啦。

"伙计，你没死吗？"

"还算运气好，掉了一条胳膊。"

"我们总以为你死哟。你没瞧见，我们把你抬到病车里去时，你脸白得多怕人。"

"可不是吗？自家儿倒一点不怕。"

那工头过来了，跟他点了点头。

"好了吗？"

"好了。"

"躺了多久。"

"一个多月。"

"你也太不小心咧。"

"是吗！"

"如今在那儿？"

"没事做。"

"现在找事情很不容易呢！"

"我想——"

他的伙伴岔了进来道："那么你打算怎么呢？"

"我打算到这儿来问问看，还要不要人，我还能做。"

那工头瞧着代他的那小子道："已经有人了。"

"总可以商量吧？"

他瞧着他的断了的胳膊嚷道："很难吧。你自家儿去跟厂长谈吧，他在写字间。"

他便向他们说了再会，跑去了。

推开了门进去，厂长正坐在写字台那儿跟工程师在说话。见他进来，把手里的烟卷儿放到烟灰缸上，望了他一望。

"什么事？"

"我是这里机器间里的——"

"不就是上个月切断了胳膊的吗？"

"是。"

"不是拿了三十元医药费吗？还有什么事？"

"先生，我想到这里来做——"

"这里不能用你。"

"先生，我还有媳妇孩子，一家人全靠我吃饭的——"

"这里不能用你。"

"先生，可是我在这里做了十多年，胳膊也是断在这儿的，现在你不能用我，我能到那儿去呢？"

他摇了摇头："这里不能用你。"

"总可以商量吧？"

"你要商量别人怎么办呢？断胳膊的人不止你一个，我们要用了你，就不能不用别人，全用了断胳膊的，我们得关门了。"

"先生，总可以商量吧？"

"话说完了。你这人好累赘！"

"难道一点儿也不能商量吗？"

他不给回，和工程师讲话去了。

"你知道我的胳膊是断在你厂里的。"

"跟你说话说完了，出去吧！我的事多着。"

"我在这里做了十多年了！"

他按了按桌上的铃，是叫人来撵他的神气。他往前走了一步，站在桌前，把剩下来的一条胳膊直指到他脸上。

"你妈的！你知道一家子靠我吃饭吗！"

"你说什么？给我滚出去！你这混蛋！"

门开了，走进了一个人来，捉住了他的胳膊，推他出去。他也不挣扎，尽骂，直骂到门口。他脸也气白啦。糊糊涂涂的跑了许多路，什么也不想，只想拿刀子扎他，出口气。现在是什么都完了。还有谁用他呢？可是也许一刀子扎不死他，也许他活着还能赚钱养家，也许还能想法。扎了他一刀子，官司是吃定了，叫翠娟他们怎么过活呢？顶好想个法子害他一场。可是有什么法子呢？他来去都是坐汽车的。想着想着，一肚子的气跑回家里。孩子跑过来抱住了他的腿，要他抱出去玩。

"走开，婊子养的！"

翠娟白了他一眼，也没觉得。孩子还是抱住了不放，他伸手一巴掌，打得他撇了酥儿了，翠娟连忙把他抱了过去，一面哄着他："宝贝别哭。爹坏！打！好端端的打他干什么？对了，打！打爹！宝贝别哭。阿炳乖！爹坏！真是的。你好端端的打他干什么！"

他本来躺着在抽烟的，先还忍着不作声，末了，实在气恼狠了，便粗声粗气的："累赘什么！"

"您大爷近来脾气大了，动不动就没好气！"

"不是我脾气大了，是我穷了。才说了这么句话，就惹你脾气大脾气小。"

"什么穷了，富了？你多咱富过了？嫁在你家里，我也没好吃穿的过一天，你倒穷的富的来冤屈人！"

"对啦！我本来穷，你跟着我挨穷也是冤屈你了！现在我穷得没饭吃啦，你是也可以走咧。"

"你发昏了不是？"

"什么帮人不帮人，我早就明白是说说罢咧——"

她赶了过来，气得一时里说不出话来。顿着脚，好一回，才："你——"哇的哭了出来。"你要死咧！"

这一哭，哭得他腻烦极了。

"婊子养的死泼妇！我们家就叫你哭穷了，还哭，哭什么的？"

"你骂得好！"她索性大声儿地哭闹起来。

他伸手一巴掌："好泼妇！"

孩子本来不哭了，在抹泪，这一下吓得他抱着妈的脖子又哭啦。这当儿有人进来劝道:"好好的小夫妻闹什么!算是给我脸子,和了吧。"

她瞧有人进来,胆大了,索性哭得更厉害,一边指着他:"你们评评理。一个男儿汉不能养家活口,我说去帮人,他说我想去偷汉,还打我,你打!你打!"

"我打你又怎么样?"他赶过去,给众人拦住了。

"小夫妻吵嘴总是有的。何苦这么大闹。大嫂你平平气,一夜夫妻百夜恩,晚上还不是一头睡的。大叔你也静静心,她就是有不是,你也担待担待。真是,何苦来!"

他一肚子的冤屈的闷坐在那儿,又不好说。翠娟不哭了,一面抹泪,一面说道:"我走!我让他!他眼睛里头,就放不下我。他要我走,我就走给他看。"一面还哄孩子。孩子见妈不哭,他也不哭了,抹着泪骂爹:"爹坏!打!"

劝架的瞧他们不闹了,坐了回儿也走了。他闷坐在那儿。孩子也坐在那儿不作声。她也闷坐在那儿。他过了回儿便自家儿动手烧了些饭吃了,她也不吃饭,把孩子放在床上,打开了箱子整理衣服。他心里想:"你尽管走好了。"她把衣服打了一包,坐到孩子的小床床沿上,哄孩子睡。他没趣,铺了被窝,也睡了。

早上,他给孩子哭醒来,听见孩子哭妈,赶忙跳起来,只见孩子爬在床上哭,不见翠娟。他抱着孩子,哄他别哭,到外面一找,没有。昨儿晚上打的包不见了,桌子上放着八元钱。她真的走了!他也不着急。过几天总得回来的。

"爹,妈呢?"

"妈去买糖给宝贝吃。宝贝乖,别哭!妈就回来的。"

可是孩子不听,尽哭着要妈。他没法,只得把他放在床上,去弄些水洗了脸,买了些沸水冲了些冷饭胡乱地吃了。喂孩子吃,孩子不肯吃,两条小胖腿尽踢桌子,哭着嚷:

"妈呀！"

打了他几下，他越加哭得厉害啦，哄着他，他还是哭。末了，便抱了他瞧猴子玩把戏去。一回到家里，他又哭起来了。

闹了两天。翠娟真的不回来，他才有点儿着急。跑到他翁爹那儿去问，说是到西摩路帮人去了。丈母还唠唠叨叨地埋怨他："你也太心狠了，倒打得下手。早些天为什么不来？自家儿做了错事，还不来赔不是！她天天哭，气狠了，她说再也不愿意回去了。我做娘的也不能逼着她回去。"

"还要我跟她赔不是！你问她，究竟是谁的不是呀？她瞧我穷了，就天天闹，那天是她闹起来的——"

"你这话倒好听，好像她嫌你穷了，想另外再嫁人似的。"

"是呀，我穷了，你丈母也瞧不起我了——"

"我倒后悔把她嫁了你穷小子……"

又说翻了嘴。他赌着气跑出来，想到姐那儿去，叫她去跟翠娟说，孩子要妈，天天哭，回头一想，又不知道她在西摩路那儿，又不愿意回到翁爹家去问。随她吧，看她能硬着心肠不回来。回到家里，刚走到破了一个窟窿的格子窗那儿，就听得——

"妈呀！"哭着。

隔壁的李大嫂正在哄他。见他进来！就把孩子送给他：

"爹来了！拿去吧，我真累死了！"

他抱着孩子在屋子里来回的踱，孩子把脑袋搁在他肩上呜呜地哭着。踱到那边儿，他看见那扇褪了色的板门，踱回来，他就瞧见一个铜子骨碌碌的在门外滚过去。一个脏孩子跳着跟在后边儿，接着就是拍的一声，骨牌打在桌面上。慢慢儿的孩子便睡着了。他放下了孩子，胳膊有点儿酸疼，就坐着抽烟。

天天这么的，抱着孩子在屋子里踱，等翠娟回来。姐又来看了他一次，劝他耐心等，她总要回来的。他却赌气说：

"让她，嫁人去吧！我早就知道她受不了艰穷！"

可是他还是天天抱着孩子等；孩子哭，他心急。几次想上翁爹家里去，又不愿意去瞧人嘴脸，只得忍住了。孩子不肯吃饭，一天轻似一天。钱一天天的少了下去。过了一礼拜，翠娟还没回来，他瞧见自家儿抱着病了的孩子，从这条街跑到那条街。

第二天他只得跑到翁爹家去，丈母不在，翁爹告诉了他翠娟在那里。他又赶到姐那儿，要她马上就去。他和孩子在姐家里等。孩子哭，他哄孩子：

"宝贝别哭。乖！姑姑接妈去了。妈就来！"

他一遍遍的说着；他瞧见姐和翠娟一同走了进来，翠娟绷着脸不理他。他向她说好话，赔不是。真等了半天，姐才回来。他望着她，心要跳到嘴里来啦。

"她什么话也没说。我说孩子哭妈，她只冷笑了一声儿。"

"你是说孩子哭妈吗？"

"我是说孩子哭妈，她就笑了一声儿。"

"她孩子也不要了吗？"

"我不知道，她只冷笑了一声儿。"

他冷笑了一声儿，半晌不说话。亲了亲孩子："宝贝乖！爹疼你！咱们回去。"孩子先听着他们说话，现在又哭起来了。

回到家里，他抱着哭着的孩子踱。

"爹，妈呢？"

他冷笑了一声儿，踱过去，又踱回来。

"爹，妈呀！要妈！"

他又冷笑了一声儿，又踱过去，又踱回来。

第四节

孩子病了。

抱在手里,轻极了,一点不费力。孩子的脑袋一天比一天大啦。只干哭,没眼泪。眼珠子隐在眼眶里,瞧爹。他心里急。他听着他的哭声——他的哭声一天显得比一天乏。他自家儿有好几个晚上没好好儿的睡了。

饭是要吃的,钱已经从哥那儿借了不少,姐夫那儿也借了,又没心思做生意,孩子也没人管。成天的想着翠娟,他知道她的左胳膊上是有一颗大黑痣的。可是翠娟没回来。

他带了孩子,走到西摩路,找到那地方儿,是一座很大的洋房,按了下电铃。大铁门上开扇小铁门,小铁门上一扇小铁窗开了,一颗巡捕脑袋露出来。

"对不起,翠娟在不在这儿?"

"没有的,什么翠娟。你找谁呀?"

"新来的一个佣人,不十分高,长脸蛋的。"

"可是在二少爷房里的?"

"对啦!"

那巡捕开了门让他进去,叫他等一回儿。他暗地里叫了声天,觉得腿也跑乏了,胳膊也抱酸了,便靠在墙上歇着。不一回儿那巡捕走了出来,问他道:

"你姓什么?"

"姓林。"

"翠娟说他没丈夫的。"

"我就是他的丈夫嘛!"

"你弄错人了。这里的翠娟没有丈夫的。走吧！"

他只得跑了出来，站在路上。他等着。他想等她出来。

"爹，妈呀！"孩子的声音像蚊子的那么细。

"别哭，妈就来的。"

直等到天晚，他走了回去。没吃饭，望着孩子发愁。孩子不会哭了。他踱着，踱到半晚上，孩子眼皮一阖。

"宝贝！宝贝！"

孩子不作声，也不动。

他再叫了声儿："宝贝！"

孩子不作声，也不动。

他一声儿不言语，抱着孩子，踱到那边儿看见褪了漆的门，踱到这边儿，看到纸糊的格子窗，窗外静悄悄的。

他一声儿不言语，抱着孩子，踱到那边儿，看见褪了漆的门，门里边那间屋子从天窗那儿漏下一块模模糊糊的光来，踱到这边儿，看到那纸糊的格子窗，窗前的地板上也有了一扇格子窗。

猛的，他坐到床上，放了孩子，用他那条又酸又麻的胳臂托着脑袋，揪着头发，哭了。

他尽坐在那儿，泥塑的似的。傍晚儿，他把孩子装蒲包里边，拎了出去。回来时走过那家绸缎铺子，那家饽饽铺子，那家老虎灶，拐弯，进了胡同，第一家，第二家……胡同里有人打牌，有人滚铜子……第八家，门上斗大的财字，第九家，格子窗破了个窟窿，跨到自家儿家里——空的，只有他一个人。门也不带上，又跑去了。

半晚上，他回来啦，红着眼珠子，扶着墙，呕着，摸到自家儿门口，推开门跨进去，绊在门槛上，一交跌下去，就躺在那儿一动不动的，嘴犄角儿喷着沫，嘴啃在地上，臭的香的全吐了出来，便打起鼾来啦。

第五节

接连着好几天，喝得那么稀醉的回来。第二天早上醒回来，不是躺在地上，就是爬在床铺底下。脸上涎子混着尘土，又脏又瘦。家也乱得不像了。到处都是呕出来的东西，也不打扫；被窝里边真腥气。白天也睡在那儿，一醒，望着那只孩子抱过的桌脚，想：

"这回我可完了。"

有时，他醒回来，会看见一只黑猫躲在桌下吃他吐出来的东西，见他一动，它就呜的缩到角里望着他。也没人来瞧他，他什么也不想，一醒就捡了件衣服去买酒吃。

"活着有什么意思呀！哈哈！"

仰着脖子，一杯。

"活着有什么意思呀！哈哈！"

仰着脖子，又是一杯。一杯，两杯，三杯……慢慢儿的眼前的人就摇晃起来了，便站起来，把荷包里的钱全给了跑堂儿的，也不唱戏，也不哭，也不笑，也不说话，只跌着，跑着的回家去。第二天睁开眼来，摸一下脑袋，有血，脑袋摔破了，腰也摔疼了。

有一次，他也不知道是白天是晚上，睁开眼来，好像瞧见翠娟站在床前，桌上还搁着只面盆，自家儿脸上很光滑，像刚洗过脸似的。翠娟像胖了些，大声儿跟他说：

"你怎么弄得这个模样儿了？"

他唔了一声。

"孩子呢？"

他又唔了一声。

"孩子，阿炳在那儿？"

"阿炳？"他睁开眼来，想了想。"不知道。"

"怎么不知道？"

"好像是死了。"

闭上眼又睡啦。再醒回来时，翠娟不见了，屋子里还是他一个人，也记不清刚才是梦还是什么。他只记得翠娟像胖了些。

"翠娟胖了些咧。"他心里乐。

被窝里的腥气直扑，地上积了许多尘土，呕出来的东西发硬了，许多苍蝇爬在上面。便想起了从前的家，瞧见他吐了嘴里咬着的电车票走回家来，阿炳抱着桌子脚在那儿玩……谁害他的？谁害得他到这步田地的？他咬紧着牙想，他听见厂长在他耳旁说：

"这里不能用你。"

他又记起了自家儿给人家攮出来。

"死是死定了，可是这口气非得出呵！"

他尽想着。

第二天他揣着把刀子，往厂里走去，他没钱坐电车。他没喝醉，人很清楚，咬着牙，人是和从前大不相同了，只三个月，他像过了三十年，脸上起了皱纹，眼望着前面，走着。到了厂门口，老远的就望见一辆病车在那儿。走近了，只见一个小子，腿断了，光喘气，血淌得一身。许多人围着瞧，他也挨了进去。

断了胳膊，断了腿的不只他一个呢！

隔着垛墙，就听得里边的机器响。他想跑到里边去瞧一下。那雪亮的钢刀，还是从前那么的一刀刀砍下来。地上一大堆血，还有五六个人在那儿看，全是挨砍的脸。他们都不认识他了。他知道他自家儿变得厉害，也不跟他们招呼。他看着这许多肮脏的人，肮脏的脸。他瞧见他们一个个的给抬了出去，淌着血。他又看见他们的媳妇跑了，孩子死了。他又听见这句话：

"这里不能用你。"

天下不知道有多少砖厂,多少工人;这些人都是挨砍的,都得听到这句话的。给砍了的不只他一个,讲这话的不只一个厂长。扎死了一个有吗用呢?还有人会来代他的。

一句话也不说,他跑出了厂门。他走着走着。他想着想着。他预备回去洗个脸把屋子打扫一下。他不想死了。

走过饽饽铺子那儿,铁杓当的一声儿,他第一次笑啦。

师经典

公墓

穆时英精品选

被当作消遣品的男子

"那天回到宿舍,对你这张会说话的嘴,忘了饥饿的惊异了半天。我望着蓝天,如果是在恋人面前,你该是多么会说话的啊——这么想着。过着这尼庵似的生活,可真寂寞呢。

再这么下去,连灵魂也要变化石啦……可是,来看我一次吧!蓉子。"

克莱拉宝似的字在桃红色的纸上嬉嬉地跳着回旋舞,把我围着——"糟糕哪"我害怕起来啦。

第一次瞧见她,我就觉得:"可真是危险的动物哪!"她有着一个蛇的身子,猫的脑袋,温柔和危险的混合物。穿着红绸的长旗袍儿,站在轻风上似的,飘荡着袍角。这脚一上眼就知道是一双跳舞的脚,践在海棠那么可爱的红缎的高跟儿鞋上。把腰肢当作花瓶的瓶颈,从这上面便开着一枝灿烂的牡丹花……一张会说谎的嘴,一双会骗人的眼——贵品哪！

曾经受过亏的我，很明白自己直爽的性格是不足对付姑娘们会说谎的嘴的。和她才会面了三次，总是怀着"留神哪"的心情，听着她哩哩啦啦地从嘴里泛溢着苏州味的话，一面就这么想着。这张天真的嘴也是会说谎的吗？也许会的——就在自己和她中间赶忙用意志造了一道高墙。第一次她就毫没遮拦地向我袭击着。到了现在，这位危险的动物竟和我混得像十多年的朋友似的。"这回我可不会再上当了吧？不是我去追求人家，是人家来捕捉我的呢！"每一次回到房里总躺在床上这么地解剖着。

再去看她一次可危险了！在恋爱上我本来是低能儿。就不假思索地，开头便——"工作忙得很哪"的写回信给她。其实我正空得想去洗澡。从学堂里回来，梳着头发，猛的在桌子上发现了一只青色的信封，剪开来时，是——

"为什么不把来看我这件事也放到工作表里面去呢！来看我一次吧！在校门口等着。"真没法儿哪，这么固执而孩子气得可爱的话。穿上了外套，抽着强烈的吉士牌，走到校门口，她已经在那儿了。这时候倒是很适宜于散步的悠长的煤屑路，长着麦穗的田野，几座荒凉的坟，埋在麦里的远处的乡村，天空中横飞着一阵乌鸦……

"你真爱抽烟。"

"孤独的男子是把烟卷儿当恋人的。它时常来拜访我，在我寂寥的时候，在车上，在床上，在默想着的时候，在疲倦中的时候……甚至在澡堂里它也会来的。也许有人说它不懂礼貌，可是我们是老朋友……"

"天天给啤酒似的男子们包围着，碰到你这新鲜的人倒是刺激胃口的。"

糟糕，她把我当作辛辣的刺激物呢。

"那么你的胃也不是康健的。"

"那都是男子们害我的。他们的胆怯，他们的愚昧，他们那种老鼠似的眼光，他们那装做悲哀的脸……都能引起我的消化不良症的。"

"这只能怪姑娘们太喜欢吃小食。你们把雀巢牌朱古力糖，Sunkist，上海啤酒，糖炒栗子，花生米等混在一起吞下去，自然得患消化不良症哩。给你们排泄出来的朱古力糖，Sunkist……能不装做悲哀的脸吗？"

"所以我想吃些刺激品啊！"

"刺激品对于消化不良症是不适宜的。"

"可是，管它呢！"

"给你排泄出来的人很多吧？"

"我正患着便秘，想把他们排泄出来，他们却不肯出来，真是为难的事哪。他们都把心放在我前面，摆着挨打的小丑的脸……我只把他们当傻子罢哩。"

"危险哪，我不会也给她当朱古力糖似的吞下，再排泄出来吗？可是，她倒也和我一样爽直！我看着她那张红菱似的嘴——这张嘴也会说谎话吗？"这么地怀疑着。她蹲下去在道儿旁摘了朵紫色的野花，给我簪在衣襟上；"知道吗，这花的名儿？"

"告诉我。"

"这叫Forget-me-not"就明媚地笑着。

天哪，我又担心着。已经在她嘴里了，被当做朱古力糖似的含着！我连忙让女性嫌恶病的病菌，在血脉里加速度地生殖着。不敢去看她那微微地偏着的脑袋，向前走，到一片草地上坐下了。草地上有一片倾斜的土坡，上面有一株柳树，躺在柳条下，看着盖在身上的细影。蓉子坐在那儿玩着草茨子。

"女性嫌恶症患者啊，你是！"

从吉士牌的烟雾中，我看见她那骄傲的鼻子，嘲笑我的眼，失望的嘴。

"告诉我,你的病菌是那里来的。"

"一位会说谎的姑娘送给我的礼物。"

"那么你就在杂志上散布着你的病菌不是?真是讨厌的人啊!"

"我的病菌是姑娘们消化不良症的一味单方。"

"你真是不会叫姑娘们讨厌的人呢!"

"我念首诗你听吧——"我是把Louise Gilmore的即席小诗念着:

假如我是一只孔雀,
我要用一千只眼
看着你。

假如我是一条蜈蚣,
我要用一百只脚
追踪你。

假如我是一个章鱼,
我要用八只手臂
拥抱你。

假如我是一头猫
我要用九条性命
恋爱你。

假如我是一位上帝,
我要用三个身体

占有你。

她不做声，我看得出她在想，真是讨厌的人呢！刚才装做不懂事，现在可又来了。

"回去吧。"

"怎么要回去啦？"

"男子们都是傻子。"她气恼地说。

不像是张会说谎的嘴啊！我伴了她在铺满了黄昏的煤屑路上走回去，悉悉地。

接连着几天，从球场上回来，拿了网拍到饭店里把Afternoon Tea装满了肚子，舒适地踱回宿舍去的时候，过了五分钟，闲得坐在草地上等晚饭吃的时候，从课堂里挟了书本子走到运动场去溜荡的时候，总看见她不是从宿舍往校门口的学校Bus那儿跑，就是从那儿回到宿舍去。见了我，只是随便地招呼一下，也没有信来。

到那天晚上，我正想到图书馆去，来了一封信：

"到我这儿来一次——知道吗？"这么命令似的话。又要去一次啦！就这么算了不好吗？我发觉自己是站在危险的深渊旁了。可是，末了，我又跑了去。

月亮出来了，在那边，在皇宫似的宿舍的屋角上，绯色的，大得像只盆子。把月亮扔在后面，我和她默默地走至校门外，沿着煤屑路走去，那条路像流到地平线中去似的，猛的一辆汽车的灯光从地平线下钻了出来，道旁广告牌上的扣着吉士牌的姑娘在灯光中愉快地笑，又接着不见啦。到一条桥旁，便靠了栏杆站着。我向月亮喷着烟。

"近来消化不良症好了吧？"

"好了一点儿，可是今儿又发啦。"

"所以又需要刺激品了不是？"

在吉士牌的烟雾中的她的脸笑了。

"我念首诗给你听。"

她对着月亮，腰靠在栏杆上。我看着水中她的背影。

  假如我是一只孔雀，
  我要用一千只眼
  看着你。

  假如我是一条蜈蚣，
  我要用一百只脚
  追踪你。

  假如我……

我捉住了她的手。她微微地抬着脑袋，微微地闭着眼——银色的月光下的她的眼皮是紫色的。在她花朵似的嘴唇上，喝葡萄酒似地，轻轻地轻轻地尝着醉人的酒味。一面却——"我大概不会受亏了吧！"这么地快乐着。

月亮照在背上，吉士牌烟卷儿掉到水里，流星似的，在自己的眼下，发现了一双黑玉似的大眼珠儿。

"我是一瞧见了你就爱上了你的！"她把可爱的脑袋埋在我怀里，嬉嬉地笑着。"只有你才是我在寻求着的，哪！多么可爱的一副男性的脸子，直线的，近代味的……温柔的眼珠子，懂事的嘴……"

我让她那张会说谎的嘴，啤酒沫似的喷溢着快板的话。

"这张嘴不是会说谎的吧。"到了宿舍里，我又这么地想着。楼上的窗口有人在吹Saxophone，春风吹到脸上来，卷起了我的领子。

"天哪！天哪！"

第二天我想了一下，觉得危险了。她是危险的动物，而我却不是好猎手。现在算是捉到了吗？还是我被她抓住了呢？可是至少……我像解不出方程式似的烦恼起来。到晚上她写了封信来，天真地说："真是讨厌的人呢！以为你今天一定要来看我的，那知道竟不来。已是我的猎获物了，还这么倔强吗？……"我不敢再看下去，不是已经说得很明白了吗？不能做她的猎获物的。把信往桌上一扔，便钻到书籍城，稿子山，和墨水江里边儿去躲着。

可是糟糕哪！我觉得每一个○字都是她的唇印；墙上钉着的Vilma Banky的眼，像是她的眼，Nancy Carrol的笑劲儿也像是她的，顶奇怪的是她的鼻子长到Norme Shearer的脸上去了。末了这嘴唇的花在笔杆上开着，在托尔斯泰的秃脑袋上开着，在稿纸上开着……在绘有蔷薇花的灯罩上开着……拿起信来又看下去："你怕我不是？也像别的男子那么的胆怯不成？今晚上的月亮，像披着一层雾似的蹒跚地走到那边柳枝上面了。可是我爱瞧你那张脸哪——在平面的线条上，向空中突出一条直线来而构成了一张立体的写生，是奇迹呢！"这么刺激的，新鲜的句子。

再去一次吧，这么可爱的句子呢。这些克莱拉宝似的字构成的新鲜的句子围着我，手系着手跳着黑底舞，把我拉到门宫去了——它们是可以把世界上一切男子都拉到那儿去的。

坐在石阶上，手托着腮，歪着头，在玫瑰花旁低低地唱着小夜曲的正是蓉子，门灯的朦胧的光，在地上刻画着她那鸽子似的影子，从黑暗里踏到光雾中，她已经笑着跳过来了。

"你不是想从我这儿逃开去吗？怎么又来啦？"

"你不在等着我吗？"

"因为无聊,才坐在这儿看夜色的。"

"嘴上不是新擦的Tangee吗?"

"讨厌的人哪!"

她已经拉着我的胳膊,走到黑暗的运动场中去了。从光中走到光和阴影的溶合线中,到了黑暗里边,也便站住了。像在说,"你忘了啊"似的看着我。

"蓉子,你是爱我的吧?"

"是的。"

这张"嘴"是不会说谎的,我就吻着这不说谎的嘴。

"蓉子,那些消遣品怎么啦?"

"消遣品还不是消遣品罢哩。"

"在消遣品前面,你不也是说着爱他的话吗?"

"这都因为男子们太傻的缘故,如果不说,他们是会叫化似的跟着你装着哀求的脸,卑鄙的脸,憎恨的脸,讨好的脸,……碰到跟着你歪缠的化子们,不是也只能给一个铜子不是?"

也许她也在把我当消遣品呢,我低着脑袋。

"其实爱不爱是不用说的,只要知道对方的心就够。我是爱你的。你相信吗?是吗;信吗?说呀!我知道你相信的。"

我瞧着她那骗人的说谎的嘴明知道她在撒谎,可还是信了她的谎话。

高速度的恋爱哪!我爱着她,可是她对于我却是个陌生人。我不明白她,她的思想,灵魂,趣味是我所不认识的东西。友谊的了解这基础还没造成,而恋爱已经凭空建筑起来啦!

每天晚上,我总在她窗前吹着口笛学布谷叫。她总是孩子似的跳了出来,嘴里低低地唱着小夜曲,到宿舍门口叫:"Alexy",我再吹着口笛,她就过来了。从朦胧的光里踏进了植物的阴影里,她就攀着我

Coat的领子，总是像在说"你又忘了啊"似的等着我的吻，我一个轻轻的吻，吻了她，就——"不会是在把我当消遣品吧"这么地想着，可是不是我化子似的缠着她的，是她缠着我的啊，以后她就手杖似的挂在我胳膊上，飘荡着裙角漫步着。我努力在恋爱下面，建筑着友谊的基础。

"你读过《茶花女》吗？"

"这应该是我们的祖母读的。"

"那么你喜欢写实主义的东西吗？譬如说，左拉的《娜娜》，陀思安耶夫斯基的《罪与罚》……"

"想睡的时候拿来读的，对于我是一服良好的催眠剂。我喜欢读保尔穆杭，横光利一，崛口大学，刘易士——是的我顶爱刘易士。"

"在本国呢？"

"我喜欢刘呐鸥的新的话术，郭建英的漫画，和你那种粗暴的文字，犷野的气息……"

真是在刺激和速度上生存着的姑娘哪，蓉子！Jazz，机械，速度，都市文化，美国味，时代美……的产物的集合体。可是问题是在这儿——

"你的女性嫌恶症好了吧？"

"是的，可是你的消化不良症呢？"

"好多啦，是为了少吃小食。"

"一九三一年的新发见哪！女性嫌恶症的病菌是胃病的特效药。"

"可是，也许正相反，消化不良的胃囊的分泌物是女性嫌恶症的注射剂呢？"

对啦，问题是在这儿。换句话说，对于这位危险的动物，我是个好猎手，还是只不幸的绵羊？

真的，去看她这件事也成为我每日工作表的一部分——可是其他工作是有时因为懒得可以省掉的。

每晚上，我坐在校园里池塘的边上，听着她说苏州味的谎话，而我也相信了这谎话。看着水面上的影子，低低地吹着口笛，真像在做梦。她像孩子似的数着天上的星，一颗，两颗，三颗……我吻着她花朵似的嘴一次，两次，三次，……

"人生有什么寂寞呢？人生有什么痛苦呢？"

吉士牌的烟这么舞着，和月光溶化在一起啦。她靠在我肩上，唱着Kiss me again，又吻了她，四次，五次，六次……

于是，去看她这回事，成为我生活的一部分了。洗澡，运动，读书，睡觉，吃饭再加上了去看她，便构成了我的生活，——生活是不能随便改变的。

可是这恋爱的高度怎么维持下去呢？用了这速度，是已经可以绕着地球三圈了。如果这高速度的恋爱失掉了它的速度，就是失掉了它的刺激性，那么生存在刺激上面的蓉子不是要抛弃它了吗？不是把和这刺激关联着的我也要抛弃了吗？又要摆布着消遣品去过活了呢！就是现在还没把那些消遣品的涬排泄干净啊！解公式似的求得了这么个结论，真是悲剧哪——想出了这么的事，也没法子，有一天晚上，我便写了封信给她——

"医愈了我的女性嫌恶症，你又送了我神经衰弱症。碰到了你这么快板的女性啊！这么快的恋爱着，不会也用同样的速度抛弃我的吗？想着这么的事，我真担心。告诉我，蓉子，会有不爱我的一天吗？"

想不到也会写这么的信了；我是她的捕获物。我不是也成了缠着她的化子吗？

"危险啊！危险啊！"

我真的患了神经衰弱症。可是，她的复信来了："明儿晚上来，我告诉你。"是我从前对她说话的口气呢。雀巢牌朱古力，Sunkist，上海啤酒，糖炒栗子……希望我不是这些东西吧。

第二天下午我想起了这些事，不知怎么的忧郁着。跑去看蓉子，她已经出去啦。十万吨重量压到我心上。竟会这么关心着她了！回到宿舍里，房里边没一个人，窗外运动场上一只狗寂寞地躺在那儿，它跟我飞着俏媚眼。戴上了呢帽，沿着××路向一个俄罗斯人开的花园走。我发觉少了件东西，少了个伴着我的姑娘。把姑娘当手杖带着，至少走路也方便点儿哪。

在柳影下慢慢地划着船，低低地唱着Rio Rita，也是件消磨光阴的好法子。岸上站着那个管村的俄国人，悠然地喝着VodKa，抽着强烈的俄国烟，望着我。河里有两只白鹅，躺在水面上，四面是圆的水圈儿。水里面有树，有蓝的天，白的云，猛的又来了一只山羊。我回头一瞧，原来它正在岸旁吃草。划到荒野里，就把桨搁在船板上，平躺着，一只手放在水里，望着天。让那只船顺着水淌下去，像流到天边去似的。

有可爱的歌声来了，用女子的最高音哼着Minuet in G的调子，像是从水上来的，又依依地息在烟水间。可是我认识那歌声，是那张会说谎的嘴里唱出来的。慢慢儿的近了，听得见划桨的声音。我坐了起来——天哪！是蓉子！她靠在别的一个男子肩上，那男子睁着做梦的眼，望着这边儿。近啦，近啦，擦着过去啦！

"Alexy。"

这么叫了我一声，向我招着手；她肩上围着白的丝手帕，风吹着它往后飘，在这飘着的手帕角里，露着她的笑。我不管她，觉得女性嫌恶症的病菌又在我血脉里活动啦。拚命摇着桨，不愿意回过脑袋去，倒下去躺在船板上。流吧，水呀！流吧，流到没有说谎的嘴的地方儿去，流到没有花朵似的嘴的地方儿去，流到没有骗人的嘴的地方儿去，啊！流吧，流到天边去，流到没有人的地方去，流到梦的王国里去，流到我所不知道的地方去……可是，后边儿有布谷鸟的叫声哪！白云中间现出了一颗猫的脑袋，一张笑着的温柔的脸，白的丝手帕在音乐似的头发上飘。

我刚坐起一半，海棠花似的红缎高跟儿鞋已经从我身上跨了过去，蓉子坐在我身旁，小鸟似的挂在我肩膊肘上。坐起来时，看见那只船上那男子的惊异的脸，这脸慢慢儿的失了笑劲儿，变了张颓丧的脸。

"蓉子。"

"你回去吧。"

他怔了一会儿就划着船去了。他的背影渐渐的小啦，可是他那唱着 I belong to girl who belongs to the somebody else 的忧郁的嗓子，从水波上轻轻地飘过来。

"傻子呢！"

"……"

"怎么啦？"

"……"

她猛的抖动着银铃似的笑声。

"怎么啦？"

"瞧瞧水里的你的脸哪——一副生气的脸子！"

我也笑了——碰着她那么的人，真没法儿。

"蓉子，你不是爱着我一个人呢！"

"我没爱着你吗？"

"刚才那男子吧？"

"不是朱古力糖吗？"

想着她肯从他的船里跳到我的船里，想着他的那副排泄出来的朱古力糖似的脸……

"可是，蓉子，你会有不爱我的一天吗？"

她把脑袋搁在我肩上，叹息似的说：

"会有不爱你的一天吗？"

抬起脑袋来，抚摸着我的头发，于是我又信了她的谎话了。

回去的路上，我快乐着——究竟不是消遣品呢！

过了三天，新的欲望在我心里发芽了。医愈了她的便秘吧。我不愿意她在滓前面，也说着爱他们的话。如果她不听我的话，就不是爱我一个人，那么还是算了的好；再这么下去，我的神经衰弱症怕会更害得厉害了吧：这么决定了，那天晚上就对蓉子说：

"排泄了那些滓吧！"

"还有呢？"

"别时常出去！"

"还有呢？"她猛的笑了。

"怎么啦？"

"你也变了傻子哪！"

听了这笑声，猛的恼了起来。用憎恨的眼光瞧了她一回，便决心走了。简直把我当孩子！她赶上来，拦着我，微微地抬着脑袋，那黑玉似的大眼珠子，长眼毛……攀住了我的领子：

"恨我吗？"

尽瞧着我，怕失掉什么东西似的。

"不，蓉子。"

蓉子踮着脚尖。像抱着只猫，那种Touch。她的话有二重意味，使你知道是谎话，又使你相信了这谎话。在她前面我像被射中了的靶子似的，僵直地躺着。有什么法子抵抗她啊！可是，从表面上看起来，还是被我克服着呢，这危险而可爱的动物。为了自以为是好猎手的骄傲而快乐着。

　　蓉子有两个多礼拜没出去。在我前面，她猫似的蜷伏着，像冬天蹲在壁炉前的地毯上似的。我惊异着她的柔顺。Weekend也只在学校的四周，带着留声机，和我去行Picnic。她在软草上躺着，在暮春的风里唱着，在长着麦的田野里孩子似地跑着，在坟墓的顶上坐着看埋到地平线下去的太阳，听着田野里的布谷鸟的叫声，笑着，指着远处天主堂的塔尖偎着我……我是幸福的。我爱着她，用温柔的手，聪明的笑，二十岁的青春的整个的心。

　　可是好猎手被野兽克服了的日子是有的。

　　礼拜六下午她来了一封信：

　　　　"今儿得去参加一个Party。你别出去；我晚上回来的——我知道你要出去的话，准是到舞场里去，可是我不愿意知道你是在抱着别的姑娘哪。"

　　晚上，在她窗前学着布谷鸟的叫声。哄笑骑在绯色的灯光上从窗帘的缝里逃出来，等了半点钟还没那唱着小夜曲，叫"Alexy"的声音。我明白她是出去了。啤酒似的，花生似的，朱古力糖似的，Sunkist似的……那些消遣品的男子的脸子，一副副的泛上我的幻觉。走到校门口那座桥上，想等她回来，瞧瞧那送她回来的男子——在晚上坐在送女友回去的街车里的男子的大胆，我是很明白的。

　　桥上的四支灯，昏黄的灯光浮在水面上。默默地坐着。道儿上一辆辆的汽车驶过，车灯照出了街树的影，又过去了，没一辆是拐了弯到学校里来的，末了，在校门外夜色里走着的恋人们都进来了；他们是认识我的，惊奇的眼，四只四只的在我前面闪烁着。宿舍的窗口那儿一只Saxophone冲着我——

"可以爱的时候爱着吧！女人的心，霉雨的天气，不可测的——"张着大嘴呜呜地嚷着。想着在别人怀里的蓉子，真像挖了心脏似的。直到学校里的灯全熄了，踏着荒凉的月色，秋风中的秋叶似的悉悉地，独自个儿走回去，像往墓地走去那么忧郁……

礼拜日早上我吃了早点，拿了《申报》的画报在草地上坐着看时，一位没睡够的朋友，从校外进来，睁着那喝多了Cocktail的眼，用那双还缠着华尔滋的腿站着，对我笑着道：

"蓉子昨儿在巴黎哪，发了疯似的舞着——Oh, Sorry, 她四周浮动着水草似的这许多男子，都恨不得把她捧在头上呢！"

到四五点钟，蓉子的信又来啦。把命运放在手上，读着：

"没法儿的事，昨儿晚上Party过了后，太晚了，不能回来。今儿是一定回来的，等着我吧。"

站在校门口直等到末一班的Bus进了校门，还是没有她。我便跟朋友们到"上海"去。崎岖的马路把汽车颠簸着，汽车把我的身子像行李似的摇着，身子把我的神经扰着，想着也许会在舞场中碰到她的这回事，我觉得自己是患着很深的神经衰弱症。

先到"巴黎"，没有她，从Jazz风，舞腿林里，从笑浪中举行了一个舞场巡礼，还是没有她。再回到巴黎，失了魂似的舞着到十一点多，瞧见蓉子，异常地盛装着的蓉子，带了许多朱古力糖似的男子们进来了。

于是我的脚踏在舞女的鞋上，不够，还跟人家碰了一下。我颓丧地坐在那儿，思量着应付的方法。蓉子就坐在离我们不远儿的那桌上。背向着她，拿酒精麻醉着自己的感觉。我跳着顶快的步趾，在她前面亲热地吻着舞女。酒精炙红了我的眼，我是没了神经的人了。回到桌子上，侍者拿来了一张纸，上面压着一只苹果：

"何苦这么呢？真是傻子啊!吃了这只苹果，把神经冷静一下吧。瞧着你那疯狂的眼，我痛苦着哪。"

回过脑袋去，那双黑玉似的大眼珠儿正深情地望着我。我把脑袋伏在酒杯中间，想痛快地骂她一顿。Fox-trot的旋律在发光的地板上滑着。

"Alexy"

她舞着到我的桌旁来。我猛的站直了：

"去你的吧，骗人的嘴，说谎的嘴！"

"朋友，这不像是Gentleman的态度呀。瞧瞧你自己，像一只生气的熊呢……"伴着她的男子，装着嘲笑我的鬼脸。

"滚你的，小兔崽子；没你的份儿。"

"Yuh"拍！我腮儿上响着他的手掌。

"Say What's the big idea？"

"No，Alexy Say no，by golly！"蓉子扯着我的胳膊，惊惶着。我推开了她。

"You don't meant……"

"I mean it."

我猛的一拳，这男子倒在地上啦。蓉子见了为她打人的我，一副不动情的扑克脸：坐在桌旁。朋友们把我拉了出去：说着"I'm Through"时，我所感觉到的却是犯了罪似的自惭做了傻事的心境。

接连三天在家里，在床旁，写着史脱林堡的话，读着讥嘲女性的文章，激烈地主张着父系家族制……

"忘了她啊！忘了她啊！"

可是我会忘了这会说谎的蓉子吗？如果蓉子是不会说谎的，我早就忘了她了。在同一的学校里，每天免不了总要看见这会说谎的嘴的。对于我，她的脸上长了只冷淡的鼻子———一礼拜不理我。可是还是践在海棠那么可爱的红缎的高跟儿鞋上，那双跳舞的脚；飘荡着袍角，站在轻风上似的，穿着红绸的长旗袍儿；温柔和危险的混合物，有着一个猫的脑袋，蛇的身子……

礼拜一上纪念周，我站在礼堂的顶后面，不敢到前面去，怕碰着她。她也来了，也站在顶后面，没什么事似的，嬉嬉地笑着。我摆着张挨打的脸，求恕地望着她。那双露在短袖口外面的胳膊是曾经攀过我的领子的。回过头来瞧了我的脸，她想笑，可是我想哭了。同学们看着我，问我，又跑过去看她，问她，许多人瞧着我，纪念周只上了一半，我便跑出去啦。

下一课近代史，我的座位又正在她的旁边。这位戴了眼镜，耸着左肩的讲师，是以研究产业革命著名的，那天刚讲到这一章。铅笔在纸上的磨擦用讲师喷唾沫的速度节奏地进行着。我只在纸上——"骗人的嘴啊：骗人的嘴啊……"写着。

她笑啦。

"蓉子！"

红嘴唇像闭着的蚌蛤。我在纸片上写着："说谎的嘴啊，可是愿意信你的谎话呢！可以再使我听一听你的可爱的谎话吗？"递给她。

"下了课到××路的草地上等我。"

又记着她的札记，不再理我了。

一下课我便到那儿去等着。已经是夏天啦，麦长到腰，金黄色的。草很深。广阔的田野里全是太阳光，不知那儿有布谷鸟的叫声，叫出了四月的农村。等判决书的杀人犯似地在草地上坐着。时间凝住啦。好久她还没来。学校里的钟声又飘着来了，在麦田中徘徊着，又溶化到农家的炊烟中。于是，飞着的鸽子似的来了蓉子，穿着白绸的Pyjamas，发儿在白绸结下跳着Tango的她，是叫我想起了睡莲的。

"那天你是不愿意我和那个男子跳舞不是？"

劈头便这么爽直地提到了我的罪状，叫我除了认罪以外是没有别的辩诉的可能了。我抬起脑袋望着这亭亭地站着的审判官，用着要求从轻处分的眼光。

"可是这些事你能管吗？为什么用那么傻的方法呢。你的话，我爱听的自然听你，不爱听你是不能强我服从的。知道吗？前几天因为你太傻，所以不来理你，今儿瞧你像聪明点儿——记着……"她朗诵着刑法的条例，我是只能躺在地下吻着她的脚啦。

她也坐了下来，把我的脑袋搁在她的腿上，把我散乱的头发往后扔，轻轻地说道："记着，我是爱你的，孩子。可是你不能干涉我的行动。"又轻轻地吻着我。闭上了眼，我微微地笑着，——"蓉子"这么叫着，觉得幸福——可是这幸福是被恕了的罪犯的。究竟是她的捕获物啊！

"难道你还以为女子只能被一个人崇拜着吗？爱是只能爱一个人，可是消遣品，工具是可以有许多的。你的口袋里怕不会没有女子们的照片吧。"

"啊，蓉子。"

从那天起，她就让许多人崇拜着，而我是享受着被狮子爱着的一只绵羊的幸福。我是失去了抵抗力的。到末了，她索性限制我出校的次数，就是出去了晚上九点钟以前也是要到她窗前去学着布谷鸟叫声报到的——我不愿意有这种限制吗？不，就是在八点半坐了每点钟四十英里的车赶回学校来，到她窗前去报到，也是引着我这种 fldelity 以为快乐的。可是……甚至限制着我的吻她啦。可是，在狮子前面的绵羊，对于这种事有什么法子想呢，虽然我愿意拿一滴血来换一朵花似的吻。

记得有一天晚上，她在校外受了崇拜回来，紫色的毛织物的单旗袍，——在装饰上她是进步的专家。在人家只知道穿丝织品，使男子们觉得像鳗鱼的时候，她却能从衣服的质料上给你一种温柔的感觉。还是唱着小夜曲，云似地走着的蓉子。在银色的月光下面，像一只有银紫色的翼的大夜蝶，沉着地疏懒地动着翼翅，带来四月的气息，恋的香味，金色的梦。拉住了这大夜蝶，想吞她的擦了暗红的Tangee的嘴。把发际的紫罗兰插在我嘴里，这大夜蝶从我的胳膊里飞去了。嘴里含着花，看着翩翩地飞去的她，两只高跟儿鞋的样子很好的鞋底在夜色中舞着，在夜色中还颤动着她的笑声。再捉住了她时，她便躲在我怀里笑着，真没法儿吻她啊。

"蓉子，一朵吻，紫色的吻。"

"紫色的吻，是不给贪馋的孩子的。"

我骗她，逼她，求她，诱她，可是她老躲在我怀里。比老鼠还机警哪。在我怀里而不让我耍嘴儿，不是容易的事。时间就这么过去了。

"蓉子，如果我骗到了一个吻，这礼拜你得每晚上吻我三次的。"

"可以的，可是在这礼拜你骗不到，在放假以前不准要求吻我，而且每天要说一百句恭维我的话，要新鲜的，每天都不同的。"

比欧洲大战还剧烈的战争哪，每天三次吻，要不然，就是每天一百句恭维话，新鲜的，每天不同的。还没决定战略，我就冒昧地宣战了。她去了以后，留下一种优柔的温暖的香味，在我的周围流着，这是我们的爱抚所生的微妙的有机体。在这恋的香味氤氲着的地方，我等着新的夜来把她运送到我的怀里。可新的夜来了，我却不说起这话。再接连三天不去瞧她。到第四天，抓着她的手，装着哀愁的脸，滴了硫酸的眼里，流下两颗大泪珠来。

"蓉子！"我觉得是在做戏了。

"今天怎么啦；像是很忧郁地？"

"怎么说呢，想不到的事。我不能再爱你了！给我一个吻吧，最后的吻！"我的心跳着，胜败在这刹那间可以决定咧。

她的胳臂围上我的脖子,吻着;猛的黑玉似的大眼珠一闪,她笑啦。踮起脚尖来,吻着我,一次,两次,三次。

"聪明的孩子!"

这一星期就每晚上吃着紫色的Tangee而满足地过活着。可是她的唇一天比一天冷了,虽然天气是一天比一天的热起来。快放假啦,我的心脏因大考表的贴在注册处布告板上而收缩着。

"蓉子,你慢慢儿的不爱我了吧?"

"傻子哪!"

这种事是用不到问的,老练家是不会希望女人们讲真话的。就是问了她们会告诉你的吗?傻子哪!我不会是她的消遣品吧?可是每晚上吻着的啊。

她要参加的Party愈来愈多了,我和她在一起的时候渐渐地减少啦。我忧郁着。我时常听到人家报告我说她和谁在这儿玩,和谁在那儿玩。绷长了脸,人家以为我是急大考,谁知道我只希望大考期越拉长越好。想起了快放假了这件事,我是连读书的能力都给剥夺了的。

"就因为生在有钱人家才受着许多苦痛呢。什么都不能由我啊,连一个爱人也保守不住。在上海,我是被父亲派来的人监视着的,像监视他自己的财产和门第一样。天哪!他忙着找人替我做媒。每礼拜总有两三张梳光了头发,在阔领带上面微笑着的男子的照片寄来的,在房里我可以找到比我化妆品还多的照片来给你看的,我有两个哥哥,见了我总是带一位博士硕士来的。都是刮胡髭刮青了脸的中年人。都是生着轻蔑病的:有一次伴了我到市政厅去听音乐,却不刮胡髭,'还等你化装的时候儿又长出来的'这么嘲笑着我。"

"那么你怎么还不订婚呢?博士,硕士,教授,机会不是很多吗?"

"就因为我只愿意把他们当消遣品。近来可不对了,爹急着要把我出嫁，像要出清底货似的。他不是很爱我的吗？我真不懂为什么要把自己心爱的女儿嫁人。伴他一辈子不好吗？我顶怕结婚，丈夫，孩子，家事，真要把我的青春断送了。为什么要结婚呢？可是现在也没法子了，爹逼着我，说不听他的话，下学期就不让我到上海来读书。要结婚，我得挑一个顶丑顶笨的人做丈夫，聪明的丈夫是不能由妻子摆布的。我高兴爱他时就爱他，不高兴就不准他碰我。"

"一个可爱的恋人，一个丑丈夫，和不讨厌的消遣品——这么安排着的生活不是不会感到寂寞了吗，……"

"你想订婚吗？"

蓉子不说了，咬着下嘴唇低低地唱着小夜曲，可是，忽然掉眼泪啦，珍珠似的，一颗，两颗，……

"不是吗？"

我追问着。

"是的，和一位银行家的儿子：崇拜得我什么似的。像只要捧着我的脚做丈夫便满足了似的。那小胖子。我们的订婚式，你预备送什么？"

说话的线索在这儿断了。忧虑和怀疑，思索和悲哀……被摇成混合酒似的在我脑子里边窜着。

蓉子站在月光中。

"刚才说的话都是骗你的。我早就订了婚。未婚夫在美洲，这夏天要回来了；他是个很强壮的人，在国内时足球是学校代表，那当儿，他时常抚着我的头，叫我小妹妹的，可是等他回来了，我替你介绍吧。"

"早就订了婚了？"

"怎么啦？吓坏了吗！骗你的啊，没订过婚，也不想订婚。瞧你自己的惊惶的脸哪！如果把女子一刹那所想出来的话都当了真，你得变成了疯子呢？"

"我早就疯了。你瞧，这么地，……"

我猛的跑了开去，头也不回地。

考完了书，她病啦。

医生说是吃多了糖，胃弱消化不了。我骑着脚踏车在六月的太阳下跑十里路到××大学去把她的闺友找来伴她，是怕她寂寞。到上海去买了一大束唐纳生替她放在床旁。吃了饭，我到她的宿舍前站着，光着脑袋，我不敢说一声话。瞧着太阳站在我脑袋上面，瞧着太阳照在我脸上面，瞧着太阳移到墙根去，瞧着太阳躲到屋脊后面，瞧着太阳沉到割了麦的田野下面。望着在白纱帐里边平静地睡着的蓉子，把浸在盐水里边儿的自家儿的身子也忘了。

在梦中我也记挂着蓉子，怕她病瘦了黑玉似的大眼珠啊。

第二天我跑去看她，她房里的同学已经走完啦。床上的被褥凌乱着，白色的唐纳生垂倒了脑袋，寂寞地萎谢了。可是找不到那对熟悉的大眼珠儿，和那叫我Alexy的可爱的声音。问了阿妈，才知道是她爹来领回去啦。怕再也看不到她了吧？

在窗外怔了半天。萧萧地下雨啦。

在雨中，慢慢地，落叶的蛩音似的，我踱了回去。装满了行李的汽车，把行李和人一同颠簸着，接连着往校门外驶。在荒凉的运动场旁徘徊着，徘徊着，那条悠长的悠长的煤屑路，那古铜色的路灯，那浮着水藻的池塘，那广阔的田野，这儿埋葬着我的恋，蓉子的笑。

直到晚上她才回来。

"明儿就要回家去了，特地来整行李的。"

我没话说。默默地对坐着，到她们的宿舍锁了门，又到她窗前去站着。外面在下雨，我就站在雨地里。她真的瘦了，那对大眼珠儿忧郁着。

"蓉子为什么忧郁着？"

"你问她干吗儿呢？"

"告诉我，蓉子，我觉得你近来不爱我了，究竟还爱着我吗？"

"可是你问她干吗儿呢？"

隔了一回。

"你是爱着我的吧？永远爱着我的吧？"

"是的，蓉子，用我整个的心。"

她隔着窗上的铁栅抱了我的脖子，吻了我一下"那么永远地爱着我吧。"——就默默地低下了脑袋。

回去的路上，我才发觉给雨打湿了的背脊，没吃晚饭的肚子。

明天早上在课堂的石阶前又碰到了蓉子。

"再会吧！"

"再会吧！"

她便去了，像秋天的落叶似的，在斜风细雨中，蔚蓝色的油纸伞下，一步一步的踏着她那双可爱的红缎高跟鞋。回过脑袋来，抛了一个像要告诉我什么似的眼光，于是低低地，低低地，唱着小夜曲的调子，走进柳条中去了。

我站在那儿，细雨给我带来了哀愁。

过了半天，我跑到她窗前去，她们宿舍里的人已经走完了。房里是空的床，空的桌子。墙上钉着的克莱拉宝的照片寂寞地笑，而唐纳生也依依地躺在地板上了。割了麦的田野里来了布谷鸟的叫声。我也学着它，这孤独的叫声在房间里兜了一圈，就消逝啦。

在六月的细雨下的煤屑路，悉悉地走出来，回过脑袋去，柳条已经和暮色混在一块儿了。用口笛吹着Souvenir的调子，我搭了最后一班Bus到上海。

写了八封信，没一封回信来。在马路上，张着疯狂的眼，瞧见每一个穿红衣服的姑娘，便心脏要从嘴里跳出来似的赶上去瞧，可是，不是她！不是她啊！在舞场里，默默地坐着，瞧着那舞着的脚，想找到那双踏在样子很好的红缎高跟鞋儿上面的，可爱的脚，见了每一双脚都捕捉着，可是，不是她！不是她啊！到丽娃栗姐村，在河上，慢慢地划着船，听着每一声从水面上飘起来的歌，想听到那低低的小夜曲的调子。可是，没有她！没有她啊！在宴会上，看着每一只眼珠子，想找到那对熟悉的，藏着东方的秘密似的黑眼珠子；每一只眼，棕色的眼，有长睫毛的眼，会说话的眼，都在我搜寻的眼光下惊惶着。可是，不是她！不是她啊！在家里，每隔一点钟看一次信箱，拿到每一封信都担忧着，想找到那跳着回旋舞的克莱拉宝似的字。可是，不是她！不是她啊！听见每一个叫我名字的声音，便狼似地竖起了耳朵，想听到那渴望着的"Alexy"的叫声。可是，不是她！不是她啊！到处寻求说着花似的谎话的嘴，欺人的嘴。可是，不是她！不是她啊……

　　她曾经告诉我，说也许住在姑母家里，而且告诉我姑母是在静安寺路，还告诉了我门牌。末了，我便决定去找了，也许我会受到她姑母的侮辱，甚至于撵出来，可是我只想见一次我的蓉子啊。六月的太阳，我从静安寺走着，走到跑马厅，再走回去，再走到这边儿来，再走到那边儿去，压根儿就没这门牌。六月的太阳，接连走了四五天，我病倒啦。

　　在病中，"也许她不在上海吧。"——这么地安慰着自己。

　　老廖，一位毕了业的朋友回四川去，我到船上送他。

　　"昨儿晚上我瞧见蓉子和不是你的男子在巴黎跳舞，……"

　　我听到脑里的微细组织一时崩溃下来的声儿。往后，又来一个送行的朋友，又说了一次这样的话。他们都是我的好朋友，他们都很知道我的。

"算了吧！After all, it's regret！"

听了这么地劝着我的话，我笑了个给排泄出来的朱古力糖淬的笑。老廖弹着Guitar，黄浦江的水，在月下起着金的鱼鳞。我便默着。

"究竟是消遣品吧！"

回来时，用我二十岁的年轻的整个的心悲哀着。

"孤独的男子还是买支手杖吧。"

第二天，我就买了支手杖。它伴着我，和吉士牌的烟一同地，成天地，一步一步地在人生的路行着。

莲花落

飘泊着，秋天的黄叶子似的，一重山又一重山，一道水又一道水——我们是两个人。

和一副檀板，一把胡琴，一同地，从这座城到那座城，在草屋子的柴门前，在嵌在宫墙中间的黑漆大门前，在街上，在考场里，我们唱着莲花落，向人家化一个铜子，化一杯羹，化一碗冷饭——我们是两个人。

是的，我们是两个人，可是她在昨天死了。

是二十年前，那时我的头发还和我的眼珠子那么黑，大兵把我的家轰了。一家人死的死了，跑的跑了，全不知那去啦。我独自个儿往南跑，跑到傍晚时真跑累了，就跑到前面那只凉亭那儿去。就在那儿我碰到了她。她在里边，坐在地上哭，哭得抽抽咽咽的。我那时候儿还怕羞，离远些坐了下来。她偷偷儿地瞧了瞧我，哭声低了些。我心里想：劝劝她吧！这姑娘怎么一个人在这儿哭。

"别哭了，姑娘！哭什么呢！"我坐在老远的跟她说。

她不作声还是哭，索性哭得更高声点儿。这事情不是糟了吗？我不敢再说话。我往凉亭外面望，不敢望她。天是暗了，有一只弯月亮照着那些田。近的远的，我找不到一点火。一只狗子站在凉亭外面冲着我望，我记得还是只黑狗。我们家里也有只黑狗，我们的牛是黄的，还有一只黑鸡，毛长得好看，想杀它三年了没忍心杀它。我们还有只花猫，妹妹顶爱那只猫，爹顶恨，说它爱偷嘴，可是妈是爱妹妹的，爹是爱我的。那只花猫偷吃了东西，爸要砍它脑袋，妹妹抱住了不放，爹就打她，妈听见她哭就打我，我一闹，爹和妈就斗起嘴来了。可是爹那去了？妈和妹妹那去了？还有那只黑狗，那只黄牛，那只花猫呢？它们那去了？

我想着想着也想哭，她却不知什么时候停了的，不哭啦。我把脑袋回过去瞧了瞧，她也赶忙把脑袋回过去，怕难为情，不让我瞧她的脸。我便从后边儿瞧着她。她在那儿不知道在吃什么，吃得够香甜的。我咽了口儿粘涎子，深夜里听起来，像打了个雷似的。她回过脑袋来瞧，我不知怎么的又咽了口儿粘涎子，她噗哧的笑出来啦，我好难为情！她拿出个馍馍来，老远的伸着胳膊拿着。我也顾不得难为情，红着脸跑过去就吃，也不敢说话。吃完了便看着她吃，她还有五个。她一抬脑袋，我连忙把眼光歪到一边。她却又拿了一个给我，我脸上真红热的了不得。

"多谢你！"我说。

吃完了，她又给了我两个。

"真多谢你！"我说。

"还要不要？"

我怎么能说还不够呢？我说够了。

"不饿吗，那么个男儿汉吃这么一些。"

"不饿。你怎么会独自个儿在这儿的呢？"

"一家子全死完咧"她眼皮儿一红，又想哭啦。我赶忙不做声，过了会儿，等她好了，我才说道："怎么呢？"

"他们打仗，把我们一家子全打完咧。"

"你到哪儿去呢？"

"我能到哪儿去呢？"

"你打算逃那儿去？"

"我没打算往那儿逃，带了几个馍馍，一跑就跑到这儿来啦。你呢？"

"我连粮食也没带，没叫大兵给打死，还是大运气，那能打算往那儿跑？跑到那儿算那儿罢咧。"

那时候儿我和她越坐越近了，我手一摆，碰了她的手，我一笑，很不好意思的挪了挪身子。

"你还是坐远点儿吧？"

我便挪开些，老远的对坐着说话儿。

时候可真不早了，天上的星密得厉害，你挤我，我挤你，想把谁挤下来似的。凉亭外面的草全在露水里湿着，远处几棵倒生的树向月亮伸着枝干。一阵阵风吹过来，我也觉得有点儿冷。亭子外边儿一只夜鸟叫了一声儿，那声气够怪的，像鬼哭，叫人心寒，接着就是一阵风。她把脖子一缩，哆嗦了一下。我瞧了她一眼。

"你还是坐过来些吧？"她说。

"你冷吗？"

"我害怕。"

我挪过去贴着她坐下了。我刚贴着她的身子，她便一缩道："你不会？"瞧着我。

我摇了摇头。

她便靠在我身上道："我累了！"

就闭上了眼。

我瞧着她，把我的疲乏，把我的寂寞全丢了。我想，我不是独自个儿活在世上咧，我是和她一同地在这亭子里——我们是两个人。

第二天起来，她有了焦红的腮帮儿，散了的眉毛，她眼珠子里的处女味昨儿晚上给贼偷了。她望了望天，望了望太阳，又望了望我，猛的掩着脸哭了起来。我不敢作声，我知道自家做错了事。她哭了好一回，才抬起脑袋来，拿手指指着我的鼻子道："都是你！"

我低下了脑袋。

"你说不会的。"

"我想不到。"

她又哭，哭了一回儿道："叫我怎么呢？"

"我们一块儿走吧！"

我们就一同往南走。也不知跑那儿走，路上她不说话，我也不敢说话。走到一家镇上，她说："我真饿了。"我就跑到一家大饼铺子那儿，跟那个掌柜的求着道："先生，可怜见我，饿坏了。全家给大兵打了，跑了一天一晚，没东西吃。"那掌柜的就像没听见。我只得走了开来，她站在那儿拐弯角儿上，用埋怨的脸色等着我，我没法儿，走到一家绸缎铺子前面，不知怎么的想起了莲花落，便低了脑袋：

　　嗳呀嗳子喂！
　　花开梅花落呀，
　　一开一朵梅花！
　　腊梅花！

我觉得脸在红起来，旁边有许多人在围着看我；我真想钻到地下去。这时候儿我猛的听见还有一个人在跟着我唱，一瞧，却是她，不知那儿弄来的两块破竹片，拿在手里，的的得得地拍着。我气壮了起来，马上挺起了胸子，抬起脑袋来，高声儿的唱着莲花落——我们是两个人在唱着。

就从那天起，漂泊着，秋叶似的，从这座城到那座城。后来我们又弄到了一把破胡琴，便和一把胡琴，一副檀板，一同地，一重山又一重山，一道水又一道水，在草屋子的柴门前面，在黑漆的大门前面，我们唱着莲花落。

昨天晚上，我们坐在一条小胡同里。她有点寒热，偎在我的身旁，看了我的头发道："你的头发也有点儿灰了。"

"可不是吗，四十多了，那能叫头发不白。"

"我们从凉亭里跑出来，到现在有二十多年，快三十年咧。光阴过得真快呀！你还记得吗，有一年我们在河南，三天没讨到东西吃，你那当儿火气大极了，不知怎么一来就打了我，把我腰那儿打得一大块青！你还记得吗？"

"你不是还把我的脸抓破了吗？"

"在凉亭里那晚上不也很像今儿吗？"

我抬起脑袋来：在屋檐那儿，是一只弯月亮，把黑瓦全照成银色的。

"可是我真倦了！"她把脑袋靠在我肩上，好重。

我也没理会。只管看月亮。可是她就那么地死去咧。

和一副檀板，一把胡琴，一同地，一道水又一道水，一重山又一重山，在草屋子的柴门前面，在黑漆大门前面，在街上，在麦场里，我们一同地唱着莲花落。我们在一块儿笑一块儿哭，一块儿叹息，一块儿抹眼泪：世界上有个我，还有个她——我们是两个人。

是的，我们是两个人，可是她在昨天晚上死了。

夜总会里的五个人

一 五个从生活里跌下来的人

一九三二年四月六日星期六下午：

金业交易所里边挤满了红着眼珠子的人。

标金的跌风，用一小时一百基罗米突的速度吹着，把那些人吹成野兽，吹去了理性，吹去了神经。

胡均益满不在乎地笑。他说：

"怕什么呢？再过五分钟就转涨风了！"

过了五分钟，——

"六百两进关啦！"

交易所里又起了谣言："东洋大地震！"

"八十七两！"

"三十二两！"

"七钱三!"

(一个穿毛葛袍子,嘴犄角儿咬着象牙烟嘴的中年人猛的晕倒了。)

标金的跌风加速地吹着。

再过五分钟,胡均益把上排的牙齿,咬着下嘴唇——

嘴唇碎了的时候,八十万家产也叫标金的跌风吹破了。

嘴唇碎了的时候,一颗坚强的近代商人的心也碎了。

一九三二年四月六日星期六下午:

郑萍坐在校园里的池旁。一对对的恋人从他前面走过去。他睁着眼看;他在等,等着林妮娜。

昨天晚上他送了只歌谱去,在底下注着:

"如果你还允许我活下去的话,请你明天下午到校园里的池旁来。为了你,我是连头发也愁白了!"

林妮娜并没把歌谱退回来——一晚上,郑萍的头发又变黑啦。

今天他吃了饭就在这儿等,一面等,一面想:

"把一个钟头分为六十分钟,一分钟分为六十秒,那种分法是不正确的。要不然,为什么我只等了一点半钟,就觉得胡髭又在长起来了呢?"

林妮娜来了,和那个长腿汪一同地。

"Hey,阿萍,等谁呀?"长腿汪装鬼脸。

林妮娜歪着脑袋不看他。

他哼着歌谱里的句子:

——陌生人啊!

从前我叫你我的恋人，

现在你说我是陌生人！

陌生人啊！

从前你说我是你的奴隶，

现在你说我是陌生人！

陌生人啊……

　　林妮娜拉了长腿汪往外走，长腿汪回过脑袋来再向他装鬼脸。他把上面的牙齿，咬着下嘴唇：——

　　嘴唇碎了的时候，郑萍的头发又白了。

　　嘴唇碎了的时候，郑萍的胡髭又从皮肉里边钻出来了。

　　一九三二年四月六日星期六下午：

　　霞飞路，从欧洲移殖过来的街道。

　　在浸透了金黄色的太阳光和铺满了阔树叶影子的街道上走着。在前面走着的一个年轻人忽然回过脑袋来看了她一眼，便和旁边的还有一个年轻人说起话来。

　　她连忙竖起耳朵来听：

　　年轻人甲——"五年前顶抖的黄黛茜吗！"

　　年轻人乙——"好眼福！生得真……阿门！"

　　年轻人甲——"可惜我们出世太晚了！阿门！女人是过不得五年的！"

　　猛的觉得有条蛇咬住了她的心，便横冲到对面的街道上去。一抬脑袋瞧见橱窗里自家儿的影子——青春是从自家儿身上飞到别人身上去了。

　　"女人是过不得五年的！"

便把上面的牙齿咬紧了下嘴唇：——

嘴唇碎了的时候，心给那蛇吞了。

嘴唇碎了的时候，她又跑进买装饰品的法国铺子里去了。

一九三二年四月六日星期六下午：

季洁的书房里。

书架上放满了各种版本的莎士比亚的HAMLET，日译本，德译本，法译本，俄译本，西班牙译本……甚至于土耳其文的译本。

季洁坐在那儿抽烟，瞧着那烟往上腾，飘着，飘着。忽然他觉得全宇宙都化了烟往上腾——各种版本的HAMLET张着嘴跟他说起话来啦：

"你是什么？我是什么？什么是你？什么是我？"

季洁把上面的牙齿咬着下嘴唇。

"你是什么？我是什么？什么是你？什么是我？"

嘴唇碎了的时候，各种版本的H HAMLET笑了。

嘴唇碎了的时候，他自家儿也变了烟往上腾了。

一九××年——星期六下午。

市政府。

一等书记缪宗旦忽然接到了市长的手书。

在这儿干了五年，市长换了不少，他却生了根似地，只会往上长，没降过一次级，可是也从没接到过市长的手书。

在这儿干了五年，每天用正楷写小字，坐沙发，喝清茶，看本埠增刊，从不迟到，从不早走，把一肚皮的野心，梦想，和罗曼史全扔了。

在这儿干了五年，从没接到过市长的手书，今儿忽然接到了市长的手书！便怀着抄写公文的那种谨慎心情拆了开来。谁知道呢？是封撤职书。

一回儿,地球的末日到啦!

他不相信:

"我做错了什么事呢?"

再看了两遍,撤职书还是撤职书。

他把上面的牙齿咬着下嘴唇:——

嘴唇破了的时候,墨盒里的墨他不用再磨了。

嘴唇破了的时候,会计科主任把他的薪水送来了。

二 星期六晚上

厚玻璃的旋转门:停着的时候,像荷兰的风车;动着的时候,像水晶柱子。

五点到六点,全上海几十万辆的汽车从东部往西部冲锋。

可是办公处的旋转门像了风车,饭店的旋转门便像了水晶柱子。人在街头站住了,交通灯的红光潮在身上泛溢着,汽车从鼻子前擦过去。水晶柱子似的旋转门一停,人马上就鱼似地游进去。

星期六晚上的节目单是:

1.一顿丰盛的晚宴,里边要有冰水和冰淇淋;

2.找恋人;

3.进夜总会;

4.一顿滋补的点心,冰水、冰淇淋和水果绝对禁止。

(附注:醒回来是礼拜一了——因为礼拜日是安息日。),

吃完了Chicken a la king是水果,是黑咖啡。恋人是Chicken a la king那么娇嫩的,水果那么新鲜的。可是她的灵魂是咖啡那么黑色的……伊甸园里逃出来的蛇啊!

星期六晚上的世界是在爵士的轴子上回旋着的"卡通"的地球,那么轻快,那么疯狂地;没有了地心吸力,一切都建筑在空中。

星期六的晚上,是没有理性的日子。

星期六的晚上,是法官也想犯罪的日子。

星期六的晚上,是上帝进地狱的日子。

带着女人的人全忘了民法上的诱奸律。每一个让男子带着的女子全说自己还不满十八岁,在暗地里伸一伸舌尖儿。开着车的人全忘了在前面走着的,因为他的眼珠子正在玩赏着恋人身上的风景线,他的手却变了触角。

星期六的晚上,不做贼的人也偷了东西,顶爽直的人也满肚皮是阴谋,基督教徒说了谎话,老年人拚着命吃返老还童药片,老练的女子全预备了Kissproof的点唇膏。……

街——

  (普益地产公司每年纯利达资本三分之一
  100000两
  东三省沦亡了吗
  没有东三省的义军还在雪地和日寇作殊死战

同胞们快来加入月捐会

  大陆报销路已达五万份
  一九三三年宝塔克
  自由吃排)

"《大晚夜报》!"卖报的孩子张着蓝嘴,嘴里有蓝的牙齿和蓝的舌尖儿,他对面的那只蓝年红灯的高跟儿鞋鞋尖正冲着他的嘴。

"《大晚夜报》!"忽然他又有了红嘴,从嘴里伸出舌尖儿来,对面的那只大酒瓶里倒出葡萄酒来了。

红的街,绿的街,蓝的街,紫的街……强烈的色调化装着的都市啊!霓红灯跳跃着——五色的光潮,变化着的光潮,没有色的光潮——泛滥着光潮的天空,天空中有了酒,有了灯,有了高跟儿鞋,也有了钟……

请喝白马牌威士忌酒……吉士烟不伤吸者咽喉……

亚历山大鞋店,约翰生酒铺,拉萨罗烟商,德茜音乐铺,朱古力糖果铺,国泰大戏院,汉密而登旅社……

回旋着,永远回旋着的年红灯——

忽然年红灯固定了:

"皇后夜总会"

玻璃门开的时候,露着张印度人的脸;印度人不见了,玻璃门也开啦。门前站着个穿蓝褂子的人,手里拿着许多白哈吧狗儿。吱吱地叫着。

一只大青蛙,睁着两只大圆眼爬过来啦,肚子贴着地,在玻璃门前吱的停了下来。低着脑袋,从车门里出来了那么漂亮的一位小姐,后边儿跟着钻出来了一位穿晚礼服的绅士,马上把小姐的胳膊拉上了。

"咱们买个哈吧狗儿。"

绅士马上掏出一块钱来,拿了只哈吧狗给小姐。

"怎么谢我?"

小姐一缩脖子,把舌尖冲着他一吐,皱着鼻子做了个鬼脸。

"Charming, dear!"

便按着哈吧狗儿的肚子,让它吱吱地叫着,跑了进去。

三　五个快乐的人

白的台布，白的台布，白的台布，白的台布……白的——

白的台布上面放着：黑的啤酒，黑的咖啡，……黑的，黑的……

白的台布旁边坐着的穿晚礼服的男子：黑的和白的一堆：黑头发，白脸，黑眼珠子，白领子，黑领结，白的浆褶衬衫，黑外褂，白背心，黑裤子……黑的和白的……

白的台布后边站着侍者，白衣服，黑帽子，白裤子上一条黑镶边……

白人的快乐，黑人的悲哀。非洲黑人吃人典礼的音乐，那大雷和小雷似的鼓声，一只大号角呜呀呜的，中间那片地板上，一排没落的斯拉夫公主们在跳着黑人的踥跶舞，一条条白的腿在黑缎裹着的身子下面弹着：——

得得得——得达！

又是黑和白的一堆！为什么在她们的胸前给镶上两块白的缎子，小腹那儿镶上一块白的缎子呢？跳着，斯拉夫的公主们；跳着，白的腿，白的胸脯儿和白的小腹；跳着，白的和黑的一堆……白的和黑的一堆。全场的人全害了疟疾。疟疾的音乐啊，非洲的林莽里是有毒蚊子的。

哈吧狗从扶梯那儿叫上来。玻璃门开啦，小姐在前面，绅士在后面。

"你瞧，彭洛夫班的猎舞！"

"真不错！"绅士说。

舞客的对话：

"瞧，胡均益！胡均益来了。"

"站在门口的那个中年人吗？"

"正是。"

"旁边那个女的是谁呢？"

"黄黛茜吗！嗳，你这人怎么的！黄黛茜也不认识。"

"黄黛茜那会不认识。这不是黄黛茜！"

"怎么不是？谁说不是？我跟你赌！"

"黄黛茜没这么年青！这不是黄黛茜！"

"怎么没这么年青，她还不过三十岁左右吗！"

"那边儿那个女的有三十岁吗？二十岁还不到——"

"我不跟你争。我说是黄黛茜，你说不是，我跟你赌一瓶葡萄汁。你再仔细瞧瞧。"

黄黛茜的脸正在笑着，在瑙玛希拉式的短发下面，眼只有了一只，眼角边有了好多皱纹，却巧妙地在黑眼皮和长眉尖中间隐没啦。她有一只高鼻子，把嘴旁的皱纹用阴影来遮了。可是那只眼里的憔悴味是即使笑也遮不住了的。

号角急促地吹着，半截白半截黑的斯拉夫公主们一个个的，从中间那片地板上，溜到白台布里边，一个个在穿晚礼服的男子中间溶化啦。一声小铜钹像玻璃盘子掉在地上似地，那最后一个斯拉夫公主便矮了半截，接着就不见了。

一阵拍手，屋顶要会给炸破了似的。

黄黛茜把哈吧狗儿往胡均益身上一扔，拍起手来，胡均益连忙把拍着的手接住了那只狗，哈哈地笑着。

顾客的对话：

"行，我跟你赌！我说那女的不是黄黛茜——嗳，慢着，我说黄黛茜没那么年轻，我说她已经快三十岁了。你说她是黄黛茜。你去问她，她要是没到二十五岁的话，那就不是黄黛茜，你输我一瓶葡萄汁。"

"她要是过了二十五岁的话呢？"

"我输你一瓶。"

"行！说了不准翻悔，啊？"

"还用说吗？快去！"

黄黛茜和胡均益坐在白台布旁边，一个侍者正在她旁边用白手巾包着酒瓶把橙黄色的酒倒到高脚杯里。胡均益看着酒说：

"酒那么红的嘴唇啊！你嘴里的酒是比酒还醉人的。"

"顽皮！"

"是一支歌谱里的句子呢。"

哈，哈，哈！

"对不起，请问你现在是二十岁还是三十岁？"

黄黛茜回过脑袋来，却见顾客甲立在她后边儿。她不明白他是在跟谁讲话，只望着他。

"我说，请问你今年是二十岁还是三十岁？因为我和我的朋友在——"

"什么话，你说？"

"我问你今年是不是二十岁？还是——"

黄黛茜觉得白天的那条蛇又咬住她的心了，猛的跳起来，拍，给了一个耳括子，马上把手缩回来，咬着嘴唇，把脑袋伏在桌上哭啦。

胡均益站起来道："你是什么意思？"

顾客甲把左手掩着左面的腮帮儿："对不起，请原谅我，我认错人了。"鞠了一个躬便走了。

"别放在心里，黛茜。这疯子看错人咧。"

"均益，我真的看着老了吗？"

"那里？那里！在我的眼里你是永远年青的！"

黄黛茜猛的笑了起来："在'你'的眼里我是永远年青的！哈哈，我是永远年青的！"把杯子提了起来。"庆祝我的青春啊！"喝完了酒便靠胡均益肩上笑开啦。

"黛茜，怎么啦？你怎么啦？黛茜！瞧，你疯了！你疯了！"一面按着哈吧狗的肚子，吱吱地叫着。

"我才不疯呢！"猛的静了下来。过了回儿猛的又笑了起来，"我是永远年青的——咱们乐一晚上吧。"便拉着胡均益跑到场里去了。

留下了一只空台子。

旁边台子上的人悄悄地说着：

"这女的疯了不成！"

"不是黄黛茜吗？"

"正是她！究竟老了！"

"和她在一块儿的那男的很像胡均益，我有一次朋友请客，在酒席上碰到过他的。"

"可不正是他，金子大王胡均益。"

"这几天外面不是谣得很厉害，说他做金子蚀光了吗？"

"我也听见人家这么说。可是，今儿我还瞧见他坐了那辆'林肯'，陪了黄黛茜在公司里买了许多东西的——我想不见得一下子就蚀得光，他又不是第一天做金子。"

玻璃门又开了，和笑声一同进来的是一个二十二三岁的男子，还有一个差不多年纪的人着他的胳膊，一位很年轻的小姐摆着张焦急的脸，走在旁边儿，稍微在后边儿一点。那先进来的一个，瞧见了舞场经理的秃脑袋，一抬手用大手指在光头皮上划了一下：

"光得可以！"

便哈哈地捧着肚子笑得往后倒。

大伙儿全回过脑袋来瞧他：

礼服胸前的衬衫上有了一堆酒渍，一丝头发拖在脑门上，眼珠子像发寒热似的有点儿润湿，红了两片腮帮儿，胸襟那儿的小口袋里胡乱地塞着条麻纱手帕。

"这小子喝多了酒咧！"

"喝得那个模样儿！"

秃脑袋上给划了一下的舞场经理跑过去帮着扶住他，一边问还有一个男子：

"郑先生在那儿喝了酒的？"

"在饭店里吗！喝得那个模样还硬要上这儿来。"忽然凑着他的耳朵道："你瞧见林小姐到这儿来没有，那个林妮娜？"

"在这里！"

"跟谁一同来的？"

这当儿，那边儿桌子上的一个女的跟桌上的男子说："我们走吧？那醉鬼来了！"

"你怕郑萍吗？"

"不是怕他。喝醉了酒，给他侮辱了，划不来的。"

"要出去，不是得打他前边儿过吗？"

那女的便软着声音，说梦话似的道："我们去吧！"

男的把脑袋低着些，往前凑着些："行，亲爱的妮娜！"

妮娜笑了一下，便站起来往外走，男的跟在后边儿。

舞场经理拿嘴冲着他们一呶："那边儿不是吗？"

和那个喝醉了的男子一同进来的那女子插进来道：

"真给他猜对了。那个不是长脚汪吗？"

"糟糕！冤家见面了！"

长脚汪和林妮娜走过来了。林妮娜看见了郑萍，低着脑袋，轻轻儿的喊："明新！"

"妮娜，我在这儿，别怕！"

郑萍正在那儿笑，笑着，笑着，不知怎么的笑出眼泪来啦，猛的从泪珠儿后边儿看出去，妮娜正冲着自家儿走来，乐得刚叫：

"妮——"

一擦泪，擦了眼泪却清清楚楚地瞧见妮娜挂在长脚汪的胳膊上，便：

"妮——你！哼，什么东西！"胳膊一挣。

他的朋友连忙又住了他的胳膊："你瞧错人咧，"着他往前走。同来的那位小姐跟妮娜点了点头，妮娜浅浅儿的笑了笑，便低下脑袋和冲郑萍瞪眼的长脚汪走出去了，走到门口，开玻璃门出去。刚有一对男女从外面开玻璃门进来，门上的年红灯反映在玻璃上的光一闪——

一个思想在长脚汪的脑袋里一闪："那女的不正是从前扔过我的芝君吗？怎么和缪宗旦在一块儿？"

一个思想在芝君的脑袋里一闪："长脚汪又交了新朋友了！"

长脚汪推左面的那扇门，芝君推右面的一扇门，玻璃门一动，反映在玻璃上的年红灯光一闪，长脚汪马上着妮娜的胳膊肘，亲亲热热地叫一声："Dear！……"

芝君马上挂到缪宗旦的胳膊上，脑袋稍微抬了点儿："宗旦……"宗旦的脑袋里是："此致缪宗旦君，市长的手书，市长的手书，此致缪宗旦君……"

玻璃门一关上，门上的绿丝绒把长脚汪的一对和缪宗旦的一对隔开了。走到走廊里正碰见打鼓的音乐师约翰生急急忙忙地跑出来，缪宗旦一扬手：

"Hello，Johny！"

约翰生眼珠子歪了一下，便又往前走道："等回儿跟你谈。"

缪宗旦走到里边刚让芝君坐下，只看见对面桌子上一个头发散乱的人猛的一挣胳膊，碰在旁边桌上的酒杯上，橙黄色的酒跳了出来，跳到胡均益的腿上，胡均益正在那儿跟黄黛茜说话，黄黛茜却早已吓得跳了起来。

胡均益莫明其妙地站了起来："怎么会翻了的？"

黄黛茜瞧着郑萍,郑萍歪着眼道:"哼,什么东西!"

他的朋友一面把他按住在椅子上,一面跟胡均益赔不是:"对不起的很,他喝醉了。"

"不相干!"掏出手帕来问黄黛茜弄脏了衣服没有,忽然觉得自家的腿湿了,不由的笑了起来。

好几个白衣侍者围了上来,把他们遮着了。

这当儿约翰生走了来,在芝君的旁边坐了下来:

"怎么样,Baby?"

"多谢你,很好。"

"Johny, you look very sad!"

约翰生耸了耸肩膀,笑了笑。

"什么事?"

"我的妻子正在家生孩子,刚才打电话来叫我回去——你不是刚才瞧见我急急忙忙地跑出去吗?——我跟经理说,经理不让我回去。"说到这儿,一个侍者跑来道:"密司特约翰生,电话。"他又急急忙忙地跑去了。

电灯亮了的时候,胡均益的桌子上又放上了橙黄色的酒,胡均益的脸又凑在黄黛茜的脸前面,郑萍摆着张愁白了头发的脸,默默地坐着,他的朋友拿手帕在擦汗。芝君觉得后边儿有人在瞧她,回过脑袋去,却是季洁,那两只眼珠子像黑夜似的,不知道那瞳子有多深,里边有些什么。

"坐过来吧?"

"不。我还是独自个儿坐。"

"怎么坐在角上呢?"

"我喜欢静。"

"独自个儿来的吗?"

"我爱孤独。"

他把眼光移了开去,慢慢地,像僵尸的眼光似地,注视着她的黑鞋跟,她不知怎么的哆嗦了一下,把脑袋回过来。

"谁?"缪宗旦问。

"我们校里的毕业生。我进一年级的时候,他是毕业班。"

缪宗旦在拗着火柴梗,一条条拗断了,放在烟灰缸里。

"宗旦,你今儿怎么的?"

"没怎么!"他伸了伸腰,抬起眼光来瞧着她。

"你可以结婚了,宗旦。"

"我没有钱。"

"市政府的薪水还不够用吗?你又能干。"

"能干——"把话咽住了,恰巧约翰生接了电话进来,走到他那儿:"怎么啦?"

约翰生站到他前面,慢慢儿地道:"生出来一个男孩子,可是死了。我的妻子晕了过去。他们叫我回去,我却不能回去。"

"晕了过去,怎么呢?"

"我不知道。"便默着,过了回儿才说道:"我要哭的时候人家叫我笑!"

"I'm Sorry for you, Johny!"

"Let's cheer up!"一口喝干了一杯酒,站了起来,拍着自家儿的腿,跳着跳着道:"我生了翅膀,我会飞!啊,我会飞,我会飞!"便那么地跳着跳着的飞去啦。

芝君笑弯了腰,黛茜拿手帕掩着嘴,缪宗旦哈哈地大声儿的笑开啦。郑萍忽然也捧着肚子笑起来。胡均益赶忙把一口酒咽了下去跟着笑。

哈,哈,哈!哈!哈!哈,哈,哈!哈,哈,哈哈!

黛茜把手帕不知扔到那儿去啦，脊梁盖儿靠着椅背，脸望着上面的红年红灯。大伙儿也跟着笑——张着的嘴，张着的嘴，张着的嘴……越看越不像嘴啦。每个人的脸全变了模样儿，郑萍有了个尖下巴，胡均益有了个圆下巴，缪宗旦的下巴和嘴分开了，像从喉结那儿生出来的，黛茜下巴下面全是皱纹。

只有季洁一个人不笑，静静地用解剖刀似的眼光望着他们，竖起了耳朵，在深林中的猎狗似的，想抓住每一个笑声。

缪宗旦瞧见了那解剖刀似的眼光，那竖着的耳朵，忽然他听见了自家儿的笑声，也听见了别人的笑声，心里想着：——"多怪的笑声啊！"

胡均益也瞧见了——"这是我在笑吗？"

黄黛茜朦胧地记起了小时候有一次从梦里醒来，看到那暗屋子，曾经大声地嚷过的——"怕！"

郑萍模模糊糊地——"这是人的声音吗？那些人怎么在笑的！"

一回儿这四个人全不笑了。四面还有些咽住了的，低低的笑声，没多久也没啦。深夜在森林里，没一点火，没一个人，想找些东西来倚靠，那么的又害怕又寂寞的心情侵袭着他们，小铜钹呛的一声儿，约翰生站在音乐台上：

"Cheer up, Ladies and gentlemen!"

便咚咚地敲起大鼓来，那么急地，一阵有节律的旋风似的。一对对男女全给卷到场里去啦，就跟着那旋风转了起来。黄黛茜拖了胡均益就跑，缪宗旦把市长的手书也扔了，郑萍刚想站起来时，他进来的那位朋友已经把胳膊搁在那位小姐的腰上咧。

"全逃啦！全逃啦！"他猛的把手掩着脸，低下了脑袋，怀着逃不了的心境坐着。忽然他觉得自家儿心里清楚了起来，觉得自家儿一点也没有喝醉似的。抬起脑袋来，只见给自己打翻了酒杯的桌上的那位小姐正跟着那位中年绅士满场的跑，那样快的步伐，疯狂似的。一对舞侣飞似的转到他前面，一转又不见啦。又是一对，又不见啦。"逃不了的！逃不了的！"一回脑袋想找地方儿躲似的，却瞧见季洁正在凝视着他，便走了过去道："朋友，我讲笑话你听。"马上话匣子似的讲着话。季洁也不作声，只瞧着他，心里说：——

"什么是你！什么是我！我是什么！你是什么！"

郑萍只见自家儿前面是化石的眼珠子，一动也不动的，他不管，一边讲，一边笑。

芝君和缪宗旦跳完了回来，坐在桌子上。芝君微微地喘着气，听郑萍的笑话，听了便低低的笑，还没笑完，又给缪宗旦拉了去啦。季洁的耳朵听着郑萍，手指却在那儿拗火柴梗，火柴梗完了，便拆火柴盒，火柴盒拆完了，便叫侍者再去拿。

侍者拿了盒新火柴来道："先生，你的桌子全是拗断了的火柴梗了！"

"四秒钟可以把一根火柴拗成八根，一个钟头一盒半，现在是——现在是几点钟？"

"两点还差一点，先生。"

"那么，我拗断了六盒火柴，就可以走啦。"一面还是拗着火柴。

侍者白了他一眼便走了。

顾客的对话：

顾客丙——"那家伙倒有味儿，到这儿来拗火柴。买一块钱不是能在家里拗一天了吗？"

顾客丁——"吃了饭没事做，上这儿拗火柴来，倒是快乐人哪。"

顾客丙——"那喝醉了的傻瓜不乐吗？一进来就把人家的酒打翻了。还骂人家什么东西，现在可拚命和人家讲起笑话来咧。"

顾客丁——"这溜儿那几个全是快乐人！你瞧，黄黛茜和胡均益，还有他们对面的那两个，跳得多有劲！"

顾客丙——"可不是，不怕跳断腿似的。多晚了，现在？"

顾客丁——"两点多咧。"

顾客丙——"咱们走吧？人家都走了。"

玻璃门开了，一对男女，男的歪了领带，女的蓬了头发，跑出去啦。

玻璃门又开了，又是一对男女，男的歪了领带，女的蓬了头发，跑出去啦。

舞场慢慢儿的空了，显着很冷静的，只见经理来回的踱，露着发光的秃脑袋，一回儿红，一回儿绿，一回儿蓝，一回儿白。

胡均益坐了下来，拿手帕抹脖子里的汗道："我们停一支曲子，别跳吧？"

黄黛茜说："也好——不，为什么不跳呢？今儿我是二十八岁，明儿就是二十八岁零一天了！我得老一天了！我是一天比一天老的。女人是差不得一天的！为什么不跳呢，趁我还年轻？为什么不跳呢！"

"黛茜——"手帕还拿在手里，又给拉到场里去啦。

缪宗旦刚在跳着，看见上面横挂着的一串串气球的绳子在往下松，马上跳上去抢到了一个，在芝君的脸上拍了一下道："拿好了，这是世界！"芝君把气球搁在他们的脸中间，笑着道：

"你在西半球，我在东半球！"

不知道是谁在他们的气球上弹了下，气球碰的爆破啦。缪宗旦正在微笑着的脸猛的一怔："这是世界！你瞧，那破了的气球——破了的气球啊！"猛的把胸脯儿推住了芝君的，滑冰似地往前溜，从人堆里，拐弯抹角地溜过去。

"算了吧，宗旦，我得跌死了！"芝君笑着喘气。

"不相干，现在三点多啦，四点关门，没多久了！跳吧！跳！"一下子碰在人家身上。"对不起！"又滑了过去。

季洁拗了一地的火柴——

一盒，两盒，三盒，四盒，五盒……，"没多久了！跳吧！跳！"一下子碰在人家身上。"对不起！"又滑了过去。

季洁拗了一地的火柴——

一盒，两盒，三盒，四盒，五盒……

郑萍还在那儿讲笑话，他自家儿也不知道在讲什么，尽笑着，尽讲着。

一个侍者站在旁边打了个呵欠。

郑萍猛的停住不讲了。

"嘴干了吗？"季洁不知怎么的会笑了。

郑萍不作声，哼着：

陌生人啊！
从前我叫你我的恋人，
现在你说我是陌生人！
陌生人啊！
…………

季洁看了看表，便搓了搓手，放下了火柴："还有二十分钟咧。"

时间的足音在郑萍的心上悉悉地响着，每一秒钟像一只蚂蚁似的打他的心脏上面爬过去，一只一只的，那么快的，却又那么多，没结没完的——"妮娜抬着脑袋等长脚汪的嘴唇的姿态啊！过一秒钟，这姿态就会变的，再过一秒钟，又会变的，变到现在，不知从等吻的姿态换到那一种姿态啦。"觉得心脏慢慢儿地缩小了下来，"讲笑话吧！"可是连笑话也没有咧。

时间的足音在黄黛茜的心上悉悉地响着，每一秒钟像一只蚂蚁似的打她心脏上面爬过去,一只一只的,那么快的,却又那么多,没结没完的——"一秒钟比一秒钟老了!'女人是过不得五年的。'也许明天就成了个老太婆儿啦!"觉得心脏慢慢儿的缩小了下来。"跳哇!"可是累得跳也跳不成了。

时间的足音在胡均益的心上悉悉地响着,每一秒钟像一只蚂蚁似的打他心脏上面爬过去,一只一只地,那么快的,却又那么多,没结没完的……"天一亮,金子大王胡均益就是个破产的人了!法庭,拍卖行,牢狱……"觉得心脏慢慢儿的缩小了下来。他想起了床旁小几上的那瓶安眠药,餐间里那把割猪排的餐刀,外面汽车里在打瞌睡斯拉夫王子腰里的六寸手枪,那么黑的枪眼……"这小东西里边能有什么呢?"忽然渴望着睡觉,渴慕着那黑的枪眼。

时间的足音在缪宗旦的心上悉悉地响着,每一秒钟像一只蚂蚁似的打他心脏上面爬过去,一只一只的,那么快的,却又那么多,没结没完的——"下礼拜起我是个自由人咧,我不用再写小楷,我不用再一清早赶到枫林桥去,不用再独自个坐在二十二路公共汽车里喝风;可不是吗?我是自由人啦!"觉得心脏慢慢儿地缩小了下来。"乐吧!喝个醉吧!明天起没有领薪水的日子了!"在市政府做事的谁能相信缪宗旦会有那堕落放浪的思想呢,那么个谨慎小心的人?不可能的事,可是不可能事也终有一天可能了!

白台布旁坐着的小姐们一个个站了起来,把手提袋拿到手里,打开来,把那面小镜子照着自家儿的鼻子擦粉,一面想:"像我那么可爱的人——"因为她们只看到自家儿的鼻子,或是一只眼珠子,或是一张嘴,或是一缕头发;没有看到自家儿整个的脸。绅士们全拿出烟来,擦火柴点他们的最后的一枝。

音乐台放送着:

"晚安了,亲爱的!"俏皮的,短促的调子。

"最后一支曲子咧！"大伙儿全站起来舞着。场里只见一排排凌乱的白台布，拿着扫帚在暗角里等着的侍者们的打着呵欠的嘴，经理的秃脑袋这儿那儿的发着光，玻璃门开直了，一串串男女从梦里走到明亮的走廊里去。

咚的一声儿大鼓，场里的白灯全亮啦，音乐台上的音乐师们低着身子收拾他们的乐器。拿着扫帚的侍者们全跑了出来，经理站在门口跟每个人道晚安，一回儿舞场就空了下来。剩下来的是一间空屋子，凌乱的，寂寞的，一片空的地板，白灯光把梦全赶走了。

缪宗旦站在自家儿的桌子旁边——"像一只爆了的气球似的！"

黄黛茜望了他一眼——"像一只爆了的气球似的。"

胡均益叹息了一下——"像一只爆了的气球似的！"

郑萍按着自家儿酒后涨热的脑袋——"像一只爆了的气球似的。"

季洁注视着挂在中间的那只大灯座——"像一只爆了的气球似的"。

什么是气球？什么是爆了的气球？

约翰生皱着眉尖儿从外面慢慢儿地走进来。

"Good-night，Johny！"缪宗旦说。

"我的妻子也死了！"

"I'm awfully sorry for you，Johny！"缪宗旦在他肩上拍了一下。

"你们预备走了吗？"

"走也是那么，不走也是那么！"

黄黛茜——"我随便跑那去，青春总不会回来的。"

郑萍——"我随便跑那去，妮娜总不会回来的。"

胡均益——"我随便跑那去，八十万家产总不会回来的。"

"等回儿！我再奏一支曲子，让你们跳，行不行？"

"行吧。"

约翰生走到音乐台那儿拿了只小提琴来，到舞场中间站住了，下巴扣着提琴，慢慢儿地，慢慢儿地拉了起来，从棕色的眼珠子里掉下来两颗泪珠到弦线上面。没了灵魂似的，三对疲倦的人，季洁和郑萍一同地，胡均益和黄黛茜一同地，缪宗旦和芝君一同地在他四面舞着。

猛的，嘣！弦线断了一条。约翰生低着脑袋，垂下了手：

"I can't help！"

舞着的人也停了下来，望着他怔。

郑萍耸了耸肩膀道："No one can help！"

季洁忽然看看那条断了的弦线道："C'est totne savie."

一个声音悄悄地在这五个人的耳旁吹嘘着："No one can help！"

一声儿不言语的，像五个幽灵似的，带着疲倦的身子和疲倦的心一步步地走了出去。

在外面，在胡均益的汽车旁边，猛的碰的一声儿。

车胎？枪声？

金子大王胡均益躺在地上，太阳那儿一个枪洞，在血的下面，他的脸痛苦地皱着。黄黛茜吓呆在车厢里。许多人跑过来看，大声地问着，忙乱着，谈论着，太息着，又跑开去了。

天慢慢儿亮了起来，在皇后夜总会的门前，躺着胡均益的尸身，旁边站着五个人，约翰生，季洁，缪宗旦，黄黛茜，郑萍，默默地看着他。

四　四个送殡的人

一九三二年四月十日，四个人从万国公墓出来，他们是去送胡均益人士的。这四个人是愁白了头发的郑萍，失了业的缪宗旦，二十八岁零四天的黄黛茜，睁着解剖刀似的眼珠子的季洁。

黄黛茜——"我真做人做疲倦了！"

缪宗旦——"他倒做完了人咧！能像他那么憩一下多好啊！"

郑萍——"我也有了颗老人的心了！"

季洁——"你们的话我全不懂。"

大家便默着。

一长串火车驶了过去，驶过去，驶过去，在悠长的铁轨上，嘟的叹了口气。

辽远的城市，辽远的旅程啊！

大家太息了一下，慢慢儿地走着——走着，走着。前面是一条悠长的，寥落的路……

辽远的城市，辽远的旅程啊！

一九三二，一二，二二

公 墓

一

黑的大理石，白的大理石，在这纯洁的大理石底下，静静地躺着我的母亲。墓碑是我自家儿写的——

"徐母陈太夫人之墓

民国十八年二月　　　　　　　十五日儿克渊书"

二

四月，愉快的季节。

郊外，南方来的风，吹着暮春的气息。这儿有晴朗的太阳，蔚蓝的天空；每一朵小野花都含着笑。这儿没有爵士音乐，没有立体的建筑，跟经理调情的女书记。田野是广阔的，路是长的，空气是静的，广告牌上的绅士是不会说话，只会抽烟的。

在母亲的墓前，我是纯洁的，愉快的；我有一颗孩子的心。

每天上午，我总独自个儿跑到那儿去，买一束花，放在母亲的墓前，便坐到常青树的旁边，望着天空，怀念着辽远的孤寂的母亲。老带本诗集去，躺在草地上读，也会带口琴去，吹母亲爱听的第八交响曲。可是在母亲墓前，我不抽烟，因为她是讨厌抽烟的。

管墓的为了我天天去，就和我混熟了，时常来跟我瞎拉扯。我是爱说话的，会唠叨地跟他说母亲的性情，说母亲是怎么个人。他老跟我讲到这死人的市府里的居民，讲到他们的家，讲到来拜访他们的人。

"还有位玲姑娘也是时常到这儿来的。"有一天他这么说起了。"一来就像你那么的得坐上这么半天。"

"我怎么没瞧见过？"

"瞧见过的。不十分爱说话的，很可爱的，十八九岁的模样儿，小个子。有时和她爹一块儿来的。"

我记起来了，那玲姑娘我也碰到过几回，老穿淡紫的，稍微瘦着点儿，她的脸和体态我却没有实感了，只记得她给我的印象是矛盾的集合体，有时是结着轻愁的丁香，有时是愉快的，在明朗的太阳光底下嘻嘻地笑着的白鸽。

"那座坟是她家的？"

"斜对面，往右手那边儿数去第四，有花放在那儿的——瞧到了没有？玲姑娘今儿早上来过啦。"

那座坟很雅洁，我曾经把它和母亲的坟比较过，还记得是姓欧阳的。

"不是姓欧阳的吗？"

"对啦。是广东人。"

"死了的是她的谁？"

"多半是她老娘吧。"

"也是时常到这儿来伴母亲的孤儿呢。"当时我只这么想了一下。

三

那天我从公墓里出来,在羊齿植物中间的小径上走着,却见她正从对面来了,便端详了她一眼。带着墓场的冷感的风吹起了她的袍角,在她头发上吹动了暗暗的海,很有点儿潇洒的风姿。她有一双谜似的眼珠子,苍白的脸,腮帮儿上有点儿焦红,一瞧就知道是不十分健康的。她叫我想起山中透明的小溪,黄昏的薄雾,戴望舒先生的"雨巷",蒙着梅雨的面网的电气广告。以后又碰到了几次。老瞧见她独自个儿坐在那儿,含着沉默的笑,望着天边一大块一大块的白云,半闭着的黑水晶藏着东方古国的秘密。来的时候儿总是独自个来的,只有一次我瞧见她和几位跟她差不多年龄的姑娘到她母亲墓旁的墓地上野餐。她们大声地笑着,谈着。她那愉快地笑是有传染性的,大理石,石狮子,半折的古柱,风吕草,全对我嚷着:

"愉快啊——四月,恋的季节!"

我便"愉快啊"那么笑着;杜鹃在田野里叫着丁香的忧郁,沿着乡下的大路走到校里,便忘了饥饿地回想着她广东味的带鼻音的你字。为了这你字的妩媚我崇拜着明媚的南国。

接连两天没瞧见她上公墓去,她母亲的那座坟是寂寞的,没有花。我坐在母亲的墓前,低下了脑袋忧郁着。我是在等着谁——等一声远远儿飘来的天主堂的钟,等一阵晚风,等一个紫色的朦胧的梦。是在等她吗?我不知道。干吗儿等她呢?我并不认识她。是怀念辽远的母亲吗?也许是的。可是她来了,便会"愉快啊"那么地微笑着,这我是明白的。

第三天我远远儿的望见她正在那儿瞧母亲的墓碑。怀着吃朱古力时的感觉走了过去，把花放到大理石上：

"今儿你来早了。"

就红了脸。见了姑娘红着脸窘住了，她只低低的应了一声儿便淡淡地走了开去。瞧她走远了，我猛的倒了下去，躺在草地上；没有嘴，没有手，没有视觉，没有神经中枢，我只想跳起来再倒下去，倒下去再跳起来。我是无轨列车，我要大声的嚷，我要跑，我要飞，力和热充满着我的身子。我是伟大的。猛的我想起了给人家瞧见了，不是笑话吗？那么疯了似的！才慢慢儿地静了下来，可是我的思想却加速度地飞去了，我的脑纤维组织爆裂啦。成了那么多的电子，向以太中蹿着。每一颗电子都是愉快的，在我耳朵旁边苍蝇似的嗡嗡的叫。想着想着，可是在想着什么呢？自家儿也不知道是在那儿想着什么。我想笑；我笑着。我是中了 spring fever 吧？

"徐先生你的花全给你压扁啦。"

那管墓的在嘴角儿上叼着烟蒂儿，拿着把剪小树枝的剪刀。我正躺在花上，花真的给我压扁了。他在那儿修剪着围着我母亲的墓场的矮树的枝叶。我想告诉他我跟玲姑娘讲过了，告诉他我是快乐的。可是笑话哪。便拔着地上的草和他谈着。

晚上我悄悄地对母亲说："要是你是在我旁边儿，我要告诉你，你的儿子疯了。"可是现在我跟谁说呢？同学们要拿我开玩笑的。睡到早上，天刚亮，我猛的坐了起来望了望窗外，操场上没一个人，温柔的太阳的触手抚摸着大块的土地。我想着晚上的梦，那些梦却像云似的飞啦，捉摸不到。又躺下去睡啦，——睡啦，像一个幸福的孩子。

下午，我打了条阔领带——我爱穿连领的衬衫，不大打领带的。从那条悠长的煤屑路向公墓那儿走去。温柔的风啊！火车在铁路上往那边儿驶去，嚷着，吐着气，喘着，一脸的汗。尽那边儿，蒙着一层烟似的，瞧不清楚，只瞧得蓝的天，广阔的田野，天主堂的塔尖，青的树丛。花房的玻璃棚反射着太阳的光线，池塘的水面上有苍老的青苔，岸上有柳树。在矮篱旁开着一丛蔷薇，一株桃花。我折了条白杨的树枝，削去了桠枝和树叶，当手杖。

一个法国姑娘，戴着白的法兰西帽，骑在马上踱着过来，她的笑劲儿里边有地中海旁葡萄园的香味。我笑，扬一扬手里的柳条，说道：

"愉快的四月啊！"

"你打它一鞭吧。"

我便在马腿上打了一鞭，那马就跑去了。那法国姑娘回过身来扬一扬胳臂。她是亲热的。挑着菜的乡下人也对我笑着。

走到那条往母亲墓前去的小径上，我便往她家的坟那儿望，那坟旁的常青树中间露着那淡紫的旗袍儿，亭亭地站在那儿哪，在树根的旁边，在黑绸的高跟儿鞋上面，一双精致的脚！紫色的丁香沉默地躺在白大理石上面，紫色的玲姑娘，沉默地垂倒了脑袋，在微风里边。

"她也在那儿啊：和我在一个蔚蓝的天下面存在着，和我在一个四月中间存在着，吹动了她的头发的风就是吹起了我的阔领带的风哪！"——我是那么没理由地高兴。

过去和她谈谈我们的母亲吧。就这么冒昧地跑过去不是有点儿粗野吗？可是我真的走过去啦，装着满不在乎的脸，一个把坟墓当作建筑的艺术而欣赏着的人的脸。她正在那儿像在想着什么似的，见我过去，显着为难的神情，招呼了一下，便避开了我的视线。

吞下了炸弹哪，吐出来又不是，不吐出来又不是。再过一回儿又得红着脸窘住啦。

"这是你母亲的墓吧？"究竟这么说了。

她不作声，天真的嘴犄角儿送来了怀乡病的笑，点下了脑袋。

"这么晴朗的季节到郊外来伴着母亲是比什么都有意思的。"只得像独自那么的扮着滑稽的脚色，觉得快要变成喜剧的场面了。

"静静地坐在这儿望着蓝天是很有味的。"她坐了下去,不是预备拒绝我的模样儿。"时常瞧见你坐在那儿,你母亲的墓上,——你不是天天来的吗?"

"差不多天天来的。"我也跟着坐了下去,同时——"不会怪我不懂礼貌吧?"这么地想着。"我的母亲顶怕蚂蝗哪!"

"母亲啊!"她又望着远方了,沉默地笑着,在她视线上面,在她的笑劲儿上面,像蒙了一层薄雾似的,暗示着一种温暖的感觉。

我也喝醉了似的,躺在她的朦胧的视线和笑劲儿上面了。

"我还记得母亲帮我逃学,把我寄到姑母家里,不让爹知道。"

"母亲替我织的绒衫子,我三岁时穿的绒衫子还放在我放首饰的小铁箱里。"

"母亲讨厌抽烟,老从爹嘴上把雪茄抢下来。"

"母亲爱白芙蓉,我爱紫丁香。"

我的爹有点儿怕母亲的。

"跟爹斗了嘴,母亲也会哭的,我瞧见母亲哭过一次。"

"母亲啊!"

"静静地在这大理石下面躺着的正是母亲呢!"

"我的母亲也静静地躺在那边儿大理石下面哪!"

在怀念着辽远的母亲的情绪中,混和着我们中间友谊的好感。我们絮絮地谈着母亲生前的事,像一对五岁的孩子。

那天晚上,我在房里边跳着兜圈儿,把自家弄累了才上床去,躺了一回儿又坐起来。宿舍里的灯全熄了,我望着那银色的海似的操场,那球门的影子,远方的树。默默地想着,默默地笑着。

四

每天坐在大理石上,和她一同地,听着那寂寂的落花,靠着墓碑。说她不爱说话的人是错了,一讲到母亲,那张缄默的嘴里,就结结巴巴地泛溢着活泼的话。就是缄默的时候,她的眼珠子也会说着神秘的话,只有我听得懂的话。她有近代人的敏感,她的眼珠子是情绪的寒暑表,从那儿我可以推测气压和心理的晴雨。

姑娘们应当放在适宜的背景里,要是玲姑娘存在在直线的建筑物里边,存在在银红的,黑和白配合着的强烈颜色的衣服里边,存在在爵士乐和neon light里边,她会丧失她那种结着淡淡的哀愁的风姿的。她那蹙着的眉尖适宜于垂直在地上的白大理石的墓碑,常青树的行列,枯花的凄凉味。她那明媚的语调和梦似的微笑却适宜于广大的田野,晴朗的天气,而她那蒙着雾似的视线老是望着辽远的故乡和孤寂的母亲的。

有时便伴着她在田园间慢步着,听着在她的鞋跟下扬起的恋的悄语。把母亲做中心点,往外,一圈圈地划着谈话资料的圆。

"我顶喜欢古旧的乡村的空气。"

"你喜欢骑马吗?骑了马在田野中跑着,是年轻人的事。"

"母亲是死在西湖疗养院的,一个五月的晚上。肺结核是她的遗产;有了这遗产,我对于运动便是绝缘体了。"说到肺结核,她的脸是神经衰弱病患者的。

为了她的健康,我忧郁着。"如果她死了,我要把她葬在紫丁香冢里,弹着mandolin,唱着萧邦的流浪曲,伴着她,像现在伴着母亲那么地。"——这么地想着。

恋着一位害肺病的姑娘,猛的有一天知道了她会给肺结核菌当作食料的,真是痛苦的事啊。可是痛苦有吗用呢?

"那么,你干吗不住到香港去哪?那儿不是很好的疗养院吗?南方的太阳会医好你的。"我真希望把她放在暖房里花似的培养着哪……小心地在快枯了的花朵上洒着水——做园丁是快乐的。我要用紫色的薄绸包着她,盖着那盛开着的花蕊,成天地守在那儿,不让蜜蜂飞近来。

"是的,我爱香港。从我们家的窗子里望出去,可以看到在细雨里蛇似地蜿蜒着维多利亚市的道路。我爱那种淡淡的哀愁。可是父亲独自个儿在上海寂寞,便来伴他;我是很爱他的。"

走进了一条小径,两边是矮树扎成的篱子。从树枝的底下穿过去,地上有从树叶的空隙里漏下来的太阳光,蚂蚱似的爬在蔓草上;蔓草老缠住她的鞋跟,一缠住了,便轻轻地顿着脚,蹙着眉尖说:

"讨厌的……"

那条幽静的小径是很长的,前面从矮篱里边往外伸着苍郁的夏天的灌木的胳臂,那迷离的叶和花遮住了去路,地上堆满着落花,风吕草在脚下怨恨着。俯着身子走过去,悉悉地,践着混了花瓣的松土。猛的矮篱旁伸出枝蔷薇来,枝上的刺钩住了她的头发,我上去帮着她摘那些刺,她歪着脑袋瞧。这么一来,我便忘了给蔷薇刺出血来的手指啦。

走出了那条小径。啊,瞧哪!那么一大片麦田,没一座屋子,没一个人!那边儿是一个池塘,我们便跑到那儿坐下了。是傍晚时分,那么大的血色的太阳在天的那边儿,站在麦穗的顶上,蓝的天,一大块一大块的红云,紫色的暮霭罩住了远方的麦田。水面上有柳树的影子,我们的影子,那么清晰的黑暗。她轻轻地喘着气,散乱的头发,桃红的腮帮儿——可是肺病的征象哪!我忧郁着。

"广大的田野!"

"蓝的天!"

"那太阳,黄昏时的太阳!"

"还有——"还有什么呢?还有她啊;她正是黄昏时的太阳!可是

我没讲出来。为什么不说呢？说"姑娘，我恋着你。"可是我胆怯。只轻轻地"可爱的季节啊！"这么叹息着。

"瞧哪！"她伸出脚来，透明的，浅灰的丝袜子上面爬满了毛虫似的草实。

"我……我怎么说呢？我要告诉你一个故事。从前有一位姑娘，她是像花那么可爱的，是的，像丁香花。有一痴心的年轻人恋着她，可是她不知道。那年轻人天天在她身旁，可是他却是孤独的，忧郁的。那姑娘是不十分康健的，他为她挂虑着。他是那么地恋着她，只要瞧见了她便觉得幸福。他不敢请求什么，也不敢希冀什么，只要她知道他的恋，他便会满意的。可是那姑娘却不知道；不知道他每晚上低低地哭泣着……"

"可是那姑娘是谁哪？"

"那姑娘……那姑娘？是一位紫丁香似的姑娘……是的，不知在那本书上看来的一故事罢咧。"

"可爱的故事哪。借给我那本书吧。"

"我忘了这本书的名字，多咱找到了便带给你。就是找不到，我可以讲给你听的。"

"可爱的故事哪！可是，瞧哪，在那边儿，那边是我的故乡啊！"蒙着雾似的眼珠子望着天边，嘴犄角儿上挂着梦似的笑。

我的恋，没谁知道的恋，沉默的恋，埋在我年轻的心底。

"如果母亲还活着的话，她会知道的；我会告诉她的。我要跪在她前面，让她抚着我的头发，告诉她，她儿子隐秘的恋。母亲啊！"我也望着天边，嘴犄角儿上挂着寂寞的笑，睁着忧郁的眼。

五

在课堂前的石阶上坐着，从怀里掏出母亲照片来悄悄地跟她说。

"母亲，爹爱着你的时候儿是怎么跟你说的呢？他也讲个美丽的，暗示的故事给你听的吗？他也是像我那么胆怯的吗？母亲，你为什么要生一个胆怯的儿子哪？"

母亲笑着说："淘气的孩子。沉默地恋着不也很好吗？"

我悄悄地哭了。深夜里跑到这儿来干吗呢？夜风是冷的，夜是默静而温柔的；在幸福和忧郁双重压力下，孩子的心是脆弱的。

弹着mandolin，低低地唱着，靠在墓碑上：

我的生命有一个秘密，
一个青春的恋。
可是我恋着的姑娘不知道我的恋，
我也只得沉默。

天天在她身边，我是幸福的，
可是依旧是孤独的；
她不会知道一颗痛苦的孩子的心，
我也只得沉默。

她听着这充满着"她"的歌时，
她会说："她是谁呢？"
直到年华度尽在尘土，我不会向她明说我的恋，
我是只得沉默！

我低下了脑袋，默默地。玲姑娘坐在前面：

"瞧哪，像忧郁诗人莱诺的手杖哪，你的脸！"

"告诉你吧，我的秘密……"可是我永远不会告诉她真话的。"我想起了母亲呢！"

便又默着了。我们是时常静静地坐着的。我不愿意她讲话，瞧了她会说话的嘴我是痛苦的。有了嘴不能说自家儿的秘密，不是痛苦的哑子吗？我到现在还不明白，为什么我那时不明说；我又不是不会说话的人。可是把这么在天真的年龄上的纯洁的姑娘当作恋的对象，真是犯罪的行为呢。她是应该玛利亚似地供奉着的，用殉教者的热诚，每晚上为她的康健祈祷着。再说，她讲多了话就喘气，这对于她的康健有妨碍。我情愿让她默着。她默着时，她的发，她的闭着的嘴，她的精致的鞋跟会说着比说话时更有意思的悄语，一种新鲜的，得用第六感觉去谛听的言语。

那天回去的路上，尘土里有一朵残了的紫丁香。给人家践过的。她拾了起来裹在白手帕里边，塞在我的口袋里。

"我家里有许多这么的小紫花呢，古董似的藏着，有三年前的，干得像纸花似的。多咱到我家里来瞧瞧吧。我有妈的照片和我小时候到现在的照片；还有贵重的糖果，青色的书房。"

第二天是星期日，我把那天的日记抄在下面：

五月二十八日

我不想到爹那儿去，也不想上母亲那儿去。早上朋友们约我上丽娃栗姐摇船去；他们说那边儿有柳树，有花，有快乐的人们，在苏州河里边摇船是江南人的专利权。我拒绝了。他们说我近来变了。是的，我变了，我喜欢孤独。我时常独自个儿在校外走着，思量着。我时常有失眠的晚上，可是谁知道我怎么会变的？谁知道我在恋着一位孤寂的姑娘!母亲知道的,可是她不会告诉别人的。我自家儿也知道,可是我告诉谁呢?

今儿玲姑娘在家里伴父亲。我成天地坐在一条小河旁的树影下,哑巴似的,什么事也不做,戴了顶阔边草帽。夏天慢慢儿的走来了,从那边田野里,从布谷鸟的叫声里。河边的草像半年没修发的人的胡髭。田岸上走着光了上半身的老实的农夫。天上没一丁点云。大路上,趁假日到郊外来骑马的人们,他们的白帆布马裤在马背上闪烁着;我是寂寞的。

晚上,我把春天的衣服放到箱子里,不预备再穿了。

明儿是玲的生日,我要到她家里去。送她些什么礼呢?我要送她一册戴望舒先生的诗集,一束紫丁香,和一颗痛苦着的心。

今晚上我会失眠的。

六

洒水车嘶嘶地在沥青路上走过,戴白帽的天主教徒喃喃地讲着她们的故国,橱窗里摆着小巧的日本的遮阳伞,丝睡衣。不知那儿已经有蝉声了。

墙上牵满着藤叶,窗子前种着棵芭蕉,悉悉地响着。屋子前面有个小园,沿街是一溜法国风的矮栅。走进了矮栅,从那条甬道上走到屋子前的石阶去,只见门忽然开了,她亭亭地站在那儿笑着,很少见的顽皮的笑。等我走近了,一把月季花的子抛在我脸上,那些翡翠似的子全在我脸上爆了。"早从窗口那儿瞧见了你哪。"

"这是我送你的小小的礼物。"

"多谢你。这比他们送我的那些糖啦,珠宝啦可爱多啦。"

"我知道那些你爱好的东西。"恳切地瞧着她。

可是她不会明白我的眼光的。我跟了她进去,默着。陈设得很简单的一间书房,三面都有窗。一只桃花木的写字台靠窗放着,那边儿角上是一只书架,李清照的词,凡尔兰的诗集。

"你懂法文的吗?"

"从前我父亲在法国大使馆任上时,带着我一同去的。"

她把我送她的那本《我底记忆》放到书架上。屋子中间放着只沙发榻,一个天鹅绒的坐垫,前面一只圆几,上面放了两本贴照簿,还有只小沙发。那边靠窗一只独脚长几,上面一只长颈花瓶,一束紫丁香。她把我送她的紫丁香也插在那儿。

"那束丁香是爹送我的。它们枯了的时候,我要用紫色的绸把它们包起来,和母亲织的绒衫在一块儿。"

她站在那儿,望着那花。太阳从白窗纱里透过来,抚摸着紫丁香的花朵和她的头发,温柔地。窗纱上有芭蕉的影子。闲静浸透了这书房。我的灵魂,思想,全流向她了,和太阳的触手一同地抚摸着那丁香,她的头发。

"为什么单看重那两束丁香呢?"

她回过身来,用那蒙着雾似的眼光望我,过了一回才说道:"你不懂的。"我懂的!这雾似的眼光,这一刹那,这一句话,在我的记忆上永远是新鲜的。我的灵魂会消灭,我的身子会朽腐,这记忆永远是新鲜的。

窗外一个戴白帆布遮阳帽的影子一闪,她猛的跳起来,跑了出去。我便瞧一下壁上的陈设。只挂着一架银灰的画框,是Monet的田舍画,苍郁的夏日的色采和简朴的线条。

"爸,你替我到客厅里去对付那伙儿客人吧。不,你先来瞧瞧他,就是我时常提到的那个孩子。他的母亲是妈的邻舍呢!你瞧瞧,他也送了我一束紫丁香……"她小鸟似的躲在一个中年人的肩膀下面进来了。

有这么个女儿的父亲是幸福的。这位幸福的父亲的肘下还夹着半打鱼肝油，这使我想起实验室里石膏砌的骨骼标本，和背着大鳖鱼的丹麦人。他父亲脸上还剩留着少年时的风韵。他的身子是强壮的。怎么会生了瘦弱的女儿呢？瞧了在他胁下娇小的玲姑娘，我忧郁着。他把褂子和遮阳帽交给了她，掏出手帕来擦一擦脑门上的汗，没讲几句话，便带了他那体贴女儿的脸一同出去了。

"会客室里还有客人吗？"

"讨厌的贺客。"

"为什么不请他们过来呢？"

"这间书房是我的，我不愿意让他们过来闹。"

"我不相干。你伴他们谈去吧。疏淡了他们不大有礼貌的。"

"我不是答应了你一块儿看照片的吗？"

便坐在那沙发榻上翻着那本贴照簿。从照上我认识了她的母亲，嘴角和瘦削的脸和她是很像的。她拿了一大盒礼糖来跟我一块儿吃着。贴照簿里边有一张她的照片，是前年在香港拍的：坐在一丛紫丁香前面：那熟悉的笑，熟悉的视线，脸比现在丰腴，底下写着一行小字："Say it with flowers."

"谁给你拍的？"

"爸……"这么说着便往外跑。"我去弄Tea你吃。"

那张照片，在光和影上，都够得上说是上品，而她那种梦似的风姿在别的照片中是找不到的。我尽瞧着那张照片，一面却："为什么她单让我一个人走进她的书房来呢？为什么她说我不懂的？不懂的……不懂的……什么意思哪，那么地瞧着我？向她说吧，说我爱她……啊！啊！可是问她要了这张照片吧！我要把这张照片配了银灰色的框子，挂在书房里，和母亲的照片一同地，也在旁边放了只长脚几，插上了紫丁香，每晚上跪在前面，为她祈福。"——那么地沉思着。

她拿了银盘子进来，给我倒了一杯牛奶红茶，还有一个香蕉饼，两片面包。

"这是我做的。在香港我老做椰子饼和荔子饼给父亲吃。"

她站到圆桌旁瞧我吃，孩气地。

"你自家儿呢？"

"我刚才吃了糖不能再吃了，健康的人是幸福的；我是只有吃鱼肝油的福分。广东有许多荔子园，那么多的荔子，黑珠似的挂在枝上，那透明的荔肉！"

"你今天很快乐哪！可不是吗？"

"因为我下星期要到香港了，跟着父亲。"

"什么？"我把嘴里的香蕉饼也忘了。

"怎么啦？还要回来的。"

刚才还馋嘴地吃着的香蕉饼，和喝着牛奶红茶全吃不下了，跟她说呢，还是不跟她说？神经组织顿时崩溃了下来，——没有脊椎，没有神经，没有心脏的人了哪！

"多咱走哪？"

"后天。应该来送我的。"

"准来送你的。可是明儿我们再一同去看看母亲吧？"

"我本来预备去的。可是你为什么不吃哪？"

我瞧着她，默着——说还是不说？

"不吃吗？讨厌的。是我自家儿做的香蕉饼哪！你不吃吗？"蹙着眉尖，轻轻地顿着脚，笑着，催促着。

像反刍动物似地，我把香蕉饼吃了下去，又吐了出来，再嚼着，好久才吃完了。她坐到钢琴前面弹着，Kiss me good night, not good bye，感伤的调子懒懒地在紫丁香上回旋着，在窗后面躲着。天慢慢儿地暗了下来，黄昏的微光从窗子那儿偷偷地进来，爬满了一屋子。她的背影是

模糊的,她的头发是暗暗的。等她弹完了那调子,阖上了琴盖,我就戴上了帽子走了。她送我到栅门边,说道:

"我今儿是快乐的!"

"我也是快乐的!再会吧。"

"再会吧!"扬一扬胳臂,送来了一个微笑。

我也笑着。走到路上,回过脑袋来,她还站在门边向我扬着胳臂。前面的一串街灯是小姐们晚礼服的钻边。忽然我发现自家儿眼上也挂着灯,珠子似的,闪耀着,落下去了;在我手里的母亲照片中的脸模糊了。

"为什么不向她说呢?"后悔着。

回过身去瞧,那书房临街的窗口那儿有了浅绿的灯光,直照到窗外窥视着的藤上,而那依依地,寂寞地响着的是钢琴的幽咽的调子,嘹亮的声音。

七

第二天,只在墓场里巡行了一回,在母亲的墓上坐着。她也注意到了我的阴郁的脸色,问我为什么。"告诉她吧?"那么地想着。终究还是说了一句:

"怀念着母亲呢!"

天气太热,她的纱衫已经给汗珠轻薄地浸透了背上,里面的衬衣自傲地卖弄着风情。她还要整理行装,我便催着她回去了。

送行的时候连再会也没说,那船便慢慢地离开了码头,可是她眼珠子说着的话我是懂得的。我站在码头上,瞧着那只船。她和她的父亲站在船栏后面……海是青的,海上的湿风对于她的康健是有妨害的。我要为她祝福。

她走了没几天,我的父亲为了商业的关系上天津去,得住几年,我也跟着转学到北平了。临走时给了她一封信,写了我北平的地址。

每天坐在窗前,听着沙漠里的驼铃,年华的蛩音。这儿有晴朗的太阳,蔚蓝的天空,可是江南的那一种风,这儿是没有的。从香港她寄了封信来,说下月便到上海来;她说香港给海滨浴场,音乐会,夜总会,露天舞场占满了,每天只靠着窗栏逗鹦鹉玩。第二封信来时,她已经在上海啦;她说,上海早就有了秋意,窗前的紫丁香枯了,包了放在首饰箱里,鹦鹉也带了来就挂在放花瓶的那只独脚几旁,也学会了太息地说:

"母亲啊!"

她又说还是常上公墓那儿去的,在墓前现在是只有菊花啦。可是北平只有枯叶呢,再过几天,刮黄沙的日子快来咧。等着信的时间是长的,读信的时间是短的——我恨中国航空公司,为什么不开平沪班哪?列车和总统号在空间运动的速度是不能和我的脉搏相应的。

  从褪了金黄色的太阳光里,从郊外的猎角声里,秋天来了。我咳嗽着。没有恐惧,没有悲哀,没有喜乐,秋天的重量我是清楚的。再过几天,我又要每晚上发热了。秋天淌冷汗,在我,是惯常的事。

  多咱我们再一同到公墓呢?你的母亲也许在那儿怀念你哪!

玲十月二十三日

咳嗽得很厉害,发了五天热,脸上泛着桃色。父亲忧虑着。赶明儿得进医院了。每年冬季总是在蝴蝶似的看护妇,寒热表,硝酸臭味里边过的,想不到今年这么早就进去了。

希望你天天写信来，在医院里，这是生活的必需品。

玲十一月五日

我瘦多了。今年的病比往年凶着点儿。母亲那儿好久不去了；等病好了，春天来了，我想天天去。

我在怀念着在墓前坐着谈母亲的日子啊！

又：医生禁止我写信，以后恐怕不能再写了。

玲十一月十四日

来了这封信后，便只有我天天地写信给她，来信是没了。每写一封信，我总"告诉她吧？"——那么地思忖着。末了，便写了封很长的信给她，告诉她我恋着她，可是这封信却从邮局里退回来啦，那火漆还很完固的。信封上写着："此人已出院。"

"怎么啦？怎么啦？好了吗？还是……还是……"便想起那鱼肝油，白色的疗养院，冷冷的公墓，她母亲的墓，新的草地，新的墓，新的常春树，紫丁香……可是那墓场的冷感的风啊……冷感的风……冷感的风啊！

赶忙写了封信到她家里去，连呼吸的闲暇也没有地等着。覆信究竟来了，看到信封上的苍老的笔迹，我觉得心脏跳了出来，人是往下沉，往下沉。信是这么写着的：

年轻人，你迟了。她是十二月二十八葬到她母亲墓旁的。临死的时候儿，她留下来几件东西给你。到上海来时来看我一次吧，我可以领你去拜访她的新墓。

欧阳旭

"迟了！迟了！母亲啊，你为什么生一个胆怯的儿子呢？"没有眼泪，没有太息，也没有悔恨，我只是低下了脑袋，静静地，静静地坐着。

一年以后，我跟父亲到了上海，那时正是四月。我换上了去年穿的那身衣服，上玲姑娘家去。又是春天啦，瞧哪，那些年轻的脸。我叩了门，出来开门的是她的爹，这一年他脸上多了许多皱纹，老多了。他带着我到玲姑娘的书房里。窗前那只独脚几还在那儿，花瓶也还在那儿。什么都和去年一样，没什么变动。他叫我坐一会，跑去拿了用绸包着的，去年我送玲姑娘的，枯了的紫丁香，和一本金边的贴照簿给我。

"她的遗产是两束枯了的紫丁香，两本她自家儿的照片，她吩咐我和你平分。"

我是认识这两件东西的，便默默地收下了，记起了口袋里还有她去年给我的从地上捡来的一朵丁香。

"瞧瞧她的墓去吧？"

便和他一块儿走了。路上买了一束新鲜的丁香。

郊外，南方来的风，吹着暮春的气息；晴朗的太阳，蔚蓝的天空，每一朵小野花都含着笑。田野是阔的，路是长的，空气是静的，广告牌上的绅士是不会说话，只会微笑的。

走进墓场的大门，管墓的高兴地笑着，说道：

"欧阳先生，小姐的墓碑已经安上了。"

见了我，便：——

"好久不见了！"

"是的。"

走过母亲的墓，我没停下来。在那边儿，黑的大理石，白的大理石上有一块新的墓碑：

"爱女欧阳玲之墓"。

我不会忘记的，那梦似的笑，蒙着雾似的眼光，不十分健康的肤色，还有"你不懂的。"我懂的，可是我迟了。

他脱下了帽子，我也脱下了帽子。

一九三二，三，十六日

夜

哀愁也没有，欢喜也没有——情绪的真空。

可是，那儿去哪？

江水哗啦哗啦地往岸上撞，撞得一嘴白沫子的回去了。夜空是暗蓝的，月亮是大的，江心里的黄月亮是弯曲的，多角形的。从浦东到浦西，在江面上，月光直照几里远，把大月亮拖在船尾上，一只小舢板在月光上驶过来了，摇船的生着银发。

江面上飘起了一声海关钟。

风吹着，吹起了水手服的领子，把烟蒂儿一弹弹到水里。

五月的夜啊，温柔的温柔的……

老是这么的从这口岸到那口岸，歪戴着白水手帽，让风吹着领子，摆着大裤管，夜游神似的，独自个儿在夜的都市里踱着。古巴的椰子林里听过少女们叫卖椰子的歌声，在马德里的狭街上瞧披绣巾的卡门黑鬓上的红花，在神户的矮屋子里喝着菊子夫人手里的茶，可是他是孤独的。

一个水手,海上的吉普西。家在那儿哪?家啊!

去吧?便走了,懒懒地。行人道上一对对的男女走着,街车里一个小个子的姑娘坐在大水手的中间,拉车的堆着笑脸问他要不要玩姑娘,他可以拉他去……

哀愁也没有,欢喜也没有——情绪的真空。

真的是真空吗?

喝点儿酒吧;喝醉了的人是快乐的——上海不是快乐的王国吗?

一拐弯走进了一家舞场。

酒精的刺激味,侧着肩膀顿着脚的水手的舞步,大鼓呼呼的敲着炎热南方的情调,翻在地上的酒杯和酒瓶,黄澄澄的酒,浓冽的色情,……这些熟悉的,亲切的老朋友们啊。可是那粗野的醉汉的笑声是太响着点儿了!

在桌上坐下了,喝着酒。酒味他是知道的,像五月的夜那么地醉人。大喇叭反复地吹着:

> 我知道有这么一天,
> 我会找到她,找到她,
> 我流浪梦里的恋人。

舞着的人像没了灵魂似的在音乐里溶化了。他也想深化在那里边儿,可是光觉得自家儿流不到那里边儿去,只是塑在那儿,因为他有了化石似的心境和情绪的真空。

> 有几个姑娘我早就忘了,
> 忘了她像黄昏时的一朵霞;
> 有几个还留在我记忆里,

在水面,在烟里,在花上,

她老对我说:

"瞧见没?我在这里。"

因为他有了化石似的心境和情绪的真空,因为他是独自个儿喝着酒,因为独自个儿喝着酒是乏味的,因为没一个姑娘伴着他……

右手那边儿桌上有个姑娘坐在那儿,和半杯咖啡一同地。穿着黑褂子,束了条阔腰带,从旁边看过去,她有个高的鼻子,精致的嘴角,长的眉梢和没有擦粉的脸,手托着下巴颏儿,憔悴地。她的头发和鞋跟是寂寞的。

狠狠的抽了口烟,把烫手的烟蒂儿弹到她前面,等她回过脑袋来便像一个老练家似的,大手指一抹鼻翅儿,跟她点了点脑袋:

"Hello baby."

就站起来走过去,她只冷冷地瞧着他,一张没有表情的脸。眼珠子是饱满了风尘的,嘴唇抽多了烟,歪着点儿。

"独自个儿吗?"

不作声,拿起咖啡来喝了点儿。从喝咖啡的模样儿看来她是对于生,没有眷恋,也没有厌弃的人。可是她的视线是疲倦的。

"在等谁呢?"

一边掏出烟来,递给她一枝。她接了烟,先不说话,点上了烟,抽了一口,把烟喷出来,喷灭了火柴,一边折着火柴梗,一边望着手里的烟卷儿,慢慢儿的:

"等你那么的一个男子哪。"

"你瞧着很寂寞的似的。"

"可不是吗?我老是瞧着很寂寞的。"淡淡的笑了一笑,一下子那笑劲儿便没了。

"为什么呢？这里不是有响的笑声和太浓的酒吗？"

她只从烟里边望着他。

"还有太疯狂的音乐呢！可是你为什么瞧着也很寂寞的！"

他只站了起来拉了她，向着那只大喇叭，舞着。

舞着：这儿有那么多的人，那么煊亮的衣服，那么香的威士忌，那么可爱的娘儿们，那么温柔的旋律，谁的脸上都带着笑劲儿，可是那笑劲儿像是硬堆上去的。

一个醉鬼猛的滑了一交，大伙儿哄的笑了起来。他刚爬起来，又是一交摔在地上。扯住了旁人的腿，抬起脑袋来问：

"我的鼻子在那儿？"

他的伙伴把他拉了起来，他还一个劲儿嚷鼻子。

他听见她在怀里笑。

"想不到今儿会碰到你的，找你那么的姑娘找了好久了。"

"为什么找我那么的姑娘呢？"

"我爱憔悴的脸色，给许多人吻过的嘴唇，黑色的眼珠子，疲倦的神情……"

"你到过很多的地方吗？"

"有水的地方我全到过，那儿都有家。"

"也爱过许多女子了吧？"

"可是我在找着你那么的一个姑娘哪。"

"所以你瞧着很寂寞的。"

"所以你也瞧着很寂寞的。"

他抱紧了点儿，她贴到他身上，便抬起脑袋来静静地瞧着他。他不懂她的眼光。那透明的眼光后边儿藏着大海的秘密，二十年的流浪。可是他爱那种眼光，他爱他自家儿明白不了的东西。

回到桌子上，便隔着酒杯尽瞧着她。

"你住那儿?"

"你问他干吗!"

"可以告诉我你的名字吗?"

"问他干吗!我的名字太多了。"

"为什么全不肯告诉我?"

"过了今晚上我们还有会面的日子吗?知道有我这么个人就得啦,何必一定要知道我是谁呢!"

　　我知道有这么一天,
　　我会找到她,找到她;
　　我流浪梦里的恋人。

他一仰脖子干了一杯,心境也爽朗起来啦。真是可爱的姑娘啊。猛的有谁在他肩上拍了一下。

"伙计,瞧见我的鼻子没有?"原来是那醉鬼。

"你的鼻子留在家里了,没带出来。"酒还在脖子那儿,给他一下子拍得咳嗽起来了。

"家?家吗?"猛的笑了起来,瞧着那姑娘,一伸手,把她的下巴颏儿一抬:"你猜我的家在那儿?"

她懒懒的把他的手拉开了。

"告诉你,我的家在我的鼻子里边,今儿我把鼻子留在家里,忘了带出来了。"

他的伙伴刚跑过来想拉他回去,听他这么一说就笑开啦。左手那边儿桌上一个姑娘叫他逗得把一口酒全喷了。她却抬起脑袋来望着他,怜悯地,像望着一个没娘的孩子似的。他腿一拐,差点儿倒了下去,给他的伙伴扶住了。

"咱们回去吧。"

"行。再会！"手摆了一下，便——"我要回去了，回家去了，回家去啊！"那么地唱着，拍着腿跑到舞着的人们里边去啦，老撞在人家身上，撞着了就自家儿吆喝着口令，立正，敬礼。一会儿便混到那边儿不见啦，可是他的嗓子还尽冒着，压低了大喇叭压低了笑声。

"我要回去了，回家去了，回家去啊。"单调的，粗鲁的，像坏了的留声机似的响着。

她轻轻地叹息了一下。

"都是没有家的人啊！"

家在那儿哪？家啊！

喇叭也没有，笛子也没有，铜钹也没有，大鼓也没有，一只小提琴独自个儿的低低地奏着忧郁的调子。便想起了那天黄昏，在夏威夷靠着椰子树，拉着手风琴看苍茫的海和模糊的太阳。

又是一声轻轻的叹息，她不知怎么的会显着一种神经衰弱症患者的，颓丧的可是快慰的眼光。可是一会儿便又是一张冷冷的他明白不了的脸啦。

"好像在那儿见过你的。"

"我也好像在那儿见过你似的，可是想不起来了。"

便默着喝酒。一杯，两杯，三杯……酒精解不了愁的日子是有的。他的脸红了起来，可是他的心却沉重起来了。

"可以快乐的时候，就乐一会儿吧。"

她猛的站了起来，一只手往他肩上一搁，便活泼地退到中间那片地板上，走了几步，一回身，胳臂往腰里一插，异样地向他一笑，扮了个鬼脸，跳起tango来啦。悉悉地接着转了几个身，又回到他怀里，往后一弯腰，再往外转过身子去，平躺在他胳臂上，左手攀着他的胸子。

缓慢的大鼓咚咚咚地。

她猛的腿一软，脑袋靠到他胸部，笑着。

"我醉了。"

"找个地方儿睡去吧。"

她已经全身靠在他身上了，越来越沉重咧。走到门外，她的眼皮儿就阖上了，嘴上还挂着笑劲儿。在五月的夜风里，她的衣服是单薄的。可是五月的夜啊，温柔的，……温柔的。

街上没有一个人，默默地走着，走着。

到一家旅馆里，把她放到床上，灭了灯，在黑暗里边站到窗前抽着烟。月光从窗口流进来，在地上，像一方块的水。蔚蓝的烟一圈圈的飞到窗外，慢慢儿的在夜色里淡了，没了。

"给我支烟吧。"

拿了支烟给她，她点上了也喷起烟来啦。烟蒂儿上红的火闪耀着。平躺在床上，把胳臂垫在脑袋下面，脸苍白着。

他走到床前，一只脚踏在床上，尽瞧着她，她只望着天花板。他把在嘴里吸着的烟蒂儿吐在地上，把她抱了起来，一声儿不言语地凑到她嘴上吻着。他在自家儿的脸下瞧见了一双满不在乎的眼珠子，冷冷的。她把他的脸推开了，抽了口烟，猛的笑了起来，拿了烟蒂儿，拖着他的耳朵把一口烟全喷在他嘴里了。拍一下他的脸。他抱着她走到镜子前面，在镜上呵了口气，就在那雾气上面用手指划了颗心。她也呵了口气，也划颗心，再划支箭把那两颗心串在一块儿。再掏出擦脸的粉来给添在上面，一顺手就抹了他一脸。

"Big baby！"

说着笑，抱住了他的脖子，把脸贴着他的，两条腿在他胳臂上乱颠。猛的他觉得自家儿的脸上湿了起来。瞧她时，却见眼珠子给泪蒙住了。

"怎么啦？"

"你明儿上那去?"

"我自家儿也不知道。得随船走。"

"可是讲他干吗?明天是明天!"

泪珠后边儿透着笑劲儿,吻着他,热情地。

他醒了回来,竖起了身子,瞧见睡在旁边儿的那姑娘,想起昨晚上的事了。两只高跟儿鞋跌在床前。瞧手表,表没卸下来,弄停啦。

他轻轻地爬下床来,抽着烟穿衣服。把口袋里钱拿出来,放一半在她枕头边。又放了几支烟,一回头瞧见了那镜子,那镜子上的两颗心和一支箭,便把还有一半钱也放下了,她却睁开了眼来。

"走了吗?"

他点了点头。

她望着他,还是那副憔悴的,冷冷的神情。

"你怎么呢?"

"我不知道。"

"你以后怎么着呢?"

"我不知道。"

"以后还有机会再见吗?"

"我不知道。"

便点上了烟抽着。

"再会吧。"

她叹息了一下,说道:"记着我的名字吧,我叫茵蒂。"

他便走了,哼着:

我知道有这样一天,
我会找到你,找到你,
我流浪梦里的姑娘!

黑牡丹

"我爱那个穿黑的,细腰肢高个儿的,"话从我的嘴里流出去,玫瑰色的混合酒从麦秆里流到我嘴里来,可是我的眼光却流向坐在我前面的那个舞娘了。

她鬓脚上有一朵白的康纳馨,回过脑袋来时,我看见一张高鼻子的长脸,大眼珠子,斜眉毛,眉尖躲在康纳馨底下,长睫毛,嘴唇软得发腻,耳朵下挂着两串宝塔形的耳坠子,直垂到肩上——西班牙风呢!可是我并不是爱那些东西,我是爱她坐在那儿时,托着下巴,靠在几上的倦态,和鬓脚那儿的那朵憔悴的花,因为自个儿也是躺在生活的激流上喘息着的人。

音乐一起来,舞场的每一个角上,都有人抢着向她走来,忽然从我后边儿钻出了一个穿了晚礼服的男子,把她拉着舞到大伙儿里边去了。她舞着,从我前面过去,一次,两次……在浆褶的衬衫上贴着她的脸,俯着脑袋,疲倦地,从康纳馨旁边看着人。在蓝的灯下,那双纤细的黑缎高跟儿鞋,跟着音符飘动着,那么梦幻地,像是天边的一道彩虹下边飞着的乌鸦似的。第五次从我前面舞着过去的时候,"尼亚波立登之夜"在白的灯光里消逝了。我一只眼珠子看见她坐下来,微微地喘着气,一只眼珠子看见那"晚礼服"在我身旁走过,生硬的浆褶褶衬衫上有了一点胭脂,在他的胸脯上红得——红得像什么呢?只有在吃着cream的时候,会有那种味觉的。

我高兴了起来,像说梦话似的:"我爱这穿黑的,她是接在玄狐身上的牡丹——动物和静物的混血儿!"

她是那么地疲倦,每一次舞罢回来,便托着腮靠在几上。

嘴里的麦秆在酒里浸松了,钓鱼竿上的线似的浮到酒面来的时候,我抢到了她:她的脑袋在我的脑前俯着,她的脸贴着我的衬衫。她嘴唇上的胭脂透过衬衫直印到我的皮肤里——我的心脏也该给染红了。

"很疲倦的样子,"我俯下脑袋去,在宝塔形的耳坠子上吹嘘着。

耳坠子荡着……风吹着宝塔上风铃的声音。在我的脸下,她抬起她的脸来,瞧着我。那么妖气的,疲倦的眼光!SOS!SOS!再过十秒钟,我要爱上了那疲倦的眼光了。

"为什么不说话呢?"

"很疲倦的样子。"

"坐到我桌上来吧。"

跳完了那支曲子,她便拿了手提袋坐到我的桌上。

"那么疲倦的样子!"

"还有点儿感冒呢。"

"为什么不在家里休息一天呢?"

"卷在生活的激流里,你知道的,喘过口气来的时候,已经沉到水底,再也浮不起来了。"

"我们这代人是胃的奴隶,肢体的奴隶……都是叫生活压扁了的人啊!"

"譬如我。我是在奢侈里生活着的,脱离了爵士乐,狐步舞,混合酒,秋季的流行色,八汽缸的跑车,埃及烟……我便成了没有灵魂的人。那么深深地浸在奢侈里,抓紧着生活,就在这奢侈里,在生活里我是疲倦了。——"

"是的,生活是机械地,用全速度向前冲刺着,我们究竟是有机体啊!……"

"总有一天在半路上倒下来的。"

"总有一天在半路上倒下来的。"

"你也是很疲倦了的人啊!"

"从那儿看出来的?"

"从你笑的样子。"

"我们都该找一个好的驿站休息一下咧。"

"可不是吗?"

她叹息了一下。

我也抽着烟。

她也抽着烟。

她手托着下巴。

我脊梁靠着椅背。

我们就那么地坐到下半夜;舞场散了的时候,和那些快乐的人们一同走到吹着暮春的晨风的街上,她没问我的姓名,我也没问她的。可是我却觉得,压在脊梁上的生活的重量减了许多,因为我发觉了一个和我同样地叫生活给压扁了的人。

一个月以后,是一个礼拜六的上午,从红蓝铅笔,打字机,通知书,速记里钻了出来,热得一身汗,坐在公共汽车里,身子给汽车颠着,看着街头的风景线,一面:"今天下午应该怎么地把自个儿培养一下呢?"——那么地想着,打算回去洗个澡,睡到五点钟,上饭店去吃一顿丰盛的晚宴,上舞场里去瞧一瞧那位和我一样地被生活压扁了的黑牡丹吧。

到了公寓门口,小铅兵似的管门孩子把门拉开来:

"顾先生,下午休息了。"

"休息了。"

走到电梯里。开电梯的:

"顾先生,下午预备怎么玩一下吧。"

"预备玩一下。"

出了电梯,碰到了一位住在我对面的,在舞场里做音乐师的菲律宾人。他抬了抬帽子:

"礼拜六啦!"

"礼拜六咧!"

可是礼拜六又怎么呢?我没地方去。对于给生活压扁了的人,宇宙并不洪荒啊。

侍者给我开了门,递给我一封信。我拆开信来:

奇迹呢!在我的小花圃里的那朵黑牡丹忽然在昨天晚上又把憔悴了的花瓣竖起来了,那么亭亭地在葡萄架下笑着六月的风。明天是星期尾,到我这儿来玩两天吧。我们晚上可以露宿在草地上——你不知道,露宿是顶刺激的Sport呢。快来吧!——

圣五星五晨

也不想睡觉了。洗了个澡,穿了条白色的高尔夫裤,戴了顶帽盔,也不外穿褂,便坐了街车往郊外圣五的别墅那儿驶去。闭上了眼珠子,我抽一支淡味的烟，想着他的白石的小筑，他的一畦花圃，露台前的珠串似的紫罗兰，葡萄架那儿的果园香。……

圣五是一个带些隐士风的人，从二十五岁在大学里毕了业的那年，便和他的一份不算小的遗产一同地在这儿住下来。每天喝一杯咖啡，抽两支烟，坐在露台上，悠暇地读些小说，花谱之类的书，黄昏时，独自个儿听着无线电播音，忘了世间，也被世间忘了的一个羊皮书么雅致的绅士。很羡慕他的。每次在他的别墅里消费了一个星期尾，就觉得在速度的生活里奔跑着的人真是不幸啊。可是一到星期五，那白色的小屋子又向我微笑着招手了。

睁开眼来时，我已经到了郊外沥青大道上。心境也轻松的夏装似的爽朗起来。田原里充满着烂熟的果子香，麦的焦香，带着阿摩尼亚的轻风把我脊梁上压着的生活的忧虑赶跑了。在那边坟山旁的大树底下，树荫里躺着个在抽纸烟的农人。树里的蝉声和太阳光一同地占领了郊外的空间，是在米勒的田舍画里呢！

车在一条沙铺的小径前停下来。我从小径里走去，在那颗大柏树下拐个弯，便看见了那一溜矮木栅，生满着郁金香的草地，在露台上的圣五一听见那只苏格兰种的狼狗爬到木栅上叫便跳了下来，跑过来啦。

他紧紧地拉着我的手："老顾，你好吗？"

"你请我来瞧你的黑牡丹吗？"

忽然他眼珠子亮了起来："黑牡丹？黑牡丹成了精咧！"

"瞎说。别是你看《聊斋》看出来的白日梦吧。"

"真的。回头我仔仔细细地告诉你，真像《聊斋》里的故事呢。从大前天起的，我推翻了科学的全部论据。"

我们走进了矮木栅，那座白色的小屋子向我说道："老顾，你又来了吗？"屋子的嘴张开了，一个穿黑旗袍的女子从里边走了出来。拎着只喷水壶。那张脸怪熟的，像在那儿见过的似的。

"你瞧，这就是黑牡丹！我是叫你来瞧牡丹妖？不是瞧牡丹花的。"一面嚷着："肖珠！顾先生来了！"拖着我跑到那女子前面。

西班牙风的长脸，鬓脚上有一朵白的康纳馨，大眼珠子，斜眉毛，眉尖躲在康纳馨底下，长睫毛，耳朵下挂着两串宝塔形的坠子，直垂到肩上，嘴唇软得发腻……（嘴唇上的胭脂透过衬衫直印到我的皮肤里——我的心脏也该给染红了。）

"嗳！"——记起了一个月前那疲倦的舞娘。

她把手指在嘴上按了一按。

我明白，我微微地点了点脑袋。

"顾先生，请里边坐。我去洒了花就来。"

走到里边，坐在湘帘的阴影底下，喝着喷溢着泡沫的啤酒：

"圣五，你怎么想起结婚的？"

"什么想起结婚！异遇呢！"

"别说笑话了——"

"怎么说笑话？真的是牡丹花妖呢？可是我现在不能说给你听，她回头就要进来的。她刚才不是把手指按着嘴吗？她不许我告诉第三个人的。我今天晚上告诉你。"

吃也吃饱，谈笑也谈笑饱了的那天晚上，在星空底下，我们架起了珠罗纱的帐子，在帆布床上躺下了，我便问他：

"究竟是怎么样回事呢？"

"我正想对你说。是大前天晚上，我也露宿在这儿。那晚上一丝风也没有，只有蚊子的叫声风似的在帐子四面吹着。躺在床上光流汗，脑袋上面，是那么大的，静悄的星空。躺了一会儿，心倒静了下来，便默默地背着《仲夏夜之梦》，那活泼的合唱，一面幻想着那些郁金香围着那朵黑牡丹在跳着中世纪的舞。忽然我听见一个脚音悉悉地从沙铺的小径上走来,那么轻轻地,踏在我的梦上面似的。我竖起身子来,那声音便没了。我疑心是在做梦。可是,下着细雨似的,悉!悉!一会儿那脚声又来了!这回我听出是一个女子的高跟儿鞋声音。鬼!便睁着眼珠子瞧,只见木栅门那儿站着穿黑衣服的人,在黑儿里边。真的有鬼吗?我刚伸手去拿电筒,便听见呼的一声,鲍勃,我的那只狼狗,蹿了过去,直跳出栅门外面。接着便是一声吓极了的叫声从空气里直透过来,是一个女子的尖嗓子。那穿黑衣服的人回过身去就跑,鲍勃直赶上去。我拿了电筒跳起来,赶出去,鲍勃已经扑了上去,把那人扑倒在地上啦,一点声音也没的。那当儿我真的给吓了一跳——别给扑死了,不是玩的!急着赶出去,吆喝着鲍勃,走到前面,拿电筒一照——真给整个儿的怔住了。你猜躺在地上的是谁呢!一个衣服给撕破了几块的女子,在黑暗里,大理石像似的,闭着眼珠子,长睫毛的影子遮着下眼皮,头发委在地上,鬓脚那儿还有朵白色的康纳馨,脸上,身上,在那白肌肉上淌着红的血,一只手按着胸脯儿,血从手下淌出来——很可爱的一个姑娘呢!鲍勃还按着她,在嗓子里呜呜着,冲着我摇尾巴。我赶走了鲍勃,把她抱起来时,她忽然睁开眼来,微地喘着气道:'快把我抱进去吧!'那么哀求着的样子!……"

"她究竟是谁呢。"

"你别急,听我讲下去。到了里边,我让她喝了点水,便问她:'你是谁?怎么会闹得这个模样儿的?'她不回,就问我浴室在那儿。我告诉她在楼上,她便上去了。等了一个多钟头,她下来了,嘴里衔着一支烟,穿了我的睡衣。洗去了血迹,蓬松着的鬓脚上插着朵康纳馨,在嘴角插着朵笑的那姑娘简直把我一下子就迷住了。她走到我前面,喷了口烟。道:

'为什么养了那么凶的一只狼狗呢?'

'你究竟是谁呢?不说明白,我是不能留你住在这儿的。'

'你再不赶出来，我真要疑心自个儿是在非洲森林里，要叫狼给吃了——'那么地在我的问题圈四面划着平行线。

　　'你究竟是谁呢？'逼着她划一条切线。

　　'你瞧，这儿也给它抓破了！'忽然撒开睡衣来，把一个抓破了胸兜直抓到奶子上的一条伤痕放在我前面。窗外的星星一秒钟里边就全数崩溃了下来，在我眼前放射着彗星的尾巴。我觉得自个儿是站在赤道线上。'给我块绷纱吧！'

　　我便把自个儿的嘴当了绷纱。以后她就做了我的妻子。"

　　"那么你怎么知道她是牡丹妖呢？"

　　"第二天她跟我说的。每天早上一起来，她就去给那株黑牡丹洒水的……"

　　我差一点笑了出来，可是猛的想起了下午按在嘴唇上的她的手指，我便忍住了笑。

　　早上醒来时，在我旁边的是一只空了的帆布床，葡萄叶里透下来的太阳光照得我一身的汗。抬起脑袋来。却见黑牡丹坐在露台上静静地抽着烟，脸上已经没有了疲倦的样子，给生活压扁了的样子。在早晨的太阳光里正像圣五信里说的，"亭亭地在葡萄架下笑着六月的风。"她的脸，在优逸的生活里比一个月前丰腴多了。

　　那么地想着，一翻身，忽然从床上跌了下去。我爬起来时，她已经站在我身边：

　　"昨晚上睡得好吗？"

　　"昨晚上听圣五讲牡丹妖的故事。"

　　"真的吗？"她笑着，拉着我的胳膊走到里边儿去。"做牡丹妖，比做人舒服多着咧。"

　　"圣五呢？"

　　"他每天早上出去散步的。我们先吃早饭吧，不用等他。"

我到楼上洗了个澡,换了衬衣下来时,露台上已经摆了张小方几,上面搁了两枚煎蛋,三片土司,一壶咖啡,在对面坐下了一朵黑牡丹。隔着那只咖啡壶,她那张软得发腻的嘴唇里吃着焦黄色的土司,吐着青色的,愉快的话:

"那天晚上是一个舞客强拉我上丽娃栗妲村去玩,他拼命地请我喝混合酒,他唱着那些流行曲,挑着我喜欢的曲子叫音乐师吹,可是他是那么个讨厌的中年人,他是把我当洋娃娃的……等他送我回去,故意把车绕着中山路走,在哥仑比亚路忽然停了下来的时候,看了他眼珠子里的火光,我便明白了。我开了车门就逃下来;他拉住我的衣襟,一下子就撕破了。我跑着,穿着田野,从草莽中跳过去,从灌木丛里钻过去,衣服全撕破了,皮肉也擦破了,我不敢喊,怕他追了来。把气力跑完了的时候,便跑到了这儿,在那沙铺的小路上——"

"以后就碰到了圣五?"

"对啦!"

"可是怎么会变了牡丹妖的?"

"我爱上了这屋子,这地方,这静,圣五又是个隐士风的绅士;我又是那么疲倦,圣五硬要问我是谁,我便说是黑牡丹妖,他就信了。如果说是舞娘,他不会信我的,也会把我当洋娃娃的。我什么都不问,只要能休息一下,我是到这儿休息来的。这三天,我已经加了半磅咧。"便明朗地笑起来。

猛的生了急性消化不良症,吃下去的土司和煎蛋全沉淀在胃囊里了。我觉得压在她身上的生活的重量也加到我脊梁上面来啦,世界上少了一个被生活压扁了的人咧。

下午,我走的时候,她跟我说:

"每个星期尾全消磨到这儿来吧。我永远替你在这儿预备了一个舒适的床铺,丰盛的早饭,载满了谈笑的一只露台,和一颗欢迎的心呀。"

（嘴唇上的胭脂直透过衬衫印到我皮肤里面——我的心脏也该染红了。）

幸福的人啊！

生活琐碎倒像蚂蚁。

一只只的蚂蚁号码3字似的排列着。

有啊！有啊！

有333333333333……没结没完的四面八方地向我爬来，赶不开，跑不掉的。

压扁了！真的给压扁了！

又往生活里走去，把那白石的小屋子，花圃，露台前的珠串似的紫罗兰，葡萄架那儿的果园香……扔在后边儿。

可是真有一天会在半路上倒下来的啊！

一九三三，二，七

大师经典

白金的女体塑像

穆时英精品选

白金的女体塑像

一

六点五十五分,谢医师醒了。

七点:谢医师跳下床来。

七点十分到七点三十分:谢医师在房里做着柔软运动。

八点十分:一位下巴刮得很光滑的,中年的独身汉从楼上走下来。他有一张清癯的,节欲者的脸;一对沉思的,稍含带点抑郁的眼珠子;一个五尺九寸高,一百四十二磅重的身子。

八点十分到八点二十五分:谢医师坐在客厅外面的露台上抽他的第一斗板烟。

八点二十五分:他的仆人送上他的报纸和早点——一壶咖啡,两片土司,两只煎蛋,一只鲜橘子。把咖啡放到他右手那边,土司放到左手那边,煎蛋放到盘子上面,橘子放在前面报纸放到左前方。谢医师皱了一皱眉尖,把报纸放到右前方,在胸脯那儿划了个十字,默默地做完了祷告,便慢慢儿的吃着他的早餐。

八点五十分,从整洁的黑西装里边挥发着酒精,板烟,炭比酸,和咖啡的混合气体的谢医师,驾着一九二七年的Morris跑车往四川路五十五号诊所里驶去。

二

"七!第七位女客……谜……?"

那么地联想着,从洗手盆旁边,谢医师回过身子来。

窄肩膀,丰满的胸脯,脆弱的腰肢,纤细的手腕和脚踝,高度在五尺七寸左右,裸着的手臂有着贫血症患者的肤色,荔枝似的眼珠子诡秘地放射着淡淡的米辉,冷静地,没有感觉似的。

(产后失调?子宫不正?肺痨,贫血?)

"请坐!"

她坐下了。

和轻柔的香味,轻柔的裙角,轻柔的鞋跟,同地走进这屋子来坐在他的紫姜色的板烟斗前面的,这第七位女客穿了暗绿的旗袍,腮帮上有一圈红晕,嘴唇有着一种焦红色,眼皮黑得发紫,脸是一朵惨淡的白莲,一副静默的,黑宝石的长耳坠子,一只静默的,黑宝石的戒指,一只白金手表。

"是想诊什么病,女士?"

"不是想诊什么病;这不是病,这是一种……一种什么呢?说是衰弱吧,我是不是顶瘦的,皮肤层里的脂肪不会缺少的,可以说是血液顶少的人。不单脸上没有血色,每一块肌肤全是那么白金似的。"她说话时有一种说梦话似的声音。远远的,朦胧的,淡漠地,不动声色地诉说着自己的病状,就像在诉说一个陌生人的病状似的,却又用着那么亲切委婉的语调,在说一些家常琐事似的。"胃口简直是坏透了,告诉你,每餐只吃这么一些,恐怕一只鸡还比我多吃一点呢。顶苦的是晚上睡不着,睡不香甜,老会莫名其妙地半晚上醒过来。而且还有件古怪的事,碰到阴暗的天气,或太绮丽了的下午,便会一点理由也没有地,独自个儿感伤着,有人说是虚,有人说是初期肺病。可是我怎么敢相信呢?我还年轻,我需要健康……"眼珠子猛的闪亮起来,可是只三秒钟,马上又平静了下来,还是那么诡秘地没有感觉似的放射着淡淡的光辉;声音却越加朦胧了,朦胧到有点含糊。"许多人劝我照几个月太阳灯,或是到外埠去旅行一次,劝我上你这儿来诊一诊……"微微地喘息着,胸侧涌起了一阵阵暗绿的潮。

(失眠,胃口呆滞,贫血,脸上的红晕,神经衰弱!没成熟的肺痨呢?还有性欲的过度亢进,那朦胧的声音,淡淡的眼光。)

沉淀了三十八年的腻思忽然浮荡起来,谢医师狠狠地吸了口烟,把烟斗拿开了嘴,道:

"可是时常有寒热?"

"倒不十分清楚,没留意。"

(那么随便的人!)

"晚上睡醒的时候,有没有冷汗?"

"最近好像是有一点。"

"多不多?"

"嗳……不像十分多。"

"记忆力不十分好?"

"对了,本来我的记忆力是顶顶好的,在中西念书的时候,每次考书,总在考书以前两个钟头里边才看书,没一次不考八十分以上的……"喘不过气来似的停了一停。

"先给你听一听肺部吧。"

她很老练地把胸襟解了开来,里边是黑色的亵裙,两条绣带娇慵地攀在没有血色的肩膀上面。

他用中指在她胸脯上面敲了一阵子,再把金属的听筒按上去的时候,只觉得左边的腮帮儿麻木起来,嘴唇抖着,手指僵直着,莫名其妙地只听得她的心脏,那颗陌生的,诡秘的心脏跳着。过了一回,才听见自己在说:

"吸气!深深地吸!"

一个没有骨头的黑色的胸脯在眼珠子前面慢慢儿的膨胀着,两条绣带也跟着伸了个懒腰。

又听得自己在说:"吸气!深深地吸!"

又瞧见一个没有骨头的黑色的胸脯在眼珠子前面慢慢儿的胀膨着,两条绣带也跟着伸了个懒腰。

一个诡秘的心剧烈地跳着,陌生地又熟悉地。听着听着,简直摸不准在跳动的是自己的心,还是她的心了。

他叹了口气,竖起身子来。

"你这病是没成熟的肺痨,我也劝你去旅行一次。顶好是到乡下去——"

"去休养一年?"她一边钮上扣子,一边瞧着他,没感觉似的眼光在他脸上搜求着。"好多朋友,好多医生全那么劝我,可是我丈夫抛不了在上海的那家地产公司,又离不了我。他是个孩子,离了我就不能生活的。就为了不情愿离开上海……"身子往前凑了一点:"你能替我诊好的,谢先生,我是那么地信仰着你啊!"——这么恳求着。

"诊是自然有方法替你诊,可是,……现在还有些对你病状有关系的话,请你告诉我。你今年几岁?"

"二十四。"

"几岁起行经的?"

"十四岁不到。"

(早熟!)

"经期可准确?"

"在十六岁的时候,时常两个月一次,或是一月来几次,结了婚,流产了一次,以后经期就难得能准。"

"来的时候,量方面多不多?"

"不一定。"

"几岁结婚的?"

"二十一。"

"丈夫是不是健康的人?"

"一个运动家,非常强壮的人。"

在他前面的这第七位女客像浸透了的连史纸似的,瞧着马上会一片片地碎了的。谢医师不再说话,尽瞧着她,沉思地,可是自己也不知道在想些什么。过了回儿,他说道:

"你应该和他分床,要不然,你的病就讨厌。明白我的意思吗?"

她点了点脑袋,一丝狡黠的羞意静静地在她的眼珠子里闪了一下便没了。

"你这病还要你自己肯保养才好,每天上这儿来照一次太阳灯,多吃牛油,别多费心思,睡得早起得早,有空的时候,上郊外或是公园里去坐一两个钟头,明白吗?"

她动也不动地坐在那儿,没听见他的话似的,望着他,又像在望着他后边儿的窗。

"我先开一张药方你去吃,你尊姓?"

"我丈夫姓朱。"

(性欲过度亢进,虚弱,月经失调!初期肺痨,谜似的女性应该给她吃些什么药呢？）

把开药方的纸铺在前面，低下脑袋去沉思的谢医师瞧见歪在桌脚旁边的，在上好的网袜里的一对脆弱的，马上会给压碎了似的脚踝，觉得一流懒洋洋的流液从心房里喷出来，流到全身的每一条动脉里边，每一条微血管里边，连静脉也古怪地痒起来。

（十多年来诊过的女性也不少了，在学校里边的时候就常在实验室里和各式各样的女性的裸体接触着的，看到裸着的女人也老是透过了皮肤层，透过了脂肪性的线条直看到她内部的脏腑和骨骼里边去的；怎么今天这位女客人的诱惑性就骨蛆似的钻到我思想里来呢？谜——给她吃些什么药呢……）

开好了药方，抬起脑袋来，却见她正静静地瞧着他，那淡漠的眼光里像升发着她的从下部直蒸腾上来的热情似的，觉得自己脑门那儿冷汗尽渗出来。

"这药粉每饭后服一次，每服一包，明白吗？现在我给你照一照太阳灯吧，紫光线特别地对你的贫血症的肌肤是有益的。"

他站起来往里边那间手术室里走去，她跟在后边儿。

是一间白色的小屋子，有几只白色的玻璃橱，里边放了些发亮的解剖刀，钳子等类的金属物，还有一些白色的洗手盆，痰盂，中间是一只蜘蛛似的伸着许多细腿的解剖床。

"把衣服脱下来吧。"

"全脱了吗？"

谢医师听见自己发抖的声音说："全脱了。"

她的淡淡的眼光注视着他，没有感觉似的。他觉得自己身上每一块肌肉全麻痹起来，低下脑袋去。茫然地瞧着解剖床的细腿。

"袜子也脱了吗？"

他脑袋里边回答着："袜子不一定要脱了的。"可是裹裙还要脱了,袜子就永远在白金色的腿上织着蚕丝的梦吗?他的嘴便说着:"也脱。"

暗绿的旗袍和绣了边的褒裙无力地委谢到白漆的椅背上面,袜子蛛网似的盘在椅上。

"全脱了。"

谢医师抬起脑袋来。

把消瘦的脚踝做底盘,一条腿垂直着,一条腿倾斜着,站着一个白金的人体塑像,一个没有羞惭,没有道德观念,也没有人类的欲望似的,无机的人体塑像。金属性的,流线感的,视线在那躯体的线条上面一滑就滑了过去似的。这个没有感觉,也没有感情的塑像站在那儿等着他的命令。

他说:"请你仰天躺到床上去吧!"

(床!仰天!)

"请你仰天躺到床上去吧!"像有一个洪大的回声在他耳朵旁边响着似的,谢医师被剥削了一切经验教养似的慌张起来;手抖着,把太阳灯移到床边,通了电,把灯头移到离她身子十时的距离上面,对准了她的全身。

她仰天躺着,闭上了眼珠子,在幽微的光线下面,她的皮肤反映着金属的光,一朵萎谢了的花似的在太阳光底下呈着残艳的,肺病质的姿态。慢慢儿的呼吸匀细起来,白桦树似的身子安逸地搁在床上,胸前攀着两颗烂熟的葡萄,在呼吸的微风里颤着。

(屋子里没第三个人那么瑰艳的白金的塑像啊!"倒不十分清楚留意"很随便的人性欲的过度亢进朦胧的语音淡淡的眼光诡秘地没有感觉似的放射着升发了的热情那么失去了一切障碍物一切抵抗能力地躺在那儿呢——)

谢医师觉得这屋子里气闷得厉害,差一点喘不过气来。他听见自己的心脏要跳到喉咙外面来似的震荡着，一股原始的热从下面煎上来。白漆的玻璃橱发着闪光，解剖床发着闪光，解剖刀也发着闪光，他的脑神经纤维组织也发着闪光。脑袋涨得厉害。

"没有第三个人！"这么个思想像整个宇宙崩溃下来似的压到身上，压扁了他。

谢医师浑身发着抖，觉得自己的腿是在一寸寸地往前移动，自己的手是在一寸寸地往前伸着。

（主救我白金的塑像啊主救我白金的塑像啊主救我白金的塑像啊主救我白金的塑像啊主救我白金的塑像啊主救我……）

白桦似的肢体在紫外光线底下慢慢儿的红起来，一朵枯了的花在太阳光里边重新又活了回来似的。

（第一度红斑已经出现了！够了，可以把太阳灯关了。）

一边却麻痹了似的站在那儿，那原始的热尽煎上来，忽然，谢医师失了重心似的往前一冲，猛的又觉得自己的整个的灵魂跳了一下，害了疟疾似地打了个寒噤，却见她睁开了眼来。

谢医师咽了口黏涎子，关了电流道：

"穿了衣服出来吧。"

把她送到门口，说了声明天会，回到里边，解松了领带和脖子那儿的衬衫扣子，拿手帕抹了抹脸，一面按着第八位病人的脉，问着病症，心却像铁钉打了一下似的痛楚着。

三

四点钟，谢医师回到家里。他的露台在等着他，他的咖啡壶在等着他，他的图书室在等着他，他的园子在等着他，他的罗倍在等着他。

他坐在露台上面，一边喝着浓得发黑的巴西咖啡，一边随随便便地看着一本探险小说。罗倍躺在他脚下,他的咖啡壶在桌上,他的熄了火的烟斗在嘴边。

树木的轮廓一点点的柔和起来,在枝叶间织上一层朦胧的,薄暮的季节梦。空气中浮着幽渺的花香。咖啡壶里的水蒸气和烟斗里的烟一同地往园子里行着走去,一对缠脚的老妇人似的,在花瓣间消逝了婆娑的姿态。

他把那本小说放到桌上,喝了口咖啡,把脑袋搁在椅背上,喷着烟,白天的那股原始的热还在他身子里边蒸腾着。

"白金的人体塑像!一个没有血色,没有人性的女体,异味呢。不能知道她的感情,不能知道她的生理构造,有着人的形态却没有人的性质和气味的一九三三年新的性欲对象啊!"

他忽然觉得寂寞起来。他觉得他缺少个孩子,缺少一个坐在身旁织绒线的女人;他觉得他需要一只阔的床,一只梳妆台,一些香水,粉和胭脂。

吃晚饭的时候,谢医师破例地去应酬一个朋友的宴会,而且在筵席上破例地向一位青年的孀妇献起殷勤来。

四

第二个月

八点:谢医师醒了。

八点至八点三十分:谢医师睁着眼躺在床上,听谢太太在浴室里放水的声音。

八点三十分:一位下巴刮得很光滑的,打了条红领带的中年绅士和他的太太一同地从楼上走下来。他有一张丰满的脸,一对愉快的眼珠子,一个五尺九寸高,一百四十九磅重的身子。

八点四十分：谢医师坐在客厅外面的露台上抽他的第一枝纸烟（因为烟斗已经叫太太给扔到壁炉里边去了），和太太商量今天午餐的餐单。

九点廿分：从整洁的棕色西装里边挥发着酒精，咖啡，炭化酸和古龙香水的混合气体的谢医师，驾着一九三三年的srudebaker轿车把太太送到永安公司门口，再往四川路五十五号的诊所里驶去。

父 亲

黯淡的太阳光斜铺到斑驳的旧木栅门上面,在门前我站注了,扔了手里的烟蒂儿,去按那古铜色的,冷落的门铃。门铃上面有一道灰色的蛛网,正在想拿什么东西去撩了它的时候,我家的老仆人已经开了那扇木栅门,摆着发霉的脸色,等我进去。

院子里那间多年没放车子的车间陈旧得快倾记下来的样子,车间门上也罩满了灰尘。

屋子里静悄悄的,只听得屋后那条长胡同里有人在喊卖晒衣竹,那嘹亮凄清的声音懒懒地爬过我家的屋脊,在院子里那些青苔上面,在驳落的粉墙上面尽荡漾着,忧郁地。

一个细小的,古旧的声音在我耳朵旁边说:

"家啊!"

"家啊!"

连自己也听不到似的在喉咙里边说着,想起了我家年来冷落的门庭,心里边不由也罩满了灰尘似的茫然起来。

走到楼上，妈愁苦着脸，瞧了我一眼，也没说什么话，三弟扑到桌子上面看报纸，妹子坐在那儿织绒线，脸色就像这屋子里的光线那么阴沉得厉害。

到自己房里放下了带回来的零碎衣服，再出来喝茶时，妈才说：

"你爸病着，进去跟他谈谈吧。"

父亲房里比外面还幽暗，窗口那儿挂着的丝绒窗帏，下半截有些地方儿已经蛀蚀得剩了些毛织品的经纬线。滤过了那窗帏，惨淡的，青灰色的光线照进来，照到光滑的桌面上，整洁的地上，而在一些黑暗的角隅里消逝了它愁闷的姿态。屋子里静谧得像冬天早上六点钟天还没亮透的时候似的。窗口那儿点了枝安息香，灰色的烟百无聊赖地缠绕着，氤氲着一阵古雅的，可是过时了的香味。有着朴实的颜色的红木方桌默默地站在那儿，太师椅默默地站在那儿，镶嵌着云石的烟榻默默地站在那儿，就在那烟榻上面，安息香那么静谧地，默默地躺着消瘦的父亲，嘴唇上的胡髭比上星期又斑白了些，望着烟灯里那朵豆似的火焰，眼珠子里边是颓唐的，暮年的寂寞味。见我进去，缓缓地：

"朝宗没回来？"那么问了一句儿。

"这礼拜怕不会来吧。"

我在他对面坐下了，随便拿着张报看。

"后天有没有例假？"

"也许有吧。"

话到这儿断了。父亲是个沉默的，轻易不大肯说话的人，我又是在趣味上，思想上和他有着敌意的人，就是想跟他谈谈也不容易找到适宜的话题，便那么地静了下来。

我坐在那儿，一面随便地看着报，一面偷偷地从报纸的边上去看父亲的手，那是一只在中年时曾经握过几百万经济权的手，而现在是一只干枯的，皱缩的，时常微微颤抖着的手。便——

"为什么人全得有一个暮年呢？而且父亲的还是多么颓唐的暮年啊！"那么地思索着。

忽然，一个肺病患者的声音似的，在楼下，那门铃嗡地响了起来。

父亲像兴奋了一点似的，翻了个身道：

"瞧瞧是谁。"

我明白他这句话的意思就是"瞧瞧是谁来看我。"他是那么地希望着有人来看他的病啊！就拉开了窗帏，伏在窗口瞧，却见进来的是手里拿着封电灯公司的通知信的我家的老仆人。

"是谁？"父亲又问了一句。

只得坐了下来道："电灯公司的通知信。"

父亲的嘴唇动了几动，喝了口茶，没作声，躺在那儿像在想着什么似的。他有一大串的话想说出来的时候就是那么的，先自己想一下。父亲是一个十足的理智的人；他从不让他的情感显露到脸上来，或是到言语里边来，他从不冲动地做一件事，就是喝一杯茶也先考虑一下似的。我便看着他，等他说话。

过了一回儿，他咳嗽了一声儿——

"人情真的比纸还薄啊！"那么地开了头；每一个字，每一个句子全是那么沉重地，迟缓地，从他的嘴唇里边蜗牛似的爬了出来："从前我只受了些小风寒，张三请中医，李四请西医，这个给煎药，那个给装烟，成天你来我去的忙得什么似的。现在我病也病了半年了，只有你妈闲下来给我装筒烟，敬芳师父，我总算没荐错了这个人，店里没事，还跑来给我请下安，煎帖药。此外还有哪个上过我家的门？连我一手提拔起来的那些人也没一个来过啊！他们不是不知道。"父亲的话越来越沉重，越来越迟缓，却是越来越响亮，像是他的灵魂在喊叫着似的。"在我家门口走过的时候总有的，顺便拐进来，瞧瞧我的病，又不费力气，又不费钱财。外面人别说，单瞧我家的亲戚本家吧，嫡亲的堂兄弟，志清——"忽然咽住了话，喝了口茶，才望着天花板："我还是我，人还是那么个人，只是现在倒霉了，是个过时人罢咧！真是人情比纸薄啊！"便闭上了眼珠子，嘴唇颤抖着不再说话。

默默地我想着做银行行长时的，年轻的父亲，做钱庄经理时的，精明的父亲，做信托公司总理时的，有着愉快的笑容的父亲，做金业交易所经纪人时的，豪爽的父亲，默默地想着每天有两桌客人的好日子，打牌抽头抽到三百多元钱的好日子，每天有人来替我做媒的好日子，仆人卧室里挤满了车夫的好日子；默默地我又想着门铃那儿的蛛网，陈旧得快要倾圮下来的车间，父亲的迟缓的，沉重的感慨，他的干枯的，皱缩的手。

父亲喉咙那儿咽的响了一声儿，刚想抬起脑袋来，却见他的颤抖着的手在床沿那儿摸索那块手帕，便又低下脑袋去。

我不敢再抬起脑袋来，因为我不知道他咽下去的是茶，是黏涎子，是痰，还是泪水；我不敢抬起脑袋来，因为知道闭着眼躺在烟榻上的是一个消沉的，斑白了头发的，病着的老父。

"暮年的寂寞啊！"

坐在那儿，静静地听着父亲的年华，和他的八角金表一同地，扶着手杖，拖着艰难的步趾嗒嗒地走了过去，感情却铅似的沉重起来，灰黯起来。

差不多每个星期尾全是在父亲的病榻旁边消磨了的。

看着牢骚的老父病得连愤慨的力气也没有，而自己又没一点方法可以安慰他，真是件痛苦的事。后来，便时常接连着几个礼拜不回去，情愿独自个儿留在宿舍里边。人到底不是怎么勇敢的动物啊！可是一想起寂寞的，父亲的暮年，和秋天的黄昏么地寥落的我家，总暗暗地在心里流过一丝无可奈何的怅惘。

"父亲啊！"

"家啊!"

低低地叹息着。

有时便牺牲了一些绮丽的下午,孩子气的游伴,去痛苦地坐到父亲的病榻边,一同尝受着那寂寞味,因为究竟我也是个寂寞的人,而且父亲是在悠远的人生的路上走了五十八年,全身都饱和了寂寞与人生苦的。

每隔一礼拜,或是两礼拜回到家里,进门时总那么地想着:"又是两礼拜了,父亲的病该好了些吧?"

可是看到了父亲,心里又黯淡起来,有的时候觉得父亲的脸色像红润了些,有的时候却又觉得他像又消瘦了些,只是精神却一次比一次颓唐,来探望他的亲戚也一次比一次多了。父亲却因为陪他谈话的人多,也像忘了他的感慨似的,一次比一次高兴。

每次我回来,妈总恳求似的问我:

"你瞧爸的脸色比前一次可好看些吗?"

"我瞧是比前次好些了。"

"你爸这病许多人全说讨厌,你瞧怎么才好呢!"

妈的眼皮慢慢儿红起来:

"你瞧,怎么好呢?"

低低抽咽着,不敢让父亲听到。

虽然我的心是那么地痛楚着,可是总觉得妈是多虑。那时我是坚决地相信父亲的病会好起来的。

"老年人精力不足,害些小病总有的吧。"那么安慰着妈,妈却依旧费力地啜泣着,爸在里边喊了她一声,才连忙擦干了眼泪,跑了进去。

"妈真是神经过敏!"我只那么地想着。

那时我真的不十分担忧,我从来不觉得父亲已经是五十八岁的老年人，在我记忆上的父亲老是脸色很红润，一脑袋的黑头发，胡髭刮得很干净的，病着的父亲的衰老的姿态在我印象里没多坚固的根据，因为父亲从来没有老年人昏庸的形状，从来不多说半个字，他的理智比谁都清澈。那时我只忧虑着他脸上的没有笑劲儿——父亲脸上的笑劲儿已经不见了七八年了，可是我直到最近才看出来。

"可是没有笑劲儿有什么关系呢？老年人的尊严，或是心境不好，或是忧虑着自己的病……"只那么毫不在意地想着。

快放假的那个月，因为预备大考，做报告，做论文，整理笔记，空下来就在校园里找个朋友坐在太阳里谈些年轻人的事，饭后在初夏的黄昏里吹吹风，散散步，差不多有一个多月没回去。有时二弟从家里回学校来，我问他：

"爸的病好了些吗？"

"还是那个模样。"

父亲的病没利害起来，也就没放在心上，这一个多月，差不多把那些铅似的情绪洗刷净了，每天只打算着出了学校后的职业问题。

放假的那天，把行李交给二弟先叫车到家里，我去看了一次电影，又和朋友们吃了会点心。在饭店里谈了一回，直坐到街上全上了灯才回家。家里好像热闹了一些，一个堂房的婶娘，一个姑表姊，还有个姨娘全在楼上坐着轻声地讲着话。几个堂兄弟围着桌子在那儿瞧我带回来的，学校里的年刊。妈蹲在地上，守着风炉在给父亲煎药。我问妈：

"爸的病好了点儿吗？"

妈出神地蹲在那儿，没回答我的话。别的人也像没听见我的话似的，只望了我一眼，全那么古怪地像在想着什么似的。

走到父亲房里，伯父和一个远房的堂叔，还有一个姑表兄弟在那儿和父亲谈最近的金子跌潮，我便坐着听他们讲话。父亲的精神像比从前健朗了些，正在那儿讲这一次跌风的来源和理由。人是瘦得不像了，脸上只见一个个窟窿，头发，胡髭，眉毛全没有了润泽的光彩，一根根地竖了起来。从袖口里望进去，父亲的手臂简直是两根细竹竿撑着一层白纸，还是那么歇斯底里地颤抖着。他很平静的，和平日一样地讲着话：

"三月里我就看到了，那时我跟伯元他们说，叫他们做空头，尽管卖出，到五月马上会跌。他们不信，死也不肯做空头。"这时候他咳嗽起来，咳得那么厉害，脸上的筋全暴出来，肌肉全抽搐着。咳了好一回，就咳不出痰来，只空咳着，真的，父亲连咳嗽的力气都没了，我只听得他喉咙那儿发着空洞的咳声，一只锈坏了的钟似的。伯父跑到外面在父亲的，黄色的磁茶壶里冲了热茶，拿进来给他喝了几口才算停止了咳嗽。父亲闭着眼喘息了一会，才接下去："真是气数，失了势的人连说句话也没人听的！"那么深长地叹息了一下。

大家全默默地坐着，不说一句话，因为父亲是一个个性很刚强的人，五十八年来，从不希冀人家的一丝同情——他是把怜悯当做侮辱的。可是他们不知道这半年来缠绵的病已经叫他变成一个神经质的，感伤的弱者了。他躺在那儿，艰苦地忍耐着他的伤感，我可以看到他的嘴唇痉挛着，那么困难地喘着气。他不动，也不说话，只那么平静地望着烟灯，可是他的眼珠子里边显露了他的整个的在抽咽着的灵魂。

我走了出来，我不能看一个庄严的老年人的受难。我走到外面，对妈说预备去赴校长和教授的别宴。

"别去了吧，爸那么地病着！你一个多月没回来了，爸时常挂念着你，今天刚回来，还不陪你爸坐一晚上？"

"要去的！"在妈前面，我老是那么孩子气地固执着。

"何必一定要去呢，你爸那么地病着？"

"为什么不去呢？"

忽然——

"去，让他去！现在也没有什么爸不爸了！"

在里边，出乎意外地，父亲像叱责一个窃贼似的，厉声地嚷了起来。

父亲从来没那么大声地说过话，更不用说那么厉声地叱责他的儿子了，从来没人见到过他恼得那么厉害，而且又不是怎么值得恼，会叫素来和蔼可亲，不动声色的他恼得大声地嚷起来。这反常的，完全出乎意外的叱责把屋子里的人全惊住了。我是诧异得不知怎么才好地怔在那儿望着妈。

"何必为那些小事动肝火啊！"是伯父的声音。

"你的爸快病死了，你去……你去！"

更出乎意外地，父亲突然抽抽咽咽地哭出声来，一个孩子似的。

屋子里悄悄地只听得他苍老的声音，有气没力地抽咽着，过了一回又咳嗽了起来，咳得那么厉害，咳了半天才慢慢儿的平静了一下，低低地呻吟着，一只疲倦的老牛的叹息声似的，弥漫了这屋子。

许多埋怨的眼光看着我，我低下了脑袋，我的心脏为着那一起一落的呻吟痛楚着，一面却暗暗地憎恨父亲不该那么不留情面地叫人难堪，一面却也后悔刚才不应该那么固执。我知道我刚才刺痛了他的心，他是那么寂寞，他以为他的儿子都要抛弃他了。

到这时候，大家才猛的醒过来似的，倒茶的倒茶，拿汤药的拿汤药，全零落地跑到父亲房里去，只有那个姑表的小梅姊躺在外面的烟铺上，呆呆地望着我。我想进去又不敢，只怕父亲见了我，又触动了气。沉重的呻吟一阵阵地传了出来，我的身子一阵阵地发着抖，那么不幸地给大家摈弃了似的，坐在那儿想到三年前在外面浪游了两个多月，半身债半身病的跑回家来，父亲也是那平静地躺在烟铺上，那时他只——

"你那么随便跟酒肉朋友在外面胡闹，可知道家里是替你多么担着心啊！"很慈祥地说了一句，便吩咐我在家里住两个礼拜，养好了病，才准回学校去。

"怎么今天会那么反常地动着肝火呢？"好像到现在才明白父亲是病得很厉害了似的，慌张了起来。

模模糊糊地我看见小梅姊从烟铺那儿走过来，靠到桌子旁边，瞧了我一会，于是又听见她轻轻的对我说：

"你瞧，二舅舅的病怎么样？不相干吧？"

我看着她，我不明白她的意思。

"我看这病来得古怪，顶多还有五六天罢咧。二舅母现在是混的，不会知道，我也不能跟她说。你应该拿定主意，快办后事吧。"

我不懂，我什么也不懂，我不明白她是谁，我不明白她是说的什么话，我没有了知觉，没有了思虑，只茫然地望着她。忽然，我打了个寒噤，浑身发起抖来，只一刹那，我明白了，我什么都明白了，我明白她是谁，我明白她在说的什么话。一阵不可压制的，莫名其妙的悲意直冲了上来，我的嘴唇抽搐着，脑袋涨得发热，突然地我又觉得自己什么也不明白了。我一股劲儿的冲到自己房里，锁上了门，倒在床上。好半天，才听见自己在哭着，那么伤心地，不顾羞耻地哭着，才觉得一大串一大串的眼泪从腮帮儿那儿挂下去，挂到耳根上，又重重地掉在枕上；才听见妈在外面：

"朝深！朝深！"那么地嚷着。

静静地听了一会，又莫名其妙地伤心起来，在床上，从这边滚到那边，那边滚到这边，淘气的孩子似的哭得透不过气来。

不知道什么时候，她弄开了门，走了进来，坐在床沿那儿，先只劝着我：

"别那么哭，你爸听着心里难受的。"

慢慢儿的她的眼皮儿红起来了，眼泪从眼角那儿一颗颗的渗了出来。我却静静地瞧着她，瞧着她，尽瞧着她。我瞧着那眼泪古怪地挂下来，我瞧着她从口袋里掏出手帕来，我瞧着她伤心地抽咽着。可是我又模糊起来,我好奇地瞧着她的眼泪,一颗颗的渗出来,一颗颗地,那么巧妙地滴到床巾上,渗到那棉织物里边。

"多么滑稽啊!"那么地想着。

我想笑,可是心脏却怎么也不肯松散下来,每一根中枢神经的纤维组织全那么紧紧地绷着,只觉得笑意在嘴边溜荡着,嘴却抽搐着,怎么也不让这笑意浮上来。

躺着,躺着,瞧那天色慢慢儿的暗下来,一阵瞌睡顺着腿往上爬,一会儿我便睡熟了。

"医生来了!"楼下,老仆人大声地喊。

我猛的跳了起来,腿却疲倦得发软,在床边坐了一回儿,才慢慢儿的想起了刚才的事,不由有点儿好笑。

"神经过敏啊!可是爸真的会病死了吗?真的会病死了吗?"——不信地。

走到外面,医生已经坐在那儿抽雪茄,父亲,两只手扶着二弟的肩膀,脑袋靠着他的脊梁,呻吟着,一个非常老了的人似的,一步步地在地板上面拖着,妈在旁边扶着,走到门槛那儿,他费力地想提起腿来跨过门槛,可是怎么也跨不过去。妈说:

"还是回进去,请医生到房里来诊吧。"

父亲一面喘着气,一面摇着脑袋,还是拼命地想跨过门槛来。我连忙赶上去,一只手托着他的肋骨,一只手提着他的腿,好容易才跨过了门槛。父亲穿着很厚的丝棉袍子,外面再罩着件团龙的丝绒背心,隔着那件袍子,在我手上托着的是四条肋骨,摸不到一点肉,也摸不到一层皮,第一次我知道父亲真的是消瘦得连一点肉也没有。走着走着,在我眼前的父亲像变成纸扎人似的。

"父亲真的会病死了吗?真的会病死了吗?"又那么地问着自己,不信地。

坐到医生前面，父亲脑袋枕着自己的手臂，让他诊了脉，看了舌苔，还那么地问着医生：

"你瞧这病没大干系吧？"一面在嘴上堆着笑劲儿。父亲跟谁讲话，总是这么在脸上堆着笑劲儿的，可是不知怎么的我总觉得他的笑脸像是哭脸。

"病是不轻……"医生微微地摇着脑袋，一面瞧着他，怀疑似的。

"总可以好起来吧？"

父亲是那么地渴望着生啊！他是从来不信自己会死的；他是个倔强的人，在命运压迫下，颓唐地死了，他是怎么也不愿意的。

"总会好起来吧！"医生那么地说了一句，便念着脉案，让坐在对面的门生抄下来。

父亲坐在那儿静静地听着他念，听了一回儿忽然连接着打起嗝来，一边喘着气，枕着自己的手臂。妈便说：

"到里边去躺着吧。"

父亲不作声。

"请进去吧，不必客气，请随便吧。"

等医生那么说了，父亲才撑着桌子站了起来：

"那么，对不起，我失陪了。"很抱歉地说着，吩咐了我站在外面伺候医生，才叫二弟扶着走到里边去。

父亲是那么地不肯失礼，不肯马虎的一个古雅的绅士；那么地不肯得罪人家，那么精细的一个中国商人——可是为什么让他生在这流氓的社会里呢？为什么呢？他的一生只是受人家欺骗，给人家出卖，他是一个历尽世故的老人，可是他还有着一颗纯洁的，天真的，孩子的心；他的暮年是那么颓唐，那么地受人奚落，那么地满腹牢骚，却从不责怪人家，只怪自己心肠太好。天哪，为什么让那么善良的灵魂在这流氓的社会里边生长着啊！

医生开了药方，摇着他的大扇子道：

"这是心病，要是今年正月里开头调理起来还不嫌迟，现在是有点为难了，单瞧这位老先生头发全一根根的竖了起来，这是气血两衰，津液已亏，再加连连打嗝，你们还是小心些好。"

听了他的话，妈便躺在烟铺上哭了起来，我一面送他下楼梯，一面却痛恨着他，把他送到门口：

"爸真的会病死了吗？那么清楚的人怎么一来就能死呢？"那么地想着走了上来，到父亲房里，只见他闭着眼躺在那儿，一个劲儿的打嗝，打一个嗝，好好地躺着的身子便跳一下，皱着眉尖，那么痛苦地。

我瞧着他，心脏又紧缩起来了，可是怎么也不肯相信父亲那么一病就会病死了的，这简直是我不能了解的事。

父亲的嗝越打越厉害，一个紧似一个，末了，打着打着便猛的张开了嘴没了气，眼珠子翻了上去，眼皮盖住了一大半的眼球，瞳人停住在眼皮里边不动了，脑袋慢慢儿的从枕头上面滑下来，连忙"爸！爸！"地叫着他，才像从睡梦里给叫回来似的睁了睁眼，把脑袋重新放到枕上面，闭上了嘴，轻轻地打着嗝，过了一会儿，猛的打了个嗝，张开了嘴，眼珠子又翻了上去。又连忙叫着他，才又忽然跳了一下似的醒了过来，他是那么痛苦地，那么困难地在挣扎着，用他的剩余的生命力，剩余的气息。那时我才急了起来，死盯住他的眼珠子看着，各种各样的希望，各种各样的思想混合酒似的在我神经那儿混和着。我想跪下来祈祷，我想念佛，我想啮住父亲的人中，我想尽了各种传说的方法，可是全没做，只发急地盯住他的眼珠子，捉住了他的手，手已经冷了，冰似的，脉息也没了，浮肿着，肌色很红润地。许多人全跑了进来，站在床边，不动也不说话。妈只白痴似的坐在床沿那儿摸着他的手，替他搓着胸口，一面悄悄地淌着眼泪。

我听见了死神的翅膀在拍着，我看见黑色的他走了进来，我看见他站到父亲床边，便恳求着他，威吓着他，我对他说着，也对自己说着：

"果真一个人就能那么地死了吗？一个善良的灵魂？"

差不多挨了一个半钟头，父亲的嗝才停止了，呼吸平静了下来，平和地，舒服地躺在那儿。

"好了！不相干了！人是不能就那么地死了的。"

我摸着他的脚，脚像一块冰，摸着他的手，手还是冰似的没有脉搏，顺着手臂往上摸，到胳膊肘那儿，皮肤慢慢儿的暖了起来，在我触觉下的父亲的皮是枯燥的瑞典纸，骨骼的轮廓的有着骷髅的实感，那么地显明啊。

父亲的眼珠子忽然睁了开来，很有精神的人似的：

"笨小子！这地方儿也能冷了吗？"

我差一点跳了起来，他醒了，清醒了，不会死了，全身的骨节全松散起来，愉快起来。

父亲慢慢儿的在站着的人的脸上瞧了一瞧，道：

"你们的伯父呢？"

"在楼下。"不知道哪个说。

我连忙跑下去，跑到楼下，却见伯父正拿着父亲的鞋子叫仆人照这大小去买靴，院子里放了纸人纸马，还有纸轿锡箔，客堂上面烧着两枝大红烛。

"傻子呢！人也清醒了！"暗暗地笑着，把伯父叫了上去。

"兆文！兆文！"在父亲的耳朵旁边伯父轻轻地叫着。

父亲慢慢儿的睁开眼来道："把我的枕头垫高些。"

二弟捧着他的脑袋，我给加了个枕头，父亲像舒服了些似的叹了口气，闭上了眼珠子，又像睡过去了，他的脑袋一点点的从枕头那儿滑下来，滑到床巾上，于是又睁开眼来：

"怎么把我的枕头拿了呢？"声音微弱到听不见似的。

我们捧着他的脑袋给放在枕头上面,他又闭上了眼珠子,妈便凑在他耳朵旁边说道:

"大伯在这儿……"

"噢!"猛的睁开眼来,瞧了瞧我们,又静静地瞧了回伯父,想说什么话似的,过了一回,才说:"没什么,我想怎么不见他。"

"爸,你想抽烟吗?我喷给你,可好?"妈坐在床上,捧着他的脑袋。

"不用!"父亲非常慢地回过脑袋来,瞧着她,瞧着她,尽瞧着她,忽然他的眼珠失去了光彩,呆呆地停住在那儿。

"爸!爸!"妈发急地叫着。

父亲不作声,眼皮儿慢慢儿的垂了下来,盖住了眼珠子,妈招着手叫我们上去喊他。

"爸!"

"爸!"

于是他的脸痉挛着,他的嘴动着动着,想说什么话似的。我看得出他是拼命地在挣扎。

"爸!"

"爸!"

于是他的嘴抽搐着,忽然哭了出来,没有声音,也没有眼泪,两挂鼻涕从鼻子里边淌出来,脑袋从妈手里跌到床上,他的嘴闭上了,眼也闭上了,垂着脑袋,平静地,像一个睡熟了的人似的。

"真的就那么地死了吗?"

天坍了下来,坍到我一个人脑袋上面,我糊糊涂涂的跑了开去,坐在地上,看他们哭,看他们替他着衣服,我什么也不明白,什么也不想,我不懂什么是死,什么是生,我只古怪地坐在地上,没有眼泪,也没有悲哀,完全一个白痴似的。

每天,我们母子五个人静静地坐着,没一个吊客来,也没一个亲戚来,只有我们五个孤独的灵魂在初夏的黄昏里边默默地想着父亲。

从前,这时候,门铃响了一下,老仆人开了门,咳嗽着走了进来的是父亲,我们听得出他的脚声,他的咳嗽,他的一切,对于我们,是那么地熟悉的。

没有了咳嗽,没有了门铃,每天到这时候,门铃响了一下,便——

"爸啊!"

"爸啊!"

"爸啊!"

那么地怀念着父亲。

我们怎么也不相信父亲是已经死了,总觉得他在外面没回来似的,听到一声咳嗽,一声门铃,五颗心就跳了起来。

"爸啊!"

"爸该回来了吧!"

我们五个人,每个黄昏里边,总静静地坐在幽暗的屋子里等着,等那永远不会回来了的父亲,咳嗽着,一个非常老了的人似的撑着楼梯那儿的扶手一步步地走上来,和一张慈祥的脸,一个亲切的声音一同地。

一九三三年十一月三日

旧 宅

谕南儿知悉：我家旧宅已为俞老伯购入，本星期六为其进屋吉期，届时可请假返家，同往祝贺。切切。

父字十六日

读完了信，又想起了我家的旧宅，便默默地抽一支淡味的烟，在一种轻淡的愁思里边，把那些褪了色的记忆的碎片，一片片地捡了起来。

旧宅是一座轩朗的屋子，我知道这里边有多少房间，每间房间有多少门，多少灯，我知道每间房间墙壁上油漆的颜色，窗纱的颜色，我知道每间房间里有多少钉——父亲房间里有五枚，我的房间有三枚。本来我的房间里是一枚也没有的，那天在父亲房间里一数有五枚钉，心里气不过，拿了钉去敲在床前地板上，刚敲到第四枚，给父亲听见了，跑上来打了我十下手心，吩咐下次不准，就是那么琐碎的细事也还记得很清楚。

还记得园子里有八棵玫瑰树，两棵菩提树，还记得卧室窗前有一条电线，每天早上醒来，电线上总站满了麻雀，冲着太阳歌颂着新的日子，还记得每天黄昏时，那叫做根才的老园丁总坐在他的小房子里吹笛子，他是永远戴着顶帽结子往下陷着点儿的，肮脏的瓜皮帽的。还记得暮春的下午，时常坐在窗前，瞧屋子外面那条僻静的路上，听屋旁的田野里杜鹃的双重的啼声。

那时候我有一颗清静的心，一间清净的，奶黄色的小房间。我的小房间在三楼，窗纱上永远有着电线的影子。白鸽的影子，推开窗来，就可以看到青天里一点点的，可爱的白斑痕，便悄悄地在白鸽的铃声里怀念着人鱼公主的寂寞，小铅兵的命运。

每天早上一早就醒来了，屋子里静悄悄的没一点人声，只有风轻轻地在窗外吹着，像吹上每一片树叶似的。躺在床上，把枕头底下的《共和国民教科书》第五册掏出来，低低地读十遍，背两遍，才爬下床来，赤脚穿了鞋子走到楼下，把老妈子拉起来叫给穿衣服，洗脸。有时候，走到二层楼，恰巧父亲们打了一晚上牌，还没睡，正在那儿吃点心，便给妈赶回来，叫闭着眼睡在床上，说孩子们不准那么早起来。睡着睡着，捱了半天，实在捱不下去了，再爬起来，偷偷的掩下去，到二层楼一拐弯，就放大了胆达达的跑下去：

"喝，小坏蛋，又逃下来了！"妈赶出来，一把抓回去，打了几下手心才给穿衣服。

跟着妈走到下面，父亲就抓住了给洗脸，闹得一鼻子一耳朵的胰子沫，也不给擦干净。拿手指挖着鼻子孔，望着父亲不敢说话。大家全望着笑。心里气，又不敢怎么着，把胰子沫全抹在妈身上，妈笑着骂，重新给洗脸，叫吃牛奶。吃了牛奶，抹抹嘴，马上就背了书包上学校；妈总说：

"傻子，又那么早上学校去了，还只七点半呢。"

晚上放学回去，总是一屋子的客人，烟酒，和谈笑。父亲总叨着雪茄坐在那儿听话匣子里的"洋人大笑",听到末了,把雪茄也听掉了,腰也笑弯了,一屋子的客人便也跟着笑弯了腰。父亲爱喝白兰地,上我家来的客人也全爱喝白兰地;父亲爱上电影院,上我家来的客也全爱上电影院;父亲信八字,大家就全会看八字。他们会从我的八字里边看出总统命来。

"世兄将来真是了不得的人物!我八字看多了,就没看见过那么大红大紫的好八字。"

父亲笑着摸我的脑袋,不说话;他是在我身上做着黄金色的梦呢。每天晚上,家里要是没有客人,他就叫我坐在他旁边读书,他闭着眼,抽着烟,听着我。他脸上得意的笑劲儿叫我高兴得一遍读得比一遍响。读了四五遍,妈就赶着叫我回去睡觉。她是把我的健康看得比总统命还要重些的。妈喜欢打牌,不十分管我,要父亲也别太管紧了我,老跟父亲那么说:

"小孩子别太管严了,身体要紧,读书的日子多着呢!"

父亲总笑着说:"管孩子是做父亲的事情,打牌才是你的本分。"

真的,妈的手指是为了骨牌生的,这么一来,父亲的客人就全有了爱打牌的太太。我上学校去的时候,她们还在桌子上做中发白的三元梦;放学回来,又瞧见她们精神抖擞地在那儿和双翻了。走到妈的房间里边,赶着梳了辫子的叫声姑姑,见梳了头的叫声丈母;那时候差不多每一个女客人都是我的丈母,这个丈母搂着我心肝,乖孩子的喊一阵子,那个丈母跟我亲亲热热的说一回话,好容易才挣了出来,到祖母房间里去吃莲心粥。是冬天,祖母便端了张小椅子放在壁炉前面,叫我坐着烤火,慢慢儿地吃莲心粥。天慢慢儿地暗下来,炉子里的火越来越红了,我有了一张红脸,祖母也有了一张红脸,坐在黑儿里这喃喃地念佛,也不上灯。看看地上的大黑影子,再看看炉子里烘烘地烧着的红火,在心里边商量着还是如来佛大,还是玉皇大帝大;就问祖母:

"奶奶，如来佛跟玉皇大帝谁的法力大？"

祖母笑说："傻子，罪过。"

便不再作声，把地上躺着的白猫抱上，叫睡在膝盖儿上不准动，猫肚子里打着咕噜，那只大钟在后边儿嗒嗒地走，我静静儿的坐着，和一颗平静空寂的心脏一同地。

是夏天，祖母便捉住我洗了个澡，扑得我一脸一脖子的爽身粉，拿着莲心粥坐到园子里的菩提树下，缓缓地挥着扇子。躺在藤椅上，抬起脑袋来瞧乌鸦成堆的打紫霞府下飞过去。那么寂静的夏天的黄昏，藤椅的清凉味，老园丁的幽远的笛声，是怎么也不会忘了的。

一颗颗的星星，夜空的眼珠子似的睁了满天都是，祖母便教我数星：

"牛郎星，织女星，天上有七十六颗扫帚星，八十八颗救命星，九十九颗白虎星……"

数着数着便睡熟在藤椅里了，醒来时却睡在祖母床上，祖母坐在旁边，拿扇子给我赶蚊子，手里拿着串佛珠，打翻了一碗豆似的，悉悉地念着心经。我一动，她就接着我叫慢着起来说：

"刚醒来，魂灵还没进窍呢。"

便静静地躺在床上。

那只大灯拉得低低的压在桌子上面，灯罩那儿还扎了条大手帕，不让光照到我脸上。桌子上面放了一脸盆水。数不清的青色的小虫绕着电灯飞，飞着飞着就掉到水里边。那些青色的小虫都是我的老朋友，我天天瞧它们绕着灯尽飞，瞧它们糊糊涂涂地掉到水里边。祖母房间里的东西全是我的老朋友，到现在我还记得它们的脸，它们的姿态的：床上的那只铜脚炉生了一脸的大麻子，做人顶诚恳，跟你讲话就像要把心掏出来你看似的；挂在窗前的那柄纱团扇有着轻佻的身子；那些红木的大椅子，大桌子，大箱大柜全生得方头大耳，挺福相的。

躺到七点钟模样，才爬起来，到楼上和妈一同吃饭，每天晚餐里总有火腿汤的。因为我顶爱喝火腿汤，吃了饭，就独自个儿躲在房间里，关上了房门，爬在桌子底下，把一些家私掏出来玩着。我有一只小铁箱，里边放了一颗水晶弹子，一张画片，一只很小的金元宝，一块金锁片，一只水钻的铜戒指，一把小手枪，一枚针——那枚针是我的奶妈的，她死的时候，我便把她扎鞋帮的针偷了来，桌子底下的墙上有一个洞，我的小铁箱就藏在这里边，外面还巧妙地按了层硬纸，不让人家瞧见里边的东西。

抓抓这个，拿拿那个，过了一回，玩倦了，就坐在桌子底下喊老妈子。老妈子走了进来，一面咕噜着：

"这么大的孩子，还要人家给脱衣服。"一面把我按在床上，狠狠的给脱了袜子，鞋子，放下了帐子，把床前的绿纱灯开了，就走了。

躺着瞧那绿纱里的一朵安静的幽光，朦胧地想着些夏夜的花园，笛声，流水，月亮，青色的小虫，又朦胧地做起梦来。

礼拜六，礼拜天，和一些放假的日子也待在家里，那些悠长的，安逸的下午，我总坐在园子里，和老园丁，和祖母一同地；听他们讲一些发了霉的故事，笑话，除了上学校，新年里上亲戚家里拜年，是不准走到这屋子外面去的。我的宇宙就是这座屋子，这座屋子就是我的宇宙，就为了父亲在我身上做着黄金色的梦：

"这孩子，我就是穷到没饭吃，也得饿着肚子让他读书的。"那么地说着，把我当了光宗耀祖的千里驹，一面在嘴犄角儿那儿浮上了得意的笑。父亲是永远笑着的，可是在他的笑脸上有着一对沉思的眼珠子。他是个刚愎，精明，会用心计，又有自信力的人。那么强的自信力！他所说的话从没一句错的，他做的事从没一件错的。时常做着些优美的梦，可是从不相信他的梦只是梦；在他前半世，他没受过挫折，永远生存在泰然的心境里，他是愉快的。

母亲是带着很浓厚的浪漫谛克的气分的,还有些神经质。她有着微妙敏锐的感觉,会听到人家听不到的声音,看到人家看不到的形影。她有着她自己的世界,没有第二个人能跑进去的世界,可是她的世界是由舒适的物质环境来维持着的,她也是个愉快的人。

祖母也是个愉快的人,我就在那些愉快的人,愉快的笑声里边长大起来。在十六岁以前,我从不知道人生的苦味。

就在十六岁那一年,有一天,父亲一晚上没回来。第二天,放学回去,屋子里静悄悄的没一点牌声,谈笑声,没一个客人,下人们全有着张发愁的脸。父亲独自个儿坐在客厅里边,狠狠地抽着烟,脸上的笑劲儿也没了,两圈黑眼皮,眼珠子深深地陷在眼眶里边。只一晚上,他就老了十年,瘦了一半。他不像是我的父亲;父亲是有着愉快的笑脸,沉思的眼珠子,蕴藏着刚毅坚强的自信力的嘴的。他只是一个颓丧,失望的陌生人。他的眼珠子里边没有光,没有愉快,没有忧虑,什么都没有,只有着白茫茫的空虚。走到祖母房里,祖母正闭着眼在那儿念经,瞧我进去,便拉着我的手,道:

"菩萨保佑我们吧!我们家三代以来没做过坏事呀!"

到母亲那儿去,母亲却躺在床上哭。叫我坐在她旁边,唠唠叨叨地,跟我诉说着:

"我们家毁了!完了,什么都完了!以后也没钱给你念书了!全怪你爹做人太好,太相信人家,现在可给人家卖了!"

我却什么也不愁,只愁以后不能读书;眼前只是漆黑的一片,也想不起以后的日子是什么颜色。

接着两晚上,父亲坐在客厅里,不睡觉也不吃饭,也不说话,尽抽烟,谁也不敢去跟他说一声话;妈躺在床上,肿着眼皮病倒了。一屋子的人全悄悄的不敢咳嗽,踮着脚走路,凑到人家耳朵旁边低声地说着话。第三天晚上,祖母哆嗦着两条细腿,叫我扶着摸到客厅里,喊着父亲的名字说：

"钱去了还会回来的，别把身体糟坏了。再说，英儿今年也十六岁了，就是倒了霉，再过几年，小的也出世了，我们家总不愁饿死。我们家三代没做过坏事啊！"

父亲叹了口气，两滴眼泪，蜗牛似的，缓慢地，沉重地从他眼珠子里挂下来，流过腮帮儿，笃笃地掉到地毡上面。我可以听到它的声音，两块千斤石跌在地上似的，整个屋子，我的整个的灵魂全振动了。过了一回，他才开口道：

"想不到的！我生平没伤过阴，我也做过许多慈善事业，老天对我为什么那么残酷呢！早几天，还是一屋子的客人，一倒霉，就一个也不来了。就是来慰问慰问我，也不会沾了晦气去的。"

又深深地叹息了一下。

"世界本来是那么的。色即是空，空即是色——菩萨保佑我们吧！"

"真的有菩萨吗？嘻！"冷笑了一下。

"胡说！孩子不懂事。"祖母念了声佛，接下去道："还是去躺一回吧。"

八十多岁的老母亲把五十多岁的儿子拉着去睡在床上，不准起来，就像母亲把我按在床上，叫闭着眼睡似的。

上了几天，我们搬家了。搬家的前一天晚上，我把桌子底下的那只小铁箱拿了出来，放了一张纸头在里边，上面写着：

"应少南之卧室，民国十六年五月八日"，去藏在我的秘密的墙洞里，找了块木片把洞口封住了；那时原怀了将来赚了钱把屋子买回来的心思的。

搬了家，爱喝白兰地的客人也不见了，爱上电影院的客人也不见了，跟着父亲笑弯了腰的客人也不见了，母亲没有了爱打牌的太太们，我没有了总统命，没有了丈母，没有奶黄色的小房间。

每天吃了晚饭，屋子里没有打牌的客人，没有谈笑的客人，一家人便默默地怀念着那座旧宅，因为这里边埋葬了我的童年的愉快，母亲的大三元，祖母的香堂，和父亲的笑脸。只有一件东西父亲没忘了从旧宅里搬出来，那便是他在我身上的金黄色的梦。抽了饭后的一支烟，便坐着细细地看我的文卷，教我学珠算，替我看临的黄庭经。时常说："书算是不能少的装饰品，年纪轻的时候，非把这两件东西弄好不可的。"就是在书算上面，我使他失望了。临了一年多黄庭经，写的字还像爬在纸上的蚯蚓，珠算是稍为复杂一点的数目便会把个十百的位置弄错了的。因为我的书算能力的低劣，对我的总统命也怀疑起来。每一次看了我的七歪八倒的字和莫名其妙的得数，一层铅似的忧郁就浮到他脸上。望着我，尽望着我；望了半天，便叹了口气，倒在沙发里边，揪着头发：

"好日子恐怕不会再回来了！"

我不敢看他的眼珠子，我知道他的眼珠子里边是一片空白，叫我难受得发抖的空白。

那年冬天，祖母到了她老死的年龄，在一个清寒的十一月的深夜，她闭上了眼睑。她死得很安静，没喘气，也没捏拗，一个睡熟了的老年人似的。她最后的一句话是对父亲说的：

"耐着心等吧，什么都是命，老天会保佑我们的。"

父亲没说话，也没淌眼泪，只默默地瞧着她。

第二年春天，父亲眼珠子里的忧郁淡下去了，暖暖的春意好像把他的自信力又带了回来，脸上又有了愉快的笑劲儿。那时候我已经住在学校里，每星期六回来总可以看到一些温和的脸，吃一顿快乐的晚饭，虽说没客人，没有骨牌，没有白兰地，我们也是一样的装满了一屋子笑声。因为父亲正在拉股子，预备组织一个公司。他不在家的时候，母亲总和我对坐着，一对天真的孩子似他说着发财以后的梦：

"发了财，我们先得把旧宅赎回来。"

"我不愿意再住那间奶黄色的小房间了，我要住大一点的。我已经是一个大人咧。"

"快去骗个老婆回来！娶了妻子才让你换间大屋子。"

"这辈子不娶妻子了。"

"胡说，不娶妻子，生了你干吗？本来是要你传宗接代的。"

"可是我的丈母现在全没了。"

"我们发了财，她们又会来的。"

"就是娶妻，我也不愿意请从前上我们家来的客人。"

"那些势利的混蛋，你瞧，他们一个也不来了。"

"我们住在旧宅里的时候，不是天天来的吗？"

"我们住在旧宅里的时候，天天有客人来打牌的。"

"旧宅啊！"

"旧宅啊！"

母亲便睁着幻想的眼珠子望着前面，望着我望不到的东西，望着辽远的旧宅。

"总有一天会把旧宅赎回来的。"

在空旷的憧憬里边，我们过了半个月活泼快乐的日子；我们扔了丑恶的现实，凝视着建筑在白日梦里的好日子。可是，有一天，就像我十六岁时那一天似的，八点钟模样，父亲回来了，和一双白茫茫的眼珠子一同地。没说话，怔着坐了一会儿，便去睡在床上。半晚上，我听到他女人似的哭起来。第二天，就病倒了。那年的暑假，我便在父亲的病榻旁度了过去。

"人真是卑鄙的动物啊！我们还住在旧宅里边时，每天总有两桌人吃饭，现在可有一个鬼来瞧瞧我们没有？我病到这步田地，他们何尝不知道！许多都是十多年的老朋友了，许多还是我一手提拔出来的，就是来瞧瞧我的病也不会损了他们什么的。人真是卑鄙的动物啊！我们还住在旧宅里边时，害了一点伤风咳嗽就这个给请大夫，那个给买药，忙得屁滚尿流——对待自己的父亲也不会那么孝顺的，我不过穷了一点，不能再天天请他们喝白兰地，看电影，坐汽车，借他们钱用罢咧，已经看见我的影子都怕了。要是想向他们借钱，真不知道要摆下怎样难看的脸子！往后的日子长着呢！……"喃喃地诉说着，末了便抽抽咽咽地哭了起来。

这不是病，这是一种抑郁；在一些抑郁的眼泪里边，父亲一天天地憔悴了。

在床上躺了半年，病才慢慢儿的好起来，害了病以后的父亲有了颓唐的眼珠子，蹒跚的姿态，每天总是沉思地坐在沙发里咳嗽着，看着新闻报本埠附刊，静静地听年华的跫音枯叶似的飘过去。他是在等着我，等我把那座旧宅买回来。是的，他是在耐着心等，等那悠长的四个大学里的学年。可是，在这么个连做走狗的机会都不容易抢到的社会里边，有什么法子能安慰父亲颓唐的暮年呢？

我的骨骼一年年地坚实起来，父亲的骨骼一年年地脆弱下去。到了我每天非刮胡髭不可的今年，每天早上拿到剃刀，想起连刮胡髭的兴致和腕力都没有了的父亲，我是觉得每一根胡髭全是生硬地从自己的心脏上面刮下来的。时常好几个礼拜不回去；我怕，我怕他的眼光。他的眼光在——

"喝吧，吃吧，我的血，我的肉啊！"那么地说着。

我是在喝着他的血，吃着他的肉；在他的血肉里边，我加速度地长大起来，他加速度地老了。他的衰颓的咳嗽声老在我耳朵旁边响着，每一口痰都吐在我心脏上面。逃也逃不掉的，随便跑到哪儿，他总在我耳朵旁边咳嗽着，他的抑郁的眼珠子总望着我。

到了星期六，同学们高高兴兴地回家去，我总孤独地待在学校里。

下午，便独自个儿坐在窗前，望着寂寞的校园，瘖瘖地：

"要是在旧宅里的时候，每星期回去可以找到一个愉快的父亲的。"怀念着失去了的旧宅里的童年。"父亲也在怀念着吧？怀念一个旧日的恋人似的怀念着吧！"

六年不见了的旧宅也该比从前苍老得多了，具想再到这屋子里边去看一次，瞧瞧我的老友们，那间奶黄色的小房间，床根那儿的三枚钉，桌子底下墙洞里的小铁箱。接到父亲的信的那星期六下午——是一个晴朗的五月的下午，淡黄的太阳光照得人满心欢喜，父亲的脸色也明朗得多——和父亲一同地去看我们的旧宅，去祝贺俞老伯的进屋吉期。

那条街比从前热闹得多了，我们的屋子的四面也有了许多法国风的建筑物，街旁也有了几家铺子，只是我们的屋子的右边，还是一大片田野，中间那座倾斜的平房还站在那儿，就在腰上多加了一条撑木，粉墙更黝黑了一点。旧宅也苍老了许多，爬在墙上的紫藤已经有了昏花的眼光，那间奶黄的小房间的窗关着，太阳光照在上面，看不出里边窗纱的颜色，外面的百叶窗长了一脸皱纹，伸到围墙外面来的菩提树有了婆娑的姿态。

我们到得很早，客厅里只三个客人，客厅里的陈设和从前差不多，就多了只十二灯的落地无线电收音机。俞老伯不认识我了，从前他是时常到我家来的，搬了家以后，只每年新年里边来一次，今年却连拜年也没来。他见了我，向父亲说：

"就是少南吗？这么大了！"

"日子真容易过，在这儿爬着学走路还像是昨天的事，一转眼已经二十多年了。"

"可不是吗，那时候我们年纪轻，差不多天天在这屋子里打牌打一通夜，现在兴致也没了，精力也没了。"

"搬出了这屋子以后的六年，我真老得厉害啊！"父亲叹息了一下，望着窗外的园子不再做声。

俞老伯便回过身来问我在哪儿念书，念的什么科，多咱能毕业，听我说念的文科，他就劝我改理科，说了一大篇中国缺少科学人才的话。

坐了一回，客人越来越多了，他们谈着笑着。俞老伯说过几天公债一定还要跌，他们也说公债还要跌；俞老伯说东，他们连忙说东，说西，也连忙说西。父亲只默默地坐着，他在想六年前的"洋人大笑"；想那些跟着他爱喝白兰地的客人，跟着他爱上电影院的客人；想他的雪茄；想他的沙发。

"去瞧瞧你的屋子。"父亲站了起来，又对我说："跟我去瞧瞧吧，六年没来了。"

"你们爷儿俩自己去吧，我也不奉陪了，反正你们是熟路。"俞老伯说。

"对了，我们是熟路。"一层青色的忧郁从父亲的明朗的脸色上面掠了过去。

我跟在他后面，走到客厅后边楼梯那儿。在楼梯拐弯那儿，父亲忽然回过身子来：

"你知道这楼梯一共有几级？"

"五十二级。"

"你倒还记得，这楼梯得拐三个弯，每一个拐弯有十四级。造这屋子是我自己打的图样，所以别的事情不大记得清楚，这屋子里有几粒灰尘我也记得起来的。每一级有两英尺阔，十英寸高，八英尺长，你量一下，一分不会错的。"

说着说着到了楼上，父亲本能地往他房里走去。墙上本来是漆的淡绿色的漆，现在改漆了浅灰的。瞎子似的，他把手摸索着墙壁，艰苦地，一步步的捱进去。他的手哆嗦着，嘴也哆嗦着，低得听不见的话从他的牙齿里边漏出来：

"我们的床是放在那边窗前的，床旁边有一只小机，机上放着只烟灰盘，每晚上总躺在床上抽支烟的。机上还有盏绿纱罩着的灯——还在啊，可是换了红纱罩了。"

走到灯那儿，转轻地摸着那盏灯，像摸一个儿子的脑袋似的。

"他们为什么不把床放在这儿呢？"看看天花板，又仔细地看每一块地板："现在全装了暗线了，地板倒还没有坏，这是柚木镶的，不会坏的，我知道，我知道得很清楚，因为这屋子是我造的，这房间里我睡过十八年，是的，我睡过十八年，十八年，十八年……"

隔壁房间里正在打牌，那间房子本来是母亲的客厅和牌室，大概现在也就是俞太太的客厅和牌室了吧，一些女人的笑声和孩子们的声音很清晰地传到这边来，就像六年前似的。

"再到别的房间去瞧瞧吧。"父亲像稍为平静了些，只是嘴唇还哆嗦着。

走过俞太太的客厅的时候，只见挤满了一屋子的，年轻的，年老的太太们。

"六年前，这些人全是我的丈母呢！"那么地想着。

父亲和俞太太招呼了一下："来瞧瞧你们的新房子。"也不跑进去，直往顶东面从前祖母的房间里走去。像是他们的小姐的闺房，或是他们的少爷的新房，一房间的立体儿的衣橱，椅子，梳妆台，那四只流线式的小沙发瞧过去，视线会从那些飘荡的线条和平面上面滑过去似的。又矮又阔的床前放了双银绸的高跟儿拖鞋，再没有大麻子的铜脚炉了。祖母的红木的大箱大橱全没了！挂观音大士像的地方儿挂一张琼克劳福的十寸签名照片，放香炉的地方放着瓶玫瑰——再没有恬静的素香的烟盘绕着这古旧的房间！我想着祖母的念佛珠，没有门牙的嘴，莲心粥，清净空寂的黄昏。

"奶奶是死在这间屋子里的。"

"奶奶死了也快六年了!"

"上三层楼去瞧瞧吧?"

"去瞧瞧你的房间也好。"

我的房间一点没改动,墙上还是奶黄色的油漆,放一只小床,一辆小汽车,只是没挂窗纱,就和十年前躺在床上背《共和国民教科书》第五册时那么的。推开窗来,窗外的园子里那些小树全长大了,还是八颗玫瑰树,正开了一树的花,窗前那条电线上面,站满了麻雀,吱吱喳喳的闹。十年前的清净的心,清净的小房间啊!我跑到桌子底下想找那只小铁箱,可是那墙洞已经给砌没了。床根那儿的三枚钉却还在那儿,已经秃了脑袋,发着钝光。

"那三枚钉倒还在这儿!"看见六年不见的老友,高兴了起来。

父亲忽然急急地走了出去:"我们去吧。"头也不回地直走到下面,也没再走到客厅里去告辞,就跑了出去。到了外面,他的步伐又慢了起来,低着脑袋,失了知觉地走着。

已经是黄昏时候,人的轮廓有点模糊,我跟在父亲后边,也不敢问他可要雇车,正在为难,瞧见他往前一冲,要摔下去的模样,连忙抢上去扶住了他的胳膊。他站住了靠在我身上咳嗽起来,太阳穴那儿渗出来几滴冷汗。咳了好一会才停住了,闭上了眼珠子微微地喘着气,鼻子孔里慢慢儿的挂下一条鼻涎子来。

"爹爹,我们叫辆汽车吧?"我凑到他耳朵旁边低声地说——天哪,我第一次瞧见他的鬓发真的已经斑白了。

他不说话,鼻涎子尽挂下来,挂到嘴唇上面也没觉得。

我掏出手帕来,替他抹掉了鼻涎,扶着他慢慢儿的走去。

一九三三年五月二十二日

百　日

她坐在丈夫的遗像前面，这位老实的吕太太，捧着水烟筒，独自个儿咕哝：

"日子过得那么快啊！后天竟是他的百日哩。过得真快啊！那么快啊！"

眼泪糊糊涂涂的在往胸口那儿挤，便眨一眨眼，皱着眉想，想到那天他眼皮翻呀翻的就翻了上去。

她拧住了他的人中，哭着喊：

"你醒回来哪，爹！爹！"

他的紫嘴唇抽搐着，挣扎了半天，嘴一歪，用最后的一口气哭了出来，两颗瘦眼泪挂到干枯的脸上，鼻子里边流出清水来，眼皮便闭上了。

"爹，你答应我哪！醒回来啊！醒回来啊！爹！你怎么不会说话啦！"

可是他连气也没叹一口。

"他就那么去了！那么去了，扔下了我！"不信地摇了摇脑袋，想到他的脸，想到他的笑，想到他说话的声音，想到十八年前一同坐着马车游徐园的日子，想到廿年前在大舞台看梅兰芳演《天女散花》的日子，他的轮廓是那么新鲜地，活生生地在她的记忆里边生存着，就像昨天还在那儿跟她抬杠儿似的；于是又想到自己怎么跟他吵架，怎么跟他胡闹，使他为难。

"为什么待他那么坏呢！天哪，可怜他一辈子没好好儿的吃一点，穿一点，没安安静静的玩一天，可是他就那么去了，又没好好儿的给他做过一天水陆道场，念给他一本经，连锡箔也烧得不多，梁皇忏也没拜过，一双空手来，一双空手去，怎么对得住他啊！他怎么就那么去了，一个大也不留给我，一句话也不交待我，叫我拿什么给他拜忏，给他做道场呢？日子过得那么快，九十八天了！百日总该好好儿的给他念些经，我总对得住他啊。"

叹息了一下："可是，我拿什么去给他念经呢！"

便放下了水烟筒，扳着手指，在心里边儿盘算着：

"只四十二元钱，三龙初一进店，得办桌酒请先生，请同事，总得十二元，还有三十元，百日那天，一堂焰口，一堂忏，拜梁皇忏得十三名和尚，八角一名，十一元，香火一名，祭菜，香烛面点，纸扎，茶担……"

算了半天，三十元钱怎么也不能够，除非那堂焰口不放；老实的吕太太越算越心烦，末了，只得叹了口气道："叫我拿什么去对得住他呢！"

想到他在世的时候，自己什么都不用费心，就一阵心酸拿手帕抹了抹鼻子，慢慢儿的把他的好处一件件的想了起来，越想越想不了，越想越伤心，便抽抽咽咽的哭起来。独自个儿哭了一回！

"只四十二元了！怎么用得那么快？这三百元还是初七那天从恒康

钱庄里拿出来的。怎么用得那么快!"抹干了眼泪,一面抽咽着,一面皱着眉想:"房租七十五元,饭菜三十元,米十元,油盐酱醋八元,一共是一百二十三元,电灯五元五角三分,一百二十八——算它一百三十元吧,柴九元二角,那么,是一百四十元,厨司十元,林妈五元,苏州娘姨五元,二十元加一百四……还有!给他做了个材套三十四元半,算三十五吧,加起来也只一百九十五,差多着呢!难道零零碎碎就用了那么多吗?对了,还有巡捕捐三十二元七角五,扫街钱一元,就算一共是二百三十元吧,现在只有四十二元了,差二十八元,该死!怎么零用就用了那么多呢?该死,这钱省下来,可以给他放焰口了,还可以用九个和尚,天哪,我真该死,我怎么对得住他啊!"

她又哭了起来,一面嘴里含糊的说:"你也不能怪我哪,爹!你又没一个大留下来,又没交待一句话。你知道他们怎么欺侮我的,你瞧瞧他们的脸啊!我总对得住你的,你死下来哪一样不用钱,我真的全用完了,我问谁去要呢?这次只好委屈你了,你放焰口放不起,你不能怪我哪,爹!"

可是她慢慢儿的又想了回来:"放焰口没多大用处,也是放给野鬼看,请请他们的。爹不会怪我的!可是,话是那么说,我怎么对得住他啊,他生前没待错我,他是那么善良的人。这么多人没一个对得住他,可是我怎么能对不住他哪!我向谁去要钱呢?他又死了……问他们去借一借吧?"

想起了上次满七时间他们借时那一张张难堪的脸,她又拿不定主意起来了。

"怎么向他们开口呢?借钱是那么难啊!"

老实的吕太太坐在那儿尽那么想,想到十二点钟才拿定了主意:"死也要向他们借的。他们不借,我就拼了这条命吧,我总该对得住他!"那么地想着,连自己也感动了。差一点又掉下眼泪来,眨了眨眼，一阵疲倦掩了上来，"我总该对得住他的！"那么地说着便睡熟在圈椅里边了。

第二天，她吃了中饭，稍微梳了一下头发，便急急忙忙地跑到三叔那儿去。三叔家的在那儿打牌，三叔躺在烟铺上面烧烟。她坐在烟铺那儿，自己的嘴问着自己的心：

"怎么开口呢？"

商量了半天，便自言："明天是他的百日哩！"那么叹息了一下讲了起来，"三叔，你看怎么给他做法？"

三叔把烟泡在手指上面滚了几下才说道："叫七名和尚拜堂忏吧，反正也不会有什么人来。"

这轻淡的话蜂螫似的刺痛了她，她打了个寒噤说道："那不会太对不住他吗？"

"这还不是做给活人看？"

"我想叫十三名和尚给他拜堂梁皇忏，晚上叫九个和尚放堂焰口，你看怎么样？"她偷偷地瞧着他的脸。

他却不动声色地："也好。"

她怕他心里想，自己没钱，还这么做那么做，就陪小心似的说道："我想过了百日也没什么时候可以给他烧锡箔了，要做也只有那么一天了，再说七里也没好好儿的给他做一次，所以想给他拜一堂梁皇忏。"

他不作声，在那儿慢慢儿的，挺有味的烧他的烟。

"白天十三名和尚，晚上八名和尚，一名法师，再加两个香火，八角一名，法师一元六，得二十元钱，再加香烛，祭菜，纸扎，彩灯——你看预备几桌素菜？总有几个人来的。"

他烧完了烟泡，把烟签放好了，转了个身，摇了下脑瓜，仰天躺着，随口说道："三桌也够了，不会有谁来吧，顶多是自己本家几个人。"

"三桌菜！后天总得四五十元钱才能开销，你说怎么样？"

"差不多！"他喝了口茶，闭上了眼珠子。

"用钱用得真快，这个月付了房钱什么的，三百元已经完了，"她不敢再瞧他的脸，低下脑袋去瞧烟灯。"家里只四十二元钱了！三龙初一进店，也得请桌酒，你看……我想……"不借就拼了条命吧，用了那么的勇气，心里想："能不能借我五十元钱？"嘴里却——"能不能借我三十元钱呢？"那么地，轻到像在肚子里边说话似的讲了出来。

他不说话，她抬起脑袋来只见他躺在那儿呼呼呼的打起瞌睡来了。她想跳起来说："假的！你没睡着。"可是只在心里边儿抽咽着："爹，连你的兄弟也把你忘了！"

于是她悄悄地站起来，站到三叔家的后边儿瞧他们打牌。他们打得那么得意，就不理会后天是他的百日似的。她奇怪着：

"他们的记性那么坏吗？他们难道真的不记得他已经死了九十八天了吗？"

看了一回，趁他们洗牌的时候她说道："后天是他的百日哩！"

"真快啊！"三叔家的那么说了一句，便催对面的庄家道：

"快一点，还只打了六圈！真慢得要命。"

"真快啊！他死的前一天还对我说，叫我把去年的丝棉袍子给他重翻一下，说线脚全断了，丝棉聚在一堆，脊梁那儿薄得厉害，不够暖。他素来是那么清楚的，到断气的时候也没昏过一分钟，他对我说，说我要吃苦的，说他死了以后，我一定要苦的，真给他说中了，他死了还只九十八天，我已经苦够了，那天他早上起来还是好好的，也不气喘，也不咳嗽，吃中饭的时候二叔婆来瞧他，他还想竖起身来让她坐，二叔婆那人真是老悖了……"

他们全一个心儿的在打牌，没理会她，就没听到她在说什么似的。她说呀说的没意思起来，便站起来走了，一面在心里想着："我又不问你们借钱，我是问三叔借钱。我跟你们说话，也该答应我一句。三叔也是那么待理不理的,可也不能怪他,他也是一家开销,这几年做生意也不顺手,他也没钱,又不好意思回我,可是叫我怎么对得住他啊!那天二叔婆来看他,他还让她坐,二叔婆真的老悖了,瞧着他说'你不相干吧?去不得的,老婆儿子一大堆。'叫他听了这话怎么不难过呢?"

一面想,一面往二伯家里走去。她想告诉人家,想同人家讲,讲她丈夫的事,讲他是怎么善良的一个绅士,她也不想二伯能够借钱给她,她只希望他能静静地听她讲,她希望他也能够告诉她,跟她讲她丈夫的事,她希望能够有一个人像她那么的记住今天是他死了以后第九十八天。

走到二伯家里,二伯坐在那儿看报,他家的在房里换衣服,孩子们全穿得挺齐整的预备上街的样子。她在他对面坐了下来,接了他递给她的水烟筒,一面装着烟:

"上街吗?"

"上大光明看电影去。一同去吧?新开的。"

"你们去吧,我不去了。"莫名其妙地感伤起来。为什么那么巧呢?要想讲几句话恰巧他们要看电影去。连一个可以谈谈心的人也没啊!"我还有事,后天是他的百日呢!"便刺了他一下似的愉快着。她的意思是:"连他的百日也忘记了,怎么对得住他啊,你?"

"后天吗?"只那么毫不在乎地反问了一句。

她,一个打了败仗的将军似的嘶嗄着声音,歇斯底里地说:"不是吗?还有两天。今天廿六,明天廿七,后天廿八,就是廿八那天。"

"日子过得真快啊!"

她想不到他那么说了一句就算了,她没办法,叹息了一下,不再说话,在心里边想:"焰口大概放不成了,只三十二元钱。他们全没把他的百日当一会事。"

二伯家的换了衣服跑出来:"二嫂也一同去吧?大光明,片子很好。"

"你们去吧,我不去了。"

"那么你在这儿坐一回,等我们回来,叫人来打牌吧。"

"我在这儿坐一回就走的,打牌也打不动,也没兴致,改一天打吧。"

她坐在那儿,怔怔地抽着水烟,瞧他们一大串人,老的小的,高高兴兴地跑出去;又想起了看梅兰芳的日子,便对站在她身旁切鞋底的佣妇说:"你们太太兴致真好!"

那佣妇笑了一声说:"可不是吗!二太太,你从前兴致不也很好的吗,怎么近来像心烦得了不得的样子?"

"可不是,从二先生过了世,什么事也提不起兴致来了。真快,后天是他的百日哩。"

"二先生在世的时候,真是顶善良的人啊!"

"真的,谁都说他好。他没有架子,老是那么满脸笑劲儿的,嗳,做人真没趣,三月里他上你们这儿来打牌,还是好好儿的一个人,谁想得那么快就回娘家去了。他害了三个月病,没在床上躺过一天,一直到死的那天还是很清楚的——"

那佣妇忽然岔进来道:"二太太,你瞧,我鞋底切得怎么样?紧不紧?"

她瞧了她一眼:"究竟是粗人,跟她讲话就没听。不识抬举的!"那么地想着便放下了水烟筒——"后天叫你们先生和太太到寿星庵来吃中饭,后天是二先生的百日。"就走了出来往寿星庵走去。在寿星庵的账房里边她跟他们说了后天要十三名和尚拜堂梁皇忏,定三桌素菜。

"晚上怎么呢?还是放堂焰口还是怎么样?"

"焰口也不用放了,你知道的,吕先生在世的时候,真是顶善良的人,也没一个冤家,也从来没有架子;焰口本来是请野鬼的,吕先生那样的好人自然有菩萨保护他,哪里会受野鬼欺?他真是个善良的人啊!"那么累赘地讲了起来。"那年他在乡下造了三座凉亭,铺了五里路,他做了许多许多好事,前年还给普陀的大悲寺捐了座大殿呢!只要看了他的脸就能知道他是好人了,他有一个和气的笑劲儿,两道慈祥的眉毛……"

一个五十多岁的,穿了大团花黑旗袍的,很庄严的妇人从门外走了进来,后边跟着一个整洁的佣妇。账房里的和尚站了起来道:

"吕太太,你请在这儿坐一回。"便匆匆的赶出去接那位庄严的妇人。

她问站在旁边的香火道:"她是谁?"

"蒋太太,在这里捐过三千元钱的。上礼拜还在这儿做了三天水陆道场给她家的先生。"

于是她低下了脑袋走出来,走过了院子,走到门口。街上一片好阳光,温煦地照到她身上,她手上反映着太阳光的金镯在她眼前闪了一下,想到拐角那儿的当店,又回了进去道:"晚上放一堂焰口也好吧。"

在心里叹息了一下:"这一下我总对得住他了吧!"

走了出来在浸透了温煦的太阳光的街上蹈蹈地走着,她想:"跟谁去谈谈他的事呢?我跟这个说,跟那个说,他们就没存心听我。"

街上很闹热,来去的人很多;什么都和从前一样。她奇怪着:为什么世界上少了一个他,就像少了一个蚂蚁似的,没一个人知道,没一个怀念他,没一个人跟我讲起他,没一个情愿听谈他的往事。

半小时后她回到家里,怔怔地望着她丈夫的遗像,嘴里咕哝着:

"那天他还跟我说,说丝棉袍子太旧了,线脚全断了,得重新翻一下……"

于是她一个非常疲倦了的老妇人似的,坐了下来。她想:"为什么他不跟我讲话啊!"

一九三三年十二月十五日

本埠新闻栏编辑室里一札废稿上的故事

　　我是一个校对员，每天晚上八点钟就坐到编辑室里的一张旧写字桌旁边，抽着廉价的纸烟，翻着字纸篓里的废稿消磨日子。字纸篓是我的好友，连他脸上的痣我也记得一清二楚的。他的肚子里边放着大上海的悲哀和快乐。上海是一个大都市，在这都市里边三百万人呼吸着，每一个人都有一颗心，每颗心都有它们的悲哀，快乐和憧憬——每晚上我就从字纸篓的嘴里听着它们的诉说，听着它们的呐喊，听着它们的哭泣，听着它们的嬉笑。这全是些在报纸上，杂志上看不到的东西，因为载在报上的是新闻，载在杂志上的是小说，而这些废稿却只是顶普通的，没有人注意的事。我也曾为了这些废稿上的记载叹息过，可是后来慢慢儿的麻木了，因为这是顶普通的，没有人注意的事，就是要为了它们叹息也是叹息不了的。可是那天我看到了这一札废稿，我又激动起来啦。我特地冒充了记者去调查了一下。我为了这故事难过了好多天，记在这里的全是我所听到看到的——可是我希望读者知道，这不是新闻，也不是小说，只是顶普通的一件事的记载。

一

下面就是那札废稿上的原文：

"今晨三时许，皇宫舞场中一舞女名林八妹者，无故受人殴打，该舞场场主因凶手系有名流氓，不惟不加驱逐，反将此舞女押送警所，谓其捣乱营业云。记者目击之余，愤不能平，兹将各情，分志如下，望社会人士，或能为正义而有所表示也。

漂泊身世 该舞女原籍广东梅县，芳龄二九，花容玉貌，身材苗条，向在北四川路虬江路×舞场为舞女，方于今年三月改入皇宫舞场服务。八妹生性高傲，不善逢迎，是以生意清淡，常终夜枯坐，乏人过问。据其同伴语，人谓八妹之假母凶狠异常，因八妹非摇钱树，遂时加责打，视若奴婢，且不给饭吃；八妹每暗自啜泣，不敢告人。

出事情形 今晨三时许，八妹因门庭冷落，枯坐无聊，倚几小寐之际，不料祸生肘侧，横遭欺侮。先是有一'象牙筷'者，为法界某大亨之开山门徒弟，与三四押友，并携来他处舞女数名在皇宫酣舞；该场场主旁坐相陪，趋候惟恐不周。'象牙筷'，业已半醉，高呼大叫，全场侧目。某次舞罢，竟徘徊八妹座前，与之调笑。八妹低头不理，炬'象牙筷'老羞成怒，将八妹青丝扭住，饱以老拳，并加辱骂，谓：'烂污货，你也配在大爷前面摆架子！'八妹区区弱质，无力抵抗，迨他人拉开，已被殴至遍体鳞伤矣。该场场主，且呵斥八妹，不应得罪贵客，当即将八妹解雇。

鸣警拘捕 事后八妹出外，鸣得六分所警士到来，欲入场拘捕凶手，经该场场主阻止，谓此并非本场舞女，因敲诈不遂，故来捣乱，请将其拘捕，以维秩序。八妹处此重压之下，百喙莫辩，反被拘押于六分所云。"

二

　　看了这张废稿的第二天，我找到一位当时在场的人；我问他，究竟是怎么回事，他就把底下那样的话告诉了我：

　　"坐着坐着，烟灰盘子里的烟灰又快满了，她却靠着茶几睡熟啦，我早就注意她了，这可怜的孩子。那天是礼拜日，六点钟茶舞会的时候就上那儿去的，客人挤得了不得，每个舞女都跳得喘不上气来，埋怨今天的生意大好了；还有一个叫梁兰英的，每一次总有十多个人去抢她，一到华尔姿的时候，只见许多穿黑衣服的少年绅士从每一个角上跳出来，赛跑似的，往她前面冲去，我坐了一晚上没见她空过一只音乐。可是她，那可怜的孩子，你说的那林八妹却老坐在那儿，没一个人跟她跳。我本来早就想去了，就为了她，便拼明天不上办公处去，在那儿坐一晚上，看究竟有人跟她跳一次没有。

　　她坐在那边儿角上，不大叫人注意的地方，穿了一件苹果绿的西装，没穿袜子，人生得不好看，一张没有表情的脸，比化石还麻木点儿似的。先还东张西望的想有客人来跟她跳，往后她知道没用了，便坐在那儿，话也不说一句，动也不动的——那对眼珠子啊！简直是死囚的眼珠子，望过去像不是黑的，闪着绝望的光。

　　一次又一次的灯光暗了下来，一次又一次的爵士乐直刺到人的骨头里边，把骨髓都要抖出来似的，一次又一次的舞女在客人的怀里笑着，一次又一次的，音乐的旋律吹醉了人，她却老坐在那儿。

　　像世界的末日到了似的，舞场里边每一个人都掉了灵魂舞着那么疯狂地舞，场老板笑掉了牙齿。谁知道呢，还有她那么个哭也哭不出来的人在这儿？没有人知道，也没谁管，我替她难受。

　　十二点钟那时候，人慢慢儿的少下去了，场子里边每一次音乐只有

八九对人在舞着。这一次她知道真的绝望了,我看见她深深地叹了口气,站起来跑到外面去。坐在我前面的两个舞女在那儿说她:

'八妹又去哭哩!'

'真奇怪,怎么会天天那么的,一张票子也没。'

我凑上去问:'天天没票子吗?'

'难得有人跟她跳的。'

'那么她怎么过活呢?'

'做舞女真是没一个能过活的!'叹息了一下。'她是越加难做人了。我们在这儿做,跳来的票子跟老板对拆,跳一个钟头,只两块半钱,那钱还不是我们的,得养活一家子,那还是说我们生意好的,像林八妹那么的,简直是活受罪,你不知道她回到家里怎么受苦啊。'

'可是你们不是一天到晚嘻嘻哈哈的很高兴吗?'

'不嘻嘻哈哈的难道成天的哭丧着脸不成?'

说到这儿,还有个舞女猛的道:'"象牙筷"又来了!'

来了一大伙人,三个穿绸袍的,一个穿西装的,还带了几个新新里的舞女。那穿西装的象有点儿喝醉了,走路七歪八倒的。

'"象牙筷"来了,又是我们该晦气!'

'怎么呢?'

'这小子老是喝楞了眼才跑这儿来,来了就是我们的晦气。他爱开玩笑,当着大伙儿动手动脚的,不管人家受不受得住。'

'别理他就得了。'

'别理他,哈哈!你知道他是谁?'

'谁?'

'×××的开山门徒弟!你别理他!老板还在那儿拍他马屁,只怕拍不上,你别理他!'

'那一个是"象牙筷"!'

'那个穿西装的,坐在林八妹座位那儿的。'

这一回我仔细的瞧了一下,这小子生得很魁梧,有两条浓眉,还有一对很机警的眼珠子,嘴可以说生得漂亮,衣服也很端整。他的桌子上那几个都不像是好惹的人。'象牙筷'还在那儿喝酒,一杯白兰地一仰脖子就灌下去,把杯子往桌上一扔,站起来拉了个他们带来的舞女跳到场子里边去了。大家都看着他,场子里只他一对。跳是跳得很不错。那一只音乐特别长,音乐好像在那儿跟他开玩笑似的。音乐一停,大伙儿就拍起手来,那家伙也真脸厚,回过身子来鞠了一躬,那么一来,大伙儿又拼命的拍起手来啦。他笑着走回去,走过林八妹的座位前面——她不知道多咱跑进来的,我就没留神——见她低着脑袋坐在那儿,便道:

'小妹妹可是害相思病?'

她旁边的舞女说道:

'她今天一张票也没,气死了;你别跟她胡闹了吧。'

'是的吗?下一次音乐我跟你跳,别再害相思病哩。'

跑到桌上去又灌了一杯白兰地,再走到林八妹前面,不知怎么的这回才瞧见了她是穿的西装,没穿袜子。

'嗐,小妹妹,好漂亮!好摩登!洋派!真不错,什么的不穿袜子!'眼珠子光溜溜的尽瞧她的腿。

林八妹白了他一眼,他就碰得跳起来道:'不得了,小妹妹跟我做媚眼,要我今晚上开旅馆去!'

大伙儿哄的笑了起来,他就越加高兴了,把林八妹的裙子一把拉了起来;'大家瞧,小妹妹真摩登!不穿袜子,洋派!'林八妹绷下了脸,骂道:'闹什么,贼王八。'

他也顿时绷下脸来,'××!××给你吃!'就那么的'××给你吃,××给你吃'的,嘴里边那么说着,把一个中指拼命的往她嘴里塞。

她也火起来了,'我×你妈!'

'妈的,小娟妇,你在大爷前摆架子?'拍!就是一个耳刮子。

'狗×的……'

'你敢骂大爷?'

索性揪住了她的头发,拍拍的一阵耳刮子,一会儿许多人跑了上去,什么也瞧不见啦。只见舞场的老板把林八妹拉了往外跑,她怎么也不肯出去,头发乱着,满脸的眼泪,嚷着,闹着,非要回去打还他不罢手似的。'象牙筷'叫人家劝住了,还站在老远的骂:'你再骂,大爷不要你的命?你再敢骂?'

我就跑过去,只听得老板在跟她说:

'你跟他闹,没好处的。你是什么人,他是什么人!'

她拼命的嚷着:'我不管!我不管!他凭什么可以那么的打我!'

老板把她抱起来,往门外走去,她一个劲儿的挣扎着:'为什么?为什么?你们为什么合着欺我?'

大伙儿见她那副哭着嚷的模样儿,忽然拍起手来,拼命的笑着。我难受极了,还笑她!

'还笑她?'

'要不然,怎么呢?我们又不能帮她。'

真是,她们有什么法子呢?我明白的,她们也替她难受,她们只得笑。我跑到外面,只见林八妹还在那儿硬要进来拼命,侍者拦住了她,劝她:

'你别哭了,今天还是回家里去吧。'

她挣了出来,就往门口跑去,叫老板一把扯了回来:

'你给我滚!你那么的舞女地上一抓就是十来个,要你来给我拆生意?你滚!这里不许你进来!'

她扑到他身上:'不管!我人也做够了,苦也受够了!我不管!我

一生到地上就叫大家欺！我叫人家欺够了！我叫人家欺够了！'

'给我扠他出去！'

两个服侍她一个，把她拉到扶梯那儿，她猛的叹了口长气，昏过去啦。牙齿紧紧的咬着，脸白得怕人，头发遮着半张脸，呼吸也没有了似的，眼泪尽滚下来。我不能再看她，我走进去，坐到桌上，抽一支烟，我懊悔自个儿不该在这儿待这么久，看到了那么不平的事情。那老板还坐在'象牙筷'那儿跟他赔不是。

'对不起得很，老板，今天多喝了一点酒，在你们这儿闹了这么个笑话。''象牙筷'说。

'没干系，你老哥还跟我说那种话！你真是太客气了！这舞女本来不是我们这儿的，来了三个月，叫她赶跑了几百块钱生意。本来是想叫她跑路了，没找到错处。今天幸亏你老哥那么一来，刚才我已经停了她的生意。'老板那么一说，我喷了口烟，叫侍者给我换一个地方——实在不愿意再听下去咧。

坐了一回，我跑到外面去，想看看那可怜的孩子不知怎么了，刚跑到外面，只见她和一个巡长在扶梯那儿跑上来。在门口那儿的侍者头目忙迎上去道：

'老乡，抽枝烟。'递了枝烟过去。

'好久不见了。'他接了烟，好像很熟的样子。'这位姑娘说这儿有一位客人打了她，可有那么一回事？'

'有是有的，不是打，只是推一下——'

这当儿老板跑出来了，一副笑脸跟巡长打招呼：'正有件事想麻烦您老人家，刚才我们这儿，不知哪来的一个不三不四的女人——'说到这儿装着一眼瞥见了林八妹似的，'就是她，跑到我们这儿来捣蛋，跟我们的客人闹，客人全叫她给赶走了……'

林八妹急了起来道：'你不应该的，那么冤枉着我！'跟巡长说

道：'我是这儿的舞女,他认识我的,他冤我,我刚才跟你说过的,有一个客人无缘无故的打了我一顿。'

我想上去说,这老板太不讲理了,刚一动嘴,那侍者头目瞧了我一眼,我想多一事不如少一事,算了吧,还是站在那儿瞧。

那老板又说下去道:'简直是笑话,我这儿会要你那么的舞女!巡长,我们这儿没有她那么的舞女的,也没谁打过她,这儿的许多人都可以证明。是她存心跑来捣蛋,刚才给她跑了,现在她自个儿找上门来,好得很,费您老人家的神,给看起来,明天我请你吃晚饭,咱们再细细的谈。'

林八妹急得跳起来,扯住他的胳膊道:'你冤枉人!你冤枉人!怎么说我跟你捣蛋?打了我,还说我跟你捣蛋!'

'巡长,你瞧她多凶!'说着大家都笑了起来。

林八妹马上又扯着巡长道:'你别信他!他故意咬我一口。我刚才跟你说过的,我坐在桌子上,一个客人,是流氓,跑来调戏我,我骂他,他就打我,打我的耳刮子,你瞧,现在脸还红着。'把半个脸给他瞧,'我不会骗你的,你应该相信我。'

巡长笑着道:'你可以找个人证明?'

'他们都能证明的。'

'可是真的吗?'巡长问那些侍者。

大家都笑着说:'没看见。'

林八妹瞧见了我,一把扯住我道:'先生,你瞧见的,你说一声吧!'那么哀求着的脸。

我刚要说说,老板已经拦了进来道:'这位先生刚来,怎么会知道?巡长,你瞧,她可不是胡闹吗?我们来了个客人,她又得想法给撵走了!费你神,请带了去吧。我们生意人,不会说谎冤枉人的。'

巡长拍一下林八妹的肩膀道:'乖乖的跟我去吧。'

这一下她可怔住了，也不挣扎，也不说话，只瞧了我一眼，跟着他走啦。可是她的眼光我懂得的，是在：

'每一个人都合伙欺我啊！'那么地说着。

我马上给了钱，拿了帽子就走。

'法律，警察，老板，流氓……一层层地把这许多舞女压榨着，像林八妹那么的并不止一个呢！'回去的路上一个儿那么地想着。

三

那天晚上，我告了假，约了一个曾经上舞场去过的朋友跑到皇宫舞场里，在带着酒意的灯光底下坐了下来，那许多舞女全像是很快乐的，那张笑脸简直比孩子还天真。我真不能相信在这么幽雅愉逸的氛围气边，有着那些悲惨的命运，悲惨的故事。坐了一回，我跟一个侍者谈上了，慢慢儿的谈到林八妹的事，底下是我和他的对话：

他——"老实说，舞女多半是那么的奴隶脾胃，你好好儿的待她吧，她架子偏大，只配那种白相人。那才是一帖药，吃到肚里，平平稳稳，保你没事，譬如你吧，譬如你跳的那舞女，你真心真意的待她，她就待理不理的，你要绷着脸不理她，她又跟你亲热得不得了。咱们打开天窗说亮话，舞女那玩艺儿吗，大爷有钱高兴花，不妨跑来玩玩，可是千万不能当真，一真可糟糕！命也会送在她手里。咱们做侍者的那种事看得多了。就说林八妹吧！也是坏蛋。那性情儿可古怪！到这儿来了几个月，少说些吧，也叫她给闹去了五百块钱生意。客人出了钱是找开心来的，谁高兴瞧你冷脸？先生，你说这话可不错？做舞女的，拿了人家钱，应该叫人家开心，那才是做生意的道理。林八妹，她就不管那些，得随她高兴。你先生也是老跑跳舞场的，你可喜欢跟她跳？时常有客人受了她的气，怪上了舞场，连我们这儿也不来了。"

我——"可是'象牙筷'是怎么回事呢？"

他——"那种事多极了。好的客人受了气不高兴，就不同她跳；'象牙筷'是什么人？他来受你的气？"

我——"听说是'象牙筷'的不是。不知究竟怎么样？"

他——"讲公平话，两个都有不对的地方儿。'象牙筷'是那么的，每次上我们这儿来，总喝楞了眼珠子才跑来，又爱跟舞女开玩笑，那天也是巧，林八妹刚穿了西装，没穿袜子，'象牙筷'又刚巧坐在她后边儿，不知怎么一来，叫他瞧见了，便跑到她前面说：

"你好漂亮！不穿袜子！那才是真的摩登，洋派！'那也是很平常的事。既然做了舞女，让人家开开玩笑也没多大关系。再说'象牙筷'是大白相人，就是再做得难看一点，也得迁就他。林八妹绷下脸来骂他，他自然动手打了。譬如骂了你，你怎么呢？还不是一样吗？可对？"

我——"回头怎么又把林八妹抓了去呢？"

他——"那是她自个不生眼珠子，跑到警察局里去叫了个巡长来，想抓人。开跳舞场的警察局里不认识几个人还成吗？本来抓人不用讲谁的理对，谁的理亏，谁没钱，没手面，没势力，就得抓进去，押几天，稍微吃一点眼前亏。那天真笑话，她还要我们证明'象牙筷'打了她。我们吃老板的饭，拿老板的钱，难道为了她去跟老板作对不成？没有的事！"

我——"可是这儿老板不应该的，停了她生意也够了，还把她押起来。"

他——"你先生真是生得太忠厚了！现在哪儿不是这么的？"

我——"可是这里的老板跟'象牙筷'有多大交情，那么的帮他？"

他——"交情是没多大的交情。可是开舞场吃的什么饭？得罪了白相人还开得下去吗？做生意的要面面圆到，老板也有老板的难处。牺牲一两个舞女打什么紧？真是！"

我——"现在林八妹在哪儿？"

他——"还在六分所里。"

我——"也是很可怜的人啊！"

他——"嘻，你先生真是！可怜的人多着咧！做舞女的那一个不可怜？年纪一年年的大了，嫁人又嫁不掉。坐在对面那个穿红旗袍儿的梁兰英，这儿生意算她顶好了，那天我跟她随便谈，我问她：

'你可打算嫁人吗？'

'谁爱娶舞女呢？'

'今年你二十岁，再过六年，可怎么办？'

'过了今天再说！'

'我问你，过了六年怎么办？'

'给人家去做下人，洗地板，擦桌子，再不然，就上吊！'

'你说，哪一个不可怜？'"

到这儿我们又谈到旁的地方去了，可是我在心里决定了明儿上六分所去看林八妹去。

四

吃了中饭，我走到六分所，先见了他们的所长。我说是报馆的新闻记者，所长就很客气请我到他的卧室里去谈。是一间不十分明亮的屋子，上面壁上挂着党国旗和总理遗像，桌上放了一大堆《三民主义》、《建国大纲》，公文，和一把紫砂茶壶。他请我坐下了，掏了枝烟递给我，给擦上了火，抽了口烟，我就开口道：

"这儿可是有一个叫林八妹的舞女押在这儿？"

"是的。"

"是怎么回事呢？"

"那天，是前天半晚上，她跑到这儿来，说有人在舞场里打了她，要我们保护，当时我就派巡长跟她去……"

我截住了他的话道："这事情我已经知道了，我就不懂怎么反而把她押了起来。"

在烟雾里边他的脸很狡猾地笑了："这有什么不懂得，你老哥也是明白人，咱也不瞒你，我家里也有七八个人吃饭，靠这苦差使还不全饿死吗？皇宫的老板跟我又是有交情的，咱们平日彼此都有些小事情，就彼此帮帮忙。"

"可是那么一来你不是知法犯法吗？"我故意装着开玩笑的模样，大声地笑起来。

"法律是死的，人是活的，要是法律真的能保护人权，不瞒你老哥说，我早就饿死了。对不对？大家都在刮地皮，我也犯不着做傻子。谁知道明天还当不当得了巡官呢！"便跟着我哈哈地大笑了一阵子。

"那林八妹我可以看看她吗？"

"可以！你老哥吩咐的话，还有什么不可以的？"一面说，一面却坐着不动。

我站了起来道："现在就去，怎么样？"

"行。"

他带我到一间很黑暗的屋子里面，下面放着一张床，一张桌子，一只椅子，在床上坐着一个女人，像是穿着件暗绿的衣服。

所长说："这就是林八妹，你跟她谈一回吧。兄弟有事，过回儿再来奉陪。"

"不敢当！"

他走了以后，屋子里只我们两个人，她不动声色的瞧着我。我走过去，在椅子上坐下来。

"我是报馆里的记者，你的事我们觉得很不平，我个人也是很同情你的,请你把那天的事告诉我。"

她坐在那儿,尽瞧着我,不做声,就像没听见我的话似的。我明白,她不懂得为什么我要老远的跑来问她,她不懂得我为什么要知道她的事,她疑心我在骗她,我在想法子算计她。她有一张平板的脸,扁鼻子,很大的腮骨,斜眼珠子,一圈黑眼皮,典型的广东脸。

我又说了一遍,要她告诉我她的事。

她才说道:"那天晚上我坐在那儿很气闷,已经一点多了,忽然那个'象牙筷'跑到我前面来调戏我——"

"他怎么调戏你呢?"

"我那天没穿袜子,他说:'小妹妹,你好漂亮,不穿袜子!两条腿那么白!'我不理他。他索性嘻着脸,跟我闹不清楚,我站起来想走,想避开他,他却把我按在座位上道:'急什么呢?有拖车在那儿等你不成!'我就不高兴,我说:'屁,我没拖车的!'他说:'我做你拖车可好?咱们等会儿开房间去。'我白了他一眼,他就大声儿的嚷起来道:'不得了,小妹妹跟我做媚眼,要我等回儿开房间去!'树树要皮,人人要脸,我虽说做舞女,也是没法子,混口饭吃,脸也是要的,究竟也是个有鼻子眼儿的人。可是当时我还忍着不做声,这狗入的越发得意了,索性把我的裙子,就那么的给拉起来,还说:'小妹妹不穿袜子,可穿裤子?'你说还有谁能耐得下?我火起来了,我说:'闹什么?'他顿时绷下脸来,道:'闹什么!闹条大××你吃!'就'××给你吃,××给你吃'那么的说着,把中指直塞到我嘴里来;我恨透了,就骂他:'狗×的!'他就拍的一个耳括子,'小娼妇,你敢骂大爷!'揪住了我的头发,打得我哪!——后来给人家拉开了;他们把我推到外面去,他们说他是大流氓,犯不着跟他闹。他们合着伙欺我,骗我,就因为生意坏。可是我为什么要白让他打呢?我要进去打还他,我要跟他拼命去;我们广东人是那么的,打死了算不了什么。老板把我赶了出来,不要我做了。我去叫了警察来,不知怎么一来,可把我带到这儿来啦。喝！"她猛的歇斯底里地叫了起来，可是声音是那么小，一种病人的声音。"他们又有钱，又有势，打了我还把我押起来！他们合着伙欺我！合着伙欺我！"躺到床上喘着气，低低地说着："我是一生下来就叫人欺的！"脸上泛着红色，桃花那么的浅红色，一回儿又咳嗽起来啦。

"你的家里人呢？"

她耸了耸肩膀，苦笑了一下："我是卖给人家的。"

"很小的时候就卖了的吗？"

"从我知道每一个人都有一个妈和一个爸的时候，我已经是没有妈，没有爸的人了。可是我有一个妈，假的妈，我叫她妈的。小的时候，她天天打我，骂我，叫我洗地板，擦桌子，现在她还是天天骂我，打我，叫我洗地板，擦桌子，从前我不是做舞女的，她逼着我卖淫，做咸水妹。我是夜开花，白天睡觉，晚上做生意的，你不知道那可多苦。后来做了舞女，为了我没生意，舞场关了门回来还逼我去接客——我简直连骨头也做得断了！"

"她可知道你现在给押在这儿？"

"知道的！"

"为什么不来弄你出去呢？"

"她不会再在我身上化一文钱了。"

"你已经好几天没睡觉了吗？"

"到这儿来还没睡过，怎么睡得着呢！只想早一点死了算了！我受够了！"

"你要钱用吗？"

她摇了摇脑袋。

我再问她："你要钱用吗？"

她不做声，闭上了眼珠子。

我便退了出来。

街　景

明朗的太阳光浸透了这静寂的，秋天的街。

浮着轻快的秋意的，这下午的街上——

三个修道院的童贞女，在金黄色的头发上面，压着雪白的帽子，拖着黑色的法衣，慢慢地走着。风吹着的时候，一阵太阳光的雨从树叶里洒下来，滴了她们一帽。温柔的会话，微风似地从她们的嘴唇里漏出来：

"又是秋天了。"

"可不是吗！一到秋天，我就想起故国的风光。地中海旁边有那么暖和的太阳光啊！到这北极似的，古铜色的冷中国来，已经度过七个秋天了。"

"我的弟弟大概还穿着单衣吧。"

"希望你的弟弟是我的妹妹的恋人。"

"阿门！"

"阿门！"

一辆又矮又长的苹果绿的跑车，一点声息也没地贴地滑了过去。一篮果子，两只水壶，牛脯，面包，玻璃杯，汽水，葡萄汁，浅灰的流行色，爽直的烫纹，快镜，手杖，Cap，白绒的法兰西帽和两对男女一同地塞在车里。车驶了过去，愉快的笑声却留在空气里边荡漾着：

"野宴啊！"

"野宴啊！"

在寥落的街角里，没有人走过的地方，瞎着一只眼，挤箍着那一只没黑了的眼，撇开着羊皮袍，在太阳光里晒着脏肚皮，一个老乞丐坐着，默默地，默默地。脸是褐色的，嘴唇是褐色的，眉毛也是褐色的——没有眼白的一张单纯色调的脸，脸上的皱纹全打了疙瘩，东一堆西一堆地。一脑壳的长头发直拖到肩上，垃圾堆旁的白雪似的，践满了黑灰色的脚印的。他一动不动地望着前面那阴沟；一只苍蝇站在他脑门上，也一动不动地看着那没了脂肪层的皮肤。

也是那么个晴朗的，浮着轻快的秋意的下午。

机关车嘟的一声儿，一道煤烟从月台上横了过去，站长手里的红旗，烂熟的苹果似的落到地上。月台往后缩脖子。眼泪从妈的脸上，媳妇的脸上，断了串的念佛珠似的掉下来，哥和爸跑起来啦。

轰，轰，轰！转着，转着，轰轰地，那火车的轮子，永远转着的轮子。爸妈，月台，哥，车站，媳妇，媳妇，媳妇……湮没在轮子里边。肩上搭着只蓝土布的粮袋，一只手按着那里边的馍馍，把探在窗外的脑袋缩了回来。偷偷地，不让人家瞧见地，把眼犄角儿那儿的眼泪抹了。可是——远方的太阳，远方的城市啊！在泪珠儿后边，在那张老实的嘴上笑着。

脑门上的皮动了一动，那苍蝇飞了，在他脑袋上面绕了个圈儿又飞回来停在那儿。他反覆地说着，像坏了的留声机似地，喃喃地：

"那时候儿上海还没电灯，还没那么阔的马路，还没汽车……还没有……那么阔的马路,电灯,汽车,汽车,汽车……还没有……"

(石子铺的路上全是马车,得得地跑着,车上坐着穿兰花竹叶缎袍的大爷们,娘儿们……元宝领,如意边……衣襟上的茉莉花球的香味直飘过来。)

"花生米卖两文钱一包,两文钱一包,很大的一包,两文钱一包,两文钱一包。"

(第一天到上海,就住在金二哥家里。金二哥是卖花生米的,他也跟着卖。金二哥把篮子放在制造局前面,卖给来往的工人——全有辫子的……)

"全有辫子的,全有辫子的,全有辫子的。"

(金二哥大街小巷的走,喊:

"花儿米!"

他也跟着大街小巷的喊:

"花儿米!"

"你怎么老跟着我呢?"金二哥恨恨地。

他嘻嘻地笑着。

"我说,你走你的,我走我的,各人卖各人的,大家多卖些,老跟着我,不是跟我抢生意吗?"

他嘻嘻地笑着。

第二天,金二哥一早起先走了!)

"那时候我住在他屋子里,金二哥,金二哥不知哪去咧。金二哥,金二哥,那时候我住在他屋子里。"他叹息了一下。

(乌黑的辫子拖到脚跟,一个穿长褂的大爷:

"卖花儿米的,是三文钱一包吗?"

红着脸,低着脑袋:"对啦,您大爷。"

"大爷"卖了三包,给了一个铜子,叫不用找了,赏给他吧,拿着

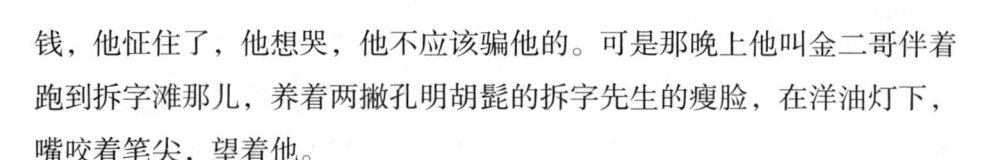

钱,他怔住了,他想哭,他不应该骗他的。可是那晚上他叫金二哥伴着跑到拆字滩那儿,养着两撇孔明胡髭的拆字先生的瘦脸,在洋油灯下,嘴咬着笔尖,望着他。

"你写,我已经到了上海住在金二哥家里,叫他们安心。上海真好玩,有马车,有自来火灯,你告诉他们这灯不用油。还有石子铺的马路。还有石子铺的马路,你就说上海比天堂还好看,我发了财接他们来玩。上海满地是元宝,我要好好儿的发财,发了财再告诉他们。也许明天就会发财的。")

"也许明天就会发财的,也许明天就——三十多了。"

(每天大街小巷的走,喊:

"花儿米!"

钱!一文,两文,三文……每天晚上摸着那光滑的铜钱,嘻嘻地笑着。一天,两天,三天!一年,两年,三年!革命党来了,打龙华,金二哥逃出来,他也逃出来,半路上给革命党拦住了,嚓嚓,剪下了辫子,荷包里攒下来的十五元钱也给拿去啦。他跪下来叩头,哭,拜,他说:

"还了我吧!您大爷!一家子等着我这十五元钱呢!还了我吧!还了我吧!"

没有了辫子,没有了钱,坐在那儿哭着。子弹呼呼地打脑袋上面飞过去,一个个人倒在身旁,打得好凶啊!)

"打得好凶啊!放着大炮,杀了许多人,许多革命党,放着大炮,轰轰地,轰轰地。"

(轰!轰,轰,轰!转着,转着,轰轰地,那火车的轮子,永远地转着的轮子。故乡是有暖和的太阳的,和白的绵羊的。)

他抹了下鼻子,在裤兜里掏着,掏着,掏了半天掏出一封信来,挤箍着一只眼看着。白纸上的黑字,那些字像苍蝇,一只只地站在纸上。

他记着拆字的读给他听的句子：

"闻汝发财，喜甚，喜甚。邻里皆来道贺，杀了只鸡请他们。虽然发财，可是钱财仍须节省。我们过了冬天到上海来玩几天……"

（可是我是在花钱过日子啊！以后就没接到过他们的信。信也没了，辫子也没了，钱也没了。每天站在街头：

"大爷哪，做做好事哪，我化几个车钱回去哪！"掏出信来给人家看。化了钱便写信回去，说他下个月就回来，到了下个月，又写信说还得过一个月。一年一年的老了，家里也没信来过。家啊！真想回家去呢！）

"真想回家去呢！死也要死在家里的，家啊！家啊！"

（那时候他老跑到车站去的，他跪着给收票的叩头，叫放他进去。）

他们不肯放我进去，他们不肯放我进去。

（一道煤烟从月台上横过去，站长手里的红旗烂熟的苹果似地落到地上，机关车嘟的吼了一声，便突着肚子跑开了。

"天哪！"

可是他们不放他进去，把他撵出来啦。

马路慢慢儿的阔起来，屋子慢慢儿的高起来，头发慢慢儿的白起来……天哪！真想回去啊！）

"真想回去啊！"眼泪流下来，流过那褐色的腮帮儿，流到褐色的嘴唇里。

（巡捕来了。）

一条黑白条子的警棍在他眼前摆着：

"跑开！跑开！"

他慢慢儿地站起来，两条腿哆嗦着，扶着墙壁，马上就要倒下去似的往前走着，一步一步地。喃喃地说着：

"真想回去啊！真想回去啊！"

嘟！一只轮子滚过去。

（火车！火车！回去啊！）

猛的跳了出去。转着，转着，轰轰地，那永远地转着的轮子。轮子压上了他的身子。从轮子里转出来他的爸的脸，妈的脸，媳妇的脸，哥的脸……

（女子的叫声，巡捕，轮子，跑着的人，天，火车，媳妇的脸，家……）

他叹息了一下，在泪珠儿后边，在老实的嘴犄角儿那儿，这张褐色的脸，笑的脸笑着。便闭上了那只没瞎了的眼珠子。那汽车上的人跑下来把他扛到车里，和一个巡捕一同地，驶走了。地上血也没有，只有街旁有许多枯叶。穿了红背心的扫街人，嗖嗖地扫过来，扫了那些枯叶。

一个从办公处回来的打字女郎站在橱窗外面看里面放着的白图案的黑手套。是秋天了，应该戴手套啦！便对身旁的男朋友道："进去瞧瞧吧。"

到了里边：

"我明天生日，你预备送我什么呢？"

把刚领到的本月份的薪水放在身边的那男子下了决心道："送你这副手套，好吗？"

"亲爱的，你真好！"

过了一回，又道："可是我的腰带也旧了呢！"

"在这儿买一条，好吗？"

"你真好，亲爱的！"

过了一回，又道："那只帽子倒也很可爱的。"

他便皱了眉尖，售货员却嘻开了嘴。

一群小学生背了书包，跳着跑来，嘴里唱：

"今天功课完毕了,

大家回去吃点心,

大家回去,

大家回去……"丽丽拉拉他。

忽然在咖啡店前站住了,拉开了锦帏的大玻璃后面投着一对对男子的脚,女子的脚。

"这像我妈的脚呢!"

"是我姊姊的脚呢!"

抬起脑袋来,却见蒸在咖啡的热气里的是一张在向他们装鬼脸的脸。便拍着小手,哈哈地笑起来。

这是浮着轻快的秋意的街,一条给黄昏的霭光浸透了的薄暮的秋街。

师经典

圣处女的感情

穆时英精品选

圣处女的感情

白鸽,驮了钟声和崇高的青空,在教堂的红色的尖塔上面彳亍着,休息日的晨祷就要开始了。

低下了头,跟在姆姆的后边,眼皮给大风琴染上了宗教感,践在滤过了五色玻璃洒到地上来的静穆的阳光上面,安详地走进了教堂的陶茜和玛丽,是静谧,纯洁,倒像在银架上燃烧着的白色的小蜡烛。

她们是圣玛利亚的女儿,在她们的胸前挂了镶着金十字架的项链,她们的额上都曾在出生时受清凉的圣水洗过,她们有一颗血色的心脏,她们一同地披着童贞女的长发坐在草地上读《大仲马的传奇》,她们每天早上站在姆姆面前请早安,让姆姆按着她们的头慈蔼地叫她们亲爱的小宝贝,每天晚上跪在基督的磁像前面,穿了白纱的睡衣,为她们的姆姆祈福,为她们的父亲和母亲祈福,为世上的受难者祈福,而每星期日,她们跟着姆姆到大学教堂里来,低声地唱着福音。

现在,她们也正在用她们的朴素的,没有技巧的眼看着坛上的基督,在白色的心脏里歌唱着。

可是唱了福音,坐下来听有着长须的老牧师讲《马太传·第八章》的时候,她们的安详的灵魂荡漾起来了。

在她们前面第三排左方第五只座位上的一个青年回过头来看了她们两个人。他是有着那么明朗的前额,那么光洁的下巴和润泽的脸,他的头发在右边的头上那么滑稽地卷曲着,他的眼显示他是一个聪明而温柔的人,像她们的父亲,也像基督,而且他的嘴是那么地笑着呵!

他时常回过头来看她们。

做完了祈祷,走出教堂来的时候,他走在她们前面,站在大理石的庭柱旁边又看了她们。

于是,她们的脸越加静谧起来,纯洁起来,像她们的姆姆一样,缓慢地走下白色的步阶。

他在她们后边轻轻地背诵着《雅歌》里的一节:

Thou hast ravished my heart, my sister, my sponse

Thou hast ravished my heart

With one of thine eyes

With one chain of thy neck

从白色的心脏里边,她们温婉地笑了。

她们的对话的音乐柔和地在白色的窗纱边弥漫着。

窗外的平原上,铺着广阔的麦田,和那大学的红色的建筑,秋天下午的太阳光那么爽朗地泛滥在地平线上面,远处的花圃的暖室的玻璃屋顶也高兴地闪耀起来了。

"他们那面,星期日下午可是和我们一样地坐在窗前望着我们这边呢?"

"我们是每星期日下午坐在窗前看着他们那边的。"

"今天的晨祷真是很可爱的。"

"陶茜，今天那个青年看你呢！"

"不是的，是看了你呵！"

"他的气概像达达安。"

"可是，他比达达安年青多了。达达安一定是有胡髭的人。"

"那还用说，达达安一定没他那么好看。"

"你想一想，他的前额多明朗！"

"他一定是一个很聪明的人。"

"而且也是很温柔，脾气很好的人——你只要看一看他的眼珠子！"

"他的下巴那儿一点胡髭也没有！"

"那里没有，你没有看清楚，我看仔细他是有一点的。"

"恐怕也像哥那么的，没有胡髭，天天刮，刮出来的吧？"

"也许是吧。他那样的人是不会有胡髭的。"

"他右边的头发是卷曲的，而且卷曲得那么滑稽！"

"他的嘴才是顶可爱呢，像父亲那么地笑着！"

"而且他的领带也打得好。"

"你想一想他的衣服的样子多好！"

"他走路的姿势使我想起诺伐罗。"

"你说我们应该叫他什么呢？"

"Beau Stranger"

"我也那么想呢！"

一同地笑了起来。

"可是他看了你呢！"

"他也看了你呢！"

一同地沉默了。

可是那爽朗的太阳光都在她们的心脏里边照耀起来。

"呵！"

"呵！"

仿佛听到他的声音在她们耳朵旁边轻轻地背诵着《雅歌》。

第二天早上，她们刚坐在床上，两只手安静地合着，看着自己的手指，为了一夜甜着的睡眠感谢着上帝的时候，一个用男子的次中音唱的歌声，清澈地在围墙外面飘起来，在嗒嗒的马蹄声里边，在温暖的早晨里边。

"玛丽！"

"是他的声音呢，陶茜。"

那芳菲的，九月的歌声和马蹄一同地在寂静的原野上震荡着，在她们的灵魂上振荡着。

是在记忆上那么熟悉的声音呵！

裸了脚从床上跳了起来跑到窗口，看见一个穿了麻色的马裤，在晨风里飘扬着蔚蓝的衬衫的人，骑着一匹棕榈色的高大的马，在飒爽的秋的原野上缓缓地踱着。

从他的嘴唇里，高亢的调子瀑布似的，沙沙地流了出来，流向她们的窗，流向她们。

"可是他吗，玛丽？"

"是他吧，陶茜，你看一看他的肩膀，那么阔大的肩膀，一个拿宝剑的肩膀呢！"

"还有他骑在马上的姿势，一棵美丽小柏树的姿势！"

他耸了耸身子，那只马跳过了一条小溪，在原野上面奔跑起来了。

"跳过那条小溪的时候，我真替他担心呢！"

玛丽心里边想："应该担心的是我呢！"一面说道："陶茜，你侮辱了他了，跳过那么窄狭的一条小溪，是用不到你替他担心的。"

"应该是你替他担心吧？"

一面想:"昨天他看了的是我,不是你,就是替他担心也是白费的吧。"

那匹马越跑越快,而他是那么英俊地挥着鞭子往马头上打去,马昂着头跳跃起来。

"呵!"

"呵!"

两个人全说不出话来了。

看了看玛丽的脸,为了她的欢喜的脸色,陶茜说道:"昨天他看了你时,可曾看见了你眼角的那颗小疤吗?"

"那颗美丽的小疤,当然他一开头就注意了的。"玛丽骄傲地说。为了陶茜的得意的脸色,她又加了一句:"我为你忧虑呢,陶茜,恐怕昨天他已经看见了你额角上那条伤痕。"

两个人全堵起了嘴。陶茜站到窗的左边,玛丽站到窗的右边。

他在一座黄石建的别墅旁边弯了个圈子,又跑回来了,跑近她们的窗前时,马忽然横走了几步,猛的站了起来,他俯着上半身,两条腿夹着马腹,拖住了马鬃,用拳头往它的脖子上嘭嘭地打去。

两个人全吃惊得叫了起来。

他回过头来,看了陶茜又看了玛丽。

两个人都笑了。

陶茜有一只洁白的小床,玛丽也有一只洁白的小床,在床上,她们有着同样的梦。

温暖的九月的夜空下,原野在澄澈的月色里边沉沉地睡着,松脂散发着芳烈的气味。在窗前有着蘼芜,郁金香和丁香,在她们的心脏里边有着罗曼斯的花朵的微妙的香味,而在原野上,是有着轻捷的马蹄声。

他唱着,穿了金线制的王子的衣服,悄悄地穿过了树林,跳过了小溪，在黑暗的原野上悄悄地来了，向着她们的小巧的卧室。

从梦中，她们为了他的芳菲的歌声醒来了。

跑到窗前，摆在她们眼前是一个莲紫色的夜。

他站在马鞍上，腰旁挂了把短剑，穿了锦的披肩，拈了一朵玫瑰，那么地美丽，那么地英俊，像一个王子，完全像一个王子，或者像一个骑士。

他向她们说："和我一同地去吧，骑在我的马上，到那边去，到快乐的王国去。那面有绯色的月，白鸽，花圃，满地都是玫瑰；那面还有莲紫色的夜，静谧的草原，玲珑的小涧，和芳菲的歌声。和我一同去吧，我的公主，我的太阳，我的小白鸽！"

于是他从藤蔓上面爬了上来，抱着她们跳下去，骑在马上悄悄地往静谧的平原中跑去。

她们有着同样的梦，因为她们是躺在床上，玛丽有一只洁白的小床，陶茜也有一只洁白的小床。

可是轻捷的马蹄声呢？

她们爬了起来，站到窗前。

广漠而辽阔的原野是无边无际地伸展开去，在黑暗里沉沉地睡着。

于是她们有了潮润的眼和黑色的心。

在静谧的午夜里，两个纯洁的圣处女，披了白纱的睡衣，在基督的像前跪了下来：

"主呵，请恕宥你的女儿，她是犯了罪，她是那么不幸，那么悲伤，主呵，请你救助你的女儿……"那么地祈祷着。

某夫人

　　山本忠贞斜倚到车窗上，缓缓抽着雪茄，从歪带着的军帽的帽檐那里，透过了从磁杯里边蒸腾上来的咖啡的热气，在这边望着她。

　　车一开出哈尔滨车站，在铺满了皑皑白雪的平原上驰走着，天慢慢地暗下来时，他已经注意到在隔壁那间卧室里，带一点汉城口音唱着《银座行进曲》的，那个不知国籍的女人是一个很可怀疑的人物了，为了她的老于风尘的样子，她的冷漠的声音，脚下那双名贵的缎鞋，轻捷的步趾，尤其是因为她的少妇型的，妖冶而飘逸的风姿。她老是在那里反复地唱着同一的调子，悉悉地，像从紧闭着的嘴唇里边漏出来的。睡在床上机械地听着这充满了北国的忧郁的歌声，车顶上的电灯蚌珠似的放出光彩来时的山本忠贞完全忘了藏在帽徽里的，进攻辽东义军的军事密件，而对于隔室那位诡秘的夫人抱了满怀不可遏制的好奇心。一个娟好的独身妇人，那样的对象是不能不使哈尔滨特务机关的调查科科长山本忠贞少佐睁开一只侦察的眼和一只爱慕的眼吧。

　　"毒品的贩卖者么？舞女么？还是匪贼的间谍呢？"被这些问题苦

恼着的山本忠贞在餐车里仔细地看了喝着咖啡的她，忽然毫无理由地高兴起来："总之，不会是一个贞节的女子吧。"所以，推歪了军帽，摆出不修边幅的轻薄态度来。

坐在餐车里的她。穿着堇色的衫，有一条精致的鼻子和一张精致的嘴，眉毛修饰得非常纤巧，一身时髦的西欧风味一点也剖别不出究竟是那一国人。她把香烟灰弹在餐盆里，时常把晶莹的眸子从鬓边闪到山本忠贞脸上来，碰到他的饕餮的眼便低下眼皮，让长睫毛遮住柔媚的眸子的流光，把笑意约住在嘴角，温雅地拿起咖啡来的姿态简直是在跟他卖弄风情了。家眷还在东京的，过着禁欲生活的山本忠贞，只喝了半杯鸡尾酒便被桌旁的水汀烘得浑身的情欲古怪地燃烧起来。看看她在旁娉婷地走了过去，在他衣襟上留下了俱乐部香水的幽味，走到卧车里，碰地关上了门，他便似跌地闯进了她的卧室，用醉汉的声气喝道：

"站起来！"

斜躺在床上她冷静地问道："你有什么权力那样地命令我呢？"

"呔？特务机关调查科科长的山本忠贞少佐要搜查一个嫌疑犯也不行么？"

"很英俊的人为什么对于一个女子施行着那样粗鲁的仪态呢？"

"你那么漂亮的夫人不是也在做着不法的事么？"山本忠贞邪气地笑了起来。

"不法的事么？请你搜吧，随身行李都在这里。"把钥匙扔给了他，又哩哩啦啦地唱起《银座行进曲》来了。

"好本事！比我还镇静。可是你可知道山本忠贞少佐的眼是被称为显微镜的么？"一面咕哝着，一面打开了一只小提箧把一些零碎用品全倒了出来。他用把玩的态度检视着那些手套，丝袜，裹裤，睡衣，用责骂的口气调笑着道："那样的睡衣！从浴盆里跳出来，穿着那样丝织的绣花睡衣，不怕一身的性感被水蒸气挥发到外面来么？这样珍贵的手套！连一双可爱的手也悭吝到要遮蔽起来呵。呔！如果不是想怕腿部的肉来诱惑特务机关长山本忠贞少校，总不需要穿那样透明的袜吧。"挤着眼瞧了她的腿："脚上的还是桃色的袜呢！你看不是连柔软的汗毛也看得很清楚么？可是山本忠贞少校并不是意志薄弱的家伙呵。"把亵裤到手里时，他已经不是在检查违禁品，却是在欣赏尖端流行物的猎奇趣味了。"也有那样瘦削的腰肢的么？把那样绯色的短裤穿了起来，就是印度的禁欲者也没有法子保持独身了吧！可是那只胸褡却不免大得和亵裤太不得称了吧，一个瘦削的腰肢也能承托这样丰满的胸部么？"

整个提篮全察看过了以后，索性把床下的那只大铁箱也打了开来，铁箱里边除了一双银缎鞋，一双水红的高跟鞋，全是些衣服，正在说着"衣服也留着余香呢"那样的话时，她却跳起来道："还骚扰得不够吗？"

山本忠贞刚在搜寻不出什么违禁品，觉得没法下台忽然看见铺在床上的毡，便抢前一步，扯开那张毡，一大包烟土在毡下赫然显现了出来：

"呔！那是什么东西！"

婉娈的，求情的笑马上在她俏丽的脸上浮现了出来，拖住他的手，显着那样柔弱迷人的样子："是第一次，人家托我带的。总可以商量吧？我知道你是不会为难一个女人的。"

"可以商量，我和你有什么事不能商量呢？"一只手抬着她的下巴，细细地看了一会道："真漂亮！可惜做了偷运烟土的私贩。"

她可怜得像一只绵羊："不是私贩呀，山本忠贞少佐。"

"你还是想跟了路警去呢？还是希望做三天山本夫人？"

她做了个媚眼道："你还叫我选择么？"

山本锁上了门，哈哈地大笑着，把手伸到她怀里去道："让我来测量一下你的胸褡的尺寸吧。"

她低低地笑着道:"这一带很多匪贼劫车的事件,而且,你看车动摇得多利害,又没有浴室,——到长春常磨馆去住三天不是很有趣吗?"

第二天,山本少佐和他的新夫人从宪兵和警察的双重搜查网里堂皇地跑了出来,在常磨馆最上好的房间里,亲密地站在窗畔眺望着街景了。

"这里不是有着马赛克磁砖铺的浴室吗?"

山本拉拢了丝绒的窗帏,拎着水红的睡鸟和绣花睡衣,把他的新夫人抱到浴室里边,在浴缸里放满了淫逸的热水,"一定要等灯亮了才行么?"那么地说着,捉住了她,给她卸衫,她缩在他怀里嘻嘻地笑着时,外面的电话响了起来。

"讨厌!是谁打电话来呢?"跑出去,拿起了电话。

"山本么?"电话筒里嗡嗡地讲着的正是宪兵司令冈崎义一。

"冈崎么?本来预备一到就来拜访你的,想不到你已经先打电话来了。"

"你昨天不是猎获了一个新夫人么?"

"你怎么已经知道了。"

"你跟她一同在长春下车,我是不能不知道的。"

"好家伙!"

"可是朝鲜人,讲话带一点汉城口音的,身材很苗条,鼻子旁边有一颗美人痣,笑起来很迷人,走路时带一点媚态,腰肢非常细的?"

"你认识她不成?"山本惊异起来了。

"现在还在你房里吗!"

"你想来看看她么?"

"你现在马上拿手枪指住她,别让她走一步。"

"拿手枪指住她?"

"你还不知道她就是有名的女间谍Madam X么?"

电话挂断了。

"Madam X可惜现在就被发觉了，过了今天再被发觉不是很好。"说着，霍地拔出手枪来指住走到浴室门口的他的新夫人"亲爱的，请你在那里站一会儿吧。"

"用什么手枪呢？旅馆不是已经受包围了么？"声色不动地靠在门上。

"Madam X真是尤物！可惜了。"

她不做声，轻轻地唱起《银座行进曲》来。

五分钟后，冈崎义一指挥刀在腰间咯咯地响着，跟在十二个宪兵后面走了进来。

"Madam X，久违了。"

他打开了那只小提箧，和那只大铁箱，从大铁箱里寻出那包烟土来，笑着说道：

"还是用这个笨拙的老方法么？"

抽出指挥刀从烟土的中间切下去，拿手指钳出一颗蜡丸来道：

"你还在担任传递工作么？"

他插好了指挥刀："请你到宪兵司令部来谈谈吧。"向山本讲了一句："对不起，请你另外再找一个吧。"带了她走了。

山本在长春住了两天，"另外再找一个，那里再找得到那样名贵的宝物呢！"怀着这样的思想，安安静静地搭了车到沈阳，把行李放在旅馆里，去看了几个朋友，预备回来好好地睡一夜，明天上第二师团本部去把文件缴了，玩一星期便回哈尔滨去。

从朋友家里喝了点酒，回到旅馆，走进自己房里，只听得浴室里哗哗的放水声。

"见鬼么？"

刚想跑进去看时，浴室的门开了，在热腾腾的水蒸气里，亭亭地站着的，饱和了新鲜的性感的，站在瘦削的黑缎鞋上的，洁白而丰腴的裸像正是 Madam X，他不由像见了狐精似的迷惑起来。半天才说出话来道：

"你怎么会跑到这里来的？"

"你看，我不是刚洗了身么？冈崎怕有半年没有洗澡了，身上脏得像乞丐似的，把我的肉也弄脏咧。"

听了这样的话，山本的情欲，在车上给水汀蒸发出似的又给从浴室里喷出来的，弥漫的水蒸气毫无节制地蒸发起来了。

"脏也好，干净也好，既然回到我这里来，至少要请你做一小时山本夫人再送到宪兵本部去吧。"

野兽似地扑了过去。

从她身后闪出两个拿了四寸勃郎林式的手枪的壮汉来。山本在枪口前噤住了。

"你明白为什么我要车上勾搭你吗？难道是我会爱上一个粗俗的日本男子不成？不过是想你把烟土里边的蜡丸搜了去罢咧。不料你竟蠢到连烟土里边可以藏蜡丸的事也不知道。冈崎是比你稍聪明一点的笨汉。他以为蜡丸里边藏的是我们的地图和我们的计划书，派了一中队去搜寻我们——明天你就会知道，你们的一中队全部覆没在我们机关枪底下了。"

山本不由咆哮起来道："你就为了要把这些话来侮辱我才跑到这里来的么？"

"请你把声音放低一点吧，虽然是四寸的手枪，洞穿你的肢体的力量还是有的。"她拿毛巾抹着身子："你知道我跑来干吗？你是不会知道的。我想来偷盗你的秘密文件的，想不到搜遍了全房间，还是搜不到，失望得很。现在我也不想你的秘密文件了，只想要你的帽徽做你对我的热恋的纪念品。

"哒!"山本刚一抬手,下巴给打了一拳倒在地上,给塞住了嘴,绑住了手脚。

"没用的东西!"

她把他的帽徽摘下了来交给那个壮汉道:"你们先去吧。"

那个壮汉啐了一口道:"那么没用的家伙,还费了两个人来服侍他。"笑着走了。

她从浴室里拿了一大堆衣服出来……

"你不是说把绯色的裹裤穿了起来,就是印度的禁欲者也没有法子保持独身了么?现在我就穿给你看,报答一下你的过分的称誉。"

她一面嘲笑着他,一面穿好了衣服:"莎育娜拉,特务机关调查科科长山本忠贞少佐!"走了出去,终于在房门外低低地唱起《银座行进曲》来。

玲　子

　　淡淡的日影斜映到窗纱上，在这样静谧的，九月的下午，我又默默地怀念着玲子了。

　　玲子是一个明媚的，南国的白鸽，怎样认识她的事，现在是连一点实感也没有了，可是在我毕业的那一学期，她像一颗绯色的彗星似的涌现了出来，在我的干枯的生命史上，装饰了罗曼蒂克的韵味，这中间的经历，甚至顶琐碎的小事，在我记忆里边，还是很清晰地保存了的。

　　是一千九百二十六年吧，在英美诗的课堂上有一个年纪很小，时常穿一件蔚蓝的布旗袍的，娟丽的女生，看起来很天真，对于世事像不知道什么似的，在我们谛听长胡子的约翰生博士讲述维多利亚朝诸诗人的诗篇时，总是毫不在意地望着窗外远处校园里的喷水池在嘴边浮着爽朗的笑，这人就是玲子。

　　大概是对于文学的基础知识也不大具备的缘故吧，把约翰生博士指定的几篇代表作，她是完全用读《撒克逊劫后英雄略》，读《侠隐记》那样的态度来读的，所以约翰生博士叫她站起来批评丁尼孙的时候，可笑而庸俗的思想就从那张雅致的小嘴里流了出来。严肃的约翰生博士便生起气来，严厉地教训了她。

"用你那样的话去称赞一代的文才，在你当作一个文学研究者是一种耻辱，在丁尼孙是一种侮辱。"

她也并不觉得难受，只是望着约翰生博士的胡子嘻嘻地笑，很明显地，她一点也不明白为什么她的意见对于她是一种耻辱。"你是竭力称善了丁尼孙，我不是比你还过分地称誉了他么。"那样的意思是刻画在她的脸上。

"懂了么？对于丁尼孙这是一种侮辱，不可容忍的侮辱！一个人说的话应该负一点责任，不能随意指责，或是胡乱吹捧。记着，孩子，口才是银的，沉默是金的，这是一句格言。滔滔雄辩还抵不过一个有思想的哲人的微笑，何况你的胡说！"

她却出乎意外地说出这样有趣的话："是的，先生，可是一定要我站起来说的不就是你么？"

这一下，约翰生博士是完全失败了。"顽皮的孩子！顽皮的孩子！"喃喃地说着，颓丧地坐了下去。

面对着那样的喜剧，我们不由全笑了起来。

下了课，在走廊里边，约翰生博士叫住了我，抚着玲子的柔顺的头发对我说道："你找几本书给这位小妹妹念念吧，她真是什么也不懂。"

从那天起我便做了她的导师，我指定了几部罗曼主义的小说给她看，如《沙弗》，《少年维特之烦恼》一类的书，每天在上英美诗这一课以前一个钟头，我替她解释史文朋和白朗宁，在一些晴朗的下午，在校园里碰到她，便坐在日规上，找一点文学的题材跟她谈了。她是一个有着非常好的天资的人，联想力很丰富，悟性也好，如果好好的培养起来，是不难成为一个第一流的作家的。那时她差不多天天和我在一起，我们时常在校外的煤屑路上悉悉地踏着黄昏时的紫霞，从挂在天边的夕云谈到她脚上的鞋跟，在星期六的下午，我们便骑着脚踏车，带了许多水果，糖，饼干和雪莱的抒情诗集，跑到十里路外的狩猎协会的猎场里边去辟克匿克。

猎场旁边有一道透明的溪流，岸上种着一些杂树，我们时常在一棵高大的菩提树旁边坐下来，靠着褐色的树干，在婆娑的枝叶下开始我们的野餐，读我们的诗。她是不大肯静静地坐一个钟头的，碰到温暖而绮丽的好天气，她就像一只小鹿似的在那块广漠的原野上奔跑起来了。她顶喜欢用树枝去掘蚂蚁穴，蹲在地上看蚂蚁王怎样率领着一长串的人民避难。她又喜欢跑得很远，躲在树枝后面，用清脆的、银铃似的声音叫着我的名字，引我去找她；从辽远的天边，风飘着她的芬芳的声音，在这无际的草原上摇曳着：那样的景象将永远埋在我心里吧！

等我读倦了书，抬起头来时，就会看到她默默地坐在我身旁，衫角上沾满了蒙茸的草茨子，望着地平线上的天主教寺的白石塔和塔顶的十字架，在想着什么似的脸色，在她眼里有一点柔情，和一点愁思。我点上了烟卷，仰着头，把烟圈往飘渺的青空喷去，她便会回过头来，恨恨地说道：

"你瞧，这么好的天气！"

也许那时我是被书和烟熏陶得太利害吧，对于在她这句话里边包含着的心境是一点也没有领会到；在我的印象里边，正像约翰生博士说的，只是一个顽皮的孩子，一个什么也不懂的小妹妹而已。

在暮色里并骑着脚踏车，缓缓地沿着那条朴素的乡间大路回去的时候，她就高兴起来：

"现在你总不能再看书了！"便哩哩啦啦地唱着古典的波兰舞曲，望着那条漫长的路，眼睫毛在她眼上织起了一层五月的梦，她的褐色的眸子，慢慢地暗下去，变成那么温柔的黑色，而嘴角的笑意却越来越婉约了。

那样的黄金色的好日子散布在我的最后的一学期里,这位纯洁的圣处女也在我的培养下,慢慢地成长了起来。可是命运真是玄妙的东西,如果那时我在十八世纪法国百科全书派的学说上少下些功夫,多注意点她的理性的发展,她的情绪的潜流,那么,以后她的历史便会跟现在不同,我也不会成为现在那样的一个人了吧。我所介绍给她的读物里边太偏重于罗曼主义的作品,她的感情,正和那时的年青人一样地、畸形地发达起来,那颗刚发芽的花似的心脏已经装满了诗人气氛,就是在日常的谈话里边也濡染了很浓重的抒情倾向,到学期快完时,她已经是一个十分敏感的女性了。我是她思想上和行动上的主宰,我是以她的保护人的态度和威严去统治了她,对于在一个从教会学校的保姆制度下解放出来、刚和异性接近的、十八岁少女的、奔马似的下层感情我是完全忽略了的,直到毕业考试那几天,她忽然变态地伤感起来,兴奋起来的时候,还是没有发现蕴藏在她的纯朴的感情里边的秘密。

在举行毕业礼的前一天,我从教授们的公宴席上回来,稍会有一点酒意,一个人带着只孟特琳走到校园里,想借音乐来消遣这酒后的哀愁。

那天恰巧有着很好的下弦月,在清凉的月色里边,我们的宿舍默默地站立着,草地下铺满了树叶的阴影,银色的喷泉从池水里女神的头发上缤纷地抛散着跳跃的水珠,池旁徘徊着一些人影。是喝了太多的酒吧,对于这快要离别了的大学风景,有了依恋的游子的心。在这里不是埋葬了四年青春的岁月,埋葬了我的笑,我的悲哀么?

不会忘记这座朱漆的藏书楼里边的温煦的阳光,那些教授们的秃头,和门房的沙嗓子的!叹息着在日规上坐了下来,我听到一个柔情的声音在唱着"卡洛丽娜之月",那怀念和思恋的调子,从静谧的夜色里边悄悄地溜了过来。

卡洛丽娜的月色铺在我们旧游地，当蔷薇开遍在家园的时候，玛莎，你还记得我的名字么？

抚摸着日规上的大理石，伤感到差一点流下泪来。这是一支古典的小曲，而那在唱着的声音，不正是熟悉的玲子的声音么？于是我轻轻地弹着孟特琳唱起来了，向着这温柔的夜春倾吐了我的忧郁，沉醉在自己的声音里边，闭上了眼。等我唱完了那支曲子，睁开眼来的时候，一个颤抖的声音在我耳边说："再唱一遍吧，你是唱得那么好呵！"

坐在我身旁的正是玲子，她的嘴抽搐着，她没看我，只望着远处插在天边的树叶的苍姿，她捉住我的手，她的全个身子在颤抖着，忽然，我什么都明白了，我明白为什么她会一个人坐在校园里，我明白她的眼色，也明白了我自己的哀愁。我抓住了她的肩膀，她的脸在我的脸下面那么痛苦地苍白着，她是那么勇敢地看着我，想看到我灵魂里边去似的。她没说话，我也没有说话，可是我在心里低低地叫着她的名字。猛的，她的脸凑了上来，用手臂拖住了我的脖子，我看见一张嘴微微地张开着在渴望着什么似的喘息着，便吻了下去。一分钟以后，她推开了我，坐在我前面用责骂似的眼光透视着我，于是，眼泪从她脸上簌簌地掉了下来。

在日规上，我们坐了一晚上，没有讲一句话。第二天，我不等行毕业礼，便车着铺盖，行李，扔下了这朵在我的心血的温室里培养起来的名贵的琼花，为着衣食，奔波到千里外的新加坡去了。此后，我就不曾看见过她，也没一个人告诉我一些关于她的消息，可是，在我一个人坐到桌前，便默默地想起她来。——愿上帝祝福她呵，祝福这个纯洁的灵魂！

墨绿衫的小姐

一

　　一枝芦笛悄悄地吹了起来；于是，在旋转着七色的光的，幻异的乐台上，绢样的声音，从琉璃制的传声筒里边，唱了：

　　待青色的苹果有了橘味的五月，
　　替着三色的堇花并绘了黑人的脸。

　　（琉璃制的传声筒的边上有着枣红的腮，明润的前额，和乳白的珠环，而从琉璃制的传声筒里看进去，她还有林擒似的嘴。）

　　我要抱着手风琴来坐在你磁色的裙下，
　　听你的葡萄味的小令，亚热带的恋的小令。

绢样的声音溜了出去，溜到园子里，凝冻在银绿色的夜色里边。坐在钢琴的尾上，这位有着绢样的声音的，墨绿衫的小姐，仰起了脑袋，一朵墨绿色的罂粟花似的，羽样的长睫毛下柔弱得载不住自己的歌声里边的轻愁似的，透明的眼皮闭着，遮住了半只天鹅绒似的黑眼珠子，承受着那从芦笛里边纷然地坠下来的，缤纷的恋语，婉约得马上会溶化了的样子。

"雅品呢！"在Peppermint上面，我喝起彩来。薄荷味的液体流向我嘴里，我的思想情绪和信仰全流向她了。

《影之小令》依依地消散到她朦胧的鬓边的时候，她垂下了脑袋走下了音乐台，在夜礼服中间湮逝了她的姿态。

我觉得寂寞起来；在广漠的舞场里边，我流浪着，为了那朵纤细的，墨绿色的罂粟花，为了那绢样的声音。

有着桃衫的少女，紫衫的少女，鹅黄衫的少女，破裂的大鼓声，唠叨的色土风，肤浅的美国之化，杂乱的色情，没有了瓶盖，喷着白沫的啤酒瓶似的老绅士……可是那儿是半闭了眼珠子，柔弱地仰起了脑袋，承受着芦笛那儿悠然地坠下来的缤纷的恋语，婉约得马上会溶化了的样子。有着那么娟妙的姿态的墨绿衫的Senorita呢？绢样的声音呵！

"呵！呵！"懒然地坐了下来，望着窗外的园子。

园子里温柔的五月爬上每一页手掌样的菩提树的树叶；从天末，初夏的蜜味风，吹着一些无可奈何的愁思。

于是我有了颗黑色的心。

二

午夜三点钟，静谧的Lullaby的时间。

怀着黑色的心从空去了人的凋落的舞场里走到蔚蓝的园子里。

藤蔓的累然的紫花从树枝搭成的棚架那儿绚烂地倒垂了下来，空气里边还微妙地氤氲着绢样的声音的，银绿色的香味，墨绿衫的Senorita遗留在我的记忆上的香味。

黑色的心沉重起来了。

我是需要一点叹息，一点口哨，一点小唱，一点默想……

在一丛曼陀罗前面，靠着罂粟树，低着脑袋站了两分钟再抬起脑袋来的时候，我知道我是有着潮润的眼珠子，因为夜色是染在暗红色的屋脊上面，染在莲紫色的藤蔓上面，染在褐色的棚架上面，染在黝绿的草地上面，还染在我整个的灵魂上面，染在暗黄色的曼陀罗上面。

就是折了一朵憔悴的曼陀罗回去，也是太寂寞的吧？而且五月的午夜是越来越温柔了呵！

跨过那片草地，在一条白木桥的那边，是一条碎石砌的窄径，和桥下的那条小溪一同地，在月光下面，绷着灰白的清瘦的脸，向棒树丛和栗树丛中间伸展了进去。

悉悉地在碎石小径上走着，我开始诅咒我的心脏，因为它现在是那么地沉重，又那么地柔软，而且它还从记忆里边发掘着过去的月色和一些轻盈的时间。

碎石缝里的野草越来越长了，那条小径给湮没在落叶下面。不知从几时起我已经弯进了树丛中间，在迷离的干枝下面，沾了一鞋的泥迹，弯了腰走着了。

我低着脑袋，拨开了横在前面的一枝栗树的粗枝的时候，我的全部的神经跳跃起来：在地上有着一个女子的脚印，纤瘦的鞋跟践得很深，树叶的缝里筛下来的月光正照在上面。再转过三棵榛树，从纷纭的树枝中间抬起脑袋来，我听见了淙淙的水声，却见那条小溪和石径又摆在前面了。沿着溪流盛开着一溜樱树；就在樱树底下——我差一点疯了，是的，就在樱树底下，在墨绿色的鞋上露了脆弱的脚踝，沾了半襟的樱花，颓然地躺着的，不正是墨绿衫的Senorita？她腮上有着两颗晶莹的泪珠，嘴唇稍会堵着点儿，眼皮上添了冶荡的，可怜的胭脂色，她的长卷发披在地上。那么地醉了呢！

把手帕在溪水里浸了按在她脑袋上面，拉了她坐起来让酡然的醉颜贴住了自己的胸襟，轻轻地"小姐！小姐！"那么地叫着。

她茫然地睁开眼来。

"抱住我呵，罗柴里！我为你折那朵粉红的樱花，和我的嘴一样的樱花。"低低地说着。

"小姐！"

"我要把她簪在你的襟上，你的嘴便会有樱花的味。"

"真是那么地醉了！"把她扶了起来。

站在那儿，两只脚踝马上会折断了似的，亭亭的风姿，喃喃地说着："拖着我回去呵，罗柴里！嫉妒是中世纪的感情呢！你已经那么地辱骂了我，……"

走到小径上面的时候，她完全萎谢在我身上；走到栗树丛里边的时候，只得把她抱了起来。

"……那么地拉住了我的肩膀，拼命地摇着我，那么地鞭打着我，你瞧一瞧吧，我背上的那条紫痕！我是那么地跪在地下求你饶恕，那么地哭泣着……我不忠实，是的，可是你瞧，我已经那么可怜地醉了呵！"

在我的怀里，她说着一些微妙的，不清楚的言词，她叫我罗柴里，她向我诉说自己是怎样的不幸，要我饶恕她，说那天她是没有法子，她说：

"是五月，是那么温柔的晚上，是喝了三杯威司忌，他又有着迷人的嗓子。"

抱住了我的脖子；她软软地笑着，把她的脸紧紧地贴住了我的，在我的耳朵旁边低低地唱着《影之小令》，她甚至告诉我手提袋里有波斯人秘制的媚药。

真是名贵的种类呢，这醉了的墨绿衫的Senorita！她说话的时候，有着绢样的声音，和稚气的语调；她沉默了的时候，她的羽样的长睫毛有着柔弱的愁思，她笑的时候喜欢跟人家做俏眉眼，而她微微地开着的嘴有了白兰的沉沉的香味。

在迷离的月色下走着，只觉得自己是抱了一个流动的，诡秘的五月的午夜踱回家去。

三

卧室里边有着桃木的床，桃色的床中和一盏桃色的灯。她躺在床上，像一条墨绿色的大懒蛇，闭上了酡红的眼皮，扭动着腰肢。

"罗柴里！"用酒精浸过的声音叫着我。

我灌了她一杯柠檬水，替她剥了半打橘子，给她吞了一片阿司匹灵。把一小瓶阿莫尼亚并放在她鼻子前面，可是她还是扭动着腰肢：

"罗柴里！"用酒浸过的声音叫着我。

于是我有了一同轻佻的卧室。

今晚上会是一个失眠的夜，半边头风的夜吧？

卸去了黑缎襟的上衫，领结散落到浆褶衬衫上的时候，她抬起一条腿来：

"给脱了袜子呵，罗柴里！"

脱了袜子，便有了白汁桂鱼似的，发腻的脚，而她还挤住了我的头发，把我的脸扯到胸前：

"罗柴里，抱住我呵！你知道我是那么软弱，又是那么地醉了，紧紧地抱住我吧，我会把脏腑呕吐了出来的。"

房子和家具，甚至那盏桃色的灯全晃动了起来；我的生命也晃动起来，一切的现实全晃动起来，我不知道醉了的是她还是我。墨绿衫落到地上，亵衣上的绣带从皎洁的肩头滑了出来的时候：

"再抱得紧些吧，你看，我会把脏腑全呕吐了出来的。"

我忽然想起有一个人怎样把女水仙捉回家来，终于又让她从怀里飞了出去，等他跳起来捉她时，只抢到她脚上的一只睡鞋，第二天那只睡鞋还是变了一只红宝石的燕子的瑰奇的故事，便拼命地压住了她。

"吻着我吧，罗柴里，你的嘴是有椰子的味，榴莲的味的。"

在我的嘴下一朵樱花开放了，可是我却慌张了起来，因为我忽然发现在我身下的人鱼已经是一个没有了衣服，倔强地；要把脏腑呕吐了出来似地抽搐着的胴体，而我是有着大小的手臂，太少的腿，和太少的身体。

莲灰色的黎明从窗纱里溜了进来的时候，她还是喃喃地说着："紧紧地抱住了我呵，罗柴里，我会把脏腑全呕吐了出来的。"

"无厌的少女呵！"再抱住了她的时候，觉得要把脏腑呕吐了出来的，不是她而是自己。

下午五点钟，在梦里给打了一拳似的，我跳了起来。

一抹橘黄的太阳光在窗前那只红磁瓶里边的一朵慈菇花的蕊上徘徊着，缕花的窗帷上已经染满了紫暗暗的晚霞，映得床前一片明朗润泽的色采，在床上和我一同地躺着的，不是墨绿衫的Senorita，却是一张青笺，上面写着：

"你是个幸福的流氓,昨天我把罗柴里的名字来称呼你,今天我要这样叫你了:Ma'mi!"

我跳了起来,吃了半打橘子,嗅了一分钟阿莫尼亚;我想,也许我从昨夜起就醉了吧。可是,在洗着脸的时候,却有人唱着《影之小令》从我窗前缓缓地走了过去。

待青色的苹果有了橘味的五月,
簪着三色的茧花,并绘了黑人的脸。在修容镜里边浮起了
抹了一下巴肥皂的自己的茫然的脸。

我要抱着手风琴来坐在你磁色的裙下,
听你的葡萄味的小令,亚热带的恋的小令。
       Ma'mi 呵 Ma'mi!

从肥皂泡里边,嘘嘘地吹起口笛来。

       一九三四年八月三十日

骆驼·尼采主义者与女人

一

灵魂是会变成骆驼的。

许多沉重的东西在那儿等着灵魂，等着那个驮着重担的，顽强而可敬的灵魂：因为沉重的和顶沉重的东西能够增进它的力量。

"沉重算得什么呢？"驮着重担的灵魂那么地问着；于是跪了下来，一只骆驼似的，预备再给放些担子上去。

"什么是顶沉重的东西呵，英雄们？"驮着重担的灵魂问。"让我驮上那些东西，为自己的力量而喜悦着吧。"

……那一切沉重的东西，驮着重担的灵魂全拿来驮在自己的背上，像驮了重担就会向漠野中驰去的骆驼似的，灵魂也那么地往它的漠野中驰去了。

（录自查拉图斯屈拉如是说之三变）

灵魂是会变成骆驼的，所以：

他从右边的袋子里掏出一包皱缩的吉士牌来，拿手指在里边溜了一下，把空纸包放到嘴旁吹了一口气，拍的打扁了，从左边的袋子里掏出一包臃肿的骆驼牌。

点上了火，沙色的骆驼便驮着他的沉重的灵魂在空中行起来了。

"没有驼铃的骆驼呵！"

牙齿咬着烟卷的蒂，慢慢地咀嚼着苦涩的烟草，手插在口袋里边，面对着古铜色的金字塔的麻木的味觉，嘘嘘地吹着静默的烟。

在染了急性腥红热的回力球场里边，嘘嘘地吹着沙色的骆驼；

在铺着蔚蓝色的梦的舞场里边，嘘嘘地吹着沙色的骆驼；

在赌场的急行列车似的大轮盘旁边，嘘嘘地吹着沙色的骆驼；

在生满郁金香的郊外，嘘嘘地吹着沙色的骆驼；

在酒排的绿色的薄荷酒的长脖子玻璃杯上面，嘘嘘地吹着沙色的骆驼；

在饱和了Beaut's exotigue的花铺前面，也嘘嘘地吹着沙色的骆驼；

甚至在有着黄色的墙的Cafe Napoli里边，也嘘嘘地吹着沙色的骆驼。

二

是紫暗暗的晚霞直扑到沥青铺道上的下午六点钟，从街端吹来的四月的风把蔚蓝色的静谧吹上两溜褐色的街树，辽远的白鸽的翅上散布着静穆的天主教寺的晚祷钟，而南国风的Cafe Napoli便把黄色的墙在铺道上投出了莲紫色的影子。

商店有着咖啡座的焦香，插在天空的年红灯也温柔得像诗。树荫下满是煊亮的初夏流行色，飘荡的裙角，闲暇的微尘，和恋人们脸上葡萄的芳息。

就在这么雅致的，沉淀了商业味的街上，他穿了灰色的衣服，嘘嘘地吹着沉重的骆驼。

走过Cafe Napoli的时候，在那块大玻璃后面，透过那重朦胧的黄沙帏，绿桌布上的白磁杯里面，茫然地冒着叹息似的雾气，和一些隽永的谈笑，一些欢然的脸。桌子底下，在桌脚的错杂中寂然地摆列着温文的绅士的脚，梦幻的少女的脚，常青树似的，穿了深棕色的鞋的，独身汉的脚，风情的，少妇的脚……可是在那边角上，在一条嫩黄的裙子下交叉着一双在墨绿的鞋上织着纤丽的丝的梦的脚，以为人生就是一条朱古律砌成的，平坦的大道似的摆在那儿。

"又来了！今天是她第五天咧。"

嘘嘘地吹着沉重的骆驼，拍拍地走了进去，在黄纱帏后面伸出了驮着重担在漠野中奔驰的，有着往后弯曲的关节的异样的脚，在茫然地冒着的咖啡的雾气旁边摆着蜡人样的脸色。

坐在他前面桌上的正是那个有着在墨绿的鞋上织着纤丽的丝的梦的脚的，那个异教徒。

她绘着嘉宝型的眉，有着天鹅绒那么温柔的黑眼珠子，和红腻的嘴唇，穿了白绸的衬衫，嫩黄的裙。正是和她的脚一样的人！

她在白磁杯里放下了五块方糖，大口地，喝着甜酒似的喝着咖啡；在她，咖啡正是蜜味的，滋润的饮料。不知道咖啡有苦涩的味的人怕不会有吧？而她是在咖啡的苦味里边溶解了多量的糖，欺骗了自己的舌蕾，当做蔻力梭喝着的。

可是她的抽烟的姿态比她的错误的喝咖啡方法还要错误！光洁的指

尖中间夹着有殷红的烟蒂的朱唇牌，从嘴里慢慢地滤出莲紫色的烟来，吹成一个个的圈，在自己眼前弥漫着，一面微笑地望着那些烟的圈，一面玩味着那纯醇的，淡淡的郁味，就像抽烟不是一件痛苦的事似的。

"人生不是把朱唇牌夹在指尖中间，吹着莲紫色的烟的圈，是把骆驼牌咬在牙齿中间咀嚼着，让口腔内的分泌物给烟草滤成苦涩的汁，慢慢地从喉咙里渗下去。"那么地想着，对于她抽烟的姿态像要呕吐似的，厌恶起来。

便把白磁杯挪到桌子的那一边，背对着她坐了，嘘嘘地吹着沉重的骆驼。

从后边直蒸腾过来，那纯醇的朱唇牌的郁味，穿越了古铜色的骆驼味，刺着他的鼻管，连喉咙也痒了起来。

"异教徒！"那么地在肚子里骂了一声只得又搬了过去。在莲紫色的烟圈后面的她的脸鲜艳地笑了起来，

他猛的站了起来，走到她前面道：

"我实在忍不住了，小姐，我要告诉你，你喝咖啡的方法和抽烟的姿态完全是一种不可容恕的错误。"

她茫然地喷着烟笑道：

"先生，我觉得你实在是很有趣味的人。请坐下来谈谈吧，我的朋友怕不会来了，我正觉得一个人坐着没意思。"

他在她对面坐下了：

"小姐，人生不是莲紫色的烟圈，而是那燃烧着的烟草。"绷着严肃的扑克脸那么地教训着她。

"我不懂你的话。"

"人生是骆驼牌，骆驼是静默，忍耐，顽强的动物，你永远看不见骆驼掉眼泪，骆驼永远不会疲倦，骆驼永远不叹一口气，骆驼永远迈着稳定的步趾……"

"先生，我没法子懂你的话。"

"不懂吗？我告诉你，我们要做人，我们就抽骆驼牌，因为沙色的骆驼的苦汁能使灵魂强健，使脏腑残忍，使器官麻木。"

她耸了肩膀："我完全不明白你的话。"

他苦苦地抽了一口烟，望着她道："你知道灵魂会变成骆驼的吗？"

她摇了摇脑袋道："我只知道你是个很有趣的人，也生得很强壮，想同你在一起吃一顿饭，看你割牛排的样子……"

他不由笑了起来：

"多么有趣的人哟！"

三

吃晚饭的时候，她教了他三百七十三种烟的牌子，二十八种咖啡的名目，五千种混合酒的成分配列方式。

"请试一试这一种酒吧！"

他皱着眉尖喝了一口，便仰着脖子把一杯酒喝完了。

"这种混合酒是有着特殊的香味的。"

"这种葡萄酒是用一种秘制的方法酿造的，你闻一下这烂熟的葡萄味！"

"这种威士忌是亨利第八的御酒，你也尝一下吧？"

"这种白兰地是拿破仑进圣彼得堡时，法国民众送得去劳军的。"

吃完了饭，喝那杯饭后酒的时候，他把领带拉了出来，把沙色的骆驼喷着她，觉得每个人都有着古怪的脸。

坐到街车上面，他瞧着她，觉得她绸衫薄了起来，脱离了她的身子，透明体似的凝冻在空中。一阵原始的热情从下部涌上来，他扔了沙色的骆驼，扑了过去，一面朦朦胧胧想：

"也许尼采是阳萎症患者吧！"

烟

一

全屋子静悄悄的，只听得邻家浴室里在放水，隔着一层墙壁，沙沙地响。他睡熟在床上，可是他的耳朵在听着那水声。太阳光从对面的红屋脊上照进来，照到他脸上的时候，那张褐色的脸忽然笑了起来，睁开眼来，醒了。早晨是那么清新而温煦！他满心欢喜地坐了起来，望着窗外静谧的蓝天；一串断片的思想纷乱地拥到他神经里边来。

（中央大厦四月四日电梯克罗敏制的金属字"华懋贸易公司"数不清的贺客立体风的家具橙色的墙风情的女打字员开幕词……）

在他眼前浮上了漂亮的总理室：

（白金似的写字楼，三只上好的丝绒沙发，全副Luxury set的银烟具，绘了红花的，奶黄色的磁茶具，出色的水汀和电话，还有那盏新颖的灯。）

他看了一眼放在小机上的那本营业计划书，默默地想：

"第一流的牌号，第一流的装饰，第一流的办公室，第一流的计划，合理化的管理，而我——"

而他，一个经济系的学士，华懋公司的总理，在气概上和野心上，可以说是第一流的青年企业家。

披了晨衣走下床来，走到露台上面站着。满载着金黄色的麦穗的田野在阳光里面闪烁着，空气里边有着细致的茉莉味，不知那儿有一只布谷鸟在吹他的双重的口笛。是那么妥贴，合理而亲切啊！点上了烟，在吉士牌的烂熟的香味里仰起了脑袋想：

"生活真是太丰富了！"

叹息了一下，因为他不能尽量地把生享受，把生吸收到自己的身子里边去，因为他觉得有一个灿烂的好日子在辽远的地方等着他。

"谁说生是丑恶的呢：诅咒生的人怕是不知道生的蜜味，不知道怎样消化生的低能者吧。生真是满开着青色的蔷薇，吹着橙色的风的花圃啊！"

抽完了一支烟，天气越加温煦了。他卸了晨衣，走到浴室里边，在冷水里浸下了自己的脸。水正和早晨一样清新而沁芳！力士皂的泡沫溅了一嘴，把万利自动锋剃刀拿到下巴上面去的时候，嗅到手上的硝酸味，觉得灵魂也清新而强健了起来，便又明朗地笑了。

八点钟，穿了米色的春服，从西班牙式的小建筑里边跑出来，看了看露台上望着他招手的母亲和妹子——

"生活真是安排得那么舒适！早上起来，洗身梳头，穿了明朗的春服上事务所去，黄昏时候回来，坐在沙发上听XCBL电台的晚宴播送……"

在墨绿色的阔领带上吹起口哨来了。

二

　　橙色的墙有着簇新的油漆的气味，家具有着松脂的香味，沙发有着金属的腥味，就是那个号房兼茶役的蓝长衫也有着阴丹士林的气味，一切全显着那么簇新的，陌生的而又亲切的。跨进办公室的房门的时候，几个职员已经坐在那儿了，看见他走进来，全站了起来，他有点儿窘住了，点了点脑袋走到总理室去。他在自己的写字台上坐了一会儿，走到大沙发那儿坐了一会儿，用那副新的烟具抽了支烟，又在小沙发上坐了一会儿，用新的茶具喝了半杯茶，便跑到文书柜那儿，把盛满了白账簿的抽屉一只只地抽开来看了一遍，拿出一张印了头衔的新名片，用新的派克笔座上的笔写了几个字，抚摸了一下电话，又站起来去开了窗，望了望街上的风景，这些簇新的东西，簇新的生活给了他一种簇新的、没有经验过的欢喜。

　　屋子里静的很，没有打字机的声音，也没有电话的声音，几个职员默默地坐在外面，他默默地坐在里面。忽然他觉得无聊起来，他想做一点事情，于是他从口袋里掏出一本金边的手册来，把他约定的那些贺客、跑街，同时又是他从前的同学的电话号码翻了出来，一个个地打着电话，催他们早一点来。

　　十点十分，他的总理室里边，沙发上、写字台上，沙发的靠手上全坐满了人，屋子里边弥漫着烟味，就在屋子中间，他站着，右手的大指插在背心的小口袋里，左手拿着一支烟卷，皱着眉尖说：

　　"诸位，今天是华懋公司诞生的日子，兄弟想简单地跟诸位讲几句话。我们知道，一个事业的成功，决不是偶然，决不是侥幸，是建筑在互助、牺牲、毅力那些素质上面的。诸位，从前是我的同学，现在是我的同事，因为从前我们时常开玩笑惯了，也许现在做事容易玩忽，今天,我希望诸位能服从我……"说到这儿他看了四面围着他的许多乌黑的、发光的眼珠子,有点儿惶惑起来。"是的,我再说一句,希望诸位能服从我,公私要分明,平日我们是朋友,同学,可是在办公室里我们应该严肃!诸位应该明白,这公司不是我个人的产业,而是我们共同的事业!"说到这儿他觉得屋子里边古怪地闷热起来,预备好的演说词全忘了。便咳嗽了一声,把他的计划书拿出来报告一遍,就坐了下去。

出乎意外地,大家忽然拍起手来。接着,便是各人的演说,各人发表意见,每个人的眼珠子全发着希望的光辉,每个人全笑着。在这许多青年人前面,华懋贸易公司像五月的玫瑰似的,在中午的阳光里边,丰盛地开了。

三

那晚上,他在床上躺了半个钟点,后来又跑了下来,在房间里边踱了三次,在露台上看了三刻钟夜色,于是坐了下来,写信给北平的朋友。

"大纲:你还记得在学校里的好日子吗?坐在日规上面望着月色,抵掌长谈的日子,在远东饭店摸黑骨牌的日子,冬天,在宿舍里拥被读李商隐七言诗,抢吃花生米的日子,那些抒情的好日子啊!这半年来,生活的列车那么迅速地在我前面奔驰着,我是黯然地咀嚼着人生的苦味在命运前面低下了脑袋。你也许已经知道我父亲的死了吧?一个曾经雄视一世,纵横于金融区域中的父亲,在颓唐的暮年里边,为了生活的忧虑,寂寞地死去了的情景,对于我应该是怎样的打击啊。我是永远不会忘记他断气时,我们大声地喊着他,他的嘴抽搐了半天,猛地哭了出来,只有鼻涕而没有眼泪的脸的!他死的前一天,半晚上爬起来,看着睡熟了的我们兄弟三个,看了半天,才叹息着说:'孩子们没福,我半生赚了几百万钱,全用在亲戚朋友身上,他们一文也拿不到,现在是迟了!'你想他那样的悔恨,对于我是怎样的一种痛苦呢?他死的时候,我眼泪也没有,叹息也没有,我只觉得天猛的坍了下来,压在我脑袋上面;我只觉得前面是一片空虚;只觉得自己是婴孩那么地柔弱——我应该怎样在人生的旅途上跨出我的第一步呢?可是上海有三百万人在吃饭,而我,一个大学毕业生,有着较高的文化程度,再说,父亲死下来,也不是一个钱也没有,难道就不能找一口饭吃吗?我抱了这样的自信心,在我父亲死后的第二周进了××洋行的广告部。做了一个月的社会人,我的自信心陆续地建筑起来了,所以,那天我在主任的痰盂里吐了一口痰,给他白了一眼,训斥了一顿,便负气跑了出来。我放弃了文艺生涯,我也不情愿做人家的职员,给人家剥削,我父亲是金融资本家,我为什么不能成一个企业家呢?我把人家欠父亲的债务全讨了来,卖了些旧家具,古董,书画,我搬了家,在郊外组织了我新生活的出发点,我把父亲的全部遗产做资本开了一家华懋贸易公司。也许你会说,这事情太冒险,可是冒险时常是成功的基础,不冒险,怎么会成功呢?如果我把我的计划写在这儿,你会说我是顶出色的企业家罢。让过去的永远埋在泥里,让我重新做起罢!我要让那些卑鄙势利的人,知道我的父亲有怎样的儿子!今天我唱出了事业的序曲,三年后,请你到我家里来,我要给你看我的书房,我的住宅,我的Studebaker。"

四

华懋公司在他的合理化的经营里边,显着非常活跃,非常繁荣的姿态,一开头,他就代人家买进了一块道契地皮,为了公司的宣传政策,没要佣金,却代客户给公司的捐客支出了车马费。第二个星期,又运用了手段,把一家电影画报的全部广告,用每月一千元的价格包办了过来。每天早上，五十多个跑街一个个的跑来签到，于是总理室便坐满了青年人，用奶黄色的磁茶具喝着茶的时候，"大学幽默"风的谈笑便和吉士烟、骆驼烟一同地从他们的嘴里边喷了出来。每分钟，电话响着，不是为了营业，而是为了那些青年的密约。女打字员的座位前面时常站满着人，把打字机做调情的工具，在华懋公司的信笺上打着"小姐，你是有着太腻的恋思的，"那样的，罗马武士的行列似的句子。时常到晚上九十点钟，这寂寞的大厦里，华懋公司的窗还像都市的眼珠子似的睁着，在地平线上面一百二十尺的空间里隐隐地泻下喧哗的谈笑到街上来。

他的家也跟着季节一同地热闹起来了，他母亲的房里时常充满着麻雀声和水果。每一个亲戚赞扬着他，甚至于赞扬了他的父亲。他们的一家人成了这条街上的名流了。许多人拿他给自己的儿子做模范，他的言论也影响到他们的思想。

每天早上，他站在露台上望着清新的田野，默默地想。

"生真是满开青色的蔷薇，吹着橙色的风花圃啊！"

叹息了一下，觉得一个灿烂的好日子在辽远的地方等着他。

日子平静地、悄悄地滑过去了。他写了许多信告诉朋友们，他的欢喜，他的骄傲，他详细地计算给他们听，三年中间，他可以积蓄多少钱，他告诉他们他是怎样地在预备着一个舒适的生活和雄伟的事业，他还告诉了他们他的屋子的图样，风格和家具的安置法。他说，三年后他预备造一个小剧场，开一家文学咖啡，创立一个出版社。他做了许多计划，在肚子里边藏了许多理想；他的那本烫金的皮手册差不多载满了轻快的和沉重的各方面的计划。每天他读着自己的计划，每天他想着，改着他的计划，于是轻轻地叹息着，为了灿烂的好日子和他的幸福。日子就载满了幸福，叹息和计划，在他前面走了过去。第一个月底。他的资本为了给自己公司经理的一家袜厂和一家化妆品公司发到外埠去的货物而垫的款项，少了一半；电影画报的广告费又收不回来，到第二个月，他的营业方针全部破产了。那个月的二十八日，他焦急地在总理室等收账员回来，直等到五点钟，他的跑街也失去了青年人的元气，屋子里充满着静寂和衰颓。

五点三刻，大上海饭店的信差送了一封信来：

"实在难过得很，我写这封信，为了你我的友谊。电影画报的广告费在上月底是全部收到了的，一共是一千六百五十元，已经给我用完了。你知道的，上个月我是沉湎在爱娜的怀里！我本来想等家里的钱寄来再还给你，不料直等到今天还没寄来，想了几天法子，到今天我只得回杭州去跟家里办交涉，等我过了暑假，开学时再还给你罢。兄知我，谅不我罪。"

"又学校里我的水果账十元零五分请你代为料理，一并归还。"

读了这封信，他眼前顿时黑了下来。他默默地走了出来，他明白他是破产了。于是在他眼前的一切全消失了价值，消失了概念，觉得自己是刚生下地来，在路上，他茫然地想，想起了那辽远的好日子，想起了父亲临死时那张哭出来的脸，想起了在露台上向他招手的妹子和母亲……

"母亲该怎么歇斯底里地哭泣着，诉说着罢。"

在电车站那儿，他把吉士牌的空包扔在地上，手插在口袋里边想。

"买包什么烟呢？"

他又想："母亲该怎么歇斯底里地哭泣着，诉说着罢！"

铅样黯淡的情绪染到眼珠子里边，忽然他觉得自己是怎样渺小，怎样没用，怎样讨厌；他觉得在街上走着的这许多人里边，他是怎样地不需要。

于是他摸到十六个铜子来，低着眼皮走到烟纸店的柜台旁低声地说道："哈德门！"

那个烟纸店的伙计大声地问道:"买什么?"

他的脑袋更垂得低一点,用差不多细小得自己也听不清楚的声音说道:"买一包哈德门!"

哈德门给拍地抛到他前面的时候,他觉得真要哭出来了,便抢了那包和他一样渺小的廉价的纸烟,偷偷地跑了开去。

贫士日记（节选）

十一月十八日

温煦的，初冬的阳光散布在床巾上，从杂乱的鸟声里边醒来望见对家屋瓦上的霜，对着晶莹的窗玻璃，像在檐前叽喳着的麻雀那样地欢喜起来。

静谧，圣洁而冲淡的晨呵！

面对着一杯咖啡，一枝纸烟，坐在窗前，浴着阳光捧起书来——还能有比这更崇高更朴素的快乐么？

洗了脸，斜倚在床上，点了昨晚剩下来的半段公司牌，妻捧着咖啡进来了。咖啡的味像比平时淡了许多。

"咖啡还没煮透呢。你看颜色还是黄的！"

"再煮也煮不出什么来了，这原是你前天喝剩的渣我拿来给你煮的。"

"还是去买一罐来吧。"

"你荷包里不是只有两元钱么？后天还要籴米，那里再能买咖啡。"

听着那样的话，心境虽然黯淡了些，可是为着这样晴朗的冬晨，终于喝着那淡味的陈咖啡，怡然地读着康德的纯粹理性批判了。

十一月十九日

妻昨夜咳了一晚上，咳得很利害，早上起来，脸色憔悴得很。疑心她的肺不十分健全；可是嫁了我这样的贫士，就是患着肺结核，又有什么法子呢？穷人是应该健康一点的，因为我们需要和生活战斗，因为我们和医生无缘，而且我们不能把买米的钱来买珍贵的药材。

十一月二十日

望见了对面人家从晶莹的玻璃窗中伸出来的烟囱，迟缓地冒着温暖的烟时，妻凄然地说：

"我们几时才能装火炉呢？"

"早咧。"

"可是晚上不是屋瓦上已经铺了很厚的霜么？"

"可是我们不是该应像忍受贫困那样去忍受寒冷，在寒冷里边使自己坚强起来么？"

"你不知道我晚上咳得很利害么？"

"不过是轻松的流行性感冒罢咧。"

"我知道你是存心想冻死我。"

对于这样歇斯底里的，不体谅的话，不由生起气来："那么为什么要嫁我这样的贫士呢？"那样地嘲讽了她，为着避免跟她吵闹，便走了出来，走到街上却后悔起来了。是十一月，是初冬的天气了，我可以忍受寒冷，可是有什么理由强迫穿着一件薄棉袍，为绵延的疾病所苦恼着的妻和我一同地忍受寒冷呢？便当了我仅有的饰物，那只订婚戒，租了只火炉，傍晚的时候在屋子里生起火来。

望着在屋陬熊熊地燃烧着的煤块上面冒出来的亲切的火光，满怀欢喜地抬起头来："坐到火炉旁边来吧，"向妻那么说着时，却看见一张静静地流着泪的，憔悴的脸。

"为什么呢，还那么地哭泣着！不是已经有了火炉，而且你也已经被忧伤吞蚀得够了么？"

妻注视了我半天，忽然怜悯地说道："火炉对于我们真是太奢侈了！"

虚荣心很大的妻会把火炉当作奢侈品真是不可理解的事，而且要求装火炉的不就是她么？正在惊奇的时候，她抚摸着我的脸道："看看你自己吧，这一年的贫困已经使你变成三十岁的中年人了呵。"

摆脱了她的手，在炉子旁边默默地坐了下来，我的心脏像蒙了阵灰尘似的，越来越阴沉了，而在窗外散布着的正是初冬的，寒冷而幽黯的黄昏。

十一月二十一日

开了门，在晴朗的冬阳里浮现着妻的欢欣的脸，才把惴然的心放了下来。妻是回娘家借钱去的，既然带着欢欣的脸，总不是绝望了回来吧。

"有了么？"

妻不说话，颤抖着手从怀里掏出两张五元钱的钞票来。

"只有十元钱么？"

"你不是说只要十五元么?她们也只有二十元钱,我那里好意思多拿呢。"妻紧紧地捏着那两张五元的钞票,毫无理由地笑着说:"你看这不是两张五元的钞票么?簇新的中央银行的钞票么?"

原来妻的欢欣不是为了明天的生活问题得了解决,却是为了好久没有拿到五元的钞票,今天忽然在手里拿着两张簇新的钞票,享受占有权的实感,才高兴着的。

对着十元钱,吃了晚饭,终于对自己的命运愤慨起来:"我们还是到回力球场去博一下吧。反正十元钱总是不够的——运气好,也许可以赢点回来。"

"万一输了呢?"

"如果仔细一点总输不了十元钱的。"

"也好。"

在路上,妻还叮嘱着小心一点,用一点理性,别冲动。

"那还用你说么?"我还得意地笑了她。

到了回力球场里,输了四元钱以后,我便连脸也红了。

"命运对于我真是那么残酷么?我不是只有五元钱的希望很谦卑的希望么?"

怂然地走到买票的柜旁,把剩下来的六元钱全买了三号独赢,跑回来坐到妻的身旁,裁判者的笛子尖锐地吹了的时候,为着摆在眼前的命运,嘴唇也抽搐起来。

一号打了一分,三号上来了,混身打着冷噤睁大了眼。碰碰地,球在墙壁上,在地板上响着。我差一点叫了出来;球不是打在墙壁上,是打在我的心脏上面,在我的心脏里边撞击着。等三号把一号打了下去,心脏是那么剧烈地,不可忍受地痛楚着,只得闭上了眼。

"脸色怎么青得那么利害?"

"不行,我已经出了好几身冷汗。"

"你摸一下我的手!"妻把冰冷的手伸了过来。

这时,场子里哄闹起来,睁开眼来,只见三号又把六号打了下去,打到四分了。我把三张给手汗湿透了的独赢票拿了出来,道:"你看,我买了三张三号独赢呢。"

妻紧紧地捏着我的手:"这一分——祖宗保佑吧。"

二号一上来就胜了三号,连打了五分,我觉得整个的人坍了下去,可是我却站了起来,摇摇摆摆地走了出去,走出了回力球场,走到冷僻的辣斐德路,在凄清的街灯下,听见妻终于在身旁低声地哭了起来。

十一月二十二日

到××处去借钱,在他桌子上看到日久的世界文学上把我那篇《秋小姐》翻译了出来,还登了我的照片。没有办法不笑出来,很高兴,觉得一年来的贫困对于我并不是太残酷的,觉得自己忽然年青了一点。

怀着这本杂志,匆匆地跑回家去,给妻看了,又给母亲看了,想把自己的欢喜告诉她们,只苦说不出话来。

可是母亲冷冷地说:

"这荣誉值得几文钱一斤呢!"

十一月二十三日

在永安公司门口碰到钟柏生,刚想招呼他,他却轻蔑地看了我一眼,不认识我似地走了过去。

柏生和我是十年的同窗,从中学到大学,他没有跟我分开过,我们总是在同一的宿舍里住,选同样的课目;毕业了以后因为忙迫和穷困,差不多和他断了音讯;等他做了官,看看自己的寒伧相,简直连写信给他的勇气也没有了。可是一个忘形忘年的老朋友，竟会摆出那样势利的样子，虽然生性豁达，对于纸样的人情，总免不了有点灰心。

低下头来，看着自己敝旧的棉袍，正想走开去时：

"老韩！老韩！"他却那么地嚷着，从后面达达地追上来了。

站住了回过身去，他已经跑到我身边，亲热地拍着我的肩膀说道："晓！真的是你么？"

"现在富贵了，不认识我了么？"

"那里，那里！我们到新雅去谈谈吧。"

富贵的人时常营养得很好，印堂很明润，谈锋很健。在路上他老是兴致很高地，爽朗地说了许多话。他告诉我许多从前的同学的消息，说某某现在是某院长手下的一等红人，说某某在建设厅做了一年材料科长，现在买起八汽缸的新福特来了，说某某现在做了某银行的协理……只有三年，别人一个个的发达了，我却变成一个落魄的寒儒了！

在新雅谈了三个钟头，末了，他说打算替我找一个固定的职业，还叫我时常上他家里去谈。

分手时，看着他的丰满的侧影，裁制得很精致的衣服，我有了一种乞丐的谦抑而卑贱的感觉。

十一月二十四日

妻病了，有一点虚热，躺在床上，不能起身。

十一月二十五日

妻有着搽了胭脂似的焦红的腮，瘦弱得可怜。

十一月二十六日

妻穿好了衣服,抹了点粉,像要出去的样子。

"寒热还没有退,就想出去么?"

"想上水仙庵去。"

"干吗?"

"求一服仙方来吃。"

"嘻!你怎么也那么愚昧起来。"

"愚昧么?吃仙方总算有一点药吃,有一点希望——在床上等死不是太空虚得可怕么?"

穷人害了病,除了迷信,除了宿命论,还有什么别的安慰呢?可是那样的迷信,那样的宿命论,不也太悲惨了么?妻开了门走出去时,做丈夫的我,望着她的单薄的衣衫,和瘦弱支离的背影,异样地难过起来。

十一月二十八日

接连下了两天雨,屋子里是寒冷而灰黯。

妻整夜的咳嗽,病势像越加利害了一点。坐在桌子前面,心绪乱得利害,一个字也不能写,也不想看书,听着在窗外淅沥地下着的夜雨,胡同里喊卖馄饨的凄凉的声音,觉得人的心脏真是太脆弱了。

黄着脸躺在床上看天花板的妻忽然说道:"晓,你看我这病没关系吗?"

"说那里话!一点感冒,躺几天还怕不会好么?"

妻摇了摇头,她的样子很像个老年人,她还用一种镇定而疲倦的,衰老的人的声音说道:"我看我是等不到肚子里的孩子出世了。三个月!还有七个月,那是多么悠久的岁月呵,七个月!我这病不是感冒,是肺结核,是富贵病,我知道得很清楚。"

死么?一个贫穷中的伴侣,一个糟糠妻,一个和我一同地有过黄金色的好往日,一同地忍受着侮辱和冻饿的人——死么?

于是我伏在她身上哭起来。

十一月二十九日

浴着一身凄迷的细雨,敲了金漆的铁门。开了门走出来的守阍捕打量了我一眼,问道:

"找谁?"

"钟柏生在家吗?"

"你有名片没有?"

"忘了带名片了。"

"钟柏生不在家。"那么说着预备关上门进去了。

我连忙说:"你去跟他说是一个姓韩的来找他,他认识我的。"

"跟你说钟柏生不在家。"碰地撞上了铁门。

惘然地站在门口。

是想跟他借钱替妻诊病的,不料人也见不到。再去找谁呢?不会一样给拒绝了么?命运对于我真是连一个妻也悭吝到要抢夺了去么?想着早上在嘴旁咳出鲜红的肺结核的花来的,喘着气连话也说不出来的妻,躲躲闪闪地避着雨沿着人家的屋檐走过去。走到霞飞路,雨忽然大起来,只得在一家音乐铺门前站住了,想躲过这阵雨,没有什么行人,雨只是单调地下在柏油路上;街树悄悄地摆着发霉的脸色。正在愁闷时,听见了一个芬芳的歌声,从雨点里唱了出来:

给我一支歌,一支愉快的歌吧!

我要唱着这支青春的歌,低声地:

在我忧郁的时候,在我为了恋思而流泪的时候,

在我为了你而流泪的时候。

这是从我的记忆里唱出来的调子,那么亲切而熟悉的调子。一年以前,我不是时常唱着这支歌的么?妻不是也时常唱着那支歌的么?那时我是年青而康健,我有愉快的,罗曼谛克的心境,我不知道人世间的忧患疾苦,我时常唱着那支歌,在浴室里,在床上,在散步的时候,在公园里,在街树的树荫下……

连调子也忘了的今天,在雨声里,这支过时了的曲子,却把我的记忆,我的往日静静地唱了出来!

给我一支歌,一支愉快的歌吧!

我要唱着这支青春的歌,低声地:

在我忧郁的时候……

十二月二日

傍晚的时候,雨停了下来。斜照到窗纱上来的夕阳,像给雨水冲洗过似的,是那么温柔,清朗而新鲜。

推开了窗,靠在窗槛上,望着透明的青空和那洁静而闲暇的白云时,一阵轻逸的南风吹到我脸上。简直像是初春的黄昏了,越来越温暖,而且空气里边还有一种静寂,一种茉莉的香味。情绪和思想在暮色里边,像一个结晶体似的,用着清脆的声音,银铃的声音,轻轻地晃摇起来。那样的感觉是早从我的实生活里剥夺了去的;那是记忆里的,幸福的感觉——可不是么,从前不是时常坐在草地上,让春风吹着衣袂,燕子似地喃喃地说着话,享受着那样诗意的感觉么?

于是对着悄悄地蔚蓝起来的青空做起昔日的梦来。那个穿着浅紫衫，捧着一束紫丁香，眼珠子像透过了一层薄雾似地望着我的不就是欧阳玲么？嘻嘻地笑着，有一张会说谎话的顽皮的嘴的，不就是蓉子么？寂寞地坐在那里，有着狡猾的，黑天鹅绒似的眸子和空洞的，灰色的眸子的，不就是Craven A么？而且玲子的声音是穿过了广漠的草原，在风中摇曳着，叫着我的名字！坐在我身旁，望着从天边溶溶地卷过来的月华，把兰浆轻轻划破了水面，低声地唱着的不就是两年前的妻么？

在夜色里吹起口笛来。跟着口笛：

给我一支歌，一支愉快的歌吧！

我要唱着这支青春的歌，低声地：

在我忧郁的时候，

在我为了恋思而流泪的时候，

在我为了你而流泪的时候。

是妻的憔悴而空洞的声音。妻不知什么时候已经走下床来，站在我身旁。

"你还记得这支歌么？"

唱着歌的妻像忽然年青了一些，有着黑而柔软的头发和婉娈的神情。

"我们从前不是时常唱着的么？"

"薇，你还记不记得那些日子，那些在丽娃栗妲划船的日子，春花春月的日子？"

妻伏在我怀里古怪地笑起来。

我抚摸着她的头发道："我是时常在怀念着这些日子的，可是现在我们已经是对于春花春月太钝感的人了，为了生活，为了穷困——而且那些日子也永远不会再回来了呵！"

妻的肩头抽动起来，把她的脸抬起来时，我看见了一脸晶莹的笑容和泪珠。

十二月五日

昨夜思虑得很苦:我的文学讲义,苔茜小姐的丰姿,一切未来的生活的憧憬在黑暗里织成绚烂的梦:为着这些,到两点钟才睡着。

今天我很堂皇地走进了钟柏生家的那扇金漆的大铁门,那扇我在雨中被关了出来的大铁门,和柏生一同去见了某部长。事情进行得很顺利。从下星期一起,我为五位名贵的小姐的教师了!从下星期一起,我将成为一个有一百五十元一月的收入的自由职业者了!而且,还有进一步做某部长私人秘书的希望。我不需要再冒着雨奔走,不需要再喝陈咖啡,再为明天的柴米而奔走,妻也不需要再为缠绵的肺结核所苦,不需要再穿着薄棉袍回娘家去借钱了!

我很高兴。

五　月（节选）

第一章　蔡珮珮

一之一　速写像

　　要是给郭建英先生瞧见了珮珮的话，他一定会乐得只要能把她画到纸上就是把地球扔了也不会觉得可惜的。在他的新鲜的笔触下的珮珮像是怎么的呢？

　　画面上没有眉毛，没有嘴，没有耳朵，只有一对半闭的大眼睛，像半夜里在清澈的池塘里开放的睡莲似的，和一条直鼻子，那么纯洁的直鼻子。可是嘴角的那颗大黑痣和那眼梢那儿的五颗梅斑是他不会忽略了的东西。×头发是童贞女那么地披到肩上的。在胸脯里边还有颗心，那是一颗比什么都白的少女的心。

一之二　家谱和履历

祖父讳莲堂，是广东新会望族，娶一妻四妾，里边有一个是日本人，叫芳子，就是珮珮的祖母。父讳知年，向在美国旧金山经商，是哈佛大学的经济学博士，娶美国人琳丽朗白为妻，生一子二女，珮珮是顶小的一个。她的小学教育是在美国受的，中学教育是在上海一个天主堂办的学校里受的。她是三种民族的混血儿，她的家庭教育和一切后天的训练都是很复杂的，各种线条的交点。在童贞女出身的，学校里的姆姆的管束下，被养成一个天真的，圣洁的少女以后，便在大美晚报馆的电话间做接线生。睁着新奇的眼，看万花筒似的社会，一面却在心里哀怨着青春。

一之三　她的日记

五月一日：

醒回来时已经是五月了。五月在窗外，五月在园子里，五月在我的胭脂盒上那朵图案花里——在这五月里边，少女的心和玫瑰一同地开放！

披了睡衣走到园子里。园子里是满地的郁金香，每一朵郁金香上都有一缕太阳光。太阳已经出来了，可是找不到它躲在哪儿，脑袋上面只有一个蔚蓝的晴空，挂着三四球大白云。园子角上的那株玫瑰开了一树的花，花瓣上全是那么可爱的圆露珠——昨天乔治吴跟我说，说我已经像玫瑰那么的开了，说我嘴上的笑是玫瑰那么妩媚，又是露珠那么清新的。乔治吴是研究文学的人，他有一张鹦鹉的嘴。也许他还有一颗狐狸的心吧？姊姊叫我别相信男人，她告诉我乔治吴的话也是不能相信的。

那么她为什么那么地相信他呢？还爱着他，还跟他订婚呢？

可是我真的是一朵已经在开的玫瑰了吗？

躺到玫瑰树底下，太阳的淡光从叶缝里漏下来照到我脸上，闭上了眼睛，吻着玫瑰花瓣，枝上的刺把我的嘴唇扎出血来的时候，我便笑了。

我爱五月，爱玫瑰，爱笑，爱太阳！

一只鸽子从隔壁的园子里飞过来，在蓝天下那么轻灵地翩翩着。我想骑在它背上，骑在那洁白的小东西的背上，往我不知道的地方飞去，往天边飞去，因为我有一颗和鸽子一样白的心，一个和天一样蓝的灵魂。

远方的城市，远方的太阳，远方的玫瑰，远方的少女的心……呵！

可是我真的是一朵已经在开的玫瑰了吗？

金黄色的五月呵，我要献给你，我十八岁的青春！

吃了早饭，和哥哥上公园去打网球。他今天穿了条白的裤子；白衬衫的口袋上用红丝线绣了名字，比平日更漂亮了。他的爱人一定很幸福的，因为他待我也那么温柔呵。

在报馆里边坐了一下午闷极了，只想早一点下工——窗外是那么好的五月的黄昏呢！可是下了工又觉得没什么事做似的。走了一站路，到前一站去坐公共汽车，希望在车里碰见什么熟人，可是一个没有碰到。只有那个长脸的，和哥哥很像的，哥哥的朋友江均坐在顶里边的那个座位上。他每天和我同车回去的；他每天坐在那儿看我。我的眼光对他说："蔡约翰的妹子呢！"可是这傻子不懂得。回到家里，只觉得掉了什么似的——寂寞呢！

吃了晚饭以后便整理箱子，把冬天的衣服放了进去。很可惜的，那么好的一件白狐皮短大裘，灰鼠长大裘，棕色的骆驼毛大褂全不能穿了——可是管它呢，再过几天，我要穿了绒线外衣上报馆里去了，现在究竟是春天。

姊姊半晚上才回来，叫醒了我，告诉我她今天下午和乔治吴一同去看了好几座小屋子，她们已经决定了结了婚去住在大西路一百八十衖里边那座奶油色的小建筑物里边，她现在正在那儿学裁小孩子穿的衣服——真幸福呵！那么晚回来，妈也不说她一句，要是我，那可就不行了。乔治吴又是那么英俊的男子！为什么不让我做姊姊，偏让我做妹妹呢？她并没生得比我好看。

月光从窗里照进来，那么皎洁的，比窗纱还白，和我的心一样白。有人说，月光是浪漫的荡妇，我说她是处女的象征，因为月光是和我一样皎洁的——谁能说我是浪漫的荡妇呢？

姊姊把我叫醒了，她自个儿可睡得那么香甜，扔下我独自个儿干躺着看月亮。我恨她！

我真的是一朵已经在开的玫瑰了吗？

一个很细的声音在我的耳旁吹嘘着朱丽叶和罗密欧的故事，这是谁呢？月光吗？夜吗？五月吗？是我的和玫瑰同一地开放了的少女的心呢。

我想哭。

泪珠儿慢慢的渗了出来——我真的哭了。

第二章　三个独身汉的寂寞

二之一　刘沧波

窗外那棵果树上的一只隔年的苹果，那天忽然掉了下来，烂熟的苹果香直吹到窗子里边。在窗前刮胡髭的刘沧波的心里也冒起一阵烂熟的苹果香。

"呵！呵！春天哪！"从空洞的心胰里边发着空洞的叹息。

屋子忽然大了起来，大得不像个样子。看着那只大床，真不懂自家怎么会在那么大的一张床上睡了半年的。便第一次感到了独身汉的心情。

"独身汉还是听听音乐吧！"

就买了个播音机。播音机每天晚上唱着：

"在五月的良夜里，莲妮！"

每一条弦线上面，每一只喇叭口里，挥发着烂熟的苹果香。

"呵！呵！春天哪！"从空洞的心脏里发着空洞的叹息。

"可是独身汉应该读一些小说的。"便买了许多小说：《不开花的春天》，《曼侬摄实戈》，《沙莽》，《都市风景线》，《茶花女》，《色情文化》……每一页纸上挥发着烂熟的苹果香。书是只能堆满个空洞的房间，不能填塞一颗空洞的心的……空洞的心脏里依旧——

"呵！呵！春天哪！"那么地发着空洞的叹息。

"独身汉还看看电影吧！"

"独身汉还买条手杖吧！"

"独身汉还是到郊外去散步吧！"

"独身汉还是到咖啡店去喝咖啡吧！"

窗外那颗果树上的苹果一天天地掉着，烂熟的苹果香在五月的空气里到处酝酿着。独身汉究竟还是独身汉呵！

"呵！呵！春天哪！"

二之二　江均

那天晚上满天的星，熄了灯，月光便偷偷地溜了进来。

"明儿该是个晴朗的蓝天了！今年春天还没上江南来过，待在屋子里,天天只听窗外的雨声呢。"躺在床上那么地想着的江均,第二天一早起来,打开了窗子,只见街上果真全是春季的流行色了。

一大串,一大串的小学生挟着书包在早晨的静街上跑过去,穿着天青的衣服:

"春天好,黄莺枝上叫……"那么地唱着。

春真的来了,因为汽车的轮子上没有了泥,因为人的身上没有了大衣,因为独身汉全有了一张愁思的脸,因为蛰居着的姑娘们全跑到街上来了。

江均嘴里哼哼着,换上了浅灰的春服,拿了条手杖,穿了黑白皮鞋,在沉醉的春风里,摆着张那么愉快的笑脸跑到美容室里。坐了一个半钟头,再走到街上的时候,摸了摸自个儿的下巴,连胡根也刮得干干净净的,就和自家的心情一样光滑。

"五月是公园的季节呢。"赶着办完了公事,跑到公园去。

五月真是公园的季节呢,公园里有那么多的人!江均在公园的角上树荫下一张游椅上坐下了,怀着等恋人的心情。他幻想着也许会有一个熟人来的。果真碰见了许多同事,朋友,全那么地问着他:

"等女朋友吗?"

"等恋人吗?"

"幽会吗?"狡猾地笑着。

他不作声,他笑着,他在心里边骗着自个儿:"是的,她约我五点钟会面;她是很可爱的一个女孩子,很天真的,不,很那个的……随她吧,我不知道。我只知道她有一张圆脸,一张长圆脸,有一对大眼珠子,一张心脏形的小嘴——她是比白鸽还可爱的!"

到了黄昏的时候,淡淡的太阳光流到衣襟上的时候,他忽然——

"呵,呵!五月不是独身汉的季节呵!"上了当似的忧郁起来。

二之三　宋一萍

跑出法律事务所的门，坐上自个儿那辆苹果绿的跑车，忽然看着手里的离婚据懊悔起来。春天不是离婚的时候，冬天才是可以跟妻子斗嘴的时候呢。一个漂亮的太太，至少比一条上好的手杖强着些。现在是连苹果绿的跑车也少了件装饰品了！

"还是找她回来吧。"

跑到她家里，说已经买了船票上香港船去了。赶到船上，一个个房间的找着，可是没有她，没有她。便疯了似的开着跑车在街上溜着，尽溜着，看见一个细腰肢的女人就赶上去看是她吧？

"怎么发了疯会想起跟她离婚的呢？她也是那么漂亮呵！爱和我假斗嘴，爱装动气不理我，每天回去总得我一遍遍的央求才肯笑出来——那么顽皮的一个孩子！慢慢儿的把她的好处全想起来了。"

回到家里椅子空着，床空着，屋子空着；扶梯那儿没了达达地那么高兴的脚声；香水叹着气，胭脂叹着气，被窝叹着气……可是在窗外，五月悉悉地悄语着。

"呵！呵！春天呵！"

跑了出去，把车子停在她门口，等她回来。一听见汽车的喇叭，心脏就站了起来，眼珠子也站到眼架外面来了，等到半晚上，他睡在车里做梦，梦里决定了到各报去登一个广告，梦里想好了底下那么的句子：

"回来吧，琪妮，萍启。"

第三章　宋一萍和蔡珮珮

三之一　电话的用途

"回来吧，琪妮！"

付了广告费，怀着一回家就可以看到琪妮坐在沙发上等他的心情，宋一萍急急地从广告部跑出来，走到门口那个电话机的柜子那儿，看见蔡珮珮坐在柜子里边，套着一副接线用的听筒在那儿看小说，穿了件白绒线的上衣，便——"那么精致的一个小玩具呢！"这么地想着，把琪妮忘了。

"对不起，可以让我打个电话吗？"

"OK"稍会望了他一眼；只见站在前面的是一个有一张光洁的脸，生得很高大的，一个二十七八岁的绅士。

（姊姊说，二十七八岁是男性的顶温柔的年龄，虽然不是顶热情的——这男子有一双懂事的眼呢！瞧哪，他的肩膀多强壮，他的手又是那么大呵；我的手给他捏了一下的话，一定……）

觉得人像酥软下去；一只耳朵听着他的话的时候，一面专心地看着小说，纸上的字一个个地滑了过去。

宋一萍嘴对着电话筒，眼对着珮珮，耳朵对着珮珮的嘴："喂，昭贤吗？我今天不上你那儿来了。"

（呵，真可爱！只怕已经不是个圣处女了；从她画眉毛的样子看得出的。）

电话筒里："你是谁？"

"我是宋一萍。宋子文的宋，一二三四的一，草字头底下三点水旁一个平字的萍：宋一萍。（她在那儿听我说话呢！）中央银行国外汇兑科科长的宋一萍。"

电话筒里："老宋，今天怎么啦，你有什么事……"

宋一萍：（混蛋，他可给我闹得莫名其妙啦！）

"没什么事，我今天不上你那儿来了，我在大美晚报馆打电话，我爱上一个人了——懂得我的话吗？"

珮珮：（为什么每一个女人都有男人爱她呢？）

"昭贤，你没瞧见，那么可爱的一个小东西！她正在那儿看小说，她嘴角有一颗大黑痣，眼梢那儿有五颗雀斑……"

珮珮：（他在那儿说我不成？"那么可爱的！""小东西！"）

抬起脑袋来。

"呵，她抬起脑袋来了……"

电话筒里："你疯了不成？"

"这回我可瞧清楚啦。她刚才低着脑袋在看小说，我只能看到她的头发——从来没瞧见过那么光润圣洁的头发的。一定是很天真的姑娘。（其实，要是我的经验没欺骗我的话，她准是很会修饰，很懂得怎么应付男子的方法的女人；也不会是怎么天真的吧？只要看一看她的梳头发的样子就能断定咧。可是称赞她纯洁，称赞她天真，她也只有高兴的理由吧？）她抬起脑袋来的时候，我看见她有一对安琪儿的眼珠子，不着一点女子的邪气的，那是幸福，光明，快乐，安慰……嗳，我说不出，我连气都喘不过来咧。"

珮珮：（真的是在说我呢，这坏蛋！说我小东西，又说我有一对安琪儿的眼珠子——谁知道他心里在怎么说呢？二十七八岁的男子的嘴是天下顶靠不住的东西。）

故意站了起来，望窗外。

电话筒里："我真不懂……"

宋一萍：（她站起来了——可是讨厌我吗？一定是故意把脸背过

去，躲在那儿笑我傻，笑我一个心儿以为她是个天真的姑娘……她站在那儿，靠着窗栏望街的姿态，就像靠在男人的怀里，望着男人的眼珠子，笑着猜他的心事呢！）

"她站起来了，靠在窗栏那儿望街。昭贤，你没瞧见，她站在那儿就像圣玛利亚似的，那么不可侵犯地；如果她再站五分钟，我得跪下来祈祷了。"

（如果我现在真的跪了下来，她会怎么呢？）

珮珮：（真没有办法呢。）

又坐了下来。

"我只想跟她说一句话，只要她跟我说一句话，我可以去死了。她让我说吗？我要知道她叫什么名字。她肯告诉我吗？她肯的！"

珮珮：（我不肯，我偏不肯！）

电话筒里："你疯了不成？"嗒的挂了。

宋一萍：（混蛋，怎么挂了？她还没肯开口呢？）

"我知道她肯的。要是她今天不跟我说话，我明天再来，我天天要上这儿来。肯跟我说话吗？肯吗？"

电话筒里："请你别再发疯吧。我们是电话局，对面早就挂了"

（混蛋！我那里不知道对面早就挂了？我不是为了打电话才来打电话的。可是，我是真的疯了呢！）

珮珮：（我就准定不理他，我要摆着庄严的脸，妈那么的脸给他看。"小东西！"我只是个"可爱的小东西"吗？）

宋一萍："好，那么，就明天会吧。"低下脑袋去："多谢你，小姐——我这么称呼你，不冒犯你吧？"

珮珮忍住了笑，把脑袋回了过去：（那么温雅的声音呢！就和他的人，他的衣帽一样温雅！）

宋一萍：（她真的不理我呢！就像没听见似的，连眉尖也不动一下,再试一试看吧。)

"可以让我知道小姐的芳名吗?"

珮珮:(真是为难的事呵!还是站起来瞧瞧街上吧。)

站了起来,眼珠子却移到脑瓜后边儿看着他。

宋一萍:(唉!)

"对不起得很,冒犯小姐了;请您原谅我。"

(还是不开口,真是个老练的对手呢!)

只得摆着预备自杀的人的脸走了。

珮珮回过身来看着他出去:

"讨厌的!"

(可怜的!)

三之二　"晚安,宋先生。"

天天把那辆苹果绿的,比五月还柔和,还明朗的跑车停到大美晚报馆的窗前,拿一毛钱买份报,五分钱打个电话——电话里的话当然是不知所云。

末了,电话局听到他的声音就笑起来了;末了,上海有了一种谣言,说他患了时间性的神经错乱症;末了,每天一到五点钟,他的朋友全把电话铃塞起来了;末了,报馆里的每一个人都认识他了——

可是蔡珮珮却老像第一天瞧见他似的;她像近视眼患者似的,就像老没瞧见他是从停在窗口那辆苹果绿跑车里跑下来的。

慢慢儿的,宋一萍又想起"回来吧,琪妮"来了。

那天,怀着最后的决心,在蔡珮珮前面打了两个钟头电话,"算了!"和"最后的决心"一同地走了出来。到了家里:呵!呵!春天哪!便又——

"明天再会试一次吧？就这么一次了。"怀了第二次"最后的决心"。

第二天，他站在电话柜那儿，连拿电话筒的那只手也发抖了；用演悲剧的声音说：

"昭贤，我真的要自杀了！我那么地在爱着一位纯洁的姑娘呵！我每天到这儿来，我每天哀求着她，只要她告诉她的名字，只要我能陪着她喝喝茶，谈谈话。她坐在哪儿我每天坐在哪儿，那么神圣地；听了我的话，连嘴角也不动一动，就像没听见我的话，没瞧见我似的。她理了我倒也罢咧；她越不理我，我越觉得她纯洁，崇高，越觉得自个儿卑鄙，非自杀不可了……"

珮珮：（真要说得我淌下眼泪来咧。）

把手里的那本传奇翻到封面签了名字的地方，放到柜子上。

宋一萍：（蔡珮珮！到底还是说给我听了，随你怎么老练，总逃不出我的手掌的。）

"我可以去死了！"

挂了电话，靠在柜子上：

"蔡小姐，等回儿有空请去喝杯茶，行吗？"

她不说话，拿了枝铅笔在书上划。

他马上又沮丧起来："为什么人生是那么地变化莫测的呢？"对自个儿说着。

蔡珮珮：（男子真是好玩的动物呢！再玩弄他一下吧。）

用世界上顶冷静的声音说："请付五分钱。"

真把他窘住了，没法子，只得伸手到口袋里去摸钱，恰巧一个毛钱也没有，便在皮夹子里拿了张十元钱的钞票给她。

她细细的看。

（怪不得姊姊说："男人到处想掏出钱来买女人的欢心。"男子真是只滑稽的小猫！）

不由转出一副笑容来，更从笑脸里转出娇媚的笑声来；牙齿也在嘴唇后面露了出来，用上海的声调，女职员的声调，说道：

"要不要找钱呢？"

宋一萍：（我早就知道她不是个纯洁的处女了。）

"不用找钱了，蔡小姐肯赏光去喝杯茶吗？"

蔡珮珮：（他脸上有了这么狡猾的笑劲儿呢！还以为我真的爱上了这几元钱了。他自家不知道他的人比他的钱可爱多了！）

便忽然又用顶冷静的声音说："那么你以后打电话时给你一起算好了。"

宋一萍：（这小东西真坏！）

没有办法的脸色："好吧，反正我天天来打电话的。"便往外走。

蔡珮珮猛的大声儿的笑了出来，道：

"慢着走，我送你件好礼物。"

他莫名其妙地再走回来，把手里那本传奇给了他：

"要是回到家里无聊得没事做，就看看这本书吧。很有趣的一本书呢！"

书面上写着："一百八十五页。"

一百八十五页上有一行用铅笔勾了出来："那骑士便把他的神骏的马牵到林外，在河那边等着露茜；因为村里有许多人注意着他们。"

宋一萍笑了起来，看时，却见她正坐在那儿，头发上面压着副听简："大美晚报馆……定报股吗？"一眼瞥见了他："晚安！宋先生！"一副顶正经的脸。

三之三　诡秘的小东西

宋一萍把他的漂亮的跑车开到马路那边等着珮珮。"等的时候是长的，会面的时候是短的；表有什么用呢？时间是拿心境做标准来测定的。"怀着那么的观念，把手表上的短针拨快了五分钟。

一小时等于二小时？二小时等于一小时？

看看手里的那本书，静静地想着："她究竟是怎么个人呢？照年龄看起来，应该是很天真的。照生理上的发育程度看起来，她还是一朵刚在开放的花呢！可是照她对付我的手段看起来，却是个很有经验的女人呵。真是异味呵，这诡秘的小东西！刚走到成熟的年龄上，又不是一个什么也不懂的乖孩子，一定是很浪漫谛克的！"忽然觉得食欲强大起来。"在眼梢那儿有五颗梅花斑的人决不会怎么纯洁的。"

他的表已经走了两个钟头了。时间过得那么快，人也容易等老的，又拨慢了两个钟头。

"还早着呢！还只四点半呢！"怀着"譬如是刚在开头等"的心境耐心地看着大美晚报馆的门。

已经是黄昏时候了，在爱多亚路那面的尽头那矗立着的铜像的脑袋上面浮起了一层晚霞；天是青的，映在江水里的天是鹅黄色的。一大串，一大串，下写字间的汽车像是从江面驶来的似的，把他的视线隔断了。从汽车缝里瞧过去，只见前面棕色的裙子一闪，一个穿白绒线上衣和棕色外裙的人影，鸽子似的，从汽车缝里飞了过来。

碰！不知道是车胎爆了，还是自个儿的神经爆断了。只觉得自个儿是那么轻快地在青天里飞着，飞着。

从没跟他讲过一句话的，这诡秘的小东西忽然像是他的小恋人似的，很温柔驯服的坐到他旁边，抬起脑袋来，笑着问他："亲爱的，他真的等了我这么久吗?"

"我等了你一礼拜咧。"

"为什么到报馆里来跟我闹不清楚呢?在报馆里我是不说话的。"

"现在我们上哪儿去呢?"

她指着那面的广告牌:

"五点到七点不是上电影的时候吗?"

"那么好的天气去坐到黑暗里边吗?"

"可是,五月的夜不是比五月的白天更温柔吗?"

"对,亲爱的小东西!"

(嘻,她把今天晚上也预定给我了,这老练的小东西!)

一刻钟后,他把这"亲爱的","老练的"小东西带进了国泰大戏院的玻璃门,就像放在口袋里的几包朱古力糖那么轻便地。

黑暗会使人忘掉一切的机诈,礼节,理智之类的东西的。看到琴恩哈绿在银幕上出现时,宋一萍忽然觉得身旁的小东西靠到他肩膀上来,便轻轻地抓住了她的手。一面吃着糖,手给轻轻地抓着的时候,觉得感情在浪漫化起来,她低低地笑着,心里:

"和一个男子看电影究竟比跟哥哥,跟姊夫看电影不同些的。"那么地想着;把手偷偷的滑了出来,在他的手上轻轻地拍了一下。

宋一萍笑着不做声,依旧把手放在自个儿的膝盖上等着。果真,又一回儿,那只小手又偷偷的滑回来了,捏紧了那只小手,回过脑袋去看她的脸,只见她正望着前面的银幕,悄悄地藏着笑劲儿。她心里边——

"怎么会把手放过去的呢?"那么地想着;第一次觉得心是那么古怪地在跳着,跳得人像喝醉了似的。

电灯亮的时候,两个人变了顶熟的腻友,蔡珮珮小鸟似的挂到他胳膊上,从戏院的石步阶走到车上。戏院的路是通到饭店去的。她又小鸟似的在他的胳膊上挂着,从车上走进了Mareel的门。

隔着一瓶玫瑰花,他从鲍鱼汤的白汁上看着她的脸。在灯下的脸是和太阳光的脸不同些的。她的鼻子给酱油瓶掩了,一只眼躲在番茄汁的瓶子后面——第一次感到桌上的东西实在太多了。可是她的眼珠子,透明的流质;嘴,盘子里的生番茄;那一张夹种人的脸稍黑了些;褐色的头发音乐的旋律似的鬈曲着;眉毛是带着日本风的。

"你不大喜欢擦粉的吧?"

"我不爱擦粉,爱擦胭脂。在给太阳晒得黑渗渗的脸上擦两朵焦红的胭脂,像玫瑰花那么焦红的胭脂,你难道不喜欢吗?"

"你一定是很爱玫瑰花的。"

(我已经是一朵在开放的玫瑰花了!)

"因为她是在五月里开放的。"

"你也爱五月吗?"

"五月是一年中顶可爱的一个月呢。五月的早晨是顶明朗的早晨;五月的黄昏是顶温柔的黄昏;再说,五月的夜不是顶浪漫谛克的吗?"

"年轻的姑娘爱五月,年轻的男子爱四月,中年的女人爱九月,中年的男子却是爱七月的——七月是成熟的季节,是收获的季节。"

"我还爱太阳,爱笑,你也爱笑吗?"

"中年的男子爱淡淡的笑意,可是你的笑会把压在我身上的年龄的重量减轻的。"

"你瞧,我嘴角上的那朵笑!它是和我一同地生存着的。妈把我生下来的时候,也把它生下来了。小的时候,妈叫我Smilingbaby,以后,大家就赶着我叫珮珮。你喜欢这名字吗?"

(珮珮!已经是"Baby you"的能手了!可是真想吻她脸上的那朵笑呢。)

"珮珮是世界上顶天真,顶顽皮,顶纯洁的名字呵。可是我想不到你是这么会说话的。"

"我也想不到你怎么会不是我理想中那么无赖的。"

"看见了你，我才无赖起来了。"

隔着张桌子说话真是麻烦的事。一个把烟蒂儿抛了一盘子，一个把胭脂和苹果一同地吃了下去，喝也喝饱了，吃也吃饱了的时候，并没有谈笑饱的这两个人便半躺在车里的软坐垫上继续着他们的会话。

"回去得晚一点，会叫妈打手心吗？"

"我又不是小孩子。"赌着气。忽然看见了他一下巴的胡须根："那么好玩的小东西呢！"

"什么？"

"你的胡须根！"伸过手去摸着。"那么刺人的！"

（要是刺在脸上的时候……）

便拉着胡髭根扯了一下，笑起来啦。

"如果你是我的女儿的话，我会天天捉着打手心的；如果你是我的妹妹的话，我会把你装在盒子里，当洋娃娃送人的；如果你是我的朋友的话，我会和你关在屋子里玩一天也不觉得厌倦的；如果你是我的恋人的话，我会用世界上顶聪明的方法责罚你的。那么没有办法地顽皮呵！"

"可是你那胡髭根真好玩呢——那么古怪的小东西，像是活的！"

他猛的把下巴在她手心那儿擦了一下；她猛的咽住了话，缩回手来，一阵痒直钻到心里。

（真是个可爱的人呵，我爱……）

脑袋萎谢了的花似的倒到他肩膀上，叹息了一下：

"真真是辆可爱的跑车呵！我爱你的车！"

"比跑车还可爱的是你呢！"

轻轻地说着。

车轻轻地在柏油路上滑过去，一点声息也没的，那么平稳地。

蔡珮珮的感情和思想也那么轻轻地，平稳地在水面上滑了过去，一点声息也没的。

到了郊外，风悄悄的吹来，大月亮也悄悄的站到车头那儿水箱盖上往前伸着两只胳膊的，裸水仙的长软发上了。

月亮给云遮了的时候，星星是看得见的；星星给云遮了的时候，轻风会吹过来的——

"那么可爱的珮珮应该是什么地方人呢？"

"我祖母是日本人，母亲是美国人，父亲是广东人。"

（她的血里边有着日本人的浪漫谛克性，美国人的热情和随便，广东人的热带的强悍……）

"你是有着日本人的贞洁的血，美国人的活泼天真的血……"猛的话没有了，像吹来的一阵微风似的："我爱你呢，珮珮！"

珮珮：（他是想吻我吗？他是想吻我吗？他的胡髭是粗鲁的，他的嘴是温柔的……）

忽然那胡髭根刺到嘴上来了；便抬着脑袋，闭上了眼。用火箭离开地球的速度，她的灵魂开始向月球飞去了，那么轻轻地，平稳地，一点声息也没的。

没有呼吸，没有脉搏的圣处女呵！

是五千万年以后，是一秒钟以后：

"他在吻我呢！"

猛的睁开眼来，吃惊似的叫了一声，拍的打了他一个耳光子，掩着嘴怔住啦。

（怎么会叫他吻的？我昏了过去吗？不应该给他吻的。坏东西呵！）

捧着脸哭起来。

"你是坏人！"

宋一萍：（别装得第一次叫人家吻了的模样吧！）

"实在对不起得很，请原谅我。我没有办法！我是那么地爱着你……我送你回去吧。"

笑着把月亮扔在后边儿。

她连心脏都要掏出来似的懊悔着。

（"主呵，求你按你的慈爱怜恤我，按你的丰盛的慈悲涂抹我的过犯。求你将我的罪孽洗除净尽，并洁除我的罪，因为我知道我的过犯。我的罪常在我前面……主呵，求你为我造清洁的心，使我里面重新有正直的灵……主所要的祭，就是忧伤的灵——主呵，忧伤痛悔的心，你必不轻视！"〔见《旧约》诗篇第五十一篇。〕主呵，求你恕我；是我引诱了他的。我要在你前面，替他祝福。）

他的胡髭老贴在她的嘴唇上，痒喑喑地。

（他不是坏人：他是那么温柔的，多情的……他有那么好玩的短胡髭——刚才他真的吻过我了吗？我一定是昏过去了。他怎么会吻我的呢？他说没有办法，说他爱我。可是真的？真的？他不会骗我的；他有那么诚挚的，山羊的眼珠子，不是疯了似的哀求了我一礼拜了吗？现在他正坐在我旁边，我听得见他的呼吸。他比乔治吴好看多了。乔治吴是刚出矿的钻石，他是琢磨过的钻石，那是一种蕴藏着的美……呵！）

"到家了，珮珮！"

珮珮不说话，猛的连还手的余地也不给他地扑了过来，一对发光的眼珠子一闪，自家嘴上擦了一阵唇膏香，这娇小的人便影子似的跑进门去了。

"诡秘的小东西呵！"

倒觉得没有把握起来了。

三之四 "主呵,请你护我,请给我以力量!"

一家人都静静地坐在会客室里。爸在看大美晚报,妈在念圣经,戴了副老花眼镜;无线电播音机在那儿唱着Just once for all time。哥哥抽着烟,姊姊靠在沙发上,听着。想偷偷的掩过去,跑到楼上去,不料妈已经叫了起来:

"珮!"

"yes,妈!"

(她们已经知道我的事了吗?不会的,别太心虚了。)

一面走了进去。每个人的脸色都显得挺古怪的。

"没回来吃饭,上哪去了?"妈把老花眼镜搁到脑门上。

笑了出来。

(哪能告诉你吗?和恋人在一块儿玩呢!)

"一个同事生日,在她家吃了饭的。"走到妈前面,在妈脸上吻了一下,又到爸那儿,在爸的脑门上吻了一下:"晚安了,爸!"

跟着无线电播音机哼哼着:

"The flowers are yourf lowers,

The hours are your hours

The whole wide world belougs to you!"

跳着走到楼上去,在扶梯拐弯那儿停住了,又踮着脚尖跑下来,躲在门外听他们在讲什么话;恰巧听见妈说:

"珮今儿像很高兴似的。"

"珮已经不是'珮珮'了。"爸说。

哥和姊全笑了起来。忽然一阵欢喜袭击着她的心,也不管自个儿是在哪儿偷听的,大声儿的笑了出来,往楼上逃去。关上了房门,倒在床上，把枕头掩着脸，哈哈地傻笑着。姊追了上来，按着她：

"告诉我，现，什么事？"

尽笑着。

"告诉我吗？告诉我吗？"捉着呵她的胳肢窝。

"不告诉你！"

"不告诉我也罢，只是留神上了男子的当吧。"

慢慢儿的静了下来，一层青色的忧郁浮过湖面的云影似的，在眼珠子里浮了过去，躺在姊妹的腿上：

"姊，为什么每个人都要爱恋着呢！"眼泪露珠似的掉了下来。

半晚上，她又偷偷地爬了起来：

"主呵，请保护我，请给我以力量！"

在窗前，在耶稣的磁像前，跪着这穿了白睡衣的少女，在清凉的月华里披着长发；十指尖尖的合着，安静温柔得像教堂里那些燃烧着的小蜡烛一样。

——插曲——

一座封闭了的花园是我的妹子，我的新人；

一口封锁了的井，

一道封锁了的泉。

你的园里长满石榴，

结了美好的果实。

还有凤仙和香草，

哪哒和番红花，

菖蒲桂树并各类香木，

没药和沉香，一切的香品。

你是花园的流泉，

活水的井,
从利巴冷流来的溪水。
醒来吧,北风;起来,南风;
吹上我的花园,
把我的香气散在天空。
让我的爱走进他的花园,
有他鲜美的果子,让他挑选。
(见《旧约》雅歌第四章末五节;文录自良友
一角丛书陈梦家君所译《歌中之歌》第九阕。)